HEYNE <

Das Buch

Seit Urzeiten wird in Mithgar eine geheimnisvolle Prophezeiung überliefert: Einst werden die Letztgeborenen Erstgeboren zum Licht des Bären reisen, um dort dem Bösen für immer Einhalt zu gebieten. Und so begeben sich die beiden Wurrlinge Faeril und Gwylly gemeinsam mit ihren Gefährten, den Elfen Rhiata und Avaran, auf eine gefährliche Reise. Sie wandern durch einsame Wälder und verschlungene Landschaften, bis sie ein verlassenes Kloster auf dem Großen Nord-Gletscher erreichen. Denn an diesem magischen Ort wurde einst der grausame Baron Stoke von den Vorfahren der Auserwählten verfolgt – und er verschwand, so will es die Überlieferung, im ewigen Eis. Über eintausend Jahre später ist nun die Stunde der Wurrlinge gekommen. Die Prophezeiung könnte sich endlich erfüllen – doch die dunkle Macht des Baron Stoke scheint die Zeiten überdauert zu haben ...

Dennis L. McKiernans MITHGAR-Romane:

Bd. 1: Zwergenkrieger
Bd. 2: Zwergenzorn
Bd. 3: Zwergenmacht
Bd. 4: Elfenzauber
Bd. 5: Elfenkrieger
Bd. 6: Elfenschiffe
Bd. 7: Elfensturm
Bd. 8: Magiermacht
Bd. 9: Magierschwur
Bd. 10: Magierkrieg
Bd. 11: Magierlicht
Bd. 12: Drachenbann
Bd. 13: Drachenmacht
Bd. 14: Drachenbund

Der Autor

Dennis L. McKiernan, geboren 1932 in Missouri, lebt mit seiner Familie in Ohio. Mit seinen Romanen aus der magischen Welt Mithgar gehört er zu den erfolgreichsten Fantasy-Autoren der Gegenwart.

DENNIS L. McKIERNAN

DRACHEN BANN

Roman

Deutsche Erstausgabe

WILHELM HEYNE VERLAG
MÜNCHEN

Titel der amerikanischen Originalausgabe
THE EYE OF THE HUNTER (Part 1)
Deutsche Übersetzung von Wolfgang Thon

Verlagsgruppe Random House FSC-DEU-0100
Das für dieses Buch verwendete
FSC-zertifizierte Papier *Holmen Book Cream*
liefert Holmen Paper, Hallstavik, Schweden.

Deutsche Erstausgabe 02/2008
Redaktion: Joern Rauser

www.heyne.de
Printed in Germany 2008
Titelillustration: Arndt Drechsler
Umschlaggestaltung: Nele Schütz Design, München
Karte: Andreas Hancock
Satz: C. Schaber Datentechnik, Wels
Druck und Bindung: GGP Media GmbH, Pößneck

ISBN: 978-3-453-52381-4

Martha Lee McKiernan,
Komplizin, Geliebte und Freundin

Ein Teil von Mithgar

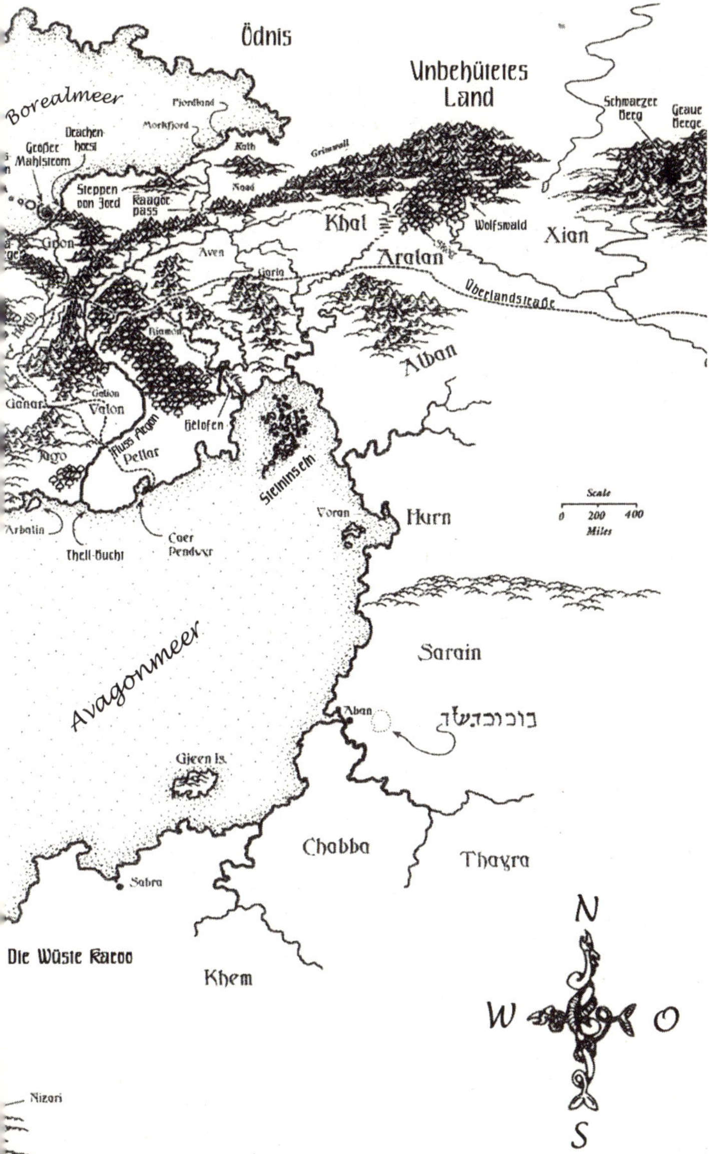
Ödnis
Unbehütetes Land
Borealmeer
Fjordland
Morkfjord
Drachenhorst
Großer Mahlstrom
Kath
Steppen von Jord
Raugorpass
Khal
Wolfswald
Xian
Schwarzer Berg
Graue Berge
Aralan
Aven
Gorig
Überlandstraße
Alban
Riamon
Gation
Ganar
Valon
Fluss Argon
Pellar
Jugo
Helofen
Arbalin
Thell-Bucht
Caer Pendwyr
Steininseln
Voran
Hurn
Scale
0 200 400
Miles
Sarain
Aban
Avagonmeer
Green Is.
Chabba
Thayra
Sabra
Die Wüste Karoo
Khem
Nizari
N
W
O
S

Vorwort

Ich wurde oft gefragt: »Woher kommen Ihrer Meinung nach Legenden? Gab es einmal eine Zeit, in der diese Sagen der Wahrheit entsprachen, wenn auch in einer einfacheren Form, nämlich bevor die Phantasie eines Geschichtenerzählers sie so sehr ausgeschmückt hat, dass sie nicht wiederzuerkennen waren?«

Und diese Fragen begleiten auch die folgenden: »Glauben Sie, dass es jemals Elfen, Zwerge, Wurrlinge und ihresgleichen gegeben hat? Wenn ja, was ist mit ihnen geschehen? Wo sind sie jetzt? Warum sind sie verschwunden? Wurden sie ausgelöscht?«

Ich bin ein Geschichtenerzähler und habe mich vielleicht des Vergehens verzerrender Ausschmückungen schuldig gemacht, andererseits ... Möglicherweise arbeite ich auch auf einer höchst archaischen Ebene und berühre unbewusst die uralten Erinnerungen, die in meinen irischen Genen eingegraben sind. Vielleicht blubbern diese uralten Fragmente beim Erzählen hoch, oder die klopfen des Nachts an meine Gehirnlappen und verlangen Einlass – oder schlüpfen wie Helden in der Dunkelheit über die Grenzen des Unglaubens, um das Bewusstsein zu retten, das in seiner Eintönigkeit gefangen ist.

Falls es eine solche uralte Erinnerung ist, vielleicht gab es dann einst tatsächlich Elfen, Zwerge, Wurrlinge und dergleichen. Möglicherweise lebten sie auf der Erde – oder darin? – oder in der Luft oder im Ozean. Wenn ja, wo sind sie jetzt? Leben sie unter uns? Oder versteckt? Ausgelöscht sogar? Ich hoffe, dass sie sich nur verbergen und manchmal lediglich als Schemen im Augenwinkel auftauchen. Aber tief in meinem Herzen fürchte ich, dass sie verschwunden sind. Wohin? Das weiß ich nicht.

Es gab Zeiten, da habe ich Blicke auf das erhascht, was mein Unterbewusstsein weggesperrt hatte, Visionen, die in den Tiefen der Dunkelheit entstehen, wenn der Schläfer schlummert und die Zinnen des Bewusstseins nicht mehr so stark bewacht werden. Möglicherweise sind das die Fragmente, die dabei helfen, die Geschichte beim Erzählen zu formen, Blicke auf jene Visionen, die man in den Schatten der Nacht gesehen hatte.

Kommt, lasst uns gemeinsam das neueste uralte Fragment erforschen, diesen mitternächtlichen Stürmer der Bastionen, denn eingebettet im *Auge des Jägers* finden wir möglicherweise auch Antworten auf unsere Fragen, falls wir sie denn enträtseln können.

DENNIS L. MCKIERNAN

ANMERKUNGEN DES AUTORS

1. Die Quelle dieser Geschichte ist eine zerfledderte, verblichene Ausgabe des *Reisetagebuches des Letztgeborenen Erstgeborenen*, ein besonders glücklicher Fund aus einer Zeit noch vor der Separation. Es wurde von einem unbekannten Buchdrucker gedruckt (das Deckblatt fehlt), der behauptet, es nach Faerils eigenem Tagebuch verfasst zu haben.

2. Es finden sich viele Vorkommnisse in dieser Geschichte, in denen sich die Wurrlinge, Elfen und Menschen unter dem Druck der Ereignisse in ihrer Muttersprache verständigen; um die Mühsal unbeholfener Übersetzungen zu vermeiden, habe ich, wo erforderlich, ihre Worte ins Pellarische übertragen, das ist die Gemeinsprache Mithgars. Einige Worte und Redewendungen jedoch sperren sich jeder Übersetzung; diese habe ich unverändert gelassen. Andere Worte wirken möglicherweise wie Fehler, sind jedoch richtig wiedergegeben, zum Beispiel ist BärMeister tatsächlich ein Wort, auch wenn ein großes M in seiner Mitte auftaucht. Ebenso finden sich Worte in der alten Pendwyrischen Form des Pellarion, die keineswegs falsch geschrieben sind.

3. Meine Studien über das *Reisetagebuch des Letztgeborenen Erstgeborenen* ergaben, dass die uralte Sprache der Magie dem Altgriechischen ähnelt, wenngleich sie einen eige-

nen Stil hat. Mit Hilfe eines Fachkundigen habe ich diese Sprache ins Altgriechische übertragen, in das ich hier und da einige ungewöhnliche Wendungen einflocht.

4. Ich habe mich des übertragenen Arabischen bedient, um die Sprache der Wüstenbewohner wiederzugeben, da das *Reisetagebuch* keine Anleitung dazu lieferte.

5. Die »Gemeinsprache« der Elfen ist ausgesprochen archaisch. Um die Färbung dieses Dialekts zu erhalten, zum Beispiel bei der Verwendung der förmlichen Anrede »Sie«, habe ich auf die alten Formen »Ihr« und »Euch« zurückgegriffen. Beim besitzanzeigenden Fürwort habe ich »Euer« und »Ihrer« für die Elfensprache eingeführt. Widerstanden habe ich jedoch der Versuchung, andere archaische Worte wie »itzo«, »fürbaß«, »weiland« und ähnliche mehr zu verwenden.

6. Um Verwirrung zu vermeiden, möchte ich die Leser auffordern, auf die jeweiligen Angaben zu Daten zu achten, welche den zeitlichen Rahmen eines jeden Kapitels beschreiben. Zum überwiegenden Teil wird diese Geschichte linear erzählt, aber gelegentlich bin ich zu einem früheren Punkt in der Geschichte zurückgegangen, um für die Erzählung wesentliche Teile einzufügen.

7. Diese Geschichte handelt von der letzten Jagd auf Baron Stoke. Doch sie ist eng mit drei früheren Berichten verflochten, die die Jagd nach Stoke beschreiben. Diese Geschichten sind unter anderen in der Sammlung von Erzählungen aufgeführt, die als *Tales from the One-Eyed Crow* bekannt sind.

»Weissagungen sind häufig subtil ...
und gefährlich – Ihr mögt wähnen,
dass sie das eine bedeuten, auch wenn sie
in Wahrheit etwas vollkommen
anderes zu meinen scheinen.«

1. Kapitel

AUS DEM STURM

Spätwinter, 5E988
[Gegenwart]

Jäger und Beute: Der plötzliche Schneesturm unterbrach das Rennen um Leben und Tod. Die Nordmeereule ging auf die sich wiegenden Zweige einer Ödlandkiefer nieder, der Eishase suchte unter dem Überhang eines Felsvorsprungs Schutz. Vom Wind getrieben fegte eine heulende Wand aus blendendem Weiß über die Landschaft, während Jäger und Gejagter auf das Ende des Sturms warteten, um dann die Jagd erneut zu beginnen, um über Flucht und Verfolgung, Leben und Tod zu entscheiden.

Doch vorläufig war die Jagd aufgeschoben, während Schnee und Eis über das Land fegten und gnadenlos auf alles einhämmerten, was sich in ihrem Weg befand. Der Wind heulte und ächzte und erfüllte die Welt mit dem Klang seiner Qual. Der Hase kauerte sich unter den Felsen und schloss die Augen, um sie vor dem Schnee zu schützen, der unter den Vorsprung peitschte, während hoch über ihm, in einem Baum, kaum zweihundert Meter entfernt, die Eule blinzelte und ihren Kopf nach Norden wandte. Ihre tödlichen Krallen umklammerten den Ast und trotzten seinem Schwanken.

Sie warteten.

Aber sie waren nicht allein in diesen Gebieten, dort an der nördlichen Flanke des Grimmwall-Massivs, denn etwas anderes, Gefährliches, fegte ebenfalls über die eisige Wüste.

Ob die Eule es zuerst witterte oder der Hase, wer weiß das schon?

Es kam aus dem Norden, aus der Richtung, in die die Eule starrte.

Dunkle Schatten, die sich in der Ferne bewegen, verhüllt vom Sturm. Sie kommen näher.

Etwa eine Achtelmeile nördlich des Baumes, auf dem die Eule hockte, unter dem Felsvorsprung, spürte der Hase die Erschütterungen. Es waren nicht jene, die dieses unberechenbare Land gelegentlich schon manchmal in Unruhe versetzten, sondern etwas, das wie ein unregelmäßiges Trommeln auf den Boden wirkte.

Schritte von pelzigen Füßen, Klauen, die nach Süden rannten, aus dem Norden. Mörderische Räuber.

Aus den peitschenden Zweigen der Kiefer musterte die Eule die nahenden Umrisse, bereit aufzufliegen, falls es nötig sein sollte.

Es sind mehr als einer. Sie kommen durch den Sturm. Schnell. Immer noch sind sie im Schneetreiben verborgen.

Der Hase öffnete ein Auge, rührte sich sonst jedoch nicht. Er verließ sich auf den Schutz des Schnees, seines weißen Fells und der Reglosigkeit.

Stampfende Klauen. Viele. Ein Rudel. Sie rennen.

Sie kamen näher, während die Eule sie beobachtete.

Es sind drei. In einer Reihe. Einer nach dem anderen. Lange, fließende Umrisse. Und jedem von ihnen folgt etwas Großes.

In das Heulen des Windes mischten sich merkwürdige Schreie, ein scharfer Knall. Die Ohren des Hasen zuckten.

Mehr als ein Rudel. Es sind mehrere. Allesamt tödliche Räuber. Einer nach dem anderen. Mit hämmernden Schritten. Und jemand schreit.

Jetzt war der Erste nah genug, dass ihn die Eule erkennen konnte.

Wölfe oder Ähnliches. Sie laufen in einer Reihe. Hinter ihnen noch ein Rudel. Jedenfalls sieht es so aus. Und danach noch eines.

Sie rannten nur wenige Schritte an dem Versteck des Hasen vorbei.

Zuckende Läufe. Wolfsläufe. Mörderläufe. Alle rennen. Graues Fell, schwarz und silbern. Sie sind zusammengebunden und rennen vor etwas Großem davon. Etwas, das über den Schnee gleitet.

Einer nach dem anderen zogen sie an dem Versteck des regungslos kauernden Hasen vorüber. Erst neunzehn Tiere, rennende, dann weitere neunzehn, und noch einmal so viele. Und etwas knallte in der Luft, etwas schrie: *»Heja!«*, *»Heja!«*, während sie vorbeidonnerten, mörderische Räuber, die durch Wind und Schnee rannten und dieses Gleitende hinter sich herzogen.

Obwohl sie vorbeirasten und kurz darauf verschwanden, verschluckt vom Sturm, rührte sich der Hase nicht.

Und eine Achtelmeile entfernt in dem windgepeitschten Baum beobachtete die weiße Eule, wie die drei Gruppen aus dem Schneesturm auftauchten, die Schlitten über das gefrorene Weiß zogen, die Kutscher auf den Kufen standen, ihre Peitschen knallen ließen und die Tiere – halb Wolf, halb Hund – vorwärtstrieben. Die Reisenden auf den Schlitten waren gegen die Kälte dick vermummt.

Der Kopf der Eule drehte sich, als sie unter ihr vorüberglitten und sich entfernten, durch den Schneesturm nach Süden rasten, dem sich auftürmenden Grimmwall-Massiv entgegen, das sich in der Ferne drohend erhob und den Weg versperrte.

Der Anblick und die Geräusche der Eindringlinge entschwanden rasch, verloren sich im Sturm.

Nur das Heulen des Windes und das Prasseln des Schnees blieben zurück.

Zeit verstrich.

Die Eule hockte immer noch auf ihrem Zweig.

Der Hase kauerte weiter unter seinem Vorsprung.

Nach Einbruch der Nacht ermattete schließlich der Sturm. Der Mond ging auf und tauchte die verschneite Landschaft in sein strahlendes Licht. In diesem silbrigen Glanz horchte der weiße Hase wachsam nach einem Anzeichen für Gefahr, während seine langen Ohren zuckten.

Nichts.

Vorsichtig tauchte er unter dem Felsvorsprung auf. Nach zwei kleinen Hüpfern hielt er erneut inne und lauschte, drehte die Ohren hierhin und dorthin und suchte mit aufgerissenen Augen die Umgebung ab.

Schließlich schlug er den Weg zu seinem Bau ein, der noch ein gutes Stück entfernt lag.

Und von dem hohen Zweig eines einsamen Baumes stürzte sich eine weiße Eule mit ausgebreiteten Schwingen zu einem langen, lautlosen Gleitflug hinab.

2. Kapitel

MYGGA UND FÉ

Spätwinter, 5E988
[Gegenwart]

»Heja!, Heja!«, schrie der Schlittenführer und trieb die Hunde voran. Shlee lief an der Spitze und gab das Tempo vor.

Gwylly beugte sich vor und spähte an Faeril vorbei, der vor ihm saß. Wie können die Hunde erkennen, wohin sie laufen?

Der Schnee fegte ihnen beinahe horizontal entgegen. Gwyllys Blickfeld war von dem Sturm äußerst eingeschränkt. Er konnte nur die Hunde sehen, die schnell und zuverlässig, mit lang gestreckten Ruten, voranstürmten und sich in das Geschirr legten, das sie an den Schlitten band. Doch kaum zehn Schritte vor Shlee konnte Gwylly nur noch tosendes Weiß erkennen. Wenn sich der Wurrling umdrehte, erkannte er hinter sich Laska, den Leithund der Schar, aber er erkannte kaum noch den Schlitten, in dem Riatha saß. Die dritte Schar jedoch, die Aravans Schlitten zog, war vom Schnee vollkommen verschluckt, und er hörte nur ab und zu das laute Knallen von Tchukas Signalpeitsche.

Er beugte sich vor. »Die Hunde!«, schrie er Faeril über dem scharfen Pfeifen der Kufen hinweg zu, »ich hoffe wirklich, dass sie wissen, wohin sie laufen!«

Hinter ihm lachte B'arr, der Schlittenführer. Es war ein kurzes, lautes Bellen. »Shlee weiß es, Kleiner. Shlee weiß es genau.«

Gwylly und Faeril drehten sich im Schlittenkorb herum und blickten in das lächelnde Gesicht des Aleutan. Seine Haut war bronzen, die Augen dunkel, das glatte Haar schwarz, ebenso wie sein Schnurr- und Backenbart. Der Schlittenführer trug einen pelzgefütterten Parka, eine ebensolche Hose und Mukluks. Seine Fäustlinge umklammerten den mit Tierhaut überzogenen Haltegriff des Schlittens und er stemmte die Füße fest auf die Kufen.

Der Aleutan wiederum sah zwei Wesen aus uralten Legenden vor sich, in Daunen gehüllt: *Mygga*, so hatte er sie genannt, wenngleich sie selbst sich Wurrlinge nannten. Ein kleines, zierliches Volk, mit mandelförmigen Facettenaugen, spitzen Ohren und einem gewinnenden Lächeln. Mit ihren Augen, Ohren und ihrer hellen Haut glichen sie so sehr den *Fé*, den Elfen, die in den Schlitten hinter ihnen saßen! Aber im Unterschied zu jenen waren die *Mygga* fast so klein wie Kinder. Sie reichten mit ihrem knappen einen Meter Länge kaum an die Größe von sechs- oder siebenjährigen Sprösslingen der Aleutani heran, obgleich der männliche *Mygga*, Gwylly, etwas größer war als der weibliche, Faeril. Pah, sie waren kaum größer als Rak oder Kano, B'arrs kräftige Zughunde am Ende der Schar.

Die *Fé* dagegen, die Elfen mit ihren schrägen Augen und den spitzen Ohren, waren ein wenig größer als ein erwachsener Aleutan. Die weibliche, Riatha, maß etwa einen Meter siebzig, während sie der Mann, Aravan, um eine Handbreit überragte.

Doch ungeachtet ihrer unterschiedlichen Größe waren beide – *Mygga* und *Fé* – stolz, so stolz wie Häuptlinge, hielten sich gerade, bewegten sich zielstrebig und blickten einem offen ins Auge, als gehörte ihnen die Welt.

Und gefährlich waren sie; mit Waffen aus Stahl und Silber und Sternenlicht und Kristall.

Die Wurrlinge, die *Mygga*, trugen weit reichende Waffen; die weibliche, Faeril, hatte zwei Gurte mit Wurfmessern über den Leib gekreuzt, fünf stählerne Klingen pro Gurt, alles in allem zehn Wurfmesser. Aber das war noch nicht alles. Denn in einem der Gurte steckte eine silberne Klinge, merkwürdigerweise jedoch war die Schlaufe am anderen Gurt, wo sich ihr Gegenstück hätte befinden sollen, leer. Der männliche *Mygga* trug ebenfalls einen Dolch, doch seine bevorzugte Waffe schien eine Schleuder zu sein. An seinem Gürtel hingen zwei Beutel mit Wurfgeschossen. Der eine war mit elliptischen Stahlgeschossen gefüllt, der andere, kleinere, mit kostbareren Kugeln aus Silber.

Die Waffen der Elfen dagegen, der *Fé*, schienen für den Nahkampf ausgelegt zu sein. Die weibliche *Fé*, die *Féan*, trug ein Langmesser und war mit einem wundervollen Schwert bewaffnet, dessen Klinge wie Sternenlicht schimmerte. Der männliche *Féan* trug ebenfalls ein Langmesser am Gürtel, das jedoch neben seinem Speer verblasste, der einen schwarzen Schaft und eine beeindruckende Klinge aus Kristall aufwies.

Doch nicht nur ihr Aussehen, ihr Gehabe, die Statur und ihre Waffen sagten den Aleutani, dass die *Mygga* und die *Fé* Wesen aus der Legende waren. Viel bedeutungsvoller schien es, dass die Hunde diesen vollkommen Fremden erlaubten, sich ihnen nicht nur zu nähern, sondern sie sogar zu berühren, sie zu streicheln, mit ihnen zu spielen; sogar Rak und Kano, die beiden wildesten Schlittenhunde, bildeten da keine Ausnahme, ebenso wenig wie der hochmütige Shlee. Dasselbe galt auch für die Gruppen von Ruluk und Tchuka. Für ihre Leithunde Laska und Garr, und auch für ihre Zugtiere, Chenk, Darga, Kor und Chun, sowie für alle anderen Hunde. Sie jaulten und winselten vor Aufregung, wann immer die *Mygga* und *Fé* in ihre Nähe kamen, und wälzten sich ergeben auf dem Boden, leckten ihnen die Hände, sprangen herum, gingen auf die Vorderpfoten und forderten zum Spiel auf. Diese wilden Tiere benahmen sich wie Welpen! Wahrhaftig, die vier waren gewiss Wesen aus den Legenden, die die Geschichtenerzähler an den Lagerfeuern zum Besten gaben, daran bestand nicht der geringste Zweifel.

»Heja! Heja!«

Die Schar kämpfte sich weiter durch den Sturm und zog den Schlitten, dessen Kufen scharf zischten.

Faeril sah Gwylly an. Der Blick ihrer amberfarbenen Augen bannte seinen smaragdgrünen. »Shlee kennt den Weg«, sagte sie lächelnd, sah erst B'arr an und dann wieder Gwylly. »Shlee kennt sich aus.« Damit drehte sich die Damman wieder herum und blickte nach vorn.

Vor ihr rannten neunzehn Hunde, jeweils in Paaren, bis auf Shlee, den Leithund. Sie liefen jeweils rechts und links von der Zugleine, und waren durch eigene Leinen mit dieser verbunden. Hätte Faeril den Abstand geschätzt, sie wäre zu dem Schluss gekommen, dass die Hunde – vom ersten bis zum letzten – über eine Weite von nahezu dreißig Metern vor dem Schlitten verteilt waren, damit sie Platz zum Laufen hatten. Faeril konnte kaum drei Meter über den Leithund hinwegsehen, bevor alles in Weiß versank. Daher wusste sie, dass Shlee in diesem Schneetreiben ebenfalls höchstens dreißig oder vierzig Meter weit sehen konnte, vorausgesetzt freilich, seine Sehkraft war nicht wesentlich besser als ihre. Was also würde passieren, fragte sich die kleine Damman, wenn eine Gletscherspalte oder ein Abgrund vor ihnen auftauchten?

Nach einer knappen halben Stunde erreichten sie den uralten Steinring auf dem niedrigen Hügel. Shlee hatte trotz des Sturms irgendwie den Weg dorthin gefunden. Ruluks Schlitten, geführt von Laska, und Tchukas mit Garr an der Spitze folgten ihnen unmittelbar. Das Schneetreiben hielt mit unverminderter Gewalt an und die Steinmauern der Ruine hoben sich nur als undeutliche, dunkle Silhouetten von der Hügelkuppe ab.

Die Aleutani platzierten ihre drei Gruppen in gebührlichem Abstand voneinander, rammten Pfähle in einiger Distanz voneinander in den gefrorenen Boden und banden je einen Hund an einen der Pfähle. Währenddessen gesellten sich Riatha und Aravan zu Gwylly und Faeril. Sie luden die Schlitten ab und schleppten das Gepäck durch den Sturm in die Trümmer eines kleinen, runden Gebäudes, das nach oben hin offen war, sodass der Schnee hineinwirbelte.

»Das hier stammt noch aus den uralten Zeiten«, sagte Riatha, deren Stimme im Sturm beinah unterging, und stellte ihr Bündel ab. Dann strich die goldhaarige Elfe mit der Hand über den Stein, während der Blick ihrer silberfarbenen Augen hin und her zuckte und sie den Kopf drehte und wendete, als sähe sie Unsichtbares und lausche lautlosen Stimmen.

»Ein Wachposten, würde ich sagen«, meinte Aravan und stellte sein Bündel neben das von Riatha. Der Lian war schlank und dunkelhäutig, mit rabenschwarzem Haar und dunkelblauen Augen, wie bei den anderen Elfen der Lian.

Ein schwaches Beben ließ die Erde erzittern, und Faeril legte ihre Hand auf die Steine. »Drachenhorst?«, fragte sie. Riatha nickte.

»Allerdings, Kleine. Von Kalgalaths Untergang, vor Tausenden von Frühlingstagen. So wie sich eine Glocke an ihren Schlag erinnert, weiß auch die Welt noch von der Vernichtung des Drachen.«

Faeril erwiderte nichts darauf, denn sie hatte die uralten Aufzeichnungen ihrer lang vergangenen Vorfahren gelesen, die vor mehr als dreißig Generationen gelebt hatten; die verblasste Schrift kündete von einer Gegend, in der es häufig Beben gab, dort oben im Grimmwall. Dennoch überlief es sie kalt, als sie jetzt spürte, wie die Erde tatsächlich bebte. Tausend Jahre alte Worte kamen ihr wieder in den Sinn und ihr Herz raste. Wenn sie erst ihr Ziel erreicht hatten, würden sie an einen Ort gelangen, an dem, das wusste sie, die Erde weit gewaltiger erzittern mochte, als sie dieses Echo aus einer längst vergangenen Ära zu rütteln vermochte. Und dieses Ziel würden sie schon bald erreichen, denn sie waren nur noch einen Tag davon entfernt: von dem Großen Nord-Gletscher, einem breiten, tiefen Fluss, für immer in Eis erstarrt, der kaum wahrnehmbar aus dem Grimmwall quoll. Obwohl sie nur noch eine Tagesreise davon trennte, spielte die Zeit eine entscheidende Rolle, denn sie wusste sehr wohl, dass in der Dunkelheit der Nacht das Auge des Jägers über ihnen schweifte und eine uralte Prophezeiung sich erfüllen würde, eine Weissagung, die ein Prophet vor mehr als einem Jahrtausend gemacht hatte. Faeril erschauerte bei diesem Gedanken.

Aravan hob die Hand und streckte sie nach dem oberen Rand des Mauerrestes aus. Er reichte bis auf knapp dreißig Zentimeter heran. »Nicht sehr hoch war er, dieser Wachposten, aber das Land darum herum ist noch flacher. Eine Plattform darüber oder – wer weiß? – auch ein Turm hätten vielleicht einen Platz geliefert, auf dem man stehen und rechtzeitig eine Warnung ausstoßen konnte, sollte sich ein Feind nähern.«

Gwylly zog seine Kapuze herunter und sah sich um. Sein rotes Haar fiel ihm über die Schultern. Es bildete einen scharfen Kontrast zu seinen grünen Augen. »Feind?« Der Wurrling deutete auf die sturmgepeitschte Ebene. »Welcher Feind? Da draußen ist alles verlassen.«

Aravan blickte lächelnd auf den kleinen Wurrling herunter. »Schaut nicht auf die leere Ebene, mein Waerling. Richtet Euren Blick stattdessen auf den Grimmwall, denn dort haust die Brut, in jenen Bergen vor uns. Und gegen sie diente dieser Posten einst als Wache: die Rûpt. Er stammt noch aus der Zeit vor Adons Bann, als sich die Rûpt überall herumtrieben und dieses Land in höchster Gefahr schwebte. Der große Krieg jedoch änderte all dies, sodass die Rûpt nunmehr im Grimmwall verbannt sind und sich in der Nähe der Orte aufhalten müssen, in denen sie sich verkriechen, wenn die Sonne über den Himmel zieht.«

Gwylly wusste, dass Aravan auf den Großen Krieg anspielte, damals, als Gyphon versucht hatte, Adon die Herrschaft über die Welten streitig zu machen. In diesem Kampf waren Gyphon die Völker Neddras, der Unterwelt, zu Hilfe geeilt, sowie Handlanger aus Mithgar, die Kistanier, Hyranier, einige Drachen und ein paar wenige Magier außer der Brut. Auf Adons Seite dagegen hatte sich hier in Mithgar eine große Allianz aus Menschen, Elfen, Zwergen und Wurrlingen gestellt; manche behaupteten gar, dass selbst die Utruni, die Steingiganten, auf Seiten der Allianz in den Kampf eingegriffen hätten.

Jedenfalls war es ein gewaltiger Krieg gewesen, dessen Ausgang sich lange in der Schwebe gehalten hatte. Am Ende jedoch hatte die Allianz obsiegt; Modru, Gyphons Leutnant hier in Mithgar, wurde vernichtet und die Rebellion brach zusammen.

Zur Strafe hatte Adon seinen Bann über die Brut ausgesprochen, angezeigt von einem strahlenden Stern am Himmel, der zuvor nicht dagewesen war. Dieser Stern hatte mehrere Wochen lang hell geleuchtet, bis er schließlich erloschen war und nimmermehr gesehen wurde. Während der Zeit jedoch, in der dieser Stern glühte, erkrankte die Brut an einer Seuche, wenn immer sie ins helle Licht des Tages trat. Je länger der Stern schien, desto tödlicher wurde diese Krankheit, bis am Ende schon ein Strahl der Sonne auf einem Rukh genügte, um ihm den Brennenden Tod zu bringen. Selbst wenn sich die Brut auch nur für einen kurzen Augenblick der Sonne aussetzte, brach das Opfer zusammen und verwandelte sich in einen Haufen Asche.

Die ganze Brut war mit Adons Bann geschlagen, und dazu auch andere Kreaturen, einschließlich einiger Drachen, die sich auf Gyphons Seite geworfen hatten. Sie waren jetzt Kalt-Drachen, denn Adon hatte sie zur Strafe ihres Feuers beraubt.

Die Menschen jedoch, die mit Gyphon gemeinsame Sache gemacht hatten, blieben von dem Bann verschont. Denn sie waren von dem Großen Verführer in die Irre geleitet worden. Adon vergab ihnen am Ende.

Das hatte Aravan gemeint, als er sagte, dass der Große Krieg alles verändert hätte. Jetzt zwang der Bann die Brut, sich zu verbergen, trieb sie in Verstecke im Grimmwall, wenn es Tag wurde. Aus demselben Grund wagte sich die Brut auch selbst in der Nacht nicht weit von ihren Verstecken fort, und sie würden kaum bis hierhin kommen, es sei denn große Not oder Furcht triebe sie. Denn die Sonne mochte sie vernichten, wenn sie nach Tagesanbruch auf diesen Ebenen von ihr überrascht würden und sie nicht rechtzeitig irgendwelche Schluchten oder Spalten fanden, in denen sie sich vor Adons Licht verkriechen konnten.

Gwylly musterte die Ruinen, während ihm Gedanken über Kriege und Banne durch den Kopf gingen.

Während der Wind heulte, den Schnee über die Mauern fegte und durch die zerborstene Tür drang, blickte der Wurrling zu Aravan hinauf. »Wie hätte dieser Ort denn verteidigt werden können? Er ist schließlich kaum größer als zehn meiner Schritte, also höchstens sechs von Euren. Schwerlich geräumig genug somit, einer großen Streitmacht Raum zu bieten. Ich denke doch, der Posten wäre schnell gefallen.«

»Das stimmt«, erwiderte Aravan. »Aber ein solcher Wachposten sollte auch nicht verteidigt werden. Falls der Feind gesichtet wurde, würden die Wachen von hier fortreiten und Alarm schlagen, vielleicht nachdem sie vorher ein Warnfeuer entzündet hatten.«

»Wie das Signalfeuer in Beacontor?«, erkundigte sich Faeril.

Gwylly schüttelte den Kopf. »Beacontor, Liebste, sollte verteidigt werden. Die Türme auf den Signalbergen waren von Mauern umringt. Dieser Ort jedoch weist keine solchen Festungswälle auf. Er verfügt nur über einen Turm, dazu noch einen recht kleinen.«

Riatha riss den Blick ihrer silberfarbenen Augen von den Mauern los und richtete ihn auf Gwylly. »Wenn wir suchten, würden wir gewiss die Reste von Stallungen finden, vielleicht auch einen Schuppen, in dem vor langer Zeit Pferde oder ein Gespann untergebracht wurden, mit dem man flüchten konnte, falls sich die Notwendigkeit ergab. Sie hätten das Signalfeuer entzündet und wären dann geflohen.«

Faeril strich sich eine Strähne ihres pechschwarzen Haares aus der Stirn und schaute durch die Tür auf den wirbelnden Schnee. »Wer wäre dann gewarnt worden? Wer hat hier gelebt, als dieser Turm errichtet wurde?«

»Aleutani, denke ich«, antwortete Aravan. »Denn schon damals brachten sie ihre Ren-Herden während des langen Sommers hierher, wo das Gras saftig und grün ist. So wie sie es heute noch tun.«

Faeril nickte. Sie hatte selbst einige der mit Geweihen geschmückten Ren auf ihren Winterweiden gesehen, die in den tiefen, geschützten Tälern am Rand des Nordmeeres lagen.

Erneut erzitterte der Boden unter ihren Füßen und Faeril trat an den eingestürzten Eingang. »Ist es denn sicher, hier zu übernachten? Ich weiß doch nicht recht, diese Erdstöße ...«

Riatha lächelte die kleine Damman an. »Es ist sicher genug, Kleine. Das Land hier am Rand des Vorgebirges ist weit genug vom Grimmwall entfernt, und noch weiter vom Drachenhorst.«

Faeril blickte zu den Elfen hoch, nickte, wandte sich dann um und ging in den Sturm hinaus. Die anderen folgten ihr zu den Schlitten.

Sie mussten noch einmal gehen, um die benötigten Vorräte in die Steinruinen zu tragen. Während sich die Elfen an den Bündeln zu schaffen machten, machten sich Gwylly und Faeril auf die Suche nach Feuerholz. Die beiden Wurrlinge fanden zwar die eingefallenen Ruinen eines Stalles neben dem Turm, jedoch kein Brennholz.

Kaum waren die Wurrlinge von ihrer ergebnislosen Suche zurückgekehrt, da trat B'arr durch die Tür, gefolgt von Tchuka und Ruluk. Sie hatten ihre Gruppen an die Pfähle gebunden. B'arr lachte, als Gwylly ihn wegen des Feuerholzes befragte, und die beiden anderen Schlittenführer fielen in sein Lachen ein, als er ihnen die Frage in die Sprache der Aleutani übersetzte. Während B'arr und Ruluk Bündel mit gefrorenem Lachs auswickelten und die Fische mit der Axt in Stücke zerhackten, verschwand Tchuka nach draußen. Einen Augenblick später kehrte er zurück. In den Armen hielt er etwas, das wie große Scheiben Dreck aussah. Zu Gwyllys Verblüffung setzte der Schlittenführer diese Dreckplatten in Brand.

»Sode«, meinte Aravan, als würde das alles erklären.

Als Riatha Gwyllys verständnislose Miene sah, setzte sie hinzu: »Man nennt es auch Torf. Aber wie auch immer es geheißen wird, es brennt jedenfalls.«

Gwylly schüttelte nachdenklich den Kopf. »Ich habe es in der Nähe des Stalles gesehen, aber ich dachte ...«

»... dass es einfach nur Erde wäre«, beendete Faeril seinen Satz, denn sie hatte dasselbe angenommen. »Aber ich hätte fragen sollen«, gab sie zu. »Denn ich komme aus den Waldsenken, wo es auch Torffelder gibt, in der Nähe von Großfarn und auch von Kleinfarn.«

»Pah!«, stieß B'arr hervor und sagte etwas auf Aleutanisch zu seinen Gefährten, das ein Lächeln auf ihre bronzefarbenen Gesichter zauberte. Dann wandte er sich an Aravan. »Nein, Anfé, das ist kein Feuertorf; es ist *Ren mokk*, also das, was Ihr Dung nennt. Von den Ren.«

Jetzt lachte Aravan. »Fermente! Renfermente. Getrockneter Dung. Ah, Schlittenführer, Ihr führt mir meinen Irrtum wahrlich vor Augen!« Gwylly und Faeril grinsten über beide Wangen, denn nicht nur die Wurrlinge hatten sich geirrt, sondern auch die Elfen.

Riatha lächelte ebenfalls, wenn auch nur flüchtig. Sie wurde rasch wieder ernst und abgelenkt, als sie den Blick in Richtung Grimmwall richtete, der jedoch nicht zu sehen war. »Was wie ein Ding scheint, entpuppt sich häufig als etwas gänzlich anderes. Selbst dann jedoch kann sich seine wahre Natur nicht gezeigt haben, und es mag sich am Ende als noch etwas anderes herausstellen.«

Gwylly starrte in die Glut des Dungfeuers, während er mit seinen Gedanken ganz woanders war. Er beobachtete den weißen, stechenden Rauch, der über die Mauer quoll, wo er von dem stürmischen Wind weggefegt wurde. Der Bokker überlegte, welchen Täuschungen sie noch begegnen würden, Täuschungen, die sich am Ende vielleicht als gefährlich herausstellen mochten.

B'arr stand auf und unterbrach Gwyllys düstere Gedanken. »Wollen die *Mygga* die *Span* füttern?« Er deutete auf einen Beutel mit zerhacktem Lachs. Seine schwarzen Augen funkelten.

Gwyllys Miene erhellte sich, während er eifrig nickte. Faeril deutete ebenfalls ihre Zustimmung an.

Bei dieser Reaktion der beiden *Mygga* grinsten Tchuka und Ruluk. Ihre Zähne leuchteten weiß gegen ihre schwarze Bärte und ihre bronzene Haut.

B'arr nahm ein Stück gehackten Lachses aus einem Beutel. »Dann wartet nur. Ich rufe.« Er trat in den Schneesturm hinaus. Die beiden anderen Aleutan nahmen sich jeder ebenfalls ein Stück Lachs und folgten B'arr nach draußen.

Sie gingen zu ihren Leithunden. Wie Gwylly, Faeril, Riatha und Aravan in den letzten zwölf Tagen und sechshundert Meilen gelernt hatten, wurden die Rudelführer als Erste gefüttert, als Letzte eingespannt und als Erste wieder vom Geschirr befreit. Jeder der Hunde war der dominante in seiner Schar, in seinem *Span.* Und der Schlittenführer unterstützte seine Stellung, indem er den Leithund mit genau der Ehrerbietung behandelte, die ihm gebührte, den anderen Hunden seines *Spans* diesen Respekt jedoch nicht erwies.

So wie B'arr es in seinem gebrochenen Pellarion erklärt hatte: »Leben hängt vom *Span* ab. *Span* hängt vom Leithund ab. Leithund vom Schlittenführer. Ich bin Schlittenführer. Shlee ist *Span*-Führer. Sein Leben in meinen Händen, mein Leben in seinen. Ich behandele ihn als Führer, er mich als seinen Herrn. Alle Hunde sehen das. Alle verstehen. Alle leben. Alle Hunde. Shlee. Ich.«

Nach einem Augenblick übertönte B'arrs Pfiff das Heulen des Sturms. Gwylly, der zwei Beutel mit Lachsstücken schleppte, und Faeril, die einen in den Händen hielt, traten durch die Tür in das Schneetreiben hinaus. Und nach einem weiteren Augenblick ertönte das Jaulen und Winseln der aufgeregten Hunde.

Der Sturm wurde nach Mitternacht schwächer, und am aufklarenden Himmel ging der silberne Mond auf.

Als Faeril mitten in der Nacht aufwachte, sah sie Riatha im Mondlicht stehen, den Blick nach oben gerichtet. Faeril blickte ebenfalls hinauf, durch das geborstene Dach. Eine eisige Hand schien sich um ihr Herz zu legen. Denn hoch oben an dem stillen Firmament sah sie das Auge des Jägers, der einen langen, feurigen Schweif über den sternenübersäten Himmel zog.

3. Kapitel

FAERIL

Frühsommer, 5E985
[Drei Jahre früher]

»Oh, das Auge des Jägers!«, rief Lacey und schaute von dem kleinen, in Leder gebundenen Buch auf. »Das klingt wirklich bedrohlich. Was ist das?«

Faeril hielt inne, balancierte das Wurfmesser in ihrer Hand und warf der rotblonden Damman einen Blick über die Schulter zu. »Lies weiter, Lacey«, sagte sie, drehte sich wieder um und schleuderte das Messer, das funkelnd durch die Luft flog und sich mit einem vernehmlichen Rumms neben die anderen Messer in das Holz grub.

Während Faeril zu dem Holzstamm ging und ihre Messer einsammelte, widmete sich Lacey wieder der Handschrift, während sie mit einer Hand über die Picknickdecke nach ihrem Becher tastete, ohne den Blick von den Buchstaben zu nehmen. Sie trank einen Schluck Tee und biss von dem Brot ab, doch ob sie schmeckte, was sie da aß, war fraglich, so gefesselt schien sie von dem Buch.

Die Sonne warf ihre Strahlen durch das Blätterdach, während der Mittag vorüberging, Faerils Messer sich in das Holz gruben und zu den Geräuschen des Waldes beitrugen: dem Singen der Vögel, dem schwachen Rascheln der Blätter in der leichten Brise, dem Summen eines Insekts und dem Murmeln des Baches, der den nahe gelegenen Hang hinabfloss.

Schließlich klappte Lacey das Reisetagebuch zu und schaute ihre entfernte Cousine an, die erneut Messer aus dem umgestürzten Baum zog. »Ach, Faeril, bei diesen alten Worten beschleicht mich ein Gefühl drohenden Unheils.«

Faeril stand am Baumstamm und schob ihre Wurfmesser wieder in die Laschen des Kreuzgurtes über ihrem Oberkörper. Pro Gürtel gab es sechs Scheiden, insgesamt also zwölf. In zehn steckten stählerne Klingen, in einer eine silberne, und die letzte war leer. Mit entschlossener Miene drehte sich Faeril herum und trat zu Lacey.

Lacey schaute von dem Reisetagebuch zu der Damman und dann wieder auf das Buch. »Du siehst so grimmig drein, Faeril. Ich glaube, du wirst mir gleich etwas sagen, das ich lieber nicht hören möchte.«

Faeril setzte sich auf eine Ecke der Picknickdecke. Mit einer Geste, die seit ihrer Kindheit zwischen Lacey und ihr zu einem Ritual geworden war, nahm sie die rechte Hand ihrer Cousine zwischen ihre beiden eigenen Hände, dann aber nur mit ihrer rechten und drückte die Handfläche ihrer freien Hand gegen Laceys. »Meine beste Freundin, ich verrate dir jetzt ein Geheimnis, das du hüten musst, bis die Zeit kommt, da es enthüllt werden darf.«

Langsam schloss Lacey die Hand und ballte sie, als schließe sie etwas Unsichtbares damit ein. Dann drückte sie die Faust an ihr Herz und öffnete einen Finger nach dem anderen, bis ihre flache Hand schließlich an ihrer Brust lag. »Meine beste Freundin, hier ruht es verschlossen, bis die Zeit kommt, es zu enthüllen.«

Faeril holte tief Luft. Ihre Stimme bebte vor Aufregung. »Ich verlasse die Waldsenken, Lacey. Ich wollte, dass jemand es weiß, jemand, der es Mutter erzählen kann.«

Lacey traten die Tränen in die Augen. »Du gehst weg? Du verlässt die Wald …? Aber warum denn nur, Faeril, warum?«

Auch Faerils Augen schwammen in Tränen. Aber nachdem sie ihr Geheimnis ausgesprochen hatte, wurden sie wieder ruhiger.

»Warum?«, wiederholte Lacey.

Faeril hob die Kreuzgurte über den Kopf und breitete sie vor sich aus. Der Stahl und das Silber funkelten. »Weil ich die erstgeborene Dammsel von den erstgeborenen Dammseln bin, zurück bis zu Petal selbst.«

Lacey schüttelte den Kopf und zerdrückte die Tränen zwischen den Lidern, während sie auf das Reisetagebuch blickte. »Ja, ich weiß. So wie deine Dam und ihre Dam und … Aber, aber Faeril, was hat das damit zu tun, dass du die Waldsenken verlässt?«

Faeril legte die Messergurte auf die Picknickdecke. »Morgen ist mein Geburtstag. Dann bin ich den Mädchenjahren entwachsen und werde eine junge Damman. Dann bin ich alt genug, mich auf den Weg zu begeben, der mir seit meiner Geburt vorgezeichnet ist … und das schon vor tausend Jahren. Und ein Weg, den nur ich gehen kann.«

Sie nahm das Tagebuch. »Lacey, dieses Buch erzählt die jahrhundertelange Jagd auf ein Monster, auf Baron Stoke, und zwar durch vier Gefährten: Riatha, eine Elfe aus Ardental; Urus, einen Baeron aus dem Herzen des Großwaldes, und durch meine Vorfahren Tomlin und Petal, Wurrlinge aus dem Weitimholz.

Dreimal stellten sie Stoke, und beim letzten Mal brachten sie ihn zu Fall, obwohl auch Urus, der Mensch, sein Leben dabei verlor. Er stürzte sich zu Tode, um das Monster mit sich zu reißen, um Stoke zu vernichten.«

»Weiß ich«, erwiderte Lacey. »Urus war sehr tapfer, sehr edel, und sein Tod war sehr traurig. Aber das ist eine uralte Legende, eine uralte Geschichte, und jetzt haben wir ... heute.«

»Uralt, Lacey, ja, das stimmt schon. Aber etwas aus dieser Vergangenheit, aus dieser Zeit vor zehnhundert Jahren ragt unheilvoll bis in dieses Jetzt hinein, oder vielmehr, in die Zukunft, in unsere nahe Zukunft, und zwar, wie es scheint, eine Prophezeiung des Untergangs.«

Lacey riss bei diesen Worten erstaunt die Augen auf. Doch bevor sie etwas erwidern konnte, sprach Faeril weiter. »Dieses Tagebuch erwähnt einen Sermon, der sich bald erfüllen wird, einen, der auf irgendeine Weise etwas mit Baron Stoke zu tun hat, obwohl ... wie jemand, der vor Jahrhunderten sein Leben verwirkt hat, seine Klauen ausstrecken und die Gegenwart packen kann, das geht über meinen Verstand.«

Faeril blätterte das Buch durch, bis sie den gesuchten Eintrag gefunden hatte. »Und sieh selbst: Vor einem Millenium, so steht es hier, kam Lady Riatha zum Weitimholz und erzählte Tomlin und Petal von einer Prophezeiung, die von Rael, der Elfenkönigin von Ardental, gemacht worden war.«

29.–31. Mai, 4E1980
Tage der Freude und Verzweiflung, denn Riatha ist gekommen.
Und dies hier ist das, was sie sagte ...

Tomlin hörte das Pferd bereits den Pfad entlangkommen, bevor er es sehen konnte. Er stand auf der kleinen Veranda und legte zum Schutz gegen die tief stehende Nachmittagssonne die Hand über die Augen. Er lächelte strahlend, als er die goldhaarige Elfe erkannte, die in graues Leder gekleidet war und ihr Schwert auf dem Rücken trug. Sie ritt unter dem Baldachin des Waldes hervor auf die Lichtung.

Er drehte sich herum. »Petal!«, rief er in die Kate, »es ist Riatha!«

Rasche Schritte ertönten, und dann stürmten drei Dammen auf die Veranda hinaus, Klein-Riatha, Silberauge und Petal, alle mit Schürzen angetan. Auf Silberauges Wangen war eine Spur Mehl zu sehen, und Klein-Riathas Finger waren vom Beerensaft ganz blau.

Petal trat neben Tomlin. »Sollte es etwa ...?«

Tomlin legte seiner Dammia einen Arm um die Schultern. »Stoke? Das glaube ich nicht, Petal. Wir beide haben gesehen, wie er in den tiefen Schlund des Eises stürzte.«

Petal lächelte ihren Gemahl furchtsam an, und sie warteten Seite an Seite umschlungen auf Riatha, die langsam über die Lichtung ritt.

Tomlins und Petals Dammsels, Silberauge und Klein-Riatha, oder wie sie zärtlich genannt wurden, Silberle und Atha, standen neben ihren Eltern und beobachteten, wie die Elfe näher kam. Ihre Augen funkelten erwartungsvoll. Sie waren Riatha bisher nicht begegnet, obwohl sie ihr Leben lang von ihr gehört hatten.

Die mit ihrem legendären Schwert bewaffnete Elfe ritt auf ihrem mondgetupften Grauen zu der winzigen Kate und stieg ab.

Petal trat vor, und Riatha kniete sich hin, um zunächst sie und dann Tomlin zu umarmen. Nach kurzem Zögern traten auch Silberle und Atha vor und wurden der Elfe vorgestellt.

Tomlin wollte die Zügel von Riathas Pferd nehmen, um den Hengst in den Stall zu führen, aber die Elfe hielt ihn auf und verwendete dabei seinen alten Spitznamen. »Ich versorge Strahl, Kiesel. Sammelt Ihr den Rest Eurer Familie, denn ich habe Kunde, die Euch alle angeht.«

Tomlins Herz tat einen schnellen Schlag, und ein Seitenblick auf Petal sagte ihm, dass auch ihr Herz heftig hämmerte.

Er sattelte sein Pony und ritt auf die Felder. Als er zurückkehrte, kroch die Dämmerung bereits über das Land. Seine beiden Bokker, Klein-Urus und Bärchen, begleiteten ihn. Laternen beleuchteten die Veranda, auf der sie das Abendessen einnehmen würden, denn die Decke der Kate war viel zu niedrig für die Elfe, und die Wurrlinge wollten ihr keinesfalls zumuten, sich ständig bücken zu müssen.

Also versammelten sich alle an diesem Maiabend, speisten, plauderten von Nichtigkeiten und unbedeutenden Dingen, während die Grillen im Gras zirpten. Als der Abend in die Nacht mündete, servierten Silberle und Atha heißen Tee und Heidelbeerkuchen.

Schweigen senkte sich auf die Familie und ihren Gast herab, ein Schweigen, das allmählich unbehaglich wurde, während die Sterne über ihnen dahinzogen.

Schließlich sagten Petal und Tomlin, als wären sie vom selben Einfall getrieben: »Riatha ...«

Das Schweigen war gebrochen.

Die beiden Wurrlinge sahen sich an und Tomlin nickte Petal zu.

»Riatha«, sagte die Damman. »Was diese bedeutungsvollen Worte angeht, diese Worte, die meine ganze ... Familie betrifft, was ...?« Ihre Stimme brach, aber ihre unausgesprochene Frage hing schwer in der regungslosen Luft dieser Nacht im Weitimholz.

Die silberäugige Elfe schaute in das Gesicht eines jeden Waerlings und fand resolute Entschlossenheit in den Augen, die wie Edelsteine funkelten. »Ich bin gekommen, Euch die Worte von Rael zu überbringen, der Lady von Ardental, Gefährtin des Talarin, meines entfernten Cousins, denn sie besitzt manchmal die Macht der Weissagung.

Und eine solche hat sie ausgesprochen.

Allerdings hat sie von zwei verschiedenen Bestimmungen gesprochen, die ich Euch beide zu Gehör bringen möchte.

Die erste ihrer Visionen zeigte ihr eine Dunkelheit, die sich im Norden sammelt und sich irgendwann über das Land legen wird. Damit endete diese Vision. Was sie zu bedeuten hat – Krieg, Pestilenz, Hungersnot, Seuchen ... das kann sie nicht sagen. Sie wird noch einige Jahre auf sich warten lassen. Dennoch ist diese Drohung bedeutsam genug, dass ich Euch empfehlen würde, Euch an einen sichereren Ort zu begeben, weg vom Weitimholz, vielleicht nach Süden oder ins geschützte Land der Sieben Senken.

Raels zweite Vision spricht von einer zweiten Bestimmung, die sich schwach in den fernen Winden der Zeit andeutet, eine Bestimmung weit jenseits dieses Ortes, und noch dazu eine, die laut Rael für mich gilt, und die, so wähne ich, auch Euch betrifft, Petal, und Euch ebenso, Kiesel.«

Tomlins Herz hämmerte zum zweiten Mal an diesem Tag wie wild, und er empfand den irrigen Wunsch, seine Familie hinter sich zu scharen, Schleuder und Silberkugeln zu nehmen, Petal zu bitten, sich mit ihren Wurfmessern zu gürten, und seinen Bokker und Dammsels zu befehlen, sich ebenfalls zu bewaffnen.

Eine Vision von Baron Stoke stieg monströs in seinem Hirn auf.

»Stoke!«, knirschte er, und die Wut in seiner Brust vertrieb die Furcht.

Die Kinder starrten mit großen Augen ihren Vater an, denn sie kannten die Geschichte von der Jagd auf Baron Stoke nur zu gut. Zwanzig Jahre lang hatten sie das Monster gesucht, Riatha, und Urus und Tomlin und Petal. Die vier Gefährten hatten Stoke schließlich gestellt, vor zehn Jahren, dort am Nord-Gletscher. Allerdings, die Kinder wussten von der Verfolgung und ihrem verheerenden Ende, als Urus und Stoke in den Tod stürzten, in jene unergründliche Gletscherspalte, eine Spalte, die sich hinter ihnen fest verschlossen hatte.

Wie hätten sie es auch nicht wissen sollen? Denn schließlich waren die Kinder alle nach Urus und Riatha benannt worden. Und an den vielen langen Winterabenden der letzten Jahre hatten Tomlin oder Petal von jenen längst vergangenen Tagen berichtet, hatten ihren Bokkern und Dammsels von den Taten ihrer Namensgeber erzählt – und von dem Monster, das sie gehetzt hatten.

Und jetzt hatte ihr eigener Vater den Namen dieses fürchterlichen Feindes wieder ausgesprochen: *»Stoke.«*

»Vielleicht, Kiesel, vielleicht«, antwortete Riatha und streifte mit einem Blick ihr Schwert, das in seiner Scheide am Endpfosten des Geländers hing.

»Eine Bestimmung?«, platzte Bärchen schließlich heraus, der Jüngste. »Diese Lady Rael, sie hat eine Bestimmung geweissagt, die uns betrifft? Eine Bestimmung in ferner Zukunft?«

Riatha richtete den Blick ihrer silbernen Augen auf den Jüngling. »Ja, Bärchen, eine Prophezeiung.«

Jetzt meldete sich auch Atha zu Wort. »Was ... was hat sie denn gesagt, diese Lady Rael?«

Riatha sah die Dammsel an, die ihren Namen trug. Die Waerlinga war kaum größer als ein Elfenkind, auch wenn sie kein Kind mehr war. Trotzdem ähnelten Waerlinga Elfenkindern in vielerlei Hinsicht, bis auf die Augen. Denn die Augen des Kleinen Volkes waren so groß und facettiert wie Juwelen und hatten einen Schimmer tief in ihrem Inneren, den die Augen keines Elfenkindes aufwiesen.

Trotzdem, als Riatha diese Waerlinga musterte, fragte sie sich, ob es wohl an dieser Ähnlichkeit zwischen ihnen und den Elfenkindern lag, dass diese kleinen Leute von ihrem eigenen Volk so geliebt wurde. Denn seit fast tausend Jahren hatte kein Elfenkind mehr seinen Fuß nach Mithgar gesetzt, nicht mehr seit jener Spaltung, damals im Großen Krieg, seit dem letzten *Dämmerritt.* Der Gedanke erfüllte Riatha mit großer Trauer. Hier in Mithgar konnte kein Elfenkind empfangen oder geboren werden. Nur in Adonar war den Elfen dies möglich. Auch wenn die Elfen mittels des Zwielicht-Rittes von Mithgar nach Adonar passieren konnten, war ihnen der Weg zurück versperrt. Verließ ein Elf also Mithgar, bedeutete das möglicherweise einen Abschied auf immer. Denn es hieß, dass erst am Ende, in den letzten Tagen, der *Dämmerritt* wieder ermöglicht würde. Doch es blieb unklar, ob dies für jeden galt und alle nach Mithgar zurückkehren konnten, oder ob nur ein einzelner Reiter, ein Reiter der Unmöglichkeit dies vermochte, ein Reiter, der das Silberne Schwert bei sich trug.

Jedenfalls vermochte jetzt niemand von Adonar auf diese Ebene zu gelangen, deshalb wurden in Mithgar keine Elfenkinder mehr gesehen. Und die Wurrlinge blieben eine deutliche Erinnerung an das, was verloren gegangen war.

Riatha schüttelte den Kopf, um diese Gedanken zu vertreiben, als Atha weitersprach. Die junge Damman wiederholte ihre Frage, die noch nicht beantwortet worden war. »Was hat Lady Rael in ihrer Prophezeiung denn gesagt, Lady Riatha?«

Riatha betrachtete erneut die Gesichter der Wurrlinge, in denen sich ausnahmslos Neugier und Sorge spiegelten, aber keine Furcht. »Wir saßen in Ardental an den Ufern des Tumbel, Rael und ich, und vertrieben uns die Zeit, durch Kristalle zu wahrsagen. Plötzlich sah mich Rael an, vielmehr, sie blickte durch mich hindurch, denn ihre Augen waren auf etwas anderes gerichtet ... in die Ferne. Sie hielt einen Sermon. Diese Sermone kommen zu ihrer eigenen Zeit und auf ihren eigenen Willen hin. Dennoch schien es, als wären die Worte an niemanden anders denn an mich gerichtet. Und sie weissagte Folgendes:

Wenn der Frühling ins Land zieht,
das der Winter noch in seiner eisigen Faust hält,
und das Auge des Jägers über den nächtlichen Himmel wandert,
werden sich Bann und Segen erneut erheben.
Die Letztgeborenen Erstgeborenen derer, die dort waren,
stehen an deiner Seite im Licht des Bären.
Jäger und Gejagte, wer kann sagen,
wer welches ist an jenem Tage?

»Ohh!«, flüsterte Silberle ehrfürchtig und sah sich um, welche Gefahr wohl aus dem Dunkel jenseits des Lichtkreises der Laternen heranschleichen mochte. »Was hat das zu bedeuten, was meint Ihr?«

Eine Weile antwortete niemand, als alle die möglichen Bedeutungen dieses Sermons erwogen. Schließlich blickte Klein-Urus, der ältere Bukko, der auf den Stufen der Veranda saß, zu seiner Schwester, Klein-Riatha, der älteren der beiden Dammsel, empor. »Wenn diese Rede, wie Dad vermutet, auf Baron Stoke anspielt, dann meint sie, so glaube ich, dich und mich, Atha, denn wir sind der Erstgeborene Bokker und die Erstgeborene Dammsel derer, die hier waren.« Er deutete auf seinen Vater und seine Dam.

Furcht leuchtete in Petals Augen auf, nicht um sich, nein, sondern um ihre Kinder. Sie griff nach Tomlins Hand und umklammerte sie fest.

Die Elfe jedoch schüttelte den Kopf. »Nein, kleiner Urus. Deine Vermutung, dass dieser Sermon die Erstgeborenen meint, ist zwar sehr scharfsinnig, ich jedoch nehme an, dass sie, bis auf mich, keinen der hier Anwesenden meint ... jedenfalls nicht gezielt.«

Der Jung-Bokker wies ausholend mit der Hand auf alle Wurrlinge. »Wenn nicht wir, Atha und ich, und auch nicht Silberle oder Bärchen, und nicht mein Vater und meine Dam, wen meint sie denn?«

Die Elfe lächelte den Wurrling an. »Höre, kleiner Urus, sie meint eine Bestimmung, die weit in der Zukunft liegt, denn das Auge des Jägers wird nicht vor Tausend Wintern erneut über den Himmel ziehen, in tausendsiebenundzwanzig Wintern, genauer gesagt ...«

»Eintausend und siebenundzwanzig Jahre?«, platzte Bärchen dazwischen. »Wir haben heute das Jahr 4E1980, das heißt, es wäre im Jahre ...«, er rechnete schnell im Kopf nach, »4E3007 ... Ja, 4E3007. Das ist eine sehr lange Zeit bis dahin. Aber ... aber wartet! Dann wird doch keiner von uns mehr am Leben sein!«

Petal sah die Elfe an. »Riatha schon, Bärchen«, sagte sie. »Riatha wird dann noch leben.«

Die Kinder der Wurrlinge blickten die Elfe an und begriffen zum ersten Mal tatsächlich, dass sie keine gewöhnliche Sterbliche war.

Riatha tat ihre Blicke mit einem Achselzucken ab. »So wie auch Eure Nachfahren leben werden, deine, kleiner Urus, und deine, kleine Riatha: Die Erstgeborenen der Erstgeborenen, so wie es der Sermon prophezeite.«

»Dieser *Huntra Êag*«, Tomlin benutzte den Ausdruck des Twyll, der alten Sprache der Wurrlinge, »dieses *Auge des Jägers*, was genau ist es eigentlich?«

»Das weiß ich nicht, Kiesel«, antwortete Riatha. »Es ist ein Bote, einer der bedrohlichen Sterne, der über den Himmel zieht und Verderben mit sich bringt. Tausende von Wintern verstreichen zwischen seinem Auftauchen, aber er kehrt immer wieder zurück, zieht jedes Mal in den Nächten am Ausgang des Winters über das Firmament. Und er erscheint jedes Mal zwischen den Sternen, die wir den Jäger nennen, und wirkt blutrot wie das Auge des Jägers.«

Silberle riss staunend den Mund auf, als die Elfe sprach. Als Riatha verstummte, klappte ihn die Damman wieder zu. Bei diesem vernehmlichen Klicken drehten sich alle herum und sahen sie an. Sie hatte das Gefühl, etwas Unschickliches getan zu haben, aber Atha rettete sie aus ihrer Verlegenheit, als sie sich an die Elfe wandte. »Diese Prophezeiung«, fragte sie, »spricht doch vom Letztgeborenen Erstgeborenen. Was hat das zu bedeuten?«

»Und was ist das *Licht des Bären?*«, mischte sich Bärchen ein. Die Augen des Jung-Bokkers schimmerten im Lampenlicht. »Die Prophezeiung spricht doch auch davon.«

»Wie auch von *Bann und Segen*«, erinnerte sich Silberle. »Was bedeutet das?«

Tomlin räusperte sich. »Wenigstens wissen wir, was der Sermon mit *Jäger und Gejagter* meint.«

»Was denn?«, hakte Bärchen nach. »Was bedeutet das?«

»Nur dies, Bärchen«, antwortete Tomlin. »Als wir versuchten, Stoke zur Strecke zu bringen, hat er seinerseits versucht, uns zu töten, und damit den alten Spruch bestätigt, der im Übrigen die Worte der Weissagung zu wiederholen scheint:

Tödlicher Räuber,
Tödliche Beute,
Jäger und Gejagter,
wer kann sagen,
wer was ist,
an jenem Tage?

Und genauso wird es sich zutragen, sollte das Monster sich erneut erheben. Denn so wie er gejagt wird, wird auch er diejenigen jagen, die ihn verfolgen.«

Das Schweigen, das sich nach seinen Worten über sie senkte, wurde von Silberle gebrochen. »Aber wer weiß, ob dieser Sermon überhaupt etwas mit diesem Monster zu tun hat? Die Prophezeiung könnte schließlich genauso gut jemanden anders oder etwas ganz anderes meinen. Was in dieser Prophezeiung deutet denn auf Stoke hin?«

Alle sahen Riatha an. »Es ist *das Licht des Bären*, Kleine.« Als die Wurrlinge sie verständnislos anblickten, erklärte sich Riatha weiter. »Dort, wo Urus in die Gletscherspalte stürzte, tief unten im Eis, schimmert es golden. Warum? Ich weiß es nicht. Aber es ist da, tief unten, ein unerklärliches Licht, das ruft. Und ich weiß, Silberauge, so wie auch deine Eltern wissen, dass Urus, der Baeron, von Zeit zu Zeit die Gestalt eines Bären annahm ...«

29.–31. Mai, 4E1980
Tage der Freude und Tage der Verzweiflung, denn Riatha kam ...
Und dies ist das, was sie sagte ...

Ein Jahrtausend später saßen zwei Damman auf einer Lichtung in den Waldsenken, bei einem Picknick in der Frühsommer-Sonne. Und die eine teilte der anderen ein Geheimnis mit ...

»... und so überbrachte Riatha diese Nachricht meinen Vorfahren, Lacey«, schloss Faeril und schaute von dem Tagebuch auf.

»Nachdem die Elfe weggeritten ist, haben Tomlin und Petal ihre Kate im Weitimholz verlassen und sind mit ihren Kindern hierher gezogen, in die Sieben Senken. Riatha hatte sie gewarnt, dass sich eine große Dunkelheit im Norden sammelte und sie einen sicheren Ort finden müssten.

Sie kamen also hierher, geschützt durch den Dornwall, der das Land umringt. Sie konnten ja nicht ahnen, dass der Spindeldorn während des Winterkrieges zerstört werden sollte.

Ja. Wie sich herausstellte, wäre das Weitimholz am Ende der sicherere Ort gewesen. Trotzdem überlebten sie alle, Petal, Tomlin, Klein-Urus, Klein-Riatha, Silberauge und Bärchen. Viele andere dagegen verloren ihr Leben.

Der Winterkrieg: Das war die Große Dunkelheit gewesen, die die Elfenkönigin Rael gesehen hatte. Er suchte damals die Welt heim: Modru wollte die Welt erobern und benutzte den Dusterschlund als seine größte Waffe.«

»Tuckerby Underbank!«, rief Lacey. Er war der größte Held dieses Winterkrieges gewesen. »Er hat alle gerettet.« Dann runzelte sie die Stirn. »Aber was hat das miteinander zu tun, Faeril?«

Faeril lächelte ihre Freundin an. »Ganz einfach: Vor vielen Jahren hatten Tomlin und Petal ein Gelöbnis abgelegt, diese widerliche Kreatur Stoke zur Strecke zu bringen. Dieser Schwur wurde von Klein-Urus und Klein-Riatha erneuert, dem erstgeborenen Bokker und der erstgeborenen Dammsel. Sie waren von ihren Eltern im Umgang mit deren Waffen geschult worden, Schleuder und Kugeln für den Bokker und ...«, Faeril deutete auf die Kreuzgurte mit den Messern, »Wurfmesser für die Dammsel.

Irgendwann heiratete Klein-Urus, so wie auch Klein-Riatha. Ihre Erstgeborenen wiederum erneuerten den Schwur und ließen sich ebenfalls im Umgang mit den Waffen ausbilden: Schleuder und Kugeln für die Bokker von Klein-Urus, Wurfmesser für die Dammsel von Klein-Riatha.

Seit dieser Zeit sind dreißig Generationen ins Land gegangen, und die Nachfahren von Tomlin und Petal wurden in alle Winde zerstreut, sind weggezogen, haben geheiratet und selbst Kinder bekommen; jede Generation ist weiter weggezogen, hat geheiratet, wieder Kinder bekommen, die ihrerseits weggingen, und das die ganze Zeit hindurch ...

Aber alle erstgeborenen Dammsel haben immer wieder den Schwur erneuert und wurden im Umgang mit den Wurfmessern ausgebildet. So wie auch alle erstgeborenen Bokker vermutlich im Umgang mit Schleuder und Kugeln geschult wurden.

Außerdem hatte Petal ein Tagebuch geschrieben, ein Reisetagebuch von der Jagd auf Stoke. Es wurde Tradition, dass die Erstgeborene dieses Tagebuch abschrieb, so wie ich jenes kopiert habe, das meine Dam anfertigte, und sie das ihre abschrieb, und so weiter und so fort, zurück bis zu Petal selbst.«

Wieder nahm Faeril das kleine Buch in die Hand. »Das ist eine Abschrift, Lacy, die ich von dem Original-Tagebuch gemacht habe, von Petals Tagebuch, das jetzt im Besitz meiner Dam ist. Es ist das Original, das ich erben werde, wenn meine erstgeborene Dammsel das Licht der Welt erblickt.

Aber ich habe schon immer gewusst, dass ich zu etwas bestimmt war, lange bevor diese Zeit kommt. Ich wusste es, noch bevor ich im Umgang mit den Messern ausgebildet wurde, bevor ich den Schwur erneuerte und meine Abschrift des Tagebuchs begann. Mir kommt es so vor, als hätte ich schon immer gewusst, dass mich das Schicksal zu etwas Besonderem auserkoren hatte.«

Faeril schwieg. In der Ferne klagte eine Taube, und Lacey wurde von Trauer überwältigt. »Was hat das damit zu tun, dass du weggehst, Faeril ... dass du die Waldsenken verlässt?«

Faeril schlug das Buch auf und blätterte bis zu einer bestimmten Seite vor. »Begreifst du denn nicht, Lacey? Hier. Petal schrieb, dass im Jahr 4E1980 Bärchen ausgerechnet hat, dass das Auge des Jägers im Jahr 4E3007 wieder auftauchen würde.«

»Aber ... aber dieses Jahr wird nie kommen!«, wandte Lacey ein. »Ich meine, es ist unmöglich! Wir haben kein Jahr 4E3007 gehabt und es wird niemals beginnen. Denn wir leben jetzt im Jahr 5E985, und die Vierte Ära ist schon lange Vergangenheit.«

Faeril lächelte über Laceys Einspruch. »Ach, Lacey, denk doch einen Augenblick nach. Bärchen wusste noch nichts vom Winterkrieg, als er diese Zahl ausrechnete, denn diese Prüfung kam erst acht- oder neununddreißig Jahre später, jedoch in seiner Ära. Der Winterkrieg beendete die Vierte Ära. Und im Jahr 4E1980 konnte Bärchen noch nicht wissen, dass der Hochkönig Modrus Niederlage zum Beginn der Fünften Ära erklären sollte.«

Lacey sah Faeril verständnislos an. »Und ...?«

»Und deshalb, Lacey, stimmt Bärchens Rechnung trotzdem. Er hat sich nicht geirrt. Das Auge des Jägers sollte tatsächlich im Jahr 4E3007 kommen, und dieses Jahr im alten Kalender entspricht dem Jahr 5E988 im neuen. Das Auge des Jägers kommt also im Jahr 5E988, das heißt, in drei Jahren.«

Lacey nickte langsam. »Gut, das verstehe ich. Aber ... was hat das mit dir zu tun, Faeril?«

»Begreifst du denn nicht, Lacey? Wenn das Auge des Jägers in drei Jahren kommen wird, in etwas weniger als drei Jahren genau genommen, dann bin ich die Letztgeborene Erstgeborene.«

Lacey schüttelte verständnislos den Kopf. Faeril versuchte es weiter. »Sieh doch, ich bin nicht verheiratet. Es ist sehr unwahrscheinlich, dass ich ganz allein ein Kind empfangen und eine Dammsel gebären werde, eine erstgeborene Dammsel, bevor das Auge des Jägers am Himmel auftaucht. Wenn ich keine Dammsel gebäre, keine erstgeborene Dammsel, bevor dieser Stern über den Himmel zieht, so bedeutet das: Ich bin die Letzte der Erstgeborenen Dammsel, die in direkter Linie von Petal abstammen. Also bin ich jene Letztgeborene Erstgeborene, wie die Prophezeiung der Elfenkönigin es vorhergesagt hat, der Sermon von Rael.

Deshalb muss ich die Waldsenken verlassen. Verstehst du nicht, Lacey, ich muss Riatha finden, an ihrer Seite stehen, wo immer das sein mag, im Licht des Bären, was auch immer das sein mag, denn das ist meine unausweichliche Bestimmung.«

Jetzt endlich begriff Lacey – und brach in Tränen aus.

Der nächste Tag war Faerils Geburtstag, damit änderte sich auch ihr Name; sie wurde zwanzig, und damit war sie keine Maid mehr, sondern würde in den nächsten zehn Jahren als Jung-Damman angesprochen werden. Der Tag wurde gebührend gefeiert, obwohl Faeril gelegentlich etwas mürrisch wirkte und ihre Freundin Lacey dabei ertappt wurde, wie sie weinte.

Schließlich nahm jedoch auch dieser Tag ein Ende. Die Feiernden verabschiedeten sich und die Gäste kehrten in ihre Heime zurück. Schließlich gingen auch Faeril und ihre Eltern zu Bett. Vor dem Schlafengehen jedoch umarmte Faeril ihren Vater und ihre Mutter und ihre Geschwister noch einmal besonders innig.

In den frühen Morgenstunden hatte Faeril fertig gepackt. Mit einer Kerze in der Hand schlich sie auf Zehenspitzen aus der kleinen Steinkate zu den Ställen. Sie nahm sich gerade so viel Zeit, um eine Nachricht auf dem Küchentisch zu hinterlassen. Doch, heda! In den Stallungen fand sie bereits ihre Mutter Lorra, die im Licht einer Laterne Faerils Pony sattelte.

»Du hast doch nicht wirklich geglaubt, du könntest einfach davonreiten, ohne mir Lebewohl zu sagen, hm?« Die Frage war eher eine Feststellung.

»Mu... Mutter!« Faeril suchte nach Worten. »Aber ... aber woher wusstest du das?«

»Ach, meine Dammsel, ich besitze dieses Tagebuch doch ebenfalls. Und nach deinem Verhalten von gestern Abend ...

nein! Nicht nur von gestern, sondern von allen Tagen in diesem Jahr. Du hast besonders viel mit deinen Messern geübt, hast deinen Vater ausgefragt, wie man außerhalb dieses Landes lebt, hast versucht herauszufinden, wo genau Ardental liegt ... nun, es gab einfach keine andere Erklärung.«

Faeril umarmte ihre Mutter, während ihr die Tränen über die Wangen liefen.

»Na, na«, tröstete ihre Mutter sie, obwohl Lorra selbst weinte. »Ich wusste es, ebenso wie du, dass dieser Tag kommen würde. Und jetzt gehst du mit meinem Segen.«

Faeril weinte noch heftiger.

»Shh, Kind, weine nicht.« Ihre Mutter strich ihr über das Haar. »Es wurde so geweissagt.

Ach, meine Dammsel. Ich beneide dich, denn hat nicht jede von uns, jede Erstgeborene Dammsel, das Gelübde bekräftigt? Haben wir nicht alle mit den Wurfmessern geübt, nicht alle geträumt? Hat sich nicht jede von uns gewünscht, sie wäre die Letztgeborene?

Doch ungeachtet von Gelübden, Übung und Träumen wählt sich das Schicksal seinen eigenen Weg, Prophezeiungen zu erfüllen.

Bedenke dies: Hätte jede Erstgeborene Dammsel nur ein Jahr später ihre Erstgeborene zur Welt gebracht, während all der Jahre und über dreißig Generationen hinweg, dann würde ich mich jetzt auf dieses Abenteuer begeben. Dann wäre ich die Dammsel, die den Traum auslebt.

Das Schicksal jedoch hat anders entschieden, und auch wenn ich dich aus ganzem Herzen liebe, so beneide ich dich doch auch. Denn du bist die Letztgeborene Erstgeborene, die erwählt wurde, diese Bestimmung zu erfüllen. Du – und nicht ich.

Dennoch bin ich stolz, denn du bist meine Erstgeborene, und das Schicksal hätte keine Bessere auswählen können. Aber eines solltest du ebenfalls wissen, meine Dammsel.

Die Prophezeiung spricht von *Letztgeborenen Erstgeborenen*. Hast du das verstanden? *Erstgeborene*. Das bedeutet: mehr als eine.«

Faerils Tränen versiegten, und sie hörte schließlich ganz auf zu weinen, als die Bedeutung der Worte, die ihre Dam da sagte, ihr gänzlich aufging. Sie schniefte, wischte sich die Nase mit dem Handrücken ab und sah Lorra an. »Mehr als eine?«

Lorra lächelte schwach und zerdrückte ihre eigenen Tränen zwischen den Wimpern. »Ja, mehr als eine. *Letztgeborene Erstgeborene* bedeutet: mehr als eine.«

Faeril sah ihre Mutter erstaunt an, und ein Ausdruck der Ungläubigkeit, gemischt mit Freude, überzog ihr Gesicht. »Heißt das, du kommst mit, Mutter? Bedeutet das, dass auch du deinen Traum erleben kannst?«

»Nein, mein Kind. Ich wünschte es mir sehr, aber es ist nicht so. Denn ich bin keine Letztgeborene Erstgeborene wie du.«

»Aber ...« Faerils Gesicht wurde lang.

»Es kann nur zwei Letztgeborene Erstgeborene geben, meine Dammsel«, unterbrach Lorra sie. »Einen Mann und eine Frau, einen Bokker und eine Dammsel.«

Die Jung-Damman legte die Hand an die Schläfe, als ihr wieder einfiel, was sie schon die ganze Zeit über gewusst hatte. »Sicher, Mutter. Ich habe es vergessen.« Dann runzelte sie die Stirn. »Aber diesen Bokker ... ich kenne ihn doch gar nicht ...«

Lorra packte ihre Tochter bei den Schultern und sah sie eindringlich an. »Achte auf meine Worte: Irgendwo im Weitimholz lebt ein junger Bokker namens Gwylly Fenn, jedenfalls wurde mir das in einem Brief vor etwa fünfundzwanzig Jahren so berichtet – als er geboren wurde. Er ist ein direkter Abkömmling der Erstgeborenen Bokker bis hin zu Klein-Urus und Tomlin, so wie unsere Linie bis zu Klein-Riatha und Petal zurückreicht.

Mittlerweile ist unsere Verwandtschaft nach all diesen Generationen so dünn geworden, dass sie kaum noch existiert. Du könntest ihn nicht einmal berechtigt deinen Cousin nennen.

Aber ich denke, dass du ihn finden und mit dir nach Ardental nehmen musst.«

Faeril erwiderte im gelblichen Licht der Laterne den vielsagenden Blick ihrer Dam. »Aber Mutter, wenn die Prophezeiung sagt, dass die Erstgeborenen an Riathas Seite sein werden, findet er dann nicht allein seinen Weg nach Ardental?«

»Papperlapapp!« Jetzt lächelte Lorra aus ganzem Herzen. »Kind, selbst Prophezeiungen muss man ab und zu ein wenig nachhelfen.«

Faeril lachte laut und Lorra stimmte in ihr fröhliches Gelächter ein.

Zusammen sattelten sie Schwarzschweif, während das Pony den beiden kichernden Dammen einen schrägen Blick über die Schulter zuwarf. Faeril band ihre Bettrolle und einen Knappsack hinter den Sattel ... und plötzlich war es Zeit, sich zu verabschieden.

Erneut umarmten sich die Dammen, küssten sich zum Abschied, dann stieg Faeril in den Sattel und ritt davon.

Hinter ihr weinte die Mutter und sah ihrer Tochter nach. Sie stand stumm da, rief ihr nichts nach, denn sie hatte schon immer gewusst, dass dieser Tag kommen würde, und protestierte nicht.

Während es heller wurde und sich der Himmel von Grau in Rosa verfärbte, der Bodennebel sich hob und durch die Wipfel der Bäume wehte, ritt Faeril weiter in den Morgen hinein, nach Osten, ihrem Schicksal entgegen.

4. Kapitel

GWYLLY

Mittsommer, 5E985
[Drei Jahre früher]

Die Flügel der Waldschnepfe pfiffen leise, als sie zwischen den Bäumen dahinflog. Mit einem Zischen fegte das Geschoss der Schleuder durch die Luft und verfehlte den Vogel um einige Handbreit.

»Bruder!«, schrie Gwylly irritiert, »wie konnte ich ihn verfehlen?«

Die Frage war rein rhetorisch gemeint, denn niemand war da, der sie hätte beantworten können, niemand außer Gwylly und dem Hund seines Vaters, Black, der sich jetzt verzweifelt vor ihm auf die Erde fallen ließ.

Der Wurrling sah den schwarzen Hund an. »Wie konnte mir das passieren, Black?«

Black klopfte ein paar Mal mit dem Schwanz auf den Boden, obwohl seine dunklen, traurigen Augen den kleinen Bokker anklagend musterten und zu sagen schienen: *Du hast vorbeigeschossen!*

»Ich weiß, Junge. Du warst bereit, auch diese zu packen. Aber ... ich schieße halt ab und zu vorbei. Ich bin schließlich nicht unfehlbar, weißt du?«

Blacks Augen verloren jedoch weder ihren traurigen Ausdruck noch den leisen Vorwurf.

»Es war jedenfalls nicht viel, Black.« Gwylly hob Daumen und Zeigefinger und hielt sie einen Zentimeter auseinander. »So knapp war es, Junge, so knapp.«

Black wandte sich ab und spähte in den Wald um sie herum.

»Also gut, schon gut! Es tut mir leid. Ich wollte sie nicht verfehlen! Außerdem suchen wir uns einfach eine andere.«

Gwylly bückte sich und hob eine Schnur, an der drei Waldschnepfen hingen. Er hielt sie dem Hund vor die Nase und schüttelte sie, um Blacks Aufmerksamkeit zu erregen. »Siehst du, Junge, wir hatten heute auch schon Glück!«

Black stieß ein kehliges Schnauben aus.

»Ach?«, meinte Gwylly. »Kein Glück, sagst du? Sondern deine Geschicklichkeit, sie aufzuspüren und hochzutreiben soll es gewesen sein, hm?«

Black wedelte mit dem Schwanz und Gwylly lächelte. »Vielleicht hast du recht, Junge, vielleicht hast du da ganz recht.«

Black stand auf und sah Gwylly erwartungsvoll an.

»Such, Black. Such den Vogel.«

Mit einem freudigen Satz sprang der Hund voraus, zwischen die Bäume, während er mit der Schnauze abwechselnd auf dem Boden und in der Luft schnüffelte.

Hund und Bokker gingen weiter durch den wilden Weitimholz, an altehrwürdigen Bäumen vorbei, die groß und uralt schweigend dastanden, während ihre Blätter in dem lauen Sommerwind raschelten. Die beiden stiegen ein moosiges Ufer hinab, überquerten einen kristallklaren Bach und kletterten auf der anderen Seite wieder hinauf. Black platschte durch das klare Wasser, ohne sich zum Saufen Zeit zu nehmen. Gwylly folgte ihm, während er von Stein zu Stein hüpfte. Sie streiften durch Farnbüsche, deren breite Wedel leise rauschten, wenn sie vorübergingen. Die gelbe Sonne schien durch die Zweige über ihnen und schickte ihre goldenen Strahlen in die sanften, grünen Schatten darunter.

Plötzlich wich Black scharf zurück, vor einer Reihe dunkler Eichen, die sich nach links und rechts erstreckten, bevor sie in dem Dunkel des Waldes verschwanden. Der Hund hielt großen Abstand zu dieser natürlichen Markierung und Gwylly folgte ihm. Auch er wich diesen uralten Bäumen weit aus, obwohl er immer wieder versuchte, zwischen ihnen in den dunklen Schatten etwas zu erkennen. Er sah scharf hin und ... was genau suchte er eigentlich? Er wusste es nicht.

Das war einer der dunklen Orte, ein Versteck, ein Ort, der den gewöhnlichen Leuten verschlossen blieb. Ein Platz, an den sich keiner wagte und von dem alle nur leise und hinter vorgehaltener Hand munkelten.

Es gab zahlreiche Gerüchte über seltsame Wesen, die an diesen abweisenden Orten hausten, schattige Gestalten, die kaum zu erkennen waren, einige gigantisch und schlurfend, andere klein und schnell. Einige sollten glänzende Gestalten aus Licht sein, andere dagegen der Dunkelheit selbst ähneln. Außerdem behauptete man, dass manche Bewohner dieser Orte aus Erde gemacht waren, während andere angeblich den Bäumen, Pflanzen und dem Laub glichen.

Doch ganz gleich, wie ihre Natur beschaffen sein mochte, Fremde duldeten sie nicht.

Gwylly kannte die Geschichten, Erzählungen über jene, welche in diesen Orten verschwanden, oder von denen, die geschworen hatten, hindurchzugehen. Sie betraten die Orte, das ja, doch sie kamen niemals mehr hinaus.

Aber Gwylly kannte auch andere Geschichten. Geschichten, in denen davon die Rede war, dass denen in Not geholfen wurde.

Angeblich war der ganze Weitimholz einst dunkel gewesen. Verboten. Aber als die Wurrlinge kamen, verfolgt von einem unerbittlichen Feind, ließ der Wald sie hinein, gewährte ihnen Zuflucht. Verbarg sie.

Später dann, als der Feind geschlagen war, schenkte der Wald ihnen Schneisen und Täler sowie Teile des Waldes selbst, obwohl nach wie vor der größte Teil des Waldes verboten war.

Die Wurrlinge hatten sich in kleinen Gemeinschaften darin niedergelassen, Gemeinschaften, die sie Lichtungen nannten. Auf ihnen lebten seitdem Gruppen von Wurrlingen, im Großen und Ganzen unbehelligt. Gelegentlich hatte ein Feind versucht, sie zu vertreiben, wie zum Beispiel Modru vor fast einem Jahrtausend, während des Winterkrieges. Aber er war gescheitert.

Geschützt von dem uralten Wald streiften die Wurrlinge aus dem Weitimholz frei umher. Doch sie hüteten sich, die verbotenen Orte zu betreten, mit ihren Fuchsreitern und den Lebenden Hügeln und Wütenden Bäumen und Stöhnenden Steinen und all diesen anderen Kreaturen der Legende, die angeblich darin hausten.

Während jetzt also Black und Gwylly an dieser Gemarkung eines der großen, dunklen Orte entlangliefen, zuckte Gwyllys Blick hierhin und dorthin, während er versuchte, etwas zu erkennen ...

Plötzlich sprang vor ihnen ein Rehbock aus der Deckung und brach durch die Farne. Black erhob sich, als er das fliehende Wild sichtete, jaulte auch vor Erregung, rannte aber nicht hinterher, sondern wartete auf Gwyllys Befehl.

»Platz, Black!«, rief Gwylly. Sein Herz hämmerte heftig vor Schreck.

Black sah den Wurrling ungläubig an. Keine Jagd?

»Nicht heute, Junge. Heute jagen wir Vögel.« Gwylly fühlte, wie sein Puls wieder langsamer wurde. Die Geräusche des fliehenden Bocks wurden schwächer ... schwächer ... bis sie schließlich ganz verstummten. Gwylly fragte sich, wer von ihnen dreien, Wurrling, Hund oder Rehbock, sich wohl am meisten erschreckt hatte.

»Vogel, Black. Such den Vogel.«

Black warf, offenkundig etwas verstimmt, Gwylly einen langen, vorwurfsvollen Blick zu, lief dann jedoch los und versuchte, die Witterung eines Vogels aufzunehmen. Weiter streiften Wurrling und Hund durch den Wald. Alle Gedanken an die merkwürdigen Waldbewohner waren jetzt aus Gwyllys Kopf verschwunden, denn auch wenn er diese Legenden kannte, diese Sagen, er selbst war doch kein Bewohner des Weitimholz. Er war woanders aufgewachsen, am Rand. Und so stöberten Gwylly und Black weiter durch den Wald, jagten Vögel und überließen es anderen, über die Legenden nachzusinnen.

Auf diese Weise verstrich eine Viertelstunde; Black lief vor und zurück und Gwylly folgte dem Kurs des Hundes etwas gradliniger. Dann blieb Black plötzlich stehen. Sein Schwanz war gerade ausgestreckt, und mit der Schnauze witterte er etwas voraus. Gwylly kam neben dem zitternden Hund zum Stehen und lud seine Schleuder. »Gut, Black«, flüsterte er. »Scheuch ihn auf.«

Black kroch langsam voran. Gwylly folgte ihm behutsam, die Schleuder in der Hand, den Blick auf die Stelle gerichtet, auf die die Schnauze des Hundes deutete.

Mit lautem Rauschen flogen Waldschnepfen auf. Gwylly holte aus, ließ die Schleuder kreisen und ... das Geschoss fegte pfeifend durch die Luft und traf eine Schnepfe. Der Vogel fiel taumelnd durch die Luft und landete irgendwo auf dem Boden.

»Hol ihn, Black!«

Der Hund sprang vor und verschwand zwischen den Farnen im Unterholz, nur um Augenblicke später wieder aufzutauchen, den toten Vogel im Maul.

Gwylly kniete sich hin, nahm ihm die Schnepfe aus dem Maul und kraulte dem Hund das Fell hinter den Ohren. »Ach, Black, mein guter Kamerad, du bist zweifellos der größte Vogelsucher und -apportierer im ganzen Weitimholz. Was sag ich! In ganz Mithgar!«

Er knotete eine weitere Schlinge in die Schnur, um die Waldschnepfe neben den drei anderen zu befestigen. »Deine Nase und meine Schleuder machen uns zusammen so erfolgreich. Du und ich, Black, wir beide sind große Jäger. Das kann keiner anzweifeln.«

Black hockte vor Gwylly. Sein Schwanz klopfte auf den Boden, und er fixierte den Bokker mit seinen braunen Augen. Er verstand zwar nicht, was Gwylly sagte, wusste aber, dass es etwas Gutes war. Black war außer sich vor Freude.

»Gehen wir, Junge«, meinte Gwylly, nachdem er die Schnepfen aufgereiht hatte und sich die Schnur über die Schulter warf. »Zeit, nach Hause zu kommen. Zeigen wir Mom und Dad, was wir zum Abendessen erbeutet haben.«

Das Wort »Hause« verstand Black, und er lief los, nach Osten, zum Rand des Weitimholz, denn ihr Zuhause lag drei Meilen vom Waldrand entfernt auf einem Abhang. Dieser Hang mündete in eine Ebene, die wiederum zu den Signalbergen führte, einer uralten Bergkette, verwittert von Wind und Regen, jetzt aber kaum höher als hohe Hügel, nur noch Relikte, wie das Rückgrat und die Rippen alter Giganten, die sich in einem langen Bogen ostwärts von der Feste Challerain im Norden bis nach Beacontor und den Dellin-Höhen im Süden erstreckten.

Zu diesen Hügelkämmen gingen Gwylly und Black, obwohl der Wald ihnen die Sicht auf die Klippen und Berggipfel, Steilhänge und grasigen Hügel des Hochlandes vor ihnen versperrte.

Während sie durch den Wald wanderten, der jetzt immer lichter wurde, stand die Sonne hoch am Himmel.

Bald war Mittag, die Wärme des Sommers erfüllte den Wald. Sie kamen noch immer unter gewaltigen Baumriesen hindurch, deren massive, mit Moos bewachsene Stämme in ihrem Schweigen irgendwie beschützend wirkten. Sie kamen an umgestürzten Bäumen und ausgehöhlten Stümpfen vorbei. Black blieb ab und zu stehen und schnüffelte einer Fährte nach, lief dann weiter, Gwylly hinterher, rannte um ihn herum und hielt sich gerade so lange auf, dass der ihn tätscheln konnte, bevor er weiterlief.

Schließlich kamen sie aus dem Wald heraus. Vor ihnen stieg das fruchtbare Hochland an, auf dem die Heimstatt von Orith und Nelda stand. Gwylly sah in der Ferne das Bauernhaus, aus dessen Schornstein sich träge der Rauch in den blauen Himmel emporkräuselte.

Sie kletterten die Böschung eines Baches herunter, liefen platschend hindurch und krochen auf der gegenüberliegenden Seite die Weide wieder hoch. Black rannte los, den langen Hang hinauf, der Wind zerzauste seine Barthaare. Gwylly lief hinter ihm her.

Natürlich war Black zuerst zu Hause, rannte freudig im Hof umher und bellte triumphierend, als ihm Gwylly lachend folgte und auf die Veranda sprang.

»Bin zu Hause!«, schrie Gwylly überflüssigerweise, als er lautstark die Tür aufstieß und mit Black zur Küche marschierte, aus der wunderbare Backgerüche kamen. Als der Wurrling die Küche betrat, nahm er die Schnur mit den Schnepfen von der Schulter und warf sie auf den Tisch. Am Herd drehte sich Nelda um, seine Pflegemutter. Die Menschenfrau begrüßte ihn mit einem Lächeln, froh, ihren kleinen Wurrlingsohn zu sehen.

»Wo ist Dad?«, erkundigte sich Gwylly keuchend, nachdem er einen Schluck Wasser aus dem Krug getrunken und dann auch etwas in Blacks Schale gegossen hatte. Der Hund schlappte das Wasser, ebenfalls keuchend.

»Auf dem Feld«, antwortete Nelda. »Sein Mittagessen ist fast fertig.«

»Ich muss diese Vögel erst ausnehmen«, sagte Gwylly, »aber dann könnte ich ihm sein Essen hinausbringen.«

Nelda lächelte und nickte. Gwylly nahm die Vögel hoch und ging hinaus, Black auf den Fersen.

Die Frau sah ihm zufrieden nach. Dann drehte sich Nelda wieder zu dem Holzofen herum und rührte in einem Topf, während ihre Gedanken abschweiften.

Gwylly war ihre ganze Freude, denn er war vor etwa zwanzig Jahren zu ihr gekommen, in einer finsteren Stunde der Verzweiflung, nachdem sie ihre dritte – und wie sich herausstellte letzte – Fehlgeburt erlitten hatte. Sie war in der Nacht, in der sie das Kind verloren hatte, allein gewesen. Orith war etwa zwei Wochen zuvor in die Steinhöhen gefahren, um Getreide, Wurzeln und Zwiebeln gegen dringend Benötigtes einzutauschen.

Am nächsten Tag hatte sie weinend, mit der Schaufel in der Hand, den kleinen Erdhügel plattgedrückt, der das winzige neue Grab markierte, neben den beiden anderen, die jetzt schon von Feldblumen und Gras überwuchert waren. Da hörte sie Oriths Ruf und sah, als sie sich umdrehte, die Maultiere und den Karren.

Aber Wunder über Wunder: Orith hatte ein verwundetes Wurrlingkind bei sich, ein winziges Wesen, kaum drei oder vier Jahre alt, mit einer hässlichen Kopfwunde. Es fieberte und rief nach seiner Dam und seinem Vater. Nelda hatte den Kleinen genommen und ins Haus getragen. Seine Eltern, so erzählte ihr Orith später, waren ermordet worden, bei einem Überfall der Rûpt oder ihresgleichen. Sie waren auf der Querlandstraße zwischen Beacontor und den Steinhöhen getötet worden. Man hatte ihr

Lager geplündert, sie ausgezogen und ihre Ponys gestohlen. Den Kleinen hatten sie offenbar für tot gehalten und in den Trümmern zurückgelassen, wo Orith ihn gefunden hatte.

Er hatte den Eiter aus der Wunde entfernt und sie mit einem Brei aus Sommerminze behandelt, und so dem Kind vielleicht das Leben gerettet, denn er vermutete, dass die Klinge, die die Wunde verursacht hatte, vergiftet gewesen war. Dann war Orith geradewegs nach Hause gefahren, hatte die Maultiere Tag und Nacht angetrieben und war am nächsten Morgen eingetroffen.

Nelda wechselte den Verband des Kindes, kümmerte sich tagein tagaus um den Kleinen und schlief neben seinem Bettchen. Als das Fieber sank und der Wurrling wieder sprechen konnte, hatte er ihnen mit seiner winzigen, piepsigen Stimme geschildert, wie die Bösen des Nachts gekommen und seinen Vater und seine Mutter ermordet hätten. Er wusste seinen Vornamen, Gwylly, nicht jedoch seinen Familiennamen. Er kannte auch die Namen seiner Eltern nicht, nannte sie nur Dad und Dam.

Nach einer Woche war Orith zu dem Lager zurückgekehrt, um die Ermordeten zu begraben, und hatte unter den kläglich wenigen lohnenswerten Dingen eine Schleuder und einen Beutel mit Kieselsteinen sowie zwei Tagebücher, oder besser: Reisebeschreibungen gefunden. Ein altes Buch und ein neues. Orith ließ die beiden Gräber zurück und kehrte zu seinem Zuhause zurück, bei sich all das, was an Gwyllys Eltern erinnerte. Der Junge, der noch im Bett lag, erkannte die Schleuder und die Steine, sagte auch, dass sie seinem Vater gehört hätten. Dann wollte er wissen, wo die »glänzenden« Steine wären. Was das bedeuten sollte, wussten weder Nelda noch Orith, und Gwylly konnte ihnen auch nicht genauer sagen, was er meinte. Die Reisetagebücher waren auch nicht sonderlich hilfreich, denn weder die

Frau noch der Mann konnten die Sprache lesen, in der sie verfasst waren. Obwohl Orith nach genauer Untersuchung herausfand, dass das neue Buch offenbar eine Abschrift des älteren war.

Als der kleine Gwylly wieder laufen konnte und gesund war, brachten es der kinderlose Orith und die unfruchtbare Nelda nicht über sich, ihn wegzugeben ...

Mittlerweile hatte sich das Zwielicht über den Hof gesenkt. Gwylly, Nelda und Orith hatten gerade ihr Abendessen beendet, und Black schlief in einer Ecke. Die Fenster standen offen. Das Trillern und Quaken der Frösche erfüllte die ruhige Nacht. Orith sprach gerade davon, dass sie am nächsten Tag die Maultiere neu beschlagen mussten.

Plötzlich hob Black den Kopf und spitzte die Ohren. Dann stand er auf und trottete zum vorderen Fenster, stellte sich auf die Hinterläufe und legte die Vorderpfoten auf das Fensterbrett. Dann wedelte er mit dem Schwanz, ließ sich auf den Boden fallen und lief zur Tür. Seine Krallen klickten auf dem Boden.

Gwylly sprang von seinem Stuhl herunter und lief auch zur Tür. Im selben Augenblick ertönte ein leises Klopfen, was Black mit einem kurzen Yelpen kommentierte.

Gwylly hob den Riegel hoch, öffnete die Tür und starrte genau in die schönsten bernsteinfarbenen Augen, die er jemals gesehen hatte.

Die Augen von jemandem seiner eigenen Art.

Die Augen einer Damman.

Sie lächelte. »Gwylly? Gwylly Fenn?«

Gwylly klappte der Kiefer herunter – er konnte nur stammeln.

Die Damman betrachtete diesen stotternden Jung-Bokker vor sich und musterte dann die beiden Menschen hinter ihm am Tisch. »Oh, ich hoffe sehr, dass du Gwylly bist, der, den ich suche. Denn es war gar nicht leicht, dich zu finden.

Mein Name ist Faeril Twiggins, und ich bin wegen der Prophezeiung gekommen.«

5. Kapitel

GLETSCHER

Durch die Zeiten
[Vergangenheit und Gegenwart]

Am Anfang schuf Adon die Sterne und verteilte sie über das Firmament. Dann ließ Er die Sonne und die Welt und die hellen Planeten entstehen – und schickte sie auf ihre unaufhörlichen Bahnen in die Himmel.

Obwohl Er den Mond bereits geschaffen hatte, hielt Er ihn zunächst versteckt. Ihn hatte er noch nicht auf seinen endlosen Pfad geschickt.

Vielleicht war die Welt noch nicht bereit für das Licht dieser silbernen Kugel ...

... denn als die Welt ganz frisch war, war sie abweisend, geschmolzen und leblos, ihre Oberfläche wogte und brodelte und blubberte, als wäre sie in einem gewaltigen Kessel der Hölle gefangen. Gewaltige Eruptionen von Feuer gischteten in die Höhe und schickten gigantische Geysire aus Geschmolzenem in die Luft, als würde der Urstoff selbst versuchen zu fliehen – zu entkommen. Doch das konnte er nicht, denn er stürzte wieder zurück in das feurige Kochen unter sich, um in dem elementaren Wüten unterzugehen.

In jenen Tagen schien selbst der Himmel die Vernichtung der Welt zu wollen, denn ungeheure Brocken aus Urstoff, aus Stein und Eisen und Eis schossen aus der eisigen

Schwärze zwischen den Sternen heran und landeten in dieser blubbernden, kochenden, schmelzenden Erde und spien geschmolzenen Stein, Metall und Urstoff über das wogende Antlitz der Erde.

Doch die überstand es.

Äonen verstrichen, noch mehr Äonen und langsam, ganz langsam begann die Erde abzukühlen. Die Hitze des Feuers sank immer mehr, immer mehr.

Erneut verstrichen Äonen um Äonen. Noch immer kühlte die Welt ab, obwohl der Himmel erneut gewaltige Geschosse auf sie schleuderte. Aber sie ertrug auch diese ...

Und kühlte ab. Eine Kruste bildete sich, wie Schlacke auf geschmolzenem Metall.

Die Welt kühlte weiter ab.

Und ertrug es.

Dann begann es zu regnen. Äonen verstrichen. Und es regnete weiter.

Langsam füllten sich die Ozeane, bedeckten die Kruste, bis es schließlich nur noch an wenigen Stellen Land gab. Einen riesigen Kontinent. Und obwohl es immer noch regnete, stiegen die Ozeane, die den Rest der Welt bedeckten, nicht weiter an.

Der Kontinent war flach und zum größten Teil recht konturlos.

Dann schickte Adon den Mond an den Himmel, um der Sonne Gesellschaft zu leisten.

Er kam von weither, dieser Mond, und stürzte auf die Erde zu, als wollte er sie zerschmettern, so wie die gewaltigen Steine aus dem Himmel es auch getan hatten. Aber Adon hatte andere Pläne, und der Mond stürzte nicht auf die Erde, obwohl es ein Wunder ist, dass er sie verfehlte.

Der Mond jedoch schoss daran vorbei, so nah und groß, dass er den ganzen Himmel auszufüllen schien. Titanische

Erdstöße zerfetzten die Erdkruste, Feuer und geschmolzener Stein quollen heraus. Und das Land selbst zerbarst, als wäre der Kontinent von einem gigantischen Hammer getroffen worden, der ihn in mehrere Stücke zerschlug, in genau einunddreißig.

Große Wogen stiegen aus den Ozeanen empor und überfluteten das gesamte Land.

Dann flog der Mond vorbei, kam wieder zurück, ein silberner Wüterich, der Aufruhr und Chaos verursachte, wann immer er sich näherte.

Die einunddreißig Kontinente ritten auf gigantischen Krustenplatten, die über den glühenden Kern der Welt glitten, ineinander krachten, sich verbanden, sich trennten, zerfetzten, sich zusammenfügten und gewaltige Bergketten auftürmten – und auch ebenso ungeheure Schlünde. Vulkane spien Lava aus; Risse bildeten sich, aus denen sich geschmolzener Stein aus den Eingeweiden der Welt emporwürgte; Kontinente sanken unter andere; Ozeane kochten und ihre Böden erhoben sich über den Wasserspiegel, bildeten neues Land.

Äonen verstrichen ...

In dieser Zeit griff der Mond an und floh, griff an und floh, immer und immer wieder. Bei jedem Vorbeiflug erzeugte er eine ungeheure Verheerung auf dem Gesicht der Welt. Aber mit jedem Mal floh er nicht ganz so weit, und kam auch nicht ganz so nah wieder vorbei, als lerne er die Welt allmählich kennen, als versuche er, einen Platz darin zu finden, der weder zu nah noch zu weit entfernt war, um seinen Tanz fortzusetzen. Und mit jeder Passage ließ auch seine Wut nach.

Schließlich besänftigte sich der Mond, auch wenn die zerborstenen Krusten und gespaltenen Kontinente auf der Welt immer noch auf dem geschmolzenen Kern unter sich drifteten, zusammenstießen, zerrissen, sich untereinander schoben, sich übereinander türmten, Vulkane erschufen, Berge erzeugten und die Ozeane veränderten.

Während sich die Kontinente verbanden und trennten, gab es manchmal viele von ihnen, dann auch wieder nur wenige. Manchmal gab es nur einen einzigen. Aber immer wieder zerbrach dieser eine in mehrere, wenn sich die zerborstene Kruste und das Feuer unter ihm veränderten und glühten und sich die Landmassen durch den Spalt der Welt über ihr Gesicht hoben.

Äonen verstrichen, doch während dieser ungeheuren Epoche fegten Geschosse aus Stein und Metall und Eis, wie von einem versteckten Giganten geschleudert, aus der Dunkelheit zwischen den Sternen. Einige trafen den schweigenden Mond, andere hämmerten auf die Welt ein. Jahrtausende fegten sie herab, große und kleine, mit goldenen, feurigen Schweifen. Doch dann, als wäre eine Welle vorübergegangen, wurde der Himmel ruhig – und blieb auch so, Zeitalter um Zeitalter. Bis die nächste Welle anrollte.

Zeit verstrich, während die Welt abkühlte.

Dann kam ein Tag, an dem Schnee fiel, obwohl er auf dieser sengenden Welt sofort schmolz. Immerhin, es war der erste Schnee.

Während die Sterne durch die Äonen wanderten, und Sonne und Mond und die hellen Planeten dort oben endlose Reisen absolvierten, kühlte die Erde weiter ab.

Es fiel mehr Schnee, weit oben im Norden zuerst, vielleicht aber auch im äußersten Süden.

Langsam entstand Leben. Es entwickelte sich vom einfachen zu den komplexeren Formen, und die Urkräfte zwangen die lebenden Pflanzen und Kreaturen, immer und immer vielschichtiger zu werden, immer gehaltvoller.

Aber noch bevor das erste Leben entstand und auch danach kühlte die Erde weiter ab.

Die Kontinente drifteten nach wie vor, die Welt wurde manchmal kälter und manchmal wärmer, als würde sie sich langsam von der Sonne entfernen und sich ihr dann wieder annähern. Vielleicht war es ja auch die Sonne, die ihren Lauf veränderte, aus Respekt vor der Welt ... wer weiß das schon? Vielleicht wuchs ja auch die Hitze der Sonne und ließ nach, so wie es das Licht tat, das vom Mond kam, wenn auch eher in epochalen Größenordnungen gemessen, und nicht monatlich. Trotzdem, das Wetter änderte sich, denn die Elemente hingen von der Wärme der Sonne ab und von der Anordnung des Landes, um den Wind und die Strömungen der Ozeane zu bilden, die Kräfte, die das Klima bestimmen.

Winter kam. Schnee fiel. Kontinente drifteten. Die Erde und die Sonne wanderten auseinander, oder die Sonne wurde schwächer, denn die goldene Kugel wärmte das Land nicht mehr so wie zuvor, und es fiel noch mehr Schnee. Die Welt wurde kälter, eisiger. Ozeane wurden kleiner, als das Wasser in Schnee und Eis eingesperrt war. Allmählich bildeten sich ungeheure Gletscher, gewaltige Gletscherlandschaften, die über das Land krochen, bis der größte Teil der Welt von Eis bedeckt war.

Das Wetter war widrig und launisch. Es schien keine Jahreszeiten mehr zu geben, und wenn doch, dann existierten sie alle gleichzeitig: Frühling, Sommer, Herbst, Winter ... jede einzelne davon hing davon ab, woher der Wind wehte, vom Eis, auf das Eis zu oder an seinem Rand entlang. Und meistens war es bitter kalt. Nur in dem Teil der Welt, über dem die Sonne ganz genau stand, konnte Leben gedeihen, wenn auch nicht besonders gut. Woanders jedoch hielt es sich gerade so eben am Leben, im besten Fall, und kämpfte zäh um seine Existenz.

Doch dann, wenn die Sonne zunahm, als würden sich Welt und Sonne allmählich wieder annähern, zog sich das

Eis zurück, schmolz langsam, die Ozeane füllten sich erneut und die Welt wurde grün, sogar im Norden und im Süden.

Immer noch drifteten die Kontinente, und immer noch beeinflusste diese Bewegung den Wind und die Wellen, und immer noch schien es, als würde die Sonne zu- und abnehmen, oder als wanderten Erde und Sonne und kämen sich in manchen Epochen näher, und als trieben sie in anderen wieder auseinander. Denn erneut rückte das Eis vor ... zog sich zurück ... rückte vor ... zog sich zurück.

Häufig bildeten sich die gewaltigen Gletscher, ergossen sich langsam von Norden und Süden über das Land, bohrten sich durch Stein und Erde bis auf das Muttergestein selbst, bildeten Muränen und Hörner, Kreise und Mulden und Kämme und Kuppeln, kratzten U-förmige Täler aus und bildeten messerscharfe Klippen, transportierten gewaltige Felsbrocken Hunderte von Meilen und bedeckten mit ihrem Eis das Gesicht der Welt.

Aber immer wieder zogen sich die Gletscher auch zurück und hinterließen auf ihrem Weg Spuren, Schrammen, Stirnsteine und gewaltige Felsbrocken, die höchst merkwürdig geneigt waren, so wie andere Narben auf dem Land.

Die letzte große Eiszeit hatte Mithgar vor etwa zwanzig Jahrtausenden aus ihrem eisigen Griff entlassen. Dennoch erstreckten sich gewaltige Schnee- und Eisfelder bis weit in den Norden und Süden, die mehr als eine Meile dick waren. Diese dicken Eiskappen schmolzen nur sehr selten. Selbst über lange Äonen hinweg, als die Kontinente vom Norden und Süden schon vollkommen wegdrifteten, blieben diese Eiskappen erhalten ... Reste von dem, was einst gewesen war, und eine Erinnerung an das, was noch kommen sollte.

Hier und da sind auch in den anderen Regionen von Mithgar die Knochen dieses Zeitalters noch erhalten. Im Bogen des Gronfang-Massivs und den Grauen Bergen in

Xian ebenso wie auf der Ebene von Utan und in den nördlichen Rigga-Bergen, dem Chulu-Gebirge auf dem südlichen Kontinent. All diese Orte enthalten noch Spuren von dieser letzten Ära des Eises.

In der großen Gebirgskette der Grimmwall-Berge, an ihren nördlichen Hängen, dort gibt es vielleicht die mächtigste Erinnerung von allen, bis auf die Polarkappen selbst. Es ist der gewaltige Große Nord-Gletscher, der aus dem Inneren dieser grimmigen Gebirgskette herausströmt. Meilen um Meilen nur Eis, für immer eingesperrt in einen gewaltigen, gefrorenen Fluss. Doch obwohl er gefroren ist, fließt er, der Gletscher, wenn auch nur langsam, sehr langsam, wenige Zentimeter am Tag, vielleicht dreißig, mehr aber nicht, bis er zur hohen Nordwand gelangt, von wo aus er auf die Ebene darunter stürzt: als gewaltige Brocken, die von der Flanke abbrechen und hinabstürzen.

Im Sommer, wenn es am wärmsten ist, schmilzt das gefallene Eis, und ein eiskalter Gletscherstrom, ein breiter, flacher Fluss, wässert das Land, weiß und grau, angereichert mit pulverisiertem Stein, mit Schlick, dem Boden von Grimmwall selbst.

Und im Sommer fließt auch Wasser über die Oberfläche des Gletschers selbst ab, sucht den Gletscher für immer zu verkleinern, wenn auch vergeblich. Sicher, sollte der Sommer bleiben, würde sich der Gletscher schließlich auflösen und schmelzen, nachdem Zeitalter verstrichen sind. Aber die Jahreszeiten ändern sich immer, und immer wieder kehrt der Winter zurück und bringt seine Last aus Schnee mit sich.

An der Nordflanke des Grimmwall-Massivs tost im Winter Sturm um Sturm vom Nordmeer heran, und in dieser Zeit schneit es, als wollte es nie wieder aufhören, und legt sich auf den Gletscher, denn dieser liegt genau in der Bahn des Sturmes.

Schicht um Schicht legt sich der Schnee darauf, Tonne um Tonne, presst sich zu Eis zusammen, weiß und schimmernd das eine, kristallklar das andere. Das Gewicht seiner eigenen Masse zwingt den Gletscher dazu zu fließen und sich unterschiedlich schnell fortzubewegen. Die Schnelligkeit hängt von der Neigung des Landes unter ihm ab – und auch von der Masse, die ihn drückt. Der Große Nord-Gletscher ist massiv, der Hang steil, also fließt der Hauptgletscher mit einer Geschwindigkeit, die jedenfalls für einen Gletscher erstaunlich ist. Doch hier und da sind ungeheure Reservoirs von Eis für alle Ewigkeit gefangen, denn sie existieren in Sackgassen oder bewegen sich sehr langsam, drehen sich, solide Nebenströmungen aus Eis, die für immer im Griff der Berge neben ihnen gefangen bleiben.

Der Strom verursacht gewaltige Risse in dem Eis, schmale Klüfte, die sich öffnen und schließen, wenn das Eis fließt oder sich zurückzieht, wie klaffende Mäuler, die sich auftun und alles schlucken, was in sie hineinfällt, und die sich dahinter wieder schließen, es dabei zermalmen, zertrümmern und zermahlen.

So ist es seit Anbeginn der Zeiten, seit der Winter anfing, seit die driftenden Kontinente aufeinanderkrachten und Berge bildeten. So ist es seit der Geburt des Grimmwall.

So war es auch bis in die jüngste Zeit hinein. Denn etwas hat nun diese gewaltige Eismasse aufgeschreckt, diesen ungeheuren Gletscher. Vor dreieinhalb Jahrtausenden, ein winziges Zucken in der Zeitrechnung der Gletscher, wurde ein Drache im Grimmwall getötet. Es war der Schwarze Kalgalath, und seine Vernichtung hat eine gewaltige Unruhe in der Erde hervorgerufen. Gewaltige Beben erschütterten die Welt, die Erde zitterte. Und das hat selbst der Große Nord-Gletscher gespürt. Gewaltige Risse und Spalten bildeten sich, das Eis riss und brach, und die ganze Masse rutschte in einer bislang nie gekannten Geschwindigkeit voran. Riesige Brocken stürzten von seiner Flanke auf die Ebene darunter herab, dort, an seinem Endpunkt. Dennoch, mit der Zeit ließen die Schauer nach, obwohl sie noch immer nicht ganz aufgehört haben – was sie auch niemals tun werden. Denn der Kontinent selbst wurde verworfen, dort im Grimmwall, und das Driften des Landes selbst sorgt dafür, dass die Kontinentalplatten aneinanderreiben. Die Stöße und Risse, die sich daraus ergeben, manifestieren sich an diesem so störbaren Ort als Beben.

Und selbst der Große Nord-Gletscher wird von diesem Schütteln und Rütteln des Landes in Mitleidenschaft gezogen, den Konsequenzen des Todes eines Drachen.

Und dennoch, der Wind weht, der Winter kommt, und die Stürme hämmern vom Nordmeer heran, türmen Schnee auf den Gletscher, füllen ihn wieder auf zu dem, was er einst war, was er noch ist und was er auch bleiben wird: das Relikt einer Eiszeit, das auf seine Wiedergeburt wartet.

6. Kapitel

GRIMMWALL

Spätwinter, 5E988
[Gegenwart]

Es war noch dunkel, als Riatha und Aravan die anderen weckten. Doch in dieser Jahreszeit wurde es in den nördlichen Gegenden Mithgars erst spät hell. Dennoch hatte Faeril das Gefühl, nicht genug Schlaf bekommen zu haben. Gwylly wirkte ebenfalls noch müde und gähnte herzhaft in der kalten Nachtluft.

Als sie ins Gebüsch traten, um sich zu erleichtern, fiel den beiden Wurrlingen das Auge des Jägers auf, das tief am westlichen Himmel zu sehen war.

»Bei Adon!«, entfuhr es dem Bokker. »Da überläuft es einen heiß und kalt, stimmt's?«

Faeril antwortete nicht, dafür sprach ihr grimmiges Schweigen Bände, als sie durch den knirschenden, im Licht der Sterne funkelnden Schnee stapfte.

Als die Wurrlinge wieder zu den anderen zurückkehrten, wehte ihnen der Duft von frisch gebrühtem Tee entgegen, in den sich der beißende Gestank von brennendem Ren-Dung mischte. Hastig verzehrten sie das kalte Frühstück aus Dörrfleisch und Brot, das von dem heißen Tee ein wenig aufgewärmt wurde. Während der Mahlzeit ging Riatha unruhig hin und her. Sie hatte es eilig aufzubrechen, trat immer aus den Ruinen heraus und spähte durch die Dunkelheit nach Süden, auf die im Licht der Sterne sichtbaren, schwarzen Schatten des fernen Grimmwall-Massivs.

Wie in der Nacht zuvor schmolzen die Schlittenführer Schnee, um daraus Wasser für die Hunde zu gewinnen; sie benutzten kupferne Pfannen dafür und füllten das Schmelzwasser in die vielen Wasserschläuche, die jedes Gespann mit sich führte. »Hunde trinken nicht genug«, hatte B'arr in seiner gebrochenen Gemeinsprache erklärt. »Schlittenführer bringen Hunde zum Trinken. Dann haben sie genug *makt*, Stärke und Ausdauer. Schnee fressen ist schlecht. Friss Schnee, stiehlt *makt.* Schnee macht Hunde kalt innen. Hund braucht mehr Fressen, damit wieder warm. Mehr Fressen bringt *makt* zurück. Aber Fressen ist manchmal ... manchmal wenig, manchmal nicht genug, wenn wir nicht gut jagen, fischen, oder lange reisen und nicht viel Fressen dabei haben. Wir geben Wasser. Wasser trinken, gut. Hund bleibt warm innen, wenn er Wasser trinkt, wird nicht kalt, wie wenn er Schnee frisst; müssen keine Nahrung verschwenden, um *makt* zu bekommen.«

Noch während der Schnee schmolz, gingen die Schlittenführer mehrmals zu ihren Hunden und zwangen sie zu trinken, kehrten zurück und füllten die Schläuche mit frischem Wasser. Die Wurrlinge halfen ihnen dabei.

Mittlerweile brachen Aravan und Riatha das Lager ab, rollten die daunengefütterten Schlafsäcke fein säuberlich zusammen, packten die Vorräte und Gerätschaften ein und packten sie in Bündeln zusammen.

Nachdem die Hunde getränkt waren, beluden die *Mygga* und die *Fé* die Schlitten, während B'arr, Tchuka und Ruluk die Tiere ins Geschirr spannten. Die großen, kräftigen Hunde ganz nach hinten, unmittelbar vor die Schlitten, wo ihre Kraft am besten eingesetzt wurde, die leichteren und schnelleren Hunde weiter vorn. Ganz nach vorn kamen die schnellsten. Schließlich waren alle so eingespannt, wie B'arr es einmal beschrieben hatte: »*Makt* nach hinten, *hast* nach vorn.«

Als Letzte wurden die Leithunde eingespannt, Shlee, Laska und Garr. Und jeder Schlittenführer führte die Leithunde an dem ganzen Gespann vorbei.

Auf B'arrs Nicken hin setzten sich Gwylly und Faeril in den Schlittenkorb und kuschelten sich in die warmen Felle ein. Der Schlittenführer überzeugte sich mit einem Blick nach hinten, dass die beiden anderen Gespanne ebenfalls bereit waren.

»Hopp!«, blaffte er, und die Hunde zogen an. Sie legten sich mit mächtigen Sprüngen in ihre Zugleinen, bemühten sich, den Schlitten in Bewegung zu setzen. Langsam ruckte er an, wurde schneller und glitt schließlich über die gefrorene Einöde. Gwylly hörte, wie die anderen Schlittenführer hinter ihnen ihre Hunde ebenfalls anfeuerten.

Sie fuhren in die unendliche Wildnis hinaus. Die Hunde liefen eifrig durch das glitzernde Licht des tief stehenden Mondes, während am heller werdenden Himmel noch die letzten Sterne funkelten und das Auge des Jägers hinter dem Rand der Welt verschwand.

Eine Stunde fuhren sie so dahin, während die Schlittenführer ihre jeweilige Schar mit gelegentlichen Rufen lenkten – *strak*, *venstre* oder *hoyre*, geradeaus, rechts oder links –, bis im Südosten schließlich die Sonne tief über dem Horizont aufstieg. Vor ihnen zeichnete sich die Silhouette des Grimmwall vor dem Himmel ab; das schwarzgraue, zum größten Teil von Schnee bedeckte Gestein ragte düster und Unheil verkündend empor. Faeril und Gwylly sahen sich vielsagend an, während ihre Herzen aufgeregt hämmerten.

»Keine Angst, Liebes.« Gwylly versuchte seiner Stimme eine Zuversicht zu geben, die er jedoch nicht wirklich empfand. »Sobald wir erst dort sind, wird uns der Grimmwall nicht mehr so düster vorkommen.«

Faeril drehte sich herum und betrachtete prüfend die Gebirgskette, versuchte, sie ausschließlich als das zu sehen, was sie wirklich war, und so die Furcht zu beherrschen, die von ihr ausging.

Die Hunde liefen derweil weiter und brachten sie diesem gefährlichen Ort immer näher, an dem, wie man sagte, die Brut hauste.

Am Vormittag machten sie Rast, vertraten sich die Füße, ließen die Hunde ausruhen und tränkten sie. Doch nach kurzer Pause fuhren sie weiter, durch das fahle Licht der tief stehenden Sonne, die lange Schatten warf.

In diesem Rhythmus ging es den ganzen Tag: Die Hunde machten gutes Tempo, zogen Schlitten und Passagiere zwei Stunden durch das Weiß, dann rasteten sie mehrere Minuten, während die Schlittenführer die Tiere tränkten.

Bei einem Halt verzehrten sie Dörrfleisch und Zwieback, hielten sich aber nicht länger auf denn nötig, sondern brachen so rasch wie möglich wieder auf.

So kamen sie dem Grimmwall immer näher, der sich vor ihnen hoch in den Himmel erhob.

Schließlich machten sie im Schatten der Gebirgskette Rast, die ihnen den Blick auf die untergehende Sonne verwehrte. Es war die Zeit zwischen Sonnenuntergang und dem Aufgang des Mondes, und in dieser Dunkelheit wollte B'arr die Hunde nicht weiterlaufen lassen.

Diesmal kampierten sie in einer kleinen, flachen Senke, die einen kargen Schutz vor dem eisigen Wind bot, der vom Grimmwall herabfegte. In dieser Nacht bekamen die Hunde keinen Lachs, weil sie nur alle zwei Tage gefüttert wurden.

Es war ein kaltes, dunkles Lager. Das einzige Licht spendeten Mond und Sterne, denn sie hatten nichts dabei, womit sie ein Feuer hätten entzünden können. Gewiss, es gab den Ren-Dung, aber den brauchten sie, um am nächsten Morgen Feuer machen und den Schnee schmelzen zu können, damit Hunde, Menschen, Elfen und Wurrlinge etwas zu trinken hatten.

Erneut stieg das Auge des Jägers aus der Dunkelheit in den Himmel empor. Er zog seinen langen, strahlenden Schweif hinter sich her, während das Land unter ihnen immer wieder bebte und zitterte.

In den Stunden vor der Dämmerung schleppten Gwylly und Faeril wieder Wasserschläuche zu den Schlittenführern hinaus. Die Hunde witterten die Wurrlinge und sprangen hastig aus den Mulden, die sie sich im Schnee gegraben hatten, und schüttelten Eiskristalle aus ihrem Fell, das so dicht war, dass es keine Körperwärme abgab, die den Schnee unter ihnen hätte zum Schmelzen bringen können.

Nach einem kalten Frühstück setzten die Gespanne ihre Reise zum Grimmwall fort. Die Gebirgskette war mittlerweile so nahe, dass Faeril glaubte, sie berühren zu können, wenn sie nur die Hand ausstreckte.

»Strak! Strak!«, riefen die Schlittenführer, und die Hunde hielten ihren geraden Kurs. Gwylly, Faeril, Riatha und Aravan wurden in ihren Schlitten über den Schnee, der im Mondlicht silbergrau schimmerte, weitergetragen. Sie glitten unter den platinfarbenen Strahlen hinweg, bis schließlich das Licht des späten Sonnenaufgangs den Himmel färbte. Endlich ging die Sonne auf, obwohl sie sie gar nicht sehen konnten, da sie im Schatten des Gebirgsmassivs fuhren.

Sie näherten sich den Bergen, fuhren geradeaus auf die hohen Wände aus Fels und Eis zu. Gelegentlich bebte die Erde unter ihnen und schien den neuen Tag anzukündigen.

Der Grimmwall türmte sich jetzt hoch vor ihnen auf, und es kam ihnen so vor, als beabsichtigten die Schlittenführer, in die Granitwände geradezu hineinzufahren. Bis sie schließlich zu einem breiten Fluss am Fuß dieses blanken Felsens gelangten. Er war breit und flach, und das vom Wind gepeitschte Wasser schien zu einer Masse dunkelgrauen Eises gefroren, dessen Oberfläche von Rissen und Spalten durchfurcht war.

»Venstre!«, schrien die Schlittenführer, und die Hunde gehorchten, bogen nach links ab und rannten über dieses graue Eis, entlang der gewaltigen schwarzen Flanken des Gebirges.

Eine Stunde lang fuhren sie so weiter, bis B'arr plötzlich *»Stanna!«* schrie und auf das Fußbrett trat, das zwischen den Kufen am Ende montiert war. Die Krallen der Schleppbremse gruben sich in das Eis und brachten den Schlitten rutschend zum Stehen, während die Hunde in einen Trott fielen, nur noch gingen und schließlich ganz anhielten. Sie blickten zurück und sahen sich dann neugierig um.

»Was gibt es, B'arr?«, erkundigte sich Faeril, warf die Felle zurück und versuchte, aus dem Schlitten zu steigen.

Tchuka und Ruluk brachten ihre Gespanne neben ihnen zum Stehen, hielten jedoch einen respektvollen Abstand von ihnen und auch voneinander, damit ihre Hunde nicht um die Hackordnung kämpften.

Faeril hatte sich mittlerweile aus dem Schlittenkorb gearbeitet und wiederholte ihre Frage. »Was ist los, B'arr? Stimmt was nicht?«

Der Schlittenführer deutete auf das Eis. An der bezeichneten Stelle schimmerte es rosa. »Blut.«

»Blöd!«, rief er Tchuka und Ruluk zu. *»Sorge für din Spans!«*

Dann wandte er sich wieder zu Faeril herum, neben der jetzt auch Gwylly aufgetaucht war. »Ich habe ihnen gesagt, sie sollen auf ihre Hunde achten. Eis zerschneidet Pfoten.«

Der Schlittenführer untersuchte jetzt seine Hunde, und zwar einen nach dem anderen, bis er zwei fand, die Wunden in ihren Pfoten aufwiesen, die von den scharfen Kanten des Eises herrührten. Er trat zum Schlitten zurück, nahm einen Beutel heraus und zog ... »Stiefel!«, rief Faeril und lachte trotz ihrer Unruhe, als sie sah, was B'arr da zutage gefördert hatte. »Hundestiefel!«

»Renhud!«, bestätigte B'arr und grinste Faeril an. Er zog jedem der geduldig wartenden Hunde die Stiefel über die Pfoten und band sie zu. »Schützen vor Schnitten. Hunde mögen sie nicht, aber tragen sie, wenn sie laufen.«

Faeril hockte sich neben B'arr. Die Damman streichelte das Fell eines Hundes, Kano, und wehrte seine Liebesbekundungen ab, als er versuchte sie abzuschlecken. »Aber Ihr werdet sie doch verbinden, wenn wir zur Nacht rasten, oder?«

B'arr zog einem anderen Hund einen Stiefel über die Hinterpfote. »Nein, *Mygga*. Hunde mögen das nicht. Beißen Verband ab. Lecken die Wunde, wie sie Gesicht von *Mygga* lecken. Lecken Wunde sauber. Machen sie gut.«

Dann lachte B'arr, als Keno erneut versuchte, Faeril zu lecken und die Damman seine Zuneigungsbekundung abwehrte. »Lasst Keno Gesicht lecken, Kleine; wenn Ihr krank seid, macht er Euch nicht gesund, aber Ihr fühlt Euch besser.« Wieder lachte B'arr. Faeril lächelte.

Gwylly untersuchte während dessen etwas abseits eine der scharfen Eisspalten, die aus dem gefrorenen Fluss herausragten. In diesem Augenblick bebte die Erde, und dann wusste er, was die Spalten in dem Eis erzeugt hatte. »Scharf!«, rief er, als er mit dem Daumen über den Rand fuhr. »Aber warum ist das Eis so grau, B'arr? Es sieht fast wie gefrorene Milch aus, wie schmutzige Milch.«

B'arr blickte zu dem Wurrling hinüber und grinste. »Ihr seht mit Euren *Mygga*-Augen aber gut. Es ist *Jokel-Milch,* Gletscher-Milch, in Eurer Sprache.«

Als er Kano den letzten Stiefel anlegte, leckte der Hund sein Gesicht. Der Schlittenführer deutete mit dem Kinn nach Osten, in die Richtung, in die sie fuhren. »Vor uns großer *Jokel.* Eis fällt von oben herunter. Eis ist trüb. Voll von *Jokel*-Milch. Schmilzt im Sommer, macht Fluss. Fluss ganz dunkel. Dinge wachsen gut in *Jokel*-Wasser, in *Jokel*-Milch.

Aber in Winter Fluss hart. Land bebt. Fluss bricht auf, macht scharfe Kanten überall. Zerschneidet Hunden Pfoten. Was die *Mygga* Stiefelchen nannte, heißen wir *Sokken.* Verhindert, dass Hunde zerschneiden Pfoten an Eis.«

Aravan war zu ihnen geschlendert und hörte gerade noch B'arrs Worte. »Gletschermilch«, murmelte er. »Schlammiges Wasser. Ein Fluss voll von pulverisiertem Stein, der vom Grimmwall selbst durch das mächtige Eis des Großen Nord-Gletschers zermahlen wurde. Das Land, das mit diesem kalten Strom gewässert wird, ist sehr fruchtbar. Pflanzen und Blumen und grünes Gras wachsen auf der angrenzenden Erde und strecken sich in den langen Sommertagen der Sonne entgegen.«

Gwylly blickte wieder auf das graue Eis, dann auf das schneebedeckte Flussufer, das jetzt, im Winter, öde war, und richtete den Blick schließlich auf den Grimmwall, der hoch über ihnen aufragte. Er fragte sich, wie etwas so Bedrohliches wie diese düstere, Unheil verkündende Bergkette in einer eiskalten Wüste etwas Fruchtbares entstehen lassen konnte.

Die Schlittenführer hatten ihre Tiere rasch für die Weiterfahrt vorbereitet. Alle Hunde trugen jetzt die Ren-Stiefelchen, und erneut nahmen sie Kurs nach Osten, fuhren am Fuß des gewaltigen Grimmwall-Massivs entlang.

Sie folgten dem Verlauf des Gletscherflusses, der im eisigen Griff des Winters gefroren war. Als sie um eine Kurve bogen, stieß Faeril überrascht die Luft aus, denn in der Ferne sah sie gewaltige Eisbrocken, die in einem riesigen Haufen an der gewaltigen Felswand aus schwarzem Granit lagen. Hoch über ihnen, fast dreihundert Meter über dem blanken Fels schimmerte die Kante des Großen Nord-Gletschers weiß und gefährlich. Sie war mindestens drei Meilen breit, ein enormer gefrorener Fluss, der selbst Hunderte Fuß hoch war und bereit schien, sich nach unten zu ergießen.

Und während sie hinsahen, brach ein gewaltiges Stück des Überhangs ab. Das fallende Eis schien eine Ewigkeit lautlos zu stürzen, bis es auf der mehrere Meilen breiten Rampe am Fuß des Berges zerschellte. Sekunden später erreichte sie das Geräusch des kalbenden Eises, ein knirschendes, fürchterliches Krachen, dem unmittelbar danach das donnernde Dröhnen folgte, mit dem die Eismasse am Fuß des Grimmwalls zerschellte.

Und immer noch schimmerte die Wand des Gletschers hoch über ihnen, scheinbar unberührt von dem gigantischen Abbruch.

B'arr lenkte sein Gespann weg von diesem tödlichen Ort und schlug einen sicheren Kurs ein. Tchuka und Ruluk folgten ihm.

Eine Stunde lang beschrieben sie diesen Bogen um den Gletscher, bis der Abbruch schließlich rechts hinter ihnen zurückblieb. Diesen Kurs hielten sie noch eine weitere Stunde, bis sie die Gefahr umgangen hatten und zu einer breiten Schlucht etwa zwei Meilen hinter dem Gletscher kamen.

Erneut bebte die Erde, und kurz darauf hörten sie das Knirschen und Donnern von Eis, das hinter ihnen zerschmetterte.

»Hoyre! Hoyre!«, schrie B'arr. Die Hunde schwenkten nach rechts, hinein in die Mündung dieses breiten, schattigen Engpasses.

Gwylly und Faeril sahen eine Schlucht mit blanken Steilwänden vor sich, die sich in den Grimmwall hinein schlängelte. Ihr Ende konnten sie nicht erkennen; es lag irgendwo hinter einer der vielen Kurven. Die steilen Klippen standen mehr als eine Meile auseinander, ihr oberer Rand schwebte fast tausend Meter über ihnen, der beinahe senkrechte Fels war von Spalten, Klüften und Rissen durchzogen. Schnee und Eis klebten an der senkrechten Wand überall dort, wo sie Halt fanden. Dort wuchsen auch Krüppelkiefern, vom Wind verbogen und verdreht. Der Boden der Schlucht war vereist; wie dick das Eis war, konnten die Wurrlinge nicht erkennen.

In diese Schlucht lenkte B'arr die Hunde. Er wollte eine Stelle erreichen, die Riatha kannte und ihm verraten hatte, eine Stelle, von der aus sie auf den Gletscher kommen konnten, um zum – wie sie es ausdrückte – »Licht des Bären« zu gelangen.

»Strak! Strak!«, befahl B'arr seinem Leithund Shlee, geradeaus zu laufen. Der Befehl wurde von den folgenden Schlittenführern wiederholt, als sie ebenfalls in die Schlucht hineinfuhren.

Sie glitten eine leichte Steigung hinauf, bis sie an eine Biegung kamen, hinter der sie schon die nächste erwartete. Danach kam wieder eine, dann noch eine, und die Schlucht führte sie immer weiter in die Berge hinein.

Der Tag verstrich, und die Schatten in der steilwandigen Schlucht wurden schnell tiefer. Je weiter sie vordrangen, desto langsamer wurden die Gespanne, obwohl die Schlittenführer sie antrieben.

»Liegt es an der Steigung?«, erkundigte sich Faeril. »Werden die Hunde müde?«

»Nein, kleine *Mygga*«, erwiderte der Schlittenführer. »Hunde mögen diesen Ort nicht.«

Sie fuhren zwei Meilen weiter, bald wurden die Hunde immer langsamer.

Dann, ohne dass B'arr einen Befehl gegeben hätte, wendete Shlee das ganze Gespann und blieb stehen. Er weigerte sich, auch nur einen weiteren Schritt zu machen.

Gwylly dachte unwillkürlich an Black, der sich geweigert hatte, auch nur einen Schritt in die Nähe der »Verbotenen Orte« im Weitimholz zu tun. Ganz offensichtlich jedoch nicht aus Furcht, sondern weil er den Ort respektierte.

Als Gwylly jetzt aber Shlee betrachtete, bemerkte er, dass sich der Leithund zwar nicht furchtsam niederkauerte, aber seine Nackenhaare waren doch gesträubt, als wollte er sagen: *»Schlecht! Ein schlechter Ort!«*

Als er sich umdrehte, sah er, dass Laska und Gurr ebenfalls ihre *Spans* gewendet hatten und offensichtlich keinen Schritt weitergehen wollten.

»B'arr?« Faerils unausgesprochene Frage schien in der kalten Luft zu schweben.

»Shlee weiß, Kleine. Vertraut Shlee. Er weiß.« B'arr drehte sich herum. *»Ikke mer!«,* rief er Tchuka und Ruluk zu. *»Vi vende tilbake.«*

Als sich der Schlittenführer wieder zu den Wurrlingen herumdrehte, zeichnete sich die Sorge auf seinem bronzefarbenen Gesicht ab. »Wir gehen zurück. Ihr kommt mit. Nicht sicher. Shlee weiß. Laska weiß. Garr weiß. Alle Hunde wissen. Vertraut Hunden. Alle wissen.«

Riatha und Aravan stiegen aus ihren Schlitten und stapften durch den Schnee zu B'arr.

Faeril mühte sich aus ihren Felldecken und kletterte ebenfalls aus dem Schlittenkorb. »B'arr sagt, dass wir umkehren müssen.« Die Unsicherheit war ihr deutlich anzumerken. Gwylly trat heran und legte seinen Arm um sie.

B'arr sah Riatha offen an. »Shlee weiß, *Infé*. Shlee weiß. Schlechter Ort, das.«

Riatha seufzte. »Ich weiß, Schlittenführer, ich weiß, was die Hunde wittern. Trotzdem müssen wir weiter.«

B'arr wandte sich an Aravan. »*Anfé*, sag *Infé*, wir müssen umkehren. Alle müssen von diesem schlechten Ort weg.

Alle Hunde, alle Aluten, alle *Mygga*, alle *Fé*. Ort *vond* … böse. Die Hunde *wissen*!«

Aravan zuckte die Achseln. »Wir haben keine Wahl, Schlittenführer. Unser Weg liegt vor uns.« Aravan deutete in den Engpass hinauf.

Riatha wandte sich an die Wurrlinge. »Erneut sind die Berge zu einem Ort geworden, an dem das Böse haust. Ich hatte gehofft, dass es diese Seite des Grimmwall noch nicht erreicht hätte.« Riatha sah zu den Hunden hinüber. »Aber dem Benehmen der Hunde nach zu urteilen würde ich vermuten, dass die Rûpt oder Schlimmeres diese Gegend ebenfalls verseuchen.«

Faerils Herz pochte heftig, sie traute ihrer Stimme nicht. Trotzdem schaute sie in den dunkler werdenden Himmel hinauf und rückte ihren Kreuzgurt zurecht. Ein entschlossener Ausdruck zeichnete sich auf ihrem Gesicht ab. »Dann lasst uns unsere Sachen nehmen und zu Fuß weitergehen.«

Als Gwylly und Aravan zustimmend nickten, drehte sich Riatha herum und trat zu Tchukas Schlitten, um ihre Sachen auszuladen. Aravan folgte ihrem Beispiel und ging zu Ruluks Schlitten, während Gwylly und Faeril ihre Ausrüstung aus B'arrs Schlitten packten.

Riatha schob sich einen Wasserschlauch unter ihren Mantel, damit das Wasser nicht gefror, schlang sich ihr Schwert in der Scheide über den Rücken und schulterte dann ihren schon vorbereiteten Rucksack auf seinem Gestell. Dabei achtete sie darauf, dass er sie nicht hinderte, ihr Schwert zu ziehen.

Aravan schob ebenfalls einen Wasserschlauch unter seine Felljacke und schnallte sich das Langmesser in seiner engen Scheide ans Bein. Er schob die Arme durch die Schulterriemen seines Rucksacks und verschloss den Haltegurt vor der Brust. Zuletzt nahm er den Speer mit dem schwarzen Schaft und dem Kristallblatt, bevor er sich zu den anderen herumdrehte.

Gwylly hatte seine Schleuder in den Gürtel geschoben, neben den Beutel mit den Kugeln. Den Dolch trug er an der anderen Seite, und nachdem er seinen Wasserschlauch über den Kopf geschlungen und seinen Rucksack geschultert hatte, stand auch er fertig da.

Faeril bereitete sich ebenfalls vor, schulterte Wasserschlauch und Rucksack. Die Messer in ihren Kreuzgurten funkelten schon über der Brust der Damman. Als sie fertig war, drehte sie sich zu B'arr herum und streckte die Hände aus. »Passt auf Euch auf, B'arr. Wir werden Euch vermissen!«

B'arr kniete sich hin und drückte die Hände der *Mygga.* »Ich vermisse Euch schon jetzt, Kleine. Ich weiß, dass *Mygga* und *Fé* nun gehen müssen. Ich habe Sorge, dass Ihr nicht sicher seid. Wir kommen zurück, wenn ...« B'arr deutete auf den nächtlichen Himmel, während er nach dem richtigen Wort suchte: »Wenn der Stern mit Schweif fort ist. Bis dahin achtet Ihr auf Euch, ja? Dann kehren wir glücklich zurück nach Innuk, ja? Im nächsten Sommer fischen wir.«

Faeril lächelte wehmütig, nickte, küsste den Schlittenführer auf die Wange und wandte sich ab.

Gwylly verabschiedete sich ebenfalls von B'arr, trat dann zu den Tieren und strich Shlee, Garr und Laska über das Fell. Und er flüsterte jedem etwas zu, Worte, die kein anderer hören konnte.

Aravan und Riatha verabschiedeten sich von den Schlittenführern, und danach marschierten die vier, Riatha, Aravan, Gwylly und Faeril, den Hang hinauf und tiefer hinein in die schattige Schlucht, während der Himmel über ihnen immer dunkler wurde.

B'arr sah ihnen lange nach, ohne sich zu rühren. Dann warf er einen Blick auf die Knochenspitze seines Speeres und fragte sich, welch gefährliches Spiel, welch tödlichen Feind die vier wohl verfolgen mochten, einen Feind, der so gefährlich sein musste, dass sie Waffen aus Stahl und Silber und Sternenlicht und Kristall benötigten, um ihn zur Strecke zu bringen.

Schließlich blickte er in den düsteren Himmel hinauf, und gab Tchuka und Ruluk ein Zeichen. Wie sie es gesagt hatten: Sie würden zu den Ruinen zurückkehren, die zwei Tagesreisen weiter nördlich lagen, und dort warten, bis der merkwürdige Stern vom Himmel verschwunden war. Dann würden sie zurückkommen, um die *Mygga* und *Fé* abzuholen. Er packte seinen Schlitten an den Handgriffen. *»Hypp! Hypp!«*, rief er, und die Hunde zogen an. *»Venstre, Shlee, venstre!«* Langsam bog das Gespann nach links ab, bis sie den Hang hinabfuhren. *»Strak! Strak!«* Sie fuhren denselben Weg zurück, den sie gekommen waren. Shlees *Span* rannte so schnell wie möglich, Laska und Garr folgten ebenso schnell hinterher.

Es wurde Nacht in dem Spalt, während die vier weiter hinaufstiegen. Gwylly und Faeril gaben Riatha und Aravan das Tempo vor. Der Mond ging auf, war jedoch in dem Spalt nicht zu sehen, verdeckt von den vereisten, steilen Wänden der Schlucht. Über ihnen zogen langsam die Sterne vorbei, und die vier Gefährten wussten, dass irgendwo am verborgenen Horizont das Auge des Jägers vorüberzog.

Sie stiegen den Hang empor, der sich tiefer und tiefer in das Gebirge schnitt. Die blanken Felswände rückten immer dichter heran, und der schneebedeckte Boden des Tales stieg langsam an, bis zu ihrem Rand.

Ab und zu vibrierte die Erde, und Schnee rieselte vom Rand hinunter, mit polternden Felsbrocken und spitzen Eiszapfen, die donnernd auf dem Boden am Fuß der steilen Rampe zerschellten.

Nach einem dieser Beben fragte Gwylly: »Heda, Aravan, erzählt mir doch von den Drachen und diesem Schwarzen Kalgalath. Wie er getötet wurde und dergleichen...«

Der Elf sah den Wurrling lächelnd an. »Da gibt es viel zu erzählen, und gleichzeitig wenig, denn vom Leben der Drachen, ganz gleich von welchem, ist nur wenig bekannt. Viel dagegen von den Drachen, die erlegt wurden.

Es ist eine machtvolle Rasse, und gefährlich dazu. Sie sind der Rede mächtig, und ihnen gelüstet es nach Wohlstand. Deshalb sammeln sie große Schätze an. Sie leben in abgelegenen Schlupfwinkeln, von denen aus sie ab und zu ihre tödlichen Beutezüge beginnen, gewöhnlich, um Vieh und andere Haustiere zu rauben. ›Alle müssen helfen, wenn die Drachen kommen‹, so lautet das alte Sprichwort. Mir scheint jedoch, dass man nichts gegen einen Überfall der Drachen ausrichten kann, deshalb bedeutet diese Weisheit meiner Meinung wohl einfach nur, man solle jenen Obdach und Trost gewähren, die unter dem Kommen und Gehen eines Drachen zu leiden hatten.

Sie schlafen erst tausend Jahre und wachen dann zweitausend. Im Augenblick sind sie wach, seit mehr als fünfhundert Jahren.

Es gibt zwei Rassen von Drachen, obwohl es ursprünglich nur eine gegeben hat. Feuer-Drachen und Kalt-Drachen, wie man sie jetzt nennt. Der Atem eines Feuerdrachen ist eine verheerende Flamme; der des Kalt-Drachen eine Wolke aus Gift. Sein Speichel besteht aus einer ätzenden Säure, die Haut, Stein und Metall gleichermaßen verätzt.

Einst gab es keine Kalt-Drachen, doch im Großen Krieg des Bann stellten sich einige Drachen auf Gyphons Seite. Nachdem Er besiegt wurde, nahm Adon jenen Drachen ihr Feuer, was sie und ihre Nachkömmlinge zu Kalt-Drachen machte.

Außerdem unterliegen auch sie dem Bann und werden vom Licht der Sonne dahingerafft, wenngleich ihre Drachenhaut sie vor dem Brennenden Tod bewahrt, der die übrige Brut ereilt. Kennt Ihr den Spruch: ›Troll-Knochen und Drachenhaut‹? Er stammt von den Rûpt, denn diese beiden Dinge werden unter Adons goldenem Licht nicht zu Asche: Die Knochen von Trollen und die Haut von Drachen. Deshalb zerfallen Kalt-Drachen nicht zu Asche, wenn sie dem Tageslicht ausgesetzt sind, wie es den Rûpt widerfährt, der Brut. Trotzdem tötet die Sonne diese Kalt-Drachen, nicht jedoch die Feuer-Drachen, die vom Licht des Tages unberührt bleiben.

Doch ganz gleich, ob Feuer- oder Kalt-Drache, schrecklich sind sie beide, gewaltig und tödlich, und dabei fast unbesiegbar. Ihre Klauen gleichen diamantharten Krummsäbeln, die Schuppen ihrer Haut dagegen sind undurchdringliche Panzer. Ihre gewaltigen, ledernen Schwingen tragen sie hoch in den Himmel empor, und damit vermögen sie tödliche Wirbelstürme gegen ihre Feinde zu erzeugen.

Man sagt, dass sie innerhalb ihrer jeweiligen Domäne alles wittern können, dass ihre Augen das Verborgene, Unsichtbare ebenso gut wahrnehmen wie auch das Sichtbare.

Niemand weiß, wie groß ihre Lebensspanne ist, worin sie vielleicht den Elfen gleichen, obwohl ich das bezweifle. Einige haben Schätzungen angestellt. Wenn man die Wach- und Schlafzeiten eines Drachen mit denen eines Menschen vergleicht, also dreitausend Jahre eines Drachen mit einem Tag und einer Nacht eines Menschen, dann würde, wenn die Lebensspanne eines Menschen hundert Sommer betrüge, also sechsunddreißigtausend Morgengrauen, die entsprechende Lebensdauer eines Drachen mehr als einhundert tausend tausend Jahre ergeben.«

Gwylly starrte ihn ungläubig an. »Einhundert tausend *tausend?*«, platzte er dann heraus.

»Ja, Kleiner: einhundert tausend tausend Jahre.«

Gwylly wandte sich zu Faeril um, während er versuchte, diese ungeheure Zahl zu verarbeiten. Er konnte sich nicht einmal ansatzweise vorstellen, was sie bedeutete. Die Damman bemerkte die Verwirrung im Blick des Bokker. »Lass mich versuchen, das in Begriffen auszudrücken, die wir verstehen können, Gwylly.«

Sie dachte einen Augenblick nach, während sie weiter den Hang hinaufstiegen. »Vielleicht hilft uns das weiter: Ich habe gehört, dass es siebentausend Weizenkörner in einem Pfund Mehl gibt.«

Gwylly nickte. Sein Pflegevater hatte ihm dasselbe erzählt, obwohl er nicht sicher war, wer sie jemals gezählt hatte.

»Und«, fuhr Faeril fort, »ich habe auch gehört, dass sich fünfzig bis sechzig Pfund Weizen in einem Scheffel befinden.«

Wieder nickte Gwylly. Er hatte oft bei der Ernte geholfen, und ein Scheffel Weizen wog fast genauso viel wie er selbst.

»Also«, sagte Faeril, »wenn dem so ist, dann enthält ein Scheffel Weizen etwa ...«, die Damman überschlug die Zahl kurz im Kopf, »etwa vierhunderttausend Körner.«

Gwylly zuckte, etwas verwirrt über diese akademische Übung mit den Schultern. »Wenn *du* das sagst. Aber was hat das mit ...?«

Faeril hob die Hand und Gwylly verstummte. Während der Bokker und die Damman durch den Schnee stapften, rechnete Faeril erneut rasch im Kopf nach. »Das bedeutet, zweihundertfünfzig Scheffel Weizen enthalten etwa einhundert tausend tausend Weizenkörner.«

Gwylly sah sie verständnislos an.

»Begreifst du nicht, Gwylly, wenn jedes dieser Weizenkörner ein Jahr im Leben eines Drachen wäre, so müsste man zweihundertfünfzig Scheffel Weizen in Körbe füllen, um so viel Körner zu bekommen, wie ein Drache Lebensjahre hat.«

Das endlich konnte sich der Bokker vorstellen, denn Orith hatte Weizen angebaut und geerntet. Gwylly stellte sich Körbe mit zweihundertfünfzig Scheffeln Weizen vor, die sich vor ihm erstreckten, jeder bis zum Rand mit Weizenkörnern gefüllt, und jedes Korn davon repräsentierte ein Lebensjahr eines Drachen. Er malte sich aus, wie einer dieser Körbe umgefallen war, was ihm schon mal passiert war. Wie sich der Weizen über den Boden verstreute und die Weizenkörner eine große Fläche bedeckten. Dann versuchte er sich vorzustellen, dass alle zweihundertfünfzig Scheffel auf dem Boden verstreut wären. Er wusste, dass diese Fläche sehr groß sein würde, aber sein Verstand vermochte nicht, sie wirklich zu begreifen. *Kaum auszudenken, dass jedes Korn ein Jahr im Leben eines Drachen darstellt. Und all diese Jahre, das ist ziemlich unvorstellbar.*

Faerils Gedanken dagegen folgten einer ganz anderen Richtung. Sie sah zu Riatha und Aravan hoch, die neben ihr dahinschritten. *Wenn die Lebensspanne eines Drachen so gewaltig ist, was ist dann mit der der Elfen? All die Sandkörner von allen Stränden und den Wüsten der ganzen Welt können nicht einmal annähernd die Zahl von Jahren widerspiegeln, die vor jedem Angehörigen dieses Edlen Volkes liegt.*

Aravans Worte unterbrachen die Gedankengänge der Wurrlinge. »Euer Beispiel ist sehr zutreffend, Faeril. Aber eines gebe ich zu bedenken: Es ist nur eine Spekulation, dass die Schlafens- und Wachzeiten der Drachen mit jenen der Menschen korrespondiert. Es könnte auch gut sein, dass dem nicht so ist, oder dass sie stattdessen mit denen anderer Wesen vergleichbar sind, mit denen der Waerlinga zum Beispiel, oder der Elfen, der Zwerge, der Utruni. Niemand, mit dem ich gesprochen habe, wusste wirklich, ob diese Schätzung stimmt.«

Faeril sah den Elf an, während sie ihre nächsten Worte genau abwog. »Dann sagt mir, Aravan, wie alt ist der älteste Drache, der zur Zeit lebt?«

»Das weiß allein Adon, Faeril«, gab der Elf zurück. »Als wir nach Mithgar kamen, waren die Drachen schon da, und das geschah vor mehreren tausend Jahren.«

Eine Weile schritten die vier schweigend den Hang hinauf, während ihre Schritte im Schnee knirschten. Erneut bebte die Erde, und wieder fiel Schnee die steilen Flanken herab, die sich rechts und links von ihnen jäh erhoben, gefolgt von klapperndem Geröll und Eisbrocken, die auf dem Boden zerschellten. Schließlich brach Gwylly das Schweigen zwischen ihnen. »Also gut«, meinte er. »Und was ist mit Kalgalath?«

Aravan nahm den Faden seiner Geschichte wieder auf. »Der Schwarze Kalgalath war vielleicht der mächtigste Drache in ganz Mithgar, obwohl manche behaupten, Daagor wäre noch mächtiger gewesen. Doch Daagor starb in dem Großen Krieg, als er an Gyphons Seite kämpfte; er wurde von der Kunst der Magier zur Strecke gebracht.

Der Schwarze Kalgalath jedoch ergriff niemandes Partei und blieb dem Großen Krieg verächtlich fern.

Doch es gab ein mächtiges Symbol, den Kammerling, den andere auch den Hammer des Zorns nannten, wieder andere Adons Hammer. Man sagte, dieser Streitkolben könnte den mächtigsten aller Drachen töten.

Der Schwarze Kalgalath glaubte in seinem Hochmut, dass dieser Streitkolben sein Verderben sein sollte, also stahl er ihn den Wächtern, den Utruni, die Ihr Steingiganten nennt, und gab ihn einem Zauberer, der diese Waffe für ihn bewachen sollte.

Doch zwei Helden, Elyn und Thork, erbeuteten den Streithammer und töteten damit den Schwarzen Kalgalath.

In seinem Todeskampf schlug Kalgalath die Erde mit dem Kammerling, dort im Drachenhorst, und traktierte die Welt mit diesem gewaltigen Symbol der Macht. Seitdem ist das Land geschwächt, es zittert und erbebt in der Erinnerung von Kalgalaths Tod hier im Grimmwall-Massiv.«

Sie marschierten zwei Stunden weiter, dann noch eine, während die Nacht dunkler wurde und das Auge des Jägers über dem östlichen Rand der Schlucht auftauchte und seinen feurigen Schweif hinter sich herzog.

Erneut bebte die Erde, heftiger diesmal, und große Felsbrocken und Eisplatten lösten sich vom Rand der Schlucht und donnerten in die Tiefe.

Gwylly und Faeril wähnten, in der Ferne das Läuten eiserner Glocken zu hören. Doch im selben Augenblick ertönte ein schwaches, bebendes Heulen, das lange anhielt und dabei an- und abschwoll.

Faeril schlug das Herz bis in den Hals, und Gwylly, der neben ihr ging, umklammerte ihre Hand. »Wölfe?«, fragte sie, während sie sich gleichzeitig vor der Antwort fürchtete.

Wieder ertönte das Heulen, lauter diesmal, als der Schall von den Spalten und Klippen zurückgeworfen wurde und das Gehör so verwirrte, dass man nicht sagen konnte, aus welcher Richtung es wohl kam. Gwylly drückte unwillkürlich Faerils Finger.

Riatha sah sich um und betrachtete die Flanke neben ihnen, noch bevor Geröll von oben herunterprasselte. »Nein, Faeril, keine Wölfe«, stieß sie zwischen den Zähnen hervor. »Es ist der Jagdschrei von Vulgs, die eine Fährte aufgenommen haben und sie verfolgen.«

7. Kapitel

VERMÄCHTNIS

Mitt- und Spätsommer, 5E985
[Drei Jahre zuvor]

»Prophezeiung ...?«, stammelte Gwylly, während er die junge Damman anstarrte, die in der Tür stand. Sie sah aus wie eine Kriegerin, mit diesen gekreuzten Messergurten über ihrer Brust. »Was ... was denn für eine Prophezeiung?«

Doch bevor sie antworten konnte, ertönte eine andere Stimme. »Wo bleiben deine Manieren, Gwylly?« Es war seine Mutter, Nelde. »Bitte sie doch herein.«

Gwylly trat zur Seite, sodass die Damman eintreten konnte. Ihr Blick glitt von ihm zu den beiden großen Menschen im Raum, Orith und Nelda, eine unausgesprochene Frage in ihren Augen. Im selben Moment jedoch begrüßte Black sie schwanzwedelnd und versuchte, ihr das Gesicht abzulecken. Die Damman kicherte und streichelte ihm die Ohren, wich seiner feuchten Zunge jedoch aus. Gwylly sprang ihr zu Hilfe, als wäre er plötzlich wieder zur Besinnung gekommen und zog Black mit Mühe zur Seite. Der Hund war für jemanden von der Größe des Bokkers ein recht großes Tier.

»Black!«, befahl Orith. »Zurück!« Black wich gehorsam zurück, aber sein Schwanz wedelte heftig.

»Passt auf seine Rute auf«, warnte Orith sie. »Für jemanden von Eurer Größe wirkt er wie ein Prügel.«

Die goldäugige Damman lachte. Ihre Stimme klang silberhell, und Gwylly schwoll das Herz.

Nelda deutete in die Küche. »Kommt herein, Liebes. Habt Ihr schon gegessen? Möchtet Ihr vielleicht einen Tee?« Die Frau führte die Damman an den Tisch. »Wir bekommen hier nicht häufig Besuch, schon gar nicht vom Kleinen Volk. Wie sagtet Ihr noch, war Euer Name, Liebes?«

»Faeril«, antwortete die Damman, während sie auf einen Stuhl kletterte, Gwyllys Stuhl. »Faeril Twiggins.«

Gwyllys Herz schien einen Satz zu machen. *Faeril. Was für ein wundervoller Name.* Der Bokker zog sich einen anderen Stuhl heran und setzte sich ebenfalls. Allerdings hockte er jetzt weit niedriger am Tisch, da der Gast auf seinem Stuhl saß. Gwyllys Kinn reichte gerade bis an die Tischplatte. Orith setzte sich ebenfalls. Black ließ sich neben ihn fallen und klopfte mit dem Schwanz heftig auf den Boden.

Nelda schenkte Tee ein und häufte Essen auf einen Teller, während Orith ein Tabakblatt in seine Pfeife stopfte und Gwylly die Damman anstarrte. Er schien für nichts anderes Augen zu haben.

Dann richtete sie den Blick ihrer goldenen Augen auf ihn.

Gwylly versuchte, seine Verlegenheit zu überspielen, was ihm kläglich misslang.

»Ihr seid doch Gwylly Fenn, stimmt's?«

Er sah Nelda und Orith Hilfe suchend an, bevor er seinen Blick wieder auf Faeril richtete. »Ich heiße Gwylly, das stimmt, aber ob ich Fenn heiße ... wir wissen nicht ...« Er verstummte.

»Ich habe ihn vor zwanzig Jahren gefunden«, erklärte Orith, der sein Tabakblatt festdrückte, als Faeril ihn ansah. »In einem zerstörten Lager. Seine Mutter und sein Vater wurden getötet. Von Rukha, denke ich.«

»Wir haben ihn wie unseren eigenen Sohn großgezogen«, nahm Nelda den Faden auf und hielt zugleich damit inne, die wilden Kirschen zu entkernen. Ihr Blick richtete sich in die Ferne, als sie sich erinnerte. »Er war von einer Rukh-Klinge vergiftet und nicht bei sich, als er zu uns kam.«

Gwylly berührte die Narbe an seinem Haaransatz, die er fast vergessen hatte, und spürte die kleine Erhebung auf seiner Haut, die von der Stirn bis zur Schläfe reichte.

Faeril drehte sich zu dem Bokker herum. »Dann wisst Ihr ja gar nicht genau, wer Ihr seid!«, rief sie. »Und wenn Ihr das nicht wisst, woher soll ich dann wissen, ob Ihr der seid, den ich suche?«

Gwyllys Herz hämmerte. »Ich weiß schon, wer ich bin!«, protestierte er. »Ich kenne nur den Nachnamen nicht, mit dem ich geboren wurde.«

Faeril sank auf ihrem Stuhl zusammen und dachte nach.

Black hörte auf, mit dem Schwanz auf den Boden zu klopfen und blickte die Wesen um ihn herum an, die großen und die kleinen, als er plötzlich spürte, dass etwas nicht stimmte.

Orith stand auf und brach einen langen Span von einem Holzscheit ab, das neben dem Ofen lag. Er hielt es in die Flammen, und als es Feuer gefangen hatte, zündete er den Tabak in seiner Pfeife damit an. Der Duft des Blattes erfüllte die Küche, als der Wind, der durch die offenen Fenster hereinwehte, ihn in dem Raum verteilte.

Nelda stellte den Teller mit Früchten vor Faeril hin. Die Damman lächelte die Frau schwach an, aber es war offenkundig, dass ihr der Appetit vergangen war.

Faeril brach das Schweigen. »Es gibt keinen einzigen Hinweis?«

Gwylly schüttelte den Kopf. »Keinen.«

Ein leises Murmeln weckte Faeril mitten in der Nacht. Es waren die Stimmen von Nelda und Orith. Was sie sagten, konnte sie jedoch nicht verstehen, da sie zu leise redeten. Trotzdem schloss sie allein aus dem Tonfall, dass sie miteinander stritten.

Der schlafende Black lag neben ihr auf dem Boden, und seine Krallen kratzten auf dem Holz, als er im Traum das Wild jagte.

Faeril ging zur hinteren Veranda. Das Rosa des frühen Morgengrauens verfärbte sich im Osten bereits blau. Sie hörte das Schlagen einer Axt und sah, wie Orith bereits um diese frühe Stunde Holz hackte und es neben dem Kuhstall zu Klaftern stapelte. Black schnüffelte um den Stapel herum, als wäre etwas darin gefangen.

Sie nickte dem Mann zu und ging zu den Ställen, um Schwarzschweif zu versorgen. Als sie jedoch hereinkam, sah sie, dass Gwylly bereits das Pony striegelte, während es zufrieden seinen Hafer aus dem Stalltrog fraß. Ihm gegenüber kauten zwei Maultiere auf ihrem Futter herum, während in der Box neben Schwarzschweif ein anderes Pony, ein grau geflecktes, seinen Hafer mampfte.

Sie nahm einen Striegel vom Regal und trat in die Box des Grauen. »Ist das deines?«, erkundigte sie sich und schob die Hand durch den Lederriemen der Bürste. Er war zu weit für sie.

Gwylly nickte. »Er heißt Flecker. Er ist sechs.«

»Schwarzschweif ist fünf.«

Faeril legte den Striegel auf das Regal zurück und sah sich suchend um, fand jedoch keinen, der über ihre Hand gepasst hätte. »Hast du noch einen Striegel? Einen, den ich benutzen kann, meine ich. Ich habe meinen eigenen in der Satteltasche im Haus gelassen.«

»Nein, aber ich bin fast fertig.«

Faeril kletterte auf das oberste Brett und sah zu, wie Gwylly ihr Pferd striegelte.

Als sich der Bokker bewegte, sog Faeril plötzlich scharf die Luft ein.

Gwylly blickte auf. Die Damman musterte mit aufgerissenen Augen seine Taille. Der Bokker blickte an sich herunter. »Stimmt da was nicht?«

»Du hast eine Schleuder!«

»Ja ...«

»Du hast eine Schleuder!«, unterbrach sie ihn aufgeregt.

Gwylly zog die lederne Waffe aus seinem Gürtel. »Ja, aber was ...?«

»Woher hast du sie? Kannst du damit umgehen?«

»Natürlich kann ich damit umgehen. Und was ...«

»Silberkugeln!«, fiel ihm Faeril erneut ins Wort. »Hast du auch Silberkugeln?«

»Silberkugeln?« Eine schwache Erinnerung regte sich in dem Gedächtnis des Bokkers.

»Ach, Gwylly!«, rief Faeril. Ihre Stimme vibrierte vor Aufregung. »Wenn du Silberkugeln hast, dann würde ich es wissen.«

»Was würdest du wissen?«, fragte Gwylly fast verzweifelt. »Was hat meine Schleuder mit all dem zu tun? Und wenn ich nun keine Silberkugeln habe? Außerdem finde ich nicht, dass man Silber so verschwenden sollte.«

»Oh doch, genau das würdest du denken«, widersprach die Damman.

»Oh doch, was würde ich denken?« Gwylly hätte schreien mögen.

»Du würdest denken, dass man Silber in Kugeln gießen sollte.«

Gwylly ließ sich gegen die Bretter der Box sinken und starrte Faeril verblüfft an. *Benehmen sich alle Dammen so? Hüpfen von Idee zu Idee wie Grashüpfer auf einer Weide?* Er sprach langsam und mit erzwungener Ruhe. »Und warum sollte ich silberne Schleudergeschosse benutzen?«

»Woher hast du sie?«

Flipp, flipp! Gwylly stellte sich tausend Grashüpfer vor, die alle auf einmal davonsprangen, in verschiedene Richtungen. Die nächsten Worte stieß er zwischen den Zähnen hervor. »Woher ich was habe? Silberkugeln? Ich sagte doch, dass ich keine ...«

»Die Schleuder!«, fuhr ihm Faeril in die Parade. »Woher hast du die Schleuder?«

Flipp! Er holte tief Luft. »Sie gehörte meinem richtigen Vater. Jedenfalls hat mir Orith das erzählt.«

Faerils Miene hellte sich auf. »Oh, das ist ... das ist sehr vielversprechend.«

Flupp! Staub wirbelte unter den halsbrecherisch landenden Grashüpfern auf. Doch bevor Gwylly etwas erwidern konnte, ertönte die blecherne Glocke, die zum Frühstück rief.

Als der Bokker neben der Damman zum Haus ging, sah Faeril Gwylly verwirrt an. »Es ist nicht gut«, sagte sie dann, »wenn du so heftig mit den Zähnen knirschst. Hast du diese Angewohnheit schon lange?«

Gwylly warf die Hände in die Luft und konnte ein resigniertes Lachen nicht unterdrücken.

An diesem Morgen wirkte Nelda beim Frühstück etwas erschöpft, als hätte sie nur wenig geschlafen. Und sie schien Oriths Blick auszuweichen. Doch als die Mahlzeit beendet war, sah sie ihn endlich an und nickte. Orith stand auf und kehrte nur wenige Augenblicke später mit einer kleinen Kiste aus Zedernholz in den Händen wieder zurück. Er stellte sie auf den Tisch und räusperte sich. »Gestern Nacht, Miss Faeril, habt Ihr gefragt, ob es irgendwelche Hinweise auf Gwyllys Vergangenheit gäbe. In diesem Augenblick habe ich nicht daran gedacht, aber später ist es mir wieder eingefallen.

Ich habe Gwylly als verwundetes Kleinkind in dem zerstörten Lager gefunden und ihn sofort zu Nelda gebracht. Sein Zustand war schlimm, er musste sofort behandelt werden. Später bin ich zu dem Lager zurückgekehrt, habe seinen Vater und seine Mutter begraben und alles für ihn eingesammelt, was von den Habseligkeiten seiner Eltern noch vorhanden und verwertbar war. Das meiste war fort, gestohlen, und es gab nur wenig, was ich von diesem Ort des Todes bergen konnte.

Zum Beispiel die Schleuder und einige Stahlkugeln, die Gwylly erkannte. Sie gehörten seinem Vater, meinte er. Als ich ihm die Stahlkugeln gab, sagte er etwas sehr Merkwürdiges. Er wollte wissen, wo ›die Glänzenden‹ wären. Damals wusste ich nicht, was er meinte, aber ich habe lange darüber nachgedacht. Allmählich jedoch vergaß ich es und habe dann seit Jahren nicht mehr daran gedacht, seit vielen Jahren. Heute Morgen jedoch, als ich Holz hackte, habe ich zufällig gehört, wie Ihr und Gwylly Euch unterhalten habt und Ihr ihn nach den Silberkugeln fragtet. Ich habe nicht gelauscht, sondern Eure Frage zufällig gehört. Plötzlich ist mir Gwyllys seltsame Frage von damals wieder eingefallen: ›Wo sind die Glänzenden?‹ Und jetzt ist mir auch klar, was diese ›Glänzenden‹ gewesen sein müssen: die Silberkugeln, von denen Ihr spracht.

Natürlich haben die Rukha und ihresgleichen alle wertvollen Dinge mitgenommen, deshalb haben wir keine silbernen Kugeln gefunden. Sonst besäße Gwylly auch solche Geschosse.«

Faeril sah Gwylly an. Ihre Aufregung wuchs. Gwylly hatte den Eindruck, dass ihre goldenen Augen beinahe glühten, und sie schien etwas sagen zu wollen. Doch bevor sie dazu kam, klappte Orith den Deckel des Zedernholzkästchens auf.

»Gleichwohl, es befand sich noch etwas in diesem zerstörten Lager, das, im Gegensatz zu Silber, keinen Wert für jene hatte, die es überfielen: und zwar dies hier.« Orith griff in das Kästchen, nahm zwei Hefte heraus und reichte sie Faeril. Die Damman betrachtete sie eifrig, während Orith weiter sprach. »Ich habe mich erst daran erinnert, nachdem wir zu Bett gegangen sind, Miss Faeril. Immerhin ist es zwanzig Jahre her, seit ich sie gefunden habe.«

Faeril blickte von den Seiten der Hefte hoch. »Das ist es, Gwylly!«, rief sie. »Die Tagebücher der Erstgeborenen, ein altes und ein neues. Vielleicht ...«

Sie blätterte zum Ende des neueren Buches. »Ja, ich hatte recht. Dies hier ist die Kopie, die dein Vater gemacht hat, denn hier hat er deinen Stammbaum aufgezeichnet und am Ende deinen Namen eingetragen. *Gwylly Fenn.* Der Name deines Vaters war *Darby.* Der seines Vaters *Frek.* Dein Stammbaum reicht zurück bis zu *Tomlin,* siehst du, hier ganz oben.

Oh, Gwylly, das ist der Beweis, der zeigt, dass du wahrhaftig *Gwylly Fenn, der Erstgeborene* bist.«

Sie reichte dem Bokker das aufgeschlagene Heft. Gwylly betrachtete neugierig die Seite, drehte sie herum und runzelte dann die Stirn.

»Und das alte Tagebuch«, Faeril nahm es vom Tisch, »ja, das ist die Kopie, die Klein-Urus von Petals Originaltagebuch gemacht hat, vor tausend Jahren.«

Faeril sah den Mann an. »Ach, Orith, wenn Ihr es nur gelesen hättet, dann hättet Ihr gewusst, wer und was Gwylly ist. Aber das kann ich Euch natürlich nicht vorwerfen, nach allem, was Ihr getan habt. Außerdem kann ich wohl kaum erwarten, dass jemand anders als ein Wurrling Twyll lesen kann, die uralte Sprache der Wurrlinge.«

Orith sah Nelda und dann Gwylly an, bis dieser sich räusperte, das Tagebuch zuklappte und zur Seite legte. »Faeril, wir drei, wir lesen weder Twyll noch Wilderan noch Gemeinsprache. Wir ... wir können gar nicht lesen.«

»Ihr könnt nicht lesen ...?« Faeril war erschüttert.

Gwylly nickte. »Kein Wort. Keiner von uns. Hier draußen im Wilderland braucht man das nicht.«

»Aber alle Wurrlinge der Waldsenken ...«

Orith blickte zu Boden. »Wir wollten Gwylly immer irgendwann in die Steinhöhen schicken ...«

»Ach, das macht nichts«, platzte Faeril dazwischen. »Ich habe viel Zeit, mehr als zwei Jahre, um ihn das Lesen zu lehren. Twyll und auch Gemeinsprache.«

Die Damman drehte sich aufgeregt zu Gwylly herum. »Ach, Gwylly, da wartet so viel auf dich: Lesen, Schreiben, Rechnen.«

»Das Rechnen kann ich«, erwiderte der Bokker ein wenig gereizt. »Man muss rechnen können, wenn man als Bauer seine Erträge verkaufen oder damit handeln will.«

Faeril wurde klar, dass sie sich auf dünnem Eis bewegte. »Sicher. Dann eben nur Lesen und Schreiben.«

Sie blickte auf das neuere Tagebuch. »Warte, ich lese dir etwas über deine Vorfahren vor, die tapferen Seelen. Über Tomlin und Petal. Riatha und Urus. Und über Baron Stoke.

Sobald du ihre Geschichte und die Worte der Prophezeiung gehört hast, wirst du begreifen, was mich hierher geführt hat, warum ich diese Messer trage und weshalb ich nach Ardental reiten und die Elfe Riatha suchen muss. Du wirst erkennen, warum ich mich auf eine lange und vielleicht gefährliche Reise zum Großen Nord-Gletscher im fernen Grimmwall zu begeben habe.

Und du wirst auch verstehen, warum du hier weggehen und diese Reise mit mir zusammen unternehmen solltest.«

Bei diesen Worten stieß Nelda ein lautes Keuchen aus, ihre Augen füllten sich mit Tränen.

In dieser Nacht drangen Oriths und Neldas Stimmen erneut zu Faerils Lager. Diesmal jedoch konnte sie hören, was die beiden sagten, jedenfalls zum Teil.

»Er musste irgendwann gehen, Nelda, um seinesgleichen zu suchen, um mit solchen seiner Rasse zusammen zu sein. Siehst du nicht, wie gut er und Miss Faeril zusammenpassen? Es war vorherbestimmt, dass sie und Gwylly zusammen sind.«

»Aber Orith, sie will mit ihm zum Grimmwall reisen, wo die Brut haust.«

»Wenn das seine Entscheidung ist, Weib, dann können wir ihn nicht zurückhalten.«

»Orith, sie könnten ihn umbringen. So wie sie auch seine Familie ermordet haben!«

»Vielleicht ist das nur noch mehr ein Grund für ihn zu gehen. Um sich für das zu rächen, was sie ihm angetan haben.«

»Aber wir haben ihn aufgenommen und ihn wie unseren eigenen Sohn geliebt. Zählt das nicht auch etwas?«

»Gewiss tut es das ... ganz gewiss. Er wurde in Liebe erzogen und weiß auch, dass wir an ihm hängen. Und jeder sieht, dass auch er uns liebt. Aber er muss bei seiner eigenen Rasse leben, Weib, bei seinesgleichen.«

»Sie könnten genauso gut hier leben, Orith. Es ist nicht nötig, dass er irgendwo herumschleicht, beide brauchen das nicht zu tun. Sich mit Elfen einlassen. In den Grimmwall steigen. Vor allem nach dem, was wir über Stoke gehört haben. Wenn er sich da einmischt ...«

»Stoke oder nicht, Prophezeiung hin oder her, Gwylly muss das entscheiden. Ganz gleich, wie gefährlich es sein mag. Was nicht heißen soll, dass wir ihn nicht beschützen würden, wenn es an uns läge.«

»Aber er ist noch so klein!«

»Mutter, er ist erwachsen. Bei seinesgleichen gilt er als erwachsener Mann!«

Faeril hörte das Weinen, und diese Eltern taten ihr sehr leid, Eltern, deren Sohn sich jetzt vielleicht entscheiden mochte, sie zu verlassen und seinen eigenen Weg zu gehen. Und wie es schon immer in liebevollen Familien geschehen ist: wenn die Möglichkeit besteht, dass ein Sohn oder eine Tochter fortgehen, dann erfüllt Traurigkeit den Busen der Eltern, auch wenn ein gewisses Glück dort hausen mag, Glück über die strahlende Zukunft, die vor ihrem Kind liegt. Aber manchmal verwandelt sich diese Traurigkeit eben auch in Bangen, das Glück in Furcht, wenn diese Zukunft finster und voller Unwägbarkeiten ist, und vielleicht auch voller Gram, wenn zum Beispiel eine Pflicht ruft, der die Söhne und Töchter folgen wollen, und die sie zwingt, dem Bösen in den Weg zu treten. Dann zittern die Seelen derer, die sie ziehen lassen müssen, und ihre Herzen drohen zu zerreißen. Und genau dem sahen sich Orith und Nelda gegenüber, der Aussicht, dass ihr Sohn es mit dem Bösen aufnehmen würde. Dass Nelda und Orith Menschen und ihr Sohn ein Wurrling war, spielte dabei nicht die geringste Rolle; denn er war des ungeachtet ihr Kind, und hätten sie die Wahl gehabt, sie hätten ihn für immer vor allem Übel bewahrt.

Dennoch, Gwylly war der andere Letztgeborene Erstgeborene, und Faeril wusste, dass nunmehr dieselbe Bestimmung, die auch sie gerufen hatte, zu ihm sprach. Nur hatte er diese Stimme im Gegensatz zu ihr bis jetzt niemals vernommen; er war nicht in dem Wissen erzogen worden, eine Bestimmung erfüllen zu müssen. Und im Unterschied zu Faerils Mutter Lorra hatten auch weder Nelda noch Orith von der Mission gewusst, die vor ihrem Gwylly lag. Keiner in der Familie hatte den Bokker auf den Ruf des Schicksals vorbereitet.

Als Faeril sehr viel später an diesem Tag damit fertig geworden war, ihnen das *Reisetagebuch* vorzulesen, ihnen von der Prophezeiung berichtet und ihnen ihre eigene Kopie von Petals Reisetagebuch gezeigt hatte, hatte sie

Gwylly gefragt, ob er mit ihr aufbrechen würde, noch ehe diese Woche zu Ende ginge. Gwylly hatte jedoch nicht geantwortet, sondern war aufgestanden, zum Fenster gegangen und hatte in das Zwielicht hinausgeblickt, die Hände auf dem Rücken verschränkt.

So war die Lage immer noch.

In der Schwebe.

Jetzt, als Faeril in ihrem Bett lag und Neldas Weinen lauschte, fragte sich die Damman, wann Gwylly seine Entscheidung fällen würde, wann er sich entschlösse, der Stimme des Schicksals zu antworten, und vor allem: wie seine Antwort lautete.

Black hatte wieder etwas gewittert.

Gwylly legte einen Finger auf die Lippen und winkte Faeril weiter. Vorsichtig trat die Damman durch das Farndickicht unter den Bäumen, den Blick auf die Stelle gerichtet, an der Black stand und seine Schnauze unbeweglich in die Luft hielt.

Plötzlich brach ein Hase aus der Deckung und sprang, getrieben von seinen langen Hinterläufen, durch das Farnkraut. »Lauf!«, schrie Gwylly, und Black war dem flüchtenden Rammler sofort auf den Fersen.

Gwylly und Faeril folgten ihm lachend und schreiend: »Lauf, Black, lauf!« und »Ja, los!« Dabei liefen sie so schnell sie konnten.

Der Hase fegte zwischen den Bäumen des Weitimholz dahin und hielt den Hund mit raffinierten Manövern und Haken auf Abstand. Black rannte immer wieder an ihm vorbei und musste einen weiten Bogen laufen, nur um dann beim nächsten Haken des Hasens erneut an seinem Ziel vorbeizuschießen. Plötzlich jedoch lief der Hase geradeaus weiter, schlug keine Haken mehr, und der schwarze Hund kam ihm mit jedem Schritt näher, bis es schon keine Rettung mehr für den Hasen zu geben schien. »Lauf, Hase, lauf!«, schrie Faeril, »sonst endest du als Bauernfrühstück!«

Der Hase rannte weiter, und Black war nur noch zwei Schritte hinter ihm. Mit großen Sprüngen hastete der Hase zwischen schwarzen Eichen auf die schattige Lichtung dahinter, und plötzlich überschlug sich Black, als er vergeblich versuchte anzuhalten. Denn selbst bei der Verfolgung seiner Beute scheute Black noch davor zurück, einen der »verbotenen Orte« zu betreten.

Der Hund stand auf, schüttelte sich und trottete zu Gwylly und Faeril zurück, die ihn lachend und etwas außer Atem erwarteten. »Ach, Blackie, mein Junge!«, keuchte Gwylly. »Überlistet von einem Hasen.«

Die drei gingen zu einem kleinen, von Steinen eingefassten Becken in einem rasch dahinsprudelnden, von moosigen Ufern gesäumten Bach, wo Black soff, als würde er nie wieder damit aufhören wollen. Er unterbrach sich nur kurz, um sich umzusehen, und trank dann weiter. Gwylly und Faeril hockten sich auf den felsigen Rand und kamen langsam zu Atem.

»Warum ist er nur stehen geblieben, Gwylly?«, erkundigte sich Faeril. »Zwei Schritte weiter, und wir hätten den Hasen zum Abendessen gehabt.«

Gwylly deutete auf die dunklen Eichen und den dämmrigen Wald dahinter. »Das da ist einer der ›verbotenen‹ Plätze, Faeril. Black hütet sich, dort einzudringen.«

Die Damman blickte in die Richtung, in die Gwylly deutete, und erschauerte. »Ich bin auf der Suche nach dir durch solche Orte geritten, Gwylly. Es kam mir tatsächlich vor, als würden die Bäume und Schatten meine Anwesenheit nur ungern dulden.«

Gwylly sah sie erstaunt an. »Du bist dort hindurchgeritten ... Aber hat Schwarzschweif nicht gescheut?«

Faeril nickte. »Hat sie. Aber dich zu finden war zu wichtig, um einen großen Umweg zu machen, also sind wir hindurchgeritten.«

Gwylly schüttelte den Kopf. »Das nächste Mal solltest du sie lieber umgehen, Faeril.«

Sie blieben eine Weile stumm sitzen. Black ließ sich neben ihnen auf den Boden fallen, und Faeril kraulte ihn hinter den Ohren. »Was ist denn dort«, fragte Gwylly schließlich, »an diesen Orten?«

Faeril dachte kurz nach. »Zwielicht«, erwiderte sie schließlich. »Grüne Hohlwege und Schatten. Manchmal raschelt es, als würde jemand oder etwas dich beobachten. Aus den Augenwinkeln bemerkst du Dinge, Bewegungen, aber sobald du genau hinsiehst, ist nichts mehr zu erkennen. Wenigstens nichts, was ich erkannt hätte.

Und während der ganzen Zeit im Schatten war Schwarzschweif nervös und scheute häufig. Wie gesagt, diese Orte schienen meine Gegenwart nur ungern zu dulden. Wir beide, mein Pony und ich, waren froh, als wir sie hinter uns lassen konnten.

Bist du denn niemals an einem solchen Ort gewesen, Gwylly?«

»Einmal nur. Kurz«, gab der Bokker zurück. »Als Orith das erfuhr, schärfte er mir ein, so etwas nie wieder zu tun. Er sagte, dort lebten ... Kreaturen, Dinge ... Sie wären zwar nicht böse, aber man dürfe sie auch nicht stören. Er war der Meinung, nur die Wildtiere des Waldes hätten dort freien Zugang.«

Wieder schwiegen sie. Lediglich das Murmeln des Baches und das sanfte Wehen des Windes waren zu hören, und ab und zu drang ein Vogelschrei durch die Stille.

Mittlerweile war Faeril neun Tage auf dem Hof. Vor acht Tagen hatte sie aus dem Tagebuch vorgelesen. Und immer noch hatte Gwylly ihre Frage nicht beantwortet, ob er mit ihr nach Ardental ginge.

Während der fünf Tage, die er zusammen mit Orith gearbeitet hatte, hatte Faeril Nelda in der Küche geholfen. Die Damman hatte ihre eigenen Kochkünste unter Beweis stellen können und der Menschenfrau das Rezept für einen besonderen Auflauf verraten. Dabei hatte sie viel über ihre Familie in den Waldsenken geplaudert. In diesen Tagen hatte sich Neldas Kummer ein wenig gelindert.

Aber wenn Gwylly mit Black im Weitimholz auf die Jagd gegangen war, hatte Faeril ihn begleitet. Durch ihre Geschicklichkeit im Umgang mit den Messern hatte sie eine Vielzahl von kleineren Wildtieren erlegen können.

So waren diese neun Tage verstrichen, zwei Tage mehr, als sie sich selbst eingeräumt hatte. Und immer noch hatte sie keine Antwort erhalten.

»Ich reite morgen weiter, Gwylly«, sagte sie leise. »Ob du mitkommst oder nicht.«

Gwylly holte tief Luft. »Ich gehe mit dir, Faeril. Ich muss es tun. Ich habe dir nur deshalb noch keine Antwort gegeben, weil ich Mutter und Vater Zeit geben musste, sich an diese Vorstellung zu gewöhnen.«

Der Bokker drehte sich zu ihr herum und musterte sie mit seinen grünen Augen. »Außerdem kann ich dich nicht allein gehen lassen«, sagte er, während er in ihre goldenen Augen blickte. »Du hast mein Herz gewonnen. Weißt du, Faeril, ich liebe dich. Seit dem Augenblick, als du auf unserer Schwelle aufgetaucht bist.«

Faeril betrachtete ihn mit ihren sanften, bernsteingelben Augen. Dann beugte sie sich über Black, nahm Gwyllys Gesicht zwischen ihre Hände und küsste ihn.

»Mutter, Vater! Wir sind wieder da! Wir haben Wildbret mitgebracht und wundervolle Neuigkeiten!«

Nelda blickte von den Bohnen hoch, die sie gerade brach, und sah das strahlende Gesicht ihres Sohnes und Faerils

Lächeln. Orith, der hinter ihr am Spülstein stand, drehte sich mit tropfnassem Gesicht herum und nahm ein Handtuch.

Blacks Krallen klickten auf dem Holzboden, als der Hund zu seiner Wasserschale ging und ein bisschen davon aufschlabberte.

Gwylly legte die vier Kaninchen auf den Tisch und nahm dann Faeril bei der Hand. »Mutter, Vater, Faeril und ich ... sie hat eingewilligt, dass sie meine Dammia ist und ich ihr Bokkerer.«

Orith ließ das Handtuch sinken und sah Gwylly fragend an. »Dammia? Bokkerer?«

Nelda lachte. »Männer! Was Gwylly sagen will, Orith, ist, dass sie ein Liebespaar geworden sind. Jeder Dummkopf kann doch sehen, was das bedeuten sollte.« Die Frau stellte die Schüssel mit den grünen Bohnen beiseite, breitete ihre Arme aus und umarmte Gwylly und Faeril liebevoll.

»Ach, mein Gwylly«, flüsterte Nelda. »Du musst sie immer wertschätzen und für sie sorgen.«

Plötzlich erlosch das Lächeln auf ihrem Gesicht, denn nun begriff sie. Bestürzt sah sie die beiden an, als sie mit erstickter Stimme fortfuhr: »Aber ach, mein Gwylly, das bedeutet ja, dass du sie nicht allein zum Grimmwall gehen lassen kannst.«

Am nächsten Morgen ritten Gwylly und Faeril nach einem tränenreichen Abschied auf Schwarzschweif und Flecker nach Süden zur Querlandstraße. Auf ihr würden sie nach Osten bis nach Ardental gelangen.

Nelda und Orith sahen ihnen nach, als sie davonritten. Orith hatte seinen Arm um Nelda gelegt, die ihren Kopf gegen seine Brust lehnte. Beide wirkten bestürzt, denn ihr Sohn und seine Geliebte ritten der Gefahr entgegen, jedenfalls glaubten sie dies. Sie standen lange Minuten so da, bis sie den kleinen Bokker und seine Dammian nicht mehr sehen konnten. Dann drehten sich der Mann und die Frau herum und gingen wieder ins Haus zurück, während sich Black auf den Boden legte, mit einem Seufzer die Schnauze auf die Vorderpfoten legte und mit seinen braunen Augen sehnsüchtig in die Richtung blickte, in der Gwylly verschwunden war.

8. Kapitel

REISE NACH ARDEN

Mitt- und Spätsommer, 5E985
[Drei Jahre zuvor]

Den ganzen Morgen über folgten Gwylly und Faeril der Spur eines Karrenweges, der durch die vielen Fahrten in die Steinhöhen – vom Hof und der fernen Straße aus – gegraben worden war. Aber die Radspuren waren jetzt schon schwach und überwuchert. In der Ferne rechts von ihnen lag der Weitimholz, links von ihnen erhoben sich die Signalberge, und vor den Wurrlingen erstreckte sich die Steppe allmählich bis zum Rand des Wilderland, wo die Querlandstraße und dahinter Harth lagen. Sie ritten über diesen langen, flachen Hang, Gwyllys Zuhause im Rücken, die Gesichter dem Unbekannten zugewandt.

Sie ritten zügig nach Süden und legten nur jede Stunde eine kurze Pause ein, um sich die Beine zu vertreten oder den Ponys ein wenig Hafer zu geben. Gelegentlich machten sie auch an Flüssen halt, damit die Pferde saufen konnten, und füllten ihre Wasserschläuche auf. Sonst aber hielten sie sich nicht lange auf.

Als es Mittag wurde, kamen sie durch eine flache Senke zwischen den niedrigen Hügeln und bogen nach Osten ab. In der Ferne hoben sich zwei hohe Hügel vor dem Horizont ab. »Beacontor und der Nordhügel«, erklärte Gwylly. »Wir können heute Abend dort lagern, auf einem dieser beiden Hügel.«

Faeril versuchte, die Entfernung abzuschätzen. »Wie weit sind sie entfernt?«

»Zwanzig, fünfundzwanzig Meilen«, antwortete Gwylly.

Faeril nickte. »Nun, Schwarzschweif ist auch schon vierzig Meilen am Tag gegangen, aber nicht jeden Tag. Ich will nicht mehr von ihr verlangen, als sie oder Flecker bewältigen können.«

»Morgen reiten wir langsamer, meine Dammia«, erwiderte Gwylly. »Zwanzig oder fünfundzwanzig Meilen schaffen sie doch gewiss, oder nicht?«

Faeril verdrehte sich im Sattel und suchte etwas in ihrer rechten Satteltasche. Schließlich zog sie ein gefaltetes Pergament heraus, das knisterte, als sie es aufschlug. »Die Skizze, die Hopsley in den Steinhöhen gemacht hat, zeigt Beacontor. Arden liegt seiner Schätzung nach etwa zweihundertfünfzig Meilen weiter. Bei fünfundzwanzig Meilen pro Tag brauchen wir zehn Tage bis dahin, elf, wenn wir heute mitrechnen.«

Gwylly streckte die Hand aus, und Faeril reichte ihm die Skizze. Wieder drehte der Bokker das Pergament unbeholfen herum, als hoffe er, das Geheimnis der geschriebenen Worte auf diese Weise entschlüsseln zu können. Faeril hielt die Hand vor den Mund, um ihr Lächeln zu verbergen. Ich werde noch heute Abend anfangen, ihm Lesen und Schreiben beizubringen, nahm sie sich vor.

Kurz darauf ritten sie weiter. Es war Sommer, die Tage waren lang. Die Sonne setzte ihren Weg über den Himmel fort, bis sie im Westen langsam versank und die Schatten vor ihnen immer länger wurden. Sie trieben ihre Ponys jedoch weiter nach Osten, im Schritt über die sanft gewellte Steppe. Die Signalberge wichen jetzt im Nordosten zurück, und die Dellinhöhen tauchten im Osten und Süden vor ihnen auf.

Am späten Nachmittag stießen sie schließlich auf die Querlandstraße. Sie lenkten ihre Pferde auf diesen großen Handelsweg, der von Osten nach Westen führte. Die Straße reichte vom Ryngar-Arm am Westonischen Ozean bis zu ihrem weit entfernten Ende im Westen, verlief über den Crestan-Pass durch den Grimmwall und von dort noch dreihundert Meilen nach Osten, wo sie zur Überlandstraße wurde und sich durch die Reiche weit jenseits des Massivs erstreckte.

Sie ritten noch fünf Meilen, und als sie an den Hängen des Nordhügels anhielten, war es schon fast Abend. Südöstlich war der Kamm des Beacontor zu sehen, des letzten Hügels der Kette. Die Straße führte zwischen den beiden Hügeln hindurch, verlief über den niedrigen Kamm und führte dann nach Osten weiter.

Der Himmel war sternenklar, aber Gwylly schlug mit einem Handbeil dennoch dünne Stämme für einen Unterstand. »Nur für alle Fälle«, meinte er.

Faeril legte derweil Steine zu einem Ring zusammen und entzündete darin ein Feuer. Auf die Steine stellte sie einen Topf mit Wasser, um Tee zuzubereiten.

Danach ging sie zu den Ponys, und während sie die Sattellage ausbürstete, errichtete Gwylly den Unterstand, indem er die Stämme mit kleinen, biegsamen Zweigen zusammenband. Dabei unterhielten sich die Wurrlinge. »Vater hat mir von Beacontor erzählt. Dort war einmal ein alter Wachturm. Er gehörte zu einer ganzen Kette von Wachtürmen, die von der Feste Challerain in Rian bis zu diesem Teil der Signalberge reichte. Angeblich haben die Signalberge ihren Namen von diesen Türmen.

Jedenfalls haben sie ein Signalfeuer auf diesen Türmen entzündet, wenn es Krieg gab, und die Menschen in dem

Land hier mobilisiert. Zweimal sind sie während des großen Krieges gefallen. Beim ersten Mal haben sich zwei Männer aus Wilderland gegen mehr als vierzig Feinde gewehrt und das Feuer entzündet, obwohl einer der Männer getötet wurde. Ich glaube, damals wurde der Turm selbst zerstört.

Als er das zweite Mal besetzt wurde, haben die Schwarzen Füchse ihn befreit. Du hast doch von den Schwarzen Füchsen gehört, oder nicht?«

»Nein«, erwiderte Faeril, und Gwylly redete weiter.

»Das waren auch Wilderländer. Eine Abordnung von Menschen. Andere Menschen haben sie Schwarze Füchse genannt, weil sie gefleckte grauschwarze Lederrüstungen trugen, um sich in den Bergen zu tarnen, wo sie gekämpft haben. Vater sagt, dass sie den Namen irgendwann angenommen haben und ihn sich als Wappen auf ihre Schilde malten: einen schwarzen Fuchs.

Jedenfalls haben die zahlenmäßig unterlegenen Schwarzen Füchse die Brut besiegt, die Beacontor das zweite Mal eingenommen haben.«

Faeril war mit den Ponys fertig und trat zu dem Feuer, auf dem das Wasser in dem Topf mittlerweile kochte. Sie nahm ihn herunter und warf einige Teeblätter hinein. »Gwylly, kennst du irgendwelche Geschichten über Wurrlinge, Sagen über dein Volk?«

Gwylly schüttelte den Kopf. Es stimmte Faeril traurig, dass ihr Bokkerer nichts von seinem eigenen Volk wusste.

Der Unterstand war fertig, als die Sonne schließlich hinter dem Horizont versank. Im Zwielicht aßen Bokker und Damman Dörrfleisch und hartes Brot, tranken vorsichtig den heißen Tee und sprachen über die Reise, die vor ihnen lag. Faeril holte ihre Karte aus der Satteltasche und im Licht des Lagerfeuers erforschten sie, was noch vor ihnen lag. Während sie die Karte lasen, begann Faeril, Gwylly das Alphabet der Gemeinsprache zu lehren, indem sie auf die

Buchstaben auf dem Pergament zeigte und mit einem Stock weitere Buchstaben in den Staub kratzte. Sie hätte zwar gern damit begonnen, ihn Twyll zu lehren, damit er das Tagebuch lesen konnte, aber Gwylly beherrschte die Sprache der Wurrlinge nicht. Also musste Twyll noch etwas warten.

Es war schon spät, als der Mond schließlich aufging und sein silbernes Licht über sie ergoss. Es wurde Zeit, schlafen zu gehen. Zum ersten Mal – das war es für sie beide – zogen sie sich vor einem Wurrling des anderen Geschlechtes aus. Gwylly stockte der Atem, als er Faerils wunderschönen Körper sah. Faerils Herz klopfte heftig, sie konnte Gwylly weder ansehen noch den Blick von ihm losreißen. Als hätten sie denselben Gedanken gehabt, traten sie aufeinander zu, umhüllt von silbrigem Mondlicht. Gwylly nahm Faeril in die Arme, und sie drückte sich fest gegen ihn. Sie küssten sich lange und zärtlich. Dann legten sie sich hin. Keiner von beiden wusste genau, was sie tun sollten, aber gemeinsam gelang es ihnen herauszufinden, wie sie sich gegenseitig Vergnügen bereiten konnten. Währenddessen zogen die Sterne lautlos über das nächtliche Firmament.

Sie folgten der Querlandstraße durch das Tal zwischen Nordhügel und Beacontor, ritten an den Signalbergen vorbei und hinaus auf die Ebene nach Osten. Im Süden konnten sie den Wald sehen, der das Tal säumte, in dem der Wilder floss. Im Nordosten verschwand die Bergkette in der Ferne. Nach Westen hin war die Querlandstraße das Einzige, was die hügelige Ebene durchzog. Und genau dorthin, in diese ungeschützte Steppe, machten sie sich auf.

Drei Tage ritten sie so weiter. Das Wetter war ihnen wohlgesonnen. Der Himmel blieb klar, es war warm, und die Sommernächte wurden angenehm kühl. Sie sprachen von ihren Träumen, erzählten von sich und redeten über die Zeit, die vor ihnen lag. In den Nächten unterhielten sie sich in einer Sprache, die sich gänzlich von der unterschied, die sie tagsüber benutzten, auch wenn sie dasselbe meinten.

Faeril setzte derweil ihre Lektionen in Schreiben und Lesen fort. Der Bokker lernte schnell, wenn er sich auf etwas konzentrierte.

Spät am fünften Tag ihrer Reise kamen sie in die Wildnishöhen. Die Straße schlängelte sich um die Hügel herum und in das sanft abfallende Land hinein.

Am siebten Tag nieselte es etwas. Sie überquerten den Caire auf der Steinpfeiler-Brücke und kamen in das Land Rhone, das einige auch den *Pflug* nannten, weil seine Grenzen wie eine Pflugschar geformt waren. Das Reich lag zwischen dem Caire im Westen und dem Tumbel im Osten und Süden.

Vor ihnen verschwand die Querlandstraße in den dunklen Klauen des verwunschenen Ödwaldes, in den die beiden dennoch hineinritten.

»Früher einmal«, berichtete Gwylly, »hatte dieser Ort einen schlimmen Ruf. Aber die Menschen von Wilderland und die Elfen von Ardental haben ihn von seinen mörderischen Bewohnern gesäubert, jedenfalls hat mein Vater das erzählt. Aber ob es hier nun tödliche Feinde gibt oder nicht, er jagt mir immer noch eine Gänsehaut über den Rücken.«

Faeril sah sich um und erschauerte ebenfalls, denn der Wald strahlte tatsächlich eine bedrohliche Atmosphäre aus. Seine dunklen Bäume und die vielen Schatten wirkten unter dem bleiernen Himmel noch unheimlicher. »Er ist so anders als der Weitimholz. Nicht einmal in den ›verbotenen‹ Orten hat es sich so angefühlt.«

Gwylly sah seine Dammia an. »Durch wie viele bist du denn geritten? ›Verbotene‹ Orte, meine ich.«

»Das weiß ich nicht, Gwylly. Durch zahlreiche, glaube ich.

Als ich auf der Suche nach dir war, wusste ich nichts vom Weitimholz, außer dass ein gewisser Gwylly Fenn dort geboren war.

Ich habe im Nordwald in den Nordhöhen der Waldsenken gewohnt. Und als ich nach dir suchte, bin ich an der Spindelfurt über den Spindel geritten. Danach durch die Schlachttäler in den Weitimholz, und dort habe ich nach den Lichtungen gesucht, wo die Wurrlinge wohnen.

Ich habe auch einige gefunden, aber als ich sie fragte, wo die Fenn-Familie wohnte, wo Gwylly Fenn lebte, konnte mir keiner weiterhelfen. Also bin ich allein durch den Weitimholz geritten, von Lichtung zu Lichtung, und habe dich gesucht.

Irgendjemand, ich glaube ein Mr. Bink, sagte, ich sollte in die Steinhöhen reiten, weil dort Wurrlinge lebten, und dass früher oder später jeder aus der Gegend zum dortigen Markt käme, um zu handeln.

Kurz gesagt, Mr. Hopsley Brewster, der Besitzer des Weißen Einhorns, erinnerte sich, dass ein Wurrling namens Gwylly bei einem Menschen-Mann und einer Frau lebte, etwa fünfzig Meilen weiter östlich und zwanzig nördlich von der Querlandstraße, auf einem Hof zwischen dem Wald und den Signalbergen. Er hat diese Karte gezeichnet, damit ich dorthin fand, und als ich ihn darum bat, hat er auch die Strecke nach Ardental eingezeichnet. In derselben Nacht habe ich mich auf den Weg gemacht.

Und so habe ich dich gefunden, mein Bokkerer, obwohl du dich bei Menschen versteckt hast.«

Gwylly lachte und Faeril lächelte. Doch dann fiel ihr Blick auf den düsteren Ödwald. Sie erschauerte und ihr Lachen verstummte.

»Durch wie viele ›verbotene‹ Orte ich geritten bin, kann ich jedoch nicht sagen. Niemand hat daran gedacht, mich davor zu warnen; vermutlich nahmen sie an, ich wüsste davon. Aber es waren zahlreiche, Gwylly, zahlreiche.«

Sie ritten weiter, während der kalte Nieselregen durch das dunkle Blätterdach des Ödwaldes auf sie herabfiel. Schließlich brach Gwylly das Schweigen, in das sie verfallen waren. »Man sagt, dass im nördlichen Teil des Weitimholz ein großes Labyrinth aus Eichen liegt, das einen verwirren kann. Man soll dort Tage, Wochen und sogar Monate herumlaufen können, sich verirren und vielleicht nie wieder hinausfinden. Man sagt sogar, dass eine von Modrus Horden während des Winterkrieges dort vernichtet wurde, jedenfalls behauptet Orith das. Ich weiß nicht, ob das einer der ›verbotenen‹ Orte ist, Faeril, aber ich bin trotzdem froh, dass du da nicht hineingeraten bist.«

Faeril lächelte schwach, während der kalte Regen und der düstere Ödwald sie umhüllte und an ihrem Mut saugte.

Der nächste Tag jedoch war heller. Die Sonne brach endlich durch die Bewölkung, die sich schon bald in weiße Wolken auflöste.

Am zehnten Tag kamen sie aus dem Ödwald, überquerten den Tumbel über die Ardenfurt und gelangten nach Rell, in ein Land, das die Lian-Elfen Lianion nannten. Die beiden ritten einen Werst oder mehr nach Osten und Norden, bis sie ihr Nachtlager schließlich aufschlugen.

Am Nachmittag des elften Tages ihrer Reise gelangten sie zu der Schlucht vom Ardental.

Der Tumbel ergoss sich donnernd aus den steilen Wänden der engen Schlucht, und die aufsteigende Gischt versperrte die Sicht in das Tal, das dahinterlag. Die Fälle selbst füllten die gesamte, schmale Schlucht aus, und weder Gwylly noch Faeril wussten, wie man in das Tal gelangen sollte.

»Reiten wir so nah heran, wie wir können«, schlug Faeril vor. Gwylly nickte, denn genau dasselbe hatte auch er gedacht.

Sie trieben ihre Ponys weiter, kamen durch einen Kiefernwald und durch Felsspalten hindurch dem donnernden Wasserfall immer näher. Plötzlich tauchte zwischen den schützenden Bäumen eine Gestalt auf einem grauen Pferd hervor und versperrte ihnen den Weg. Gwylly griff nach seiner Schleuder, und Faerils Hand glitt zu einem der Wurfmesser in den Gurten vor ihrer Brust. Doch dann rief der Reiter sie an und trieb sein Pferd aus dem Schatten der Bäume heraus in die Sonne.

Es war ein Elf.

Andor führte sie über einen versteckten Weg unter den donnernden Arden-Fällen hindurch. Die Gischt des Wasserfalls durchnässte sie, als sie die feuchten Stufen hinaufstiegen, durch einen in den Fels geschlagenen Tunnel kamen und in den Schlund dahinter eintauchten. Hinter ihnen presste sich der Tumbel durch den schmalen Spalt und stürzte sich über den Rand. Die Gischt verhinderte einen Blick auf das Land, aus dem sie gerade gekommen waren. Es wirkte geradezu wie ein weißer Vorhang, der das tief eingeschnittene Tal verschleierte.

Die Wurrlinge sahen vor sich einen gewaltigen Baum, der mehr als hundert Meter emporragte, als wollte er den Himmel berühren. Seine Blätter waren grau, fast wie Gestalt gewordenes Zwielicht.

»Oh!«, stieß Faerlin ehrfürchtig aus. »Das muss der Großvater aller Bäume sein.«

Andor lächelte. »Nein, Kleine. Es ist der Einsame Greisenbaum, der als Setzling aus dem Darda Galion von Talarin hierher gebracht wurde, während wir uns in diesem verborgenen Tal niederließen.«

»Als Setzling!«, rief Gwylly aus. »Aber dieser Baum muss Tausende von Jahren alt sein!«

Andor nickte.

Gwylly war äußerst erstaunt, als ihm erneut dämmerte, dass Elfen ja alterslos waren.

Unter den schützenden Zweigen des ungeheuren Baumes lag das Elfenlager der Arden-Wächter. Die drei ritten in das Lager, während andere in Grün gekleidete Elfen Andor grüßten und vortraten, um die kleinen Waerlinga, wie sie die Wurrlinge nannten, zu sehen, die den Elfen selbst so sehr glichen.

Nachdem die beiden Wurrlinge abgestiegen waren, boten ihnen die Elfen je eine Schale Eintopf an, die die beiden nur zu gern annahmen. Sie hatten einen langen Ritt hinter sich und die ganze Zeit keine einzige ordentliche warme Mahlzeit zu sich genommen. Während sie sich mit der Schüssel Eintopf, einem Löffel und einem Stück Brot hinsetzten, sprach Andor mit Galron, dem Befehlshaber der Elfenwächter. Er wiederholte das, was sie ihm von ihrer Mission erzählt hatten. Gwylly und Faerlin nickten bestätigend, konnten mit ihren vollen Mündern jedoch gar nichts sagen. Sie schaufelten den Eintopf in sich hinein, als wäre es reinstes Ambrosia.

Galron setzte sich mit gekreuzten Beinen vor die beiden hin und wartete. Er bemerkte, wie die Blicke ihrer facettenartigen Augen sogar während sie aßen hierhin und dorthin zuckten, alles in sich aufnahmen und nichts übersahen. Er lächelte, als er sah, wie Faerlin das Banner betrachtete, das an seiner Stange flatterte, der grüne Baum auf grauem Feld. Dann blickte die Damman an dem gewaltigen Baum über ihnen hinauf, und Verständnis zeichnete sich in ihren bernsteinfarbenen Augen ab, während sie gleichzeitig den letzten Löffel Eintopf aß. »Aye, Faerlin, Ihr habt ganz recht. Dieser Baum ist das Symbol von Ardental, und zwar, seit Talarin und seine Gruppe diesen Ort gefunden haben.«

Jetzt schaute auch Gwylly zu dem Emblem auf der Fahne und blickte anschließend auf den Baum, während Galron fortfuhr: »Man sagt, wenn der Baum nicht mehr existiert, werden auch wir nicht mehr in Ardental leben.«

Faerlin sah ihn an, bestürzt über diese Worte. Gwylly stellte seine Eintopfschale ebenfalls zur Seite. Galron streckte die Hand aus, um sie zu trösten, ließ sie dann jedoch wieder sinken.

»*Kesa, vixi* ... Ihr kamt nicht her, um von alten Zeiten zu sprechen oder von denen, die uns noch bevorstehen. Ihr wolltet stattdessen Dara Riatha sehen, und sie ist ...«, Galron warf einen Blick auf Schwarzschweif und Flecker, »zwei Tagesritte nördlich, mit Euren Ponys.«

Langsam ritten die beiden Wurrlinge durch das mit Kiefern bewachsene Tal, am Ufer des reißenden Tumbel entlang. Jandrel ritt mit ihnen. Der Lian war von Galron beauftragt worden, sie nach Norden zu begleiten, zu Dara Riatha. Die hohen Felswände der Schlucht erhoben sich in der Ferne zur Rechten wie zur Linken, näherten sich manchmal an, wichen auf anderen Etappen zwei bis drei Meilen zurück. Ab und zu sahen sie Höhlen und Spalten, doch meist bestanden die hohen Felswände aus blankem Granit. Dort, wo sich die Schlucht drastisch verengte, ritten sie auf Wegen, die in den Fels der westlichen Wand gehauen worden waren. Jandrel beschrieb, wie der Tumbel an diesen Engpässen, wenn er im Frühjahr über die Ufer trat, die Täler unter ihnen überschwemmte und in reißende Ströme verwandelte. Um sicher hindurch gelangen zu können, hatten die Elfen diese Wege in den Fels geschlagen. Also ritten die drei abwechselnd auf diesen hohen Wegen oder durch die in gedämpftem, grünem Licht liegenden Hohlwege der Talsohle.

An diesem Abend blickte Jandrel von seinem Tee auf, als sie in ihrem Nachtlager saßen. »Ihr seid die ersten Wurrlinge, die ich seit dem Winterkrieg zu Gesicht bekommen habe. Damals begegnete ich einem namens Tuck Sunderbank, dem Träger der Atalar-Klinge.«

Faerlin sah ihn erstaunt an. »Ihr habt Tuck gesehen?«

Gwylly blickte ebenfalls überrascht hoch, denn selbst der verwaiste Wurrling hatte die Legende von Tuck Sunderbank gehört, dem Helden des Winterkrieges.

»Allerdings«, erwiderte Jandrel. »Herr Tuck, Alor Gildor und König Galen kamen auf ihrem Weg nach Pellar, wo sie ein Heer sammeln wollten, durch das Ardental. Ihr Plan wurde jedoch vereitelt, und so mussten sie etwas anderes ersinnen.

Ich war Hauptmann der Ardenwache, damals, als der Dusterschlund über dem Land lag.«

»Wie war er denn so, dieser Tuck?«, erkundigte sich Gwylly.

Jandrel trank den Rest seines Tees und ließ den Becher sinken. »Klein, so wie Ihr, Gwylly. Er hatte schwarzes Haar, nicht so flammendes wie Ihr. Schwarz wie das Haar von Faerlin. Seine Augen waren wie Saphire, jedenfalls so blau. Alles in allem war er nicht viel anders als Ihr oder irgendwer von Eurer Art.«

Aus irgendeinem Grund errötete Gwylly.

Faerlin zog die Beine heran und umschlang ihre Knie. »Also saht ihr drei der vier Höhlenwanderer.« Es war keine Frage.

»Nein, Faerlin, nicht drei, sondern alle vier.«

Das überraschte die Damman. »Aber ich dachte, Brega wäre im Süden ...«

»War er auch, Kleine, das war er. Doch nach der Schlacht in Kregyn und dem Ende des Krieges kamen sie erneut nach Arden, die Höhlenwanderer und andere, auf dem Rückweg von Modrus Eisernem Turm. Damals sah ich Brega, und auch Patrel in seiner goldenen Rüstung, wie auch Merrilee. Fünf weitere vom Kleinen Volk waren dabei, unter den Überlebenden, allesamt Helden.

Also waren es zusammen acht Waerlinga, die ich vor mehr als tausend Sommern sah, jeder von ihnen nur ein Winzling neben Elfen, Menschen oder auch Zwergen, und dennoch hätten wir ohne sie niemals überlebt.

Hail! Ealle hál va Waerlinga!«

Gwylly lag in dieser Nacht noch lange wach, seinen Arm um die schlafende Faerlin geschlungen, und dachte unablässig über Jandrels Worte nach, versuchte, ihre Bedeutung einzuschätzen. *»Alles in allem war er nicht anders als Ihr, oder irgendwer von Eurer Art.«* Gwylly blickte zu den Sternen empor. *»Alles in allem nicht anders als Ihr«*, ... diese Worte gingen ihm unablässig durch den Kopf: *»... nicht anders als Ihr ... als Ihr ...«*

Als die Sichel des Halbmondes aufging, schlief Gwylly schon fest.

Nachdem sie ihr Lager am nächsten Morgen abgebrochen hatten, ritten sie nach Norden weiter. Jandrel führte die Wurrlinge durch die duftenden Kiefernwälder.

Während einer Pause fragte Gwylly: »Ich will Euch nicht bedrängen, aber gestern sagtet Ihr, dass Ihr Hauptmann der Ardenwache gewesen wärt, jetzt jedoch seid Ihr es nicht mehr. Wie kommt das, Jandrel?«

Der Elf lachte. »Wir Lian bleiben nie lange in einer Stellung, ein paar hundert Sommer, allerhöchstens. Selbst die Wächter von Arden, oder der Coron aller Elfen, selbst sie werden ihrer Pflichten irgendwann müde und widmen sich anderen Dingen, anderen Aufgaben, anderen Tätigkeiten, Interessen oder Handwerken.

Ja, ich war vor einer Weile der Hauptmann der Ardenwache – und werde es vielleicht auch irgendwann wieder sein. Nach dem Winterkrieg versuchte ich mich im Gärtnern, und danach widmete ich mich verletzten oder vereinsamten Tieren.

Ich bin nur für eine kurze Zeit wieder bei der Ardenwache, für etwa zehn Jahre oder so, so wie es jeder Lian tut, sei es Mann oder Frau.

Danach werde ich in die Berge gehen, ihre Beschaffenheit und ihre Zusammensetzung studieren. Dort werde ich ungefähr einhundert Sommer bleiben.

Und so, Gwylly, lest nichts in meine frühere und gegenwärtige Stellung hinein, bis Ihr die Lebensweise von uns Lian besser kennt, bis Ihr unsere Lebensspanne abschätzen könnt.«

»Aber Eure Leben sind ... sind doch endlos!«, platzte Gwylly heraus.

»Eben«, erwiderte Jandrel. »Genau das.«

Sie ritten weiter durch den Wald und legten etwa fünfundzwanzig Meilen zurück, bevor sie erneut lagerten.

In dieser Nacht flüsterten Gwylly und Faerlin miteinander und überlegten sich, wie sich wohl das Leben einer Person ändern mochte, wenn es sich endlos vor einem erstreckte, und wie sich dies auf ein ganzes Volk auswirken würde.

Etwas abseits saß der Lian mit dem Rücken an einen Baum gelehnt und lächelte verstohlen.

Am Mittag des nächsten Tages führte Jandrel die beiden Wurrlinge in die Siedlung der Elfen, deren Katen mit Reet gedeckt waren. Überall schauten die Lian von ihrer Arbeit auf, und ihre Augen leuchteten, als sie die beiden vom Kleinen Volk sahen. Faerlin und Gwylly ihrerseits sahen sich staunend um, denn hier, wo die Elfen wohnten, war alles, was sie sahen, elegant, schön und von dezenten Farben.

Sie fragten nach Riatha und ritten noch eine Meile weiter nach Norden, bis sie auf ein Feld gelangten, auf dem Lian arbeitete. Eine Elfe, die eine Sense schwang, hatte goldblondes Haar.

»Kel, Riatha, Dara!«, rief Jandrel. *»Vi didron ana al enistori!«*

Riatha drehte sich herum, legte die Hand zum Schutz vor der Sonne an die Stirn und betrachtete die drei, die am Feldesrand standen. Dann reichte sie ihre Sense einem der Ährenleser und ging zu den Wurrlingen. Denn obwohl sie ihre Namen nicht kannte, wusste sie sehr wohl, wer sie waren und aus welchem Grund sie gekommen waren.

9. Kapitel

RIATHA

Durch die Ären
[Vergangenheit und Gegenwart]

Vor langer Zeit schlenderten in Adonar eine Elfe mit ihrem Vater und ihrer Mutter an den Ufern eines kristallklaren Rinnsals entlang, das durch eine saftig grüne Lichtung floss, während hoch über ihnen in den Zweigen der uralten Greisenbäume Silberlerchen ihre Freudengesänge zwitscherten. Die Elfe und ihre Eltern sprachen über vieles, Vergangenes, Gegenwärtiges sowie Zukünftiges, denn sie sollte alsbald nach Mithgar reisen, über den Dämmerritt. Es war am Ende der Zweiten Ära, obwohl das damals nur wenige ahnten, wenn überhaupt, denn in die Zukunft blicken zu können, das ist eine seltene, kostbare Gabe, die nur wenigen gegeben ist. Es war vielleicht zweihundert Jahre, bevor die Ära endete, vielleicht auch mehr, das kann niemand so genau sagen. Denn solche Daten haben für Elfen wenig Bedeutung, die wohl nur den Wechsel der Jahreszeiten genau verfolgen. Doch auch wenn sie weder Tage noch Jahre bemessen, scheinen sie immer genau zu wissen, wo die Sonne, der Mond und die Sterne stehen, was ebenfalls eine kostbare Fähigkeit ist. Sei dem, wie ihm wolle, an jenem letzten Tag in Adonar jedenfalls flanierte Riatha mit ihrer Mutter und ihrem Vater über eben jene Lichtung und sprach mit ihnen über vielerlei Dinge.

Damals, wie auch jetzt, war Riatha eine junge Elfe, die gerade erst am Anfang ihres Lebens stand. Allerdings galt dasselbe auch für ihren Vater und ihre Mutter. Ihr genaues Alter ist nicht bekannt, weder das von Riatha noch von Daor und Reín, denn ganz gleich, wie alt ein Elf ist, er oder sie befindet sich stets am Anfang dieses niemals endenden Lebens seiner Art. Was spielt es da für eine Rolle, ob sie zwanzig, hundert oder gar zweitausend Jahre gelebt haben? Angesichts der Ewigkeit ist es müßig, Jahre zu zählen, denn für einen Elf ist das nur ein Schritt auf einem endlosen Weg.

Was nicht heißt, dass Elfen nicht sterben könnten; auch sie werden von Waffen oder Gift dahingerafft, durch Zufall oder böse Absicht, oder von einer anderen lebenden Kreatur getötet, die um ihr Leben kämpft. Außerdem können Elfen auch verhungern, verdursten, ertrinken, verbrennen oder auf jegliche andere natürliche Art ums Leben kommen, wie sie auch den wenigen und seltenen, dafür jedoch tödlichen Krankheiten erliegen können, die es in ihrem Volk gibt. Ohne dieses äußerliche Eingreifen jedoch geht das Alter nahezu spurlos an ihnen vorbei, und der Tod würdigt sie keines zweiten Blickes.

Aus diesem Grund, da die Ewigkeit darauf wartet, von diesen großartigen Geschöpfen ermessen zu werden, kann es da verwundern, dass der Tod eines der ihren den Elfen größte Gram bereitet? Es spielt dabei keine Rolle, wie viele Jahreszeiten seit der Geburt des Unglücklichen verstrichen sein mögen, denn der Elf hat trotz all der verflossenen Jahre erst die Schwelle des Lebens überschritten, hat es gerade erst begonnen, und sein Tod hat eine endlose Existenz grausam beendet.

An jenem strahlenden Tag jedoch, da Riatha, Daor und Rein unter den Greisenbäumen einherschlenderten, dachten sie nicht an Tod und Sterben. Stattdessen redeten sie über Riathas bevorstehende Reise nach Mithgar, der Welt der Sterblichen, überlegten, was sie dort erwartete und berichteten ihr von den Pflichten, die sie dort würde erfüllen müssen.

Sie blieben auf der Lichtung stehen und setzten sich an das Ufer des funkelnden Flüsschens, dessen Wasser wie Diamanten unter der Sonne glitzerte. Daor betrachtete seine goldblonde Tochter und schnitt ein bekanntes Thema an.

»Was bedeutet es, ewig zu leben?«

Die Elfenlehrer hatten ihren Schülern dieselbe Frage schon häufig gestellt, in den Lauben, wo sie unterrichtet wurden, und in denen auch Riatha gelernt hatte. Diesmal jedoch war es ihr Vater, der diese rhetorische Frage stellte, und sie wartete, dass er fortfahre.

Sie machten es sich also an dem Fluss auf der Lichtung gemütlich, und Daor sprach weiter.

»Was es bedeutet? Wie es den Ehrgeiz beeinflusst, die Lust nach Macht, nach Ruhm, die Suche nach Wissen, das Streben nach Wahrheit?

Wie unser unendliches Leben uns von den Sterblichen unterscheidet? In unseren Bestrebungen, unseren Beziehungen, ja im alltäglichen Leben?

Betrachte die Eintagsfliege: ihre schnelle Geburt, ihr hastiges Leben, ihr beinahe augenblicklicher Tod. Wie unterscheidet sich die so flüchtige Existenz der Eintagsfliege von der aller anderen sterblichen Kreaturen? Von der der Menschen? Der der Waerlinga? Der der Zwerge? Von der der vielen Bewohner Mithgars, der Mittelwelt der Sterblichen?

Sieht man sie mit den Augen eines unsterblichen Wesens, stellt man da aus dieser Perspektive bedeutende Unterschiede fest? Die Antworten darauf und mehr erwäge ich nach wie vor, meine Tochter, genauso wie du es tun musst.

Bedenke auch, wie sich die Antworten unterscheiden würden, wenn man die Fragen aus der Sichtweise der Eintagsfliege beantwortete.

Aber gib acht! Die Eintagsfliege wird von dem stärksten Bedürfnis von allen angetrieben: sich zu paaren, sich fortzupflanzen. Es geht um das Überleben ihrer Spezies. Da werden keine Fragen gestellt und keine anderen Bedürfnisse übergeordnet.

Wenden wir unseren Blick jedoch auf andere Kreaturen, stellen wir fest, dass auch sie dem Zwang der Fortpflanzung unterliegen; aber je größer die jeweilige Lebensspanne der Wesen wächst, desto größer wird auch die Rolle, die andere Antriebe, andere Bedürfnisse und Wünsche spielen: Selbsterhaltung, Zuflucht, Bequemlichkeit, Wohlergehen, Vergnügen, Neugier und noch mehr, viel mehr.

Je länger das Leben einer Spezies andauert, desto mehr gewinnen jene anderen, späteren Bedürfnisse an Bedeutung, die Wünsche und das Verlangen, und vermögen manchmal sogar die primitiveren Triebe zu verdrängen.

Aber erneut sage ich: Achtung! Die Wünsche, Bedürfnisse und das Verlangen der Unsterblichen unterscheiden sich ebenso sehr von denen der meisten Sterblichen, wie sich deren Bedürfnisse wiederum von denen der Eintagsfliege unterscheiden.

Dennoch müssen wir die Fragen stellen, die uns mit ihren Antworten einen Einblick in das Leben der Sterblichen geben, Fragen, die uns erlauben, das Leben mit ihren Augen zu sehen. Denn die Handlungen dieser Sterblichen können das Leben der Elfen nachhaltig beeinflussen, ebenso wie die Taten von uns Elfen Auswirkungen auf das Leben jener Sterblichen haben.

Diese Wechselwirkung ist es – von Elf auf Sterblichen und umgekehrt –, die ich dich bitte zu bedenken, Riatha. Denn du wirst nun nach Mithgar hinübergehen, in die Welt der Sterblichen. Dort wirst du zum ersten Mal diesen Sterblichen begegnen. Und du wirst sie sowohl fremdartig als auch unübertrefflich finden.

Woraus sich ein Weiteres ergibt, das bedenkenswert ist: Was bedeutet es, einen sterblichen Bekannten zu haben, einen sterblichen Freund? Was heißt es gar, einen Sterblichen zu lieben? Ob Mann, Wurrling, Zwerg oder andere: Solltest du einen solchen als Freund annehmen, wird er dennoch bald verschwunden sein; solltest du ihn lieben, wirst du dich alsbald um ihn grämen. Und bedenke auch dies: So wie die Eintagsfliege, so wird auch er, solange dieser dein Freund lebt, von seiner Natur getrieben werden. Von einer Natur, die sich vollkommen von unserer unterscheidet. Dennoch: Ist das Grund genug, eine Freundschaft mit Sterblichen zu scheuen?

Selten genug erheben sich sterbliche Wesen über ihre eigenen Grenzen, um einen weiten Blick über den Horizont zu werfen, oder sich auch nur in die fundamentalsten aller Fragen zu versenken: Warum sind wir hier? Was ist unser Zweck? Wie ist die Natur des Schöpfers? Was ist wirklich? Und was ist es nicht? Und wie vermag ich es zu unterscheiden?

Selbst der Allvater, Adon Selbst, sucht nach Antworten, wenngleich seine Fragen sich unendlich von unseren unterscheiden mögen. Er lächelt, wenn wir Ihn einen Gott heißen, und bemerkt darauf nur, dass es welche gibt, die über ihm stehen, so weit, wie Er selbst über der Eintagsfliege steht.

Also frage ich dich: Wie kann das sein?

Vielleicht, Tochter, ist dies die bedeutsamste Frage von allen, eine Frage, die man an überhaupt alles richten kann: Wie kann das sein?

Da wir jedoch sind, was wir sind, verfügen wir vielleicht über genug Zeit, nicht nur über diese Dinge nachzugrübeln, sondern am Ende auch die ein oder andere Antwort zu finden.

Selbst wenn es uns nicht gelingt, diese grundlegenden Wahrheiten zu enthüllen, scheint allein das Streben nach Antworten achtbar zu sein.

Und bedenke auch dies: Wir glauben, dass Elwydd die Elfen zuerst erschaffen hat, auch wenn Sie es uns nicht verraten will.

Aber dies wissen wir: Wir haben lange allein auf Adons Welten gelebt, ohne die Gegenwart einer anderen Rasse. In dieser Zeit, dieser sehr, sehr langen Zeit, haben wir vieles Große bewerkstelligt. Wir haben Kriege geführt, uns endlosen Vergnügungen hingegeben, wir haben Herrschaft gesucht, Macht, Ruhm ... und all das auch erreicht, alles ohne Ausnahme. Und ebenso wahr ist, dass all dies fruchtlos war, eitel. Und es verwandelte sich zu Asche in unserem Mund, noch während wir den Erfolg kosteten. In unserer Gier suchten wir die absolute Macht in unserer Sphäre zu erringen, über das Land, das Meer, die Luft, über alle lebenden Wesen; und sogar über andere von unserer Art. Ja, wir strebten nach der endgültigen Macht, nur um am Ende festzustellen, dass dies ein wertloser Ehrgeiz ist, hohl und leer, sobald man ihn erreicht hat.

Danach strebten wir nach Frieden, Einsamkeit, bescheidenen Freuden, Wahrheit und Schönheit. Diese Dinge hatten wir auf unserer Suche nach Macht lange unbeachtet gelassen, doch am Ende fanden wir heraus, dass allein dies die Dinge sind, die Bestand und Bedeutung haben. Deshalb ist es auch das, wonach wir jetzt streben, dies und unser Bemühen, die Kreaturen Adons zu leiten und zu schützen.

Kann es sein, dass uns Elwydd diese vielen langen Jahre auf der Welt geschenkt hat, damit wir dies selbst herausfänden? Dass Sie uns Zeit gewährte zu wachsen, zu reifen, und einen besseren Weg durch das Leben zu finden?

Vielleicht ist es das, denn erst nachdem wir diesen letzteren Kurs unwiderruflich beschritten, schuf sie die anderen Spezies: Utruni, Drimma, Waerlinga, Menschen und die Verborgenen. Dadurch, dass Sie diese Kreaturen erst erschuf, nachdem wir unseren Weg gefunden haben, hat Sie jene vor unseren grausamen Exzessen bewahrt, denen wir uns in dieser Zeit hingaben, in der wir es nicht besser wussten.

Angesichts all dessen, was wir jetzt jedoch wissen oder gefolgert haben, scheint uns dieses als wahr: Es ist unsere Rasse, welche die anderen von Eitelkeit und Gier und Machtstreben wegführen soll, fort von jenen leeren und gefährlichen und unfruchtbaren Orten, die wir zu unserem Kummer bereits hinlänglich durchschritten haben. Wir sollen versuchen, sie stattdessen in den geeigneten Augenblicken auf jene Plätze zu stoßen, die wir als fruchtbar und lebensbejahend erlebt haben.

Riatha, mein Kind, dies ist die Bürde, mit der du dich selbst auf Mithgar belädst: die Welt zu hüten, eine Wächterin zu sein, und die anderen sanft auf den Weg des Lebens zu führen.«

Daor verstummte. Sie schwiegen alle drei. Es waren keine neuen Gedanken, die der Elf ausgesprochen hatte, sondern stattdessen tiefe Rätsel, über die die Elfen die längste Zeit ihrer Existenz gerätselt hatten: sobald sie nämlich den verheerenden Anfängen entronnen waren, Tausende und Abertausende von Jahren in der Vergangenheit, von ihren armseligen Bestrebungen Abstand genommen und sich stattdessen der Erforschung der Wahrheit und der Erleuchtung verschrieben hatten, der Einsicht und Weisheit. Schließlich erhob sich Daor, zog Reín und Riatha hoch, und gemeinsam schritten sie an dem sprudelnden Bach entlang, Vater, Mutter und Tochter, dankbar über ihre Existenz hier auf dieser schönen grünen Lichtung, während über ihnen, hoch in den schattigen Zweigen des Greisenbaumes die Silberlerchen ihre süßen Lieder zwitscherten.

Am selben Abend saß Riatha vor ihrer Hütte auf der Lichtung am Rand der sumpfigen Senke und verfolgte, wie sich der Himmel von Azurblau über Tiefblau bis in ein Lavendel hinein verfärbte. Die hoch über ihr ziehenden Wolken glühten pfirsichfarben, rosa – und wurden schließlich blasser. Als es Nacht wurde, schritt Reín über das weiche Gras, um mit ihrer Tochter zu sprechen. Sie hatte ein Geschenk dabei und einen Rat.

Reín reichte ihr ihre Gabe. Sie war lang und schmal und mit Seide umwickelt. »Als Lian-Wächterin wirst du dies hier in Mithgar benötigen, denn es ist ein gefährlicher Ort.«

Riatha wickelte den Seidenstoff ab. Das Geschenk war ein Schwert, ein prachtvolles Schwert. Es steckte in einer grünen Scheide, hatte einen gepunzten Harnisch, mit dem man sich das Schwert sowohl um die Taille gürten als auch auf den Rücken schnallen konnte. In den Griff war blassgrüne Jade eingelegt, in Kreuzlagen gearbeitet, für einen sicheren Halt, während der Knauf und die Parierstange aus sehr seltenem, dunklem Silberon gefertigt waren, einem besonders kostbaren Metall. Doch als Riatha die Klinge aus der Scheide zog, stieß sie vor Überraschung die Luft aus, denn auch sie war aus diesem dunklen Sternensilber gearbeitet, in dem das Licht der Sterne selbst gefangen zu sein schien.

»Mutter, ich ...« Riatha bemühte sich, Worte zu finden, die einem solch unbezahlbaren Erbstück gerecht wurden. Mit Tränen in den Augen nahm sie die Hände ihrer Mutter und küsste sie.

Reíns Augen glitzerten ebenfalls, und als sie sprach, klang ihre Stimme sehr leise. »Still, Kind, dieses Geschenk ist nur angemessen. Eben dieses Schwert trug ich selbst, als ich Hüterin in Mithgar war. Hier, in Adonar, habe ich keine Verwendung dafür. Aber dort, in der Welt der Sterblichen, wird es dir vonnöten sein.«

Riatha stand mit dem Schwert in der Hand auf und ließ es durch die Luft sausen. »Welch wunderbare Ausgewogenheit, Mutter. Hat es einen Stammbaum?«

»Es wurde in Mithgar geschmiedet, in Duellin, und hat einen Wahren Namen, Dúnamis. Ich selbst habe ihn niemals ausgesprochen, und auch du solltest ihn wertschätzen und ihn nicht leichtfertig aussprechen, denn er zieht Stärke und Energie von allen Verbündeten in deiner Nähe und vereint sie in dir. Wenn du wahrlich in Not bist, wird er auch das Leben dieser Personen selbst aufsaugen. Halte es am Heft und sprich seinen Wahren Namen aus, Dúnamis. Dann wird es blau erstrahlen und dir dienen; sprichst du den Namen erneut aus, verwandelt es sich wieder zurück. Doch hüte dich vor diesem Ruf, denn er wird einen fürchterlichen Preis von deinen Freunden fordern, sie werden geschwächt und sind vielleicht schon bald nicht mehr in der Lage, sich zu verteidigen. Sterbliche verlieren möglicherweise Jahre ihrer Lebensspanne, wenn es gezwungen ist, ihr Leben selbst aufzusaugen.«

Riatha betrachtete die Waffe beunruhigt. »Besitzt es auch einen gewöhnlichen Namen?«, erkundigte sie sich dann.

»Dwynfor, der es schmiedete, sagte, sein Name sollte Vulgsbann sein, aber er erklärte nicht, warum.«

Riatha schob das Schwert behutsam in die Scheide zurück. »Dwynfor? Der Dwynfor aus Duellin auf der Insel Atala in Mithgar?«

Reín nickte.

»Mutter, Dwynfor soll der größte Waffenschmied von allen sein.«

Erneut nickte Reín nur.

Riatha hielt ihrer Dam das Schwert hin. »Mutter, ich glaube, für jemanden wie mich ist es viel zu kostbar ...«

»Still, Kind«, ermahnte Reín sie und drückte ihrer Tochter das Geschenk wieder sanft in die Arme zurück. »Sagte ich nicht, dass es hier in Adonar nutzlos ist? Außerdem könnte ich mir niemanden denken, der als sein Träger geeigneter wäre als du. Widersprich mir nicht, Tochter, denn ich will es nicht anders haben. Außerdem bin ich nicht hier, um mit dir darüber zu disputieren, wer das Schwert tragen soll. So groß Dúnamis auch sein mag, ich bin wegen einer noch bedeutenderen Angelegenheit gekommen.«

Riatha setzte sich wieder hin, legte das Schwert in seiner Scheide sorgfältig auf ihren Schoß und sah ihre Mutter an.

»Riatha, dein Vater hat heute auf der Lichtung viel gesagt, aber er hat nicht alles angesprochen – was er auch nicht konnte. Weisheit entsteht durch Erfahrung, nicht durch Worte.«

Riatha nickte, als sie die Traurigkeit in den Augen ihrer Mutter bemerkte. Sie enthielt sich jedoch eines Kommentars, sondern wartete einfach nur.

Reín machte eine Pause, als suchte sie nach den richtigen Worten. »Dein Vater hat gefragt: ›Was bedeutet es, einen Sterblichen zu lieben?‹ Bedenke, ich weiß nicht, ob Daor jemals eine Sterbliche geliebt hat, aber eines weiß ich: Ich, Reín, deine Mutter, weiß, was es bedeutet, einen Sterblichen zu lieben, und dieses Wissen bringt mich noch heute zum Weinen.«

Riatha sah, wie ihrer Mutter die Tränen in die Augen traten. Ihr Herz zog sich schmerzhaft zusammen.

Reín blickte auf ihre Hände hinab, die sie im Schoß gefaltet hatte. Leise sprach sie weiter, während das Zwielicht heraufzog. »Als ich Lian-Wächterin war, liebte ich einen sterblichen Mann.

Er war stark und sanft«, sagte sie ruhig und sah dann Riatha an. Ihre Augen schimmerten von ungeweinten Tränen. »Er konnte eine Harfe zum Erklingen bringen wie kein anderer.

Und wir liebten uns. Oh, wie wir uns liebten.«

Plötzlich liefen ihr die Tränen ungehindert über die Wangen. Sie konnte nicht weitersprechen.

Riathas Wangen waren ebenfalls tränennass, als sie Dúnamis beiseite legte, die Hände ihrer Mutter nahm, sanft ihre Fäuste öffnete, die Finger glättete und sie zärtlich und tröstend streichelte.

Nach einer Weile hatte sich Reín wieder gefasst und sprach weiter, obschon ihr noch die Tränen in den Augen standen. »Wir haben den Untergang von Rwn überstanden, Evian und ich, wenngleich nur knapp.

Was wir jedoch nicht überstanden haben, war die Zerstörung der Zeit.«

Erneut weinte Reín und sah durch ihre Tränen hindurch ihre Tochter flehentlich an. »Ach, Riatha, liebe keinen Sterblichen, denn wenn du es tust, musst du mit ansehen, wie seine Jugend von den Wellen der Zeit fortgespült wird; du erlebst, wie seine Stärke allmählich verebbt, seine Lebenskraft versiegt. Dennoch wirst du ihn weiterlieben, während du zusiehst, wie er langsam alt wird. Und das wird dir das Herz brechen.

Und obwohl er altert, wirst du dich nicht verändern. Du wirst so bleiben, wie du heute bist, so wie auch ich blieb, wie ich war.

Wenn ich in Evians Augen blickte, sah ich hinter der Liebe, die darin lag, auch den Neid, manchmal vielleicht sogar den Hass, weil ich nicht den Pfad ging, auf den er durch die Zeit hinabschritt. Mein Weg war gerade, unberührt vom Ruf der Zeit.

Ich sah zu, wie er ein alter, schwächlicher Mann wurde, obwohl für mich nur Augenblicke verstrichen waren.

Als er verschied, starb auch mein Herz. Der Winter zog in mein Leben ein, ganz gleich, welche Jahreszeit herrschte, und das Leben erschien mir nicht mehr lebenswert.

In dieser Zeit hätte ich nur von Kindern getröstet werden können, die Evian und ich gezeugt hätten. Aber nachdem er von mir gegangen war, hatte ich kein Verlangen mehr nach Kindern. Oder nur nach solchen, die ich unmöglich empfangen konnte.

Doch selbst als Evian noch lebte, wusste ich – wie auch du weißt –, dass es keine Empfängnis bei der Paarung zwischen Elfen und Menschen geben kann und unserer Liebe folglich auch keine Kinder hätten entspringen können. Nicht nur, weil ich eine Elfe und er ein Mensch war, sondern weil wir in Mithgar lebten. Und dort kann kein Elfenkind empfangen werden. Nur hier in Adonar ist der Elfenrasse dieser Segen gewährt. Doch selbst wenn sich Menschen und Elfen hier in Adonar paarten, glaube ich doch nicht, dass Kinder daraus erwachsen können. Das ist unmöglich.

Also war ich untröstlich und glaubte nicht, dass ich jemals wieder würde lieben können.

Und beinahe hätte ich das auch nicht getan. Aber dein Vater und ich kamen zu einer Übereinkunft. Zunächst mochte ich ihn nur, aber langsam – sehr langsam – begann ich, ihn auch zu lieben.

Aber noch während ich deinen Vater zu meinem Partner erwählte, schwor ich mir dies: Sollte ich jemals mit eigenen Kindern gesegnet sein, würde ich sie vor diesem Herzeleid bewahren, welches ich erlitten hatte.

Zahllose Jahreszeiten verstrichen, und dein Vater und ich hielten uns an die elfische Lebensart und zeugten weder Söhne noch Töchter, denn damals war unser Volk zahlreich genug. Doch dann kam ein Tag, als unsere Zahl so gesunken war, dass Daor und ich zusammen mit anderen Paaren Kinder bekommen konnten. In unserer Familie wurdest zunächst du geboren, und dann dein Bruder Talar.

Deine Geburt war es, die die Freude in mein Leben zurückbrachte. Den Rest kennst du.

Dennoch werde ich Evian niemals vergessen und weine noch immer um ihn.

Und genau davor will ich dich warnen, Riatha: Liebe niemals einen Sterblichen, denn die Zeit wird kommen, da er dahingerafft wird, langsam zwar, aber unausweichlich, und das wird dir das Herz brechen, vielleicht so sehr, dass es niemals wieder heilt.«

Reín verstummte, nachdem sie ihre Ermahnung ausgesprochen hatte, aber immer noch liefen ihr die Tränen über die Wangen. In dem Greisenbaum über ihnen sangen die Silberlerchen ihr Abendlied, während sich das Zwielicht langsam über das Land legte. Der Himmel verfärbte sich von Lavendel über Violett zu einem tiefen Purpur und schließlich zu einem samtenen Schwarz. Die Sterne schimmerten golden, kupferfarben und silbern, während das silbrige Licht eines Viertelmondes durch die Zweige fiel und filigrane Schatten auf den Boden zauberte. Schließlich sah Riatha mit ihren grauen Augen in die ihrer ebenfalls grauäugigen Mutter. »Ich werde deinen Rat achten, Mutter, und mein Herz davor bewahren.«

Die Morgendämmerung brach an, eine Zeit des Dazwischen, weder Nacht noch Tag, sondern von beidem etwas. Frühnebel kroch über die Lichtung und zwischen die Bäume, auch er ein Zustand des Dazwischen, weder Wasser noch Luft, sondern von beidem etwas. Und auch der Waldrand und die Lichtung galten als ein Ort des Dazwischen, weder Wald noch Feld, sondern von beidem etwas.

Gekleidet in einen grauen Lederharnisch, Dúnamis auf den Rücken gegürtet, umarmte Riatha ihren Vater und ihre Mutter und gab ihnen einen letzten Kuss. Dann sprang sie auf ihren grauen Hengst, der unruhig tänzelte, begierig, endlich loszupreschen.

Daor und Reín traten zurück. Ihr Vater legte ihrer Mutter tröstend den Arm über die Schultern.

Nach einem letzten Lebewohl stimmte Riatha den Gesang an, der ihren Übergang nach Mithgar schaffen würde. Ihre Stimme hob sich und sank deklamierend, war weder Gesang noch Sprache, sondern etwas Dazwischen, und ihr Verstand verlor sich in dem Ritual, war weder bewusst noch unbewusst, sondern ebenfalls etwas Dazwischen.

Das Pferd trabte an, bewegte sich in einem uralten Muster, seine Hufe blitzten, als es eine Reihe höchst komplizierter Schritte vollführte. Weder ein Tanz war das noch ein Gang, sondern etwas Dazwischen.

Sie trabten in den wabernden Nebel, dort am Rand des Waldes und Feldes, in dem blassen Licht des Morgengrauens. Grauer Nebel umhüllte sie langsam, als sie die komplizierten Schritte machten und den uralten Gesang anstimmten. Reiter und Ross verschwanden langsam im Nebel, und Riathas Stimme wurde leiser, schwach und war schließlich nicht mehr zu hören.

In der Stille, die blieb, umarmte Daor Reín.

Ihre Tochter war verschwunden.

Aus dem Nebel ritt Riatha in das Morgengrauen hinein, immer noch singend, während ihr grauer Hengst nach wie vor das uralte Muster tänzelte. Als die Elfe schließlich das Land um sich herum erkennen konnte, verstummte sie, und auch der Hengst blieb stehen.

»Gut gemacht, Schatten«, murmelte sie. »Du hast mich nach Mithgar getragen.«

Das Pferd wieherte leise und nickte mit dem Kopf, als würde er sie verstehen.

Der Morgennebel umwaberte sie immer noch. Sie befanden sich auf dem Rand zwischen einem Wald und einer Weide, wie es nicht anders zu erwarten war. Denn die Ankerpunkte für die Übergänge waren sich stets ziemlich ähnlich, sonst konnte eine solche Reise nicht vollzogen werden. Je größer die Ähnlichkeit war, desto einfacher waren die Schritte, die hinüberführten. Bis auf sehr seltene Ausnahmen benötigte man jedoch den Gesang und das Ritual der Schritte, denn vollkommen gleiche Orte zwischen dem prachtvollen, würdigen Adonar und dem jungen, ungezähmten Mithgar waren sehr selten, weit verstreut und größtenteils unbekannt. Also folgte Riathas Übergang dem traditionellen Ritus, dem uralten Gesang und den genauen Bewegungen, die ihren Geist in diesen Zustand versenkten, der erforderlich war, den Übergang zu bereiten, ins Dazwischen zu gehen.

Jetzt war sie in Mithgar.

Obwohl es noch früh war, die Zeit des Dazwischen, hätte Riatha nicht nach Adonar zurückkehren können, selbst wenn sie es gewollt hätte. Denn die Reisen nach Mithgar mussten im Morgengrauen angetreten werden, wohingegen ein Übergang nach Adonar nur in der Dämmerung vollzogen werden konnte. Dämmerritt, Düsterritt; es gab einen uralten Segensspruch bei den Elfen von Mithgar: *Geh mit dem Zwielicht, mit dem Morgengrauen kehr zurück.*

Riatha dachte jedoch nicht an diesen uralten Spruch, als sie aus dem Nebel auftauchte und in den hellen Morgen Mithgars ritt. Stattdessen betrachtete sie das wilde Dickicht, lauschte dem unbekümmerten Zwitschern der Vögel auf dieser Welt, betrachtete die unbekannten Formen und Farben, die durch die Dämmerung zuckten, während hier und dort ein Tier verstohlen durch das Unterholz huschte oder auf einem Zweig über ihr dahinlief. *Wild und ungezähmt, das bist du wahrlich, Mithgar.*

Sie saß im Sattel und sog die Luft, das Licht, die Geräusche und den Anblick des Waldes, des Feldes und des Himmels über ihr ein. Es war ihr alles neu und dennoch seltsam vertraut. Schließlich wendete sie ihr Pferd nach Norden und murmelte eine Aufforderung. Schatten verfiel sofort in einen leichten Galopp. Als die Sonne aufging, lachte ihr Herz, denn jetzt war sie in Mithgar und ritt ihrem Bruder entgegen, Talar, und seiner Gemahlin, Trinith, die bei den Elfen vom Darda Immer lebten, dem Lichtwald auf Atala.

Ein Jahrhundert verstrich, vielleicht sogar mehr, denn Zeit und Elfen sind einander Fremde. Jahreszeit folgte auf Jahreszeit, ohne dass sie sie zählten, und so flogen die Jahre nur so vorbei. In diesen Jahrzehnten blieben Riatha, Talar und Trinith im Lichtwald und lernten die Kunde der Schnellen Hilfe, der Heilkräuter und des Heilens.

Dann kam der Tag, an dem Talar und Trinith nach Duellin gingen, etwa zehn Werst entfernt am östlichen Strand von Atala gelegen. Talar wollte die Kunst des Schwerteschmiedens erlernen, bei dem legendären Dwynfor selbst, während sich Trinith das Harfenspiel anzueignen wünschte. Riatha dagegen übernahm eine andere Pflicht. Sie stand auf den Hängen des Karak Wache, während der Feuerberg schlummerte, und suchte nach Anzeichen dafür, dass er erwachte, falls er es denn je tat.

Die Jahreszeiten wechselten sich weiter ab, gelegentlich besuchte Riatha ihren blonden Bruder und seine Frau, die ebenholzschwarzes Haar hatte, und wurde manchmal von ihnen besucht. Des Abends scharten sie sich um die Herde des Darda Immer, oder um die von Duellin, wo sich Trinith mit anderen Harfenspielern zusammensetzte und die Elfenweisen sang, die bis zum Anfang der Zeiten selbst zurückreichten.

Doch schließlich begann eine Jahreszeit, in welcher über das Meer hinweg die Insel eine Kunde erreichte, dass sich die Rucha in großer Zahl im Grimmwall sammelten, dem Gebirge im Osten von Mithgar. Etwas war im Gange, und es wurden Krieger benötigt.

Ein letztes Mal reiste Riatha zum Seehafen von Duellin, verabschiedete sich von Talar und Trinith und stach mit dem Ziel Caer Pendwyr in See. Ein Schiff der Arbalinen trug sie und ihren Hengst rasch über den Westonischen Ozean durch die Avagon See in das Land Pellar. Und in seinem Rückengurt begleitete sie Dúnamis.

Dann begann der Große Krieg.

Riatha zog an der Seite der Elfen vom Darda Galion, dem mächtigen Elfenhort neben dem Grimmwall, in diesen Kampf.

Wütend waren die Schlachten, und sie dauerten lange. Während dieser Kämpfe gab es hohe Verluste und große Trauer. Und viele Todes-Sermone, diese letzte Kunde, die ein sterbender Elf im Augenblick seines Todes auf irgendeine Art einem anderen seines Volkes sendet. Der Zeit und der Entfernung trotzend erreicht er den, für den er bestimmt ist, und erschüttert den Empfänger mit dem Wissen, dass ein geliebter Gefährte starb, einer, dessen Leben eben erst begonnen hatte.

So fürchterlich auch der Tod eines einzelnen Elfen sein mag, das Dahinscheiden von Hunderten ist verheerend, wie es an jenem Tag der Qual geschah, als Atala in einem Mahlstrom im Meer versank, durch Gyphons Hand, wie manche behaupten.

Tausende und Abertausende verloren bei dieser monströsen Katastrophe ihr Leben, Menschen, Zwerge, Wurrlinge und Elfen. Und überall in Mithgar sanken die Elfen in die Knie, alle ohne Ausnahme, betäubt von dem körperlosen Todesschrei, den Hunderte und Aberhunderte ihrer Rasse im Augenblick ihres Sterbens von sich gaben; ihr Dahinscheiden fegte wie ein grausiger, eiskalter Windstoß durch die Seelen aller Elfen.

Die Auswirkungen der Vernichtung von Atala endeten jedoch nicht damit, dass die Insel im Meer versank, o nein, denn auch andere Reiche in Mithgar wurden von dieser Katastrophe in Mitleidenschaft gezogen. Gewaltige Flutwellen rollten über den Westonischen Ozean, erhoben sich zu gigantischen Mauern aus Wasser, während sie sich dem Land näherten, donnerten an ferne Strände, überschwemmten alles, fegten Dörfer und Städte, Siedlungen und Leben einfach hinweg. Außerdem raste ein Donnerhall um die Welt, wie von einer mächtigen Explosion. Der Himmel verdunkelte sich, verdüstert von Steinstaub, während Asche auf die Länder jenseits des Meeres hinabrieselte.

In einem dieser Länder war auch Riatha betäubt in die Knie gegangen. So viele Elfen waren bei der Zerstörung von Atala gestorben, dass kein einziger von ihnen auf dieser Weltenebene den Folgen entging. Obwohl sie von diesem ungeheuren Schrei der Verzweiflung benommen und auf die Knie gezwungen worden war, hatte sie von Talar keinen Todessermon erhalten. Also konnte er vielleicht überlebt haben, falls er seine Rede nicht an Trinith geschickt hatte. In dem Fall hätte Riatha von seinem Dahinscheiden nichts erfahren.

Alle jene, deren gequälte Schreie sie gefühlt hatte, waren tot, dahingerafft; Riatha weinte um sie, diese Elfen, deren Leben gerade erst begonnen hatten, ungeachtet ihres Alters.

Langsam jedoch ließ ihr Gram nach, denn der Große Krieg ging weiter und sie musste trotz ihrer Trauer Schlachten schlagen. Der Krieg nimmt auf niemanden Rücksicht. Sie kämpfte weiter und spürte eine Leere in ihrer Brust, wann immer sie an Talar oder Trinith dachte.

Eines Tages jedoch ritt Talar in ein Lager im Wald, wo die Lian-Wächter kampierten, unter ihnen Riatha. Sie weinte vor Freude, ihn zu sehen, und auch er weinte, denn als Atala ohne Vorwarnung in den Fluten versank, war Trinith vom Meer verschlungen worden. Talar hatte im Hafen von Duellin an Bord eines Schiffes auf sie gewartet, eines Schiffes, das am nächsten Tag auslaufen sollte, nach Burg Hoven im Süden. Dort wollten sie sich den Lian des Darda Galion anschließen. Trinith war noch einmal an Land gegangen, um Glinner Lebewohl zu sagen, dem Harfenmeister, als der Karak explodierte und Atala versank. Das Schiff, auf dem sich Talar befand, wurde von der Urgewalt der Explosion zerstört, und er konnte sich an nichts mehr erinnern, bis er sich am nächsten Tag zwischen den Wrackteilen treibend wiederfand. Wie er dem gewaltigen Sog entkommen war, den die gewaltige Insel verursacht hatte, als sie im Meer versank, wusste er nicht. Doch er hatte überlebt.

Einige Tage später, neun waren es seiner Schätzung nach, war er von einem vorüberfahrenden Schiff gerettet worden. Es brachte ihn zu einem Hafen nach Gothon, und von dort aus war er zum Darda Galion gereist, dann weiter zum Darda Erynian, der Kompanie Lian folgend, mit der Riatha ritt.

Obwohl er von der Zerstörung des Schiffes erschüttert wurde, hatte er Triniths Todessermon erhalten. *Ich liebe dich,* hatte sie ihm übermittelt. *Ich liebe dich.* Weiter nichts.

Und so, wie sich Riatha und Talar auf dieser Lichtung im Wald wiederfanden, stellten sich auch Freude und Leid bei diesem Wiedersehen ein.

Der Krieg schleppte sich weiter, und Talar und Riatha kämpften Schulter an Schulter und Rücken an Rücken. Dann erreichte sie die Kunde, dass Gyphons Brut aus der Untergarda, Neddra, der Niederwelt, auf die Hochebene selbst eingefallen war.

Als sie diese Nachricht erhielt, dachte Riatha daran, Dúnamis zu ihrer Mutter zurückzubringen, denn gewiss wurde die Waffe nunmehr doch in Adonar benötigt werden. Aber noch während sie sich auf den Düsterritt vorbereitete, wurde ihre Kompanie vom Feind angegriffen, und sie focht, statt den Übergang zwischen den Ebenen zu vollziehen. Es war ein Rückzugsgefecht, das zehn Tage dauerte, und in dieser Zeit gelangten noch mehr Nachrichten aus der Hochebene Hôhgarda zu ihnen. Gyphons Armee zog durch Adonar und strebte augenscheinlich zu einem der Plätze, an denen ein Übergang ins Dazwischen gemacht werden konnte, um von dort aus in Mithgar einzudringen. Um ein solches Desaster zu verhindern, verkündete Adon Selbst, dass er diese Wege zwischen den Ebenen verschließen würde. Obwohl nach wie vor jeder mittels des Rituals in das Reich zurückkehren konnte, aus dem sie stammten, vermochten sie, wenn sie einmal dort waren, nicht mehr zwischen den Ebenen hin und her zu reisen.

Also konnten die Elfen nach Adonar, auf die Hochebene, dem Reich ihres Blutes, zurückkehren, aber nicht mehr die Mittelebene, Mithgar, betreten, und ebenso wenig die Niederebene, Neddra, denn diese beiden Ebenen waren nicht ihres Blutes. Entsprechend konnten die Rûpt und die Verfluchten zwar nach Neddra gelangen, auf die Niederebene, aber von dort aus nie wieder die Hochebene oder die Mittelebene verseuchen. Und jeder, der vom Blute der Mittelebene war, konnte von der Hoch- und der Niederebene dorthin reisen, sie aber nie wieder verlassen.

Einen Tag später wurden, durch Adons Wirken, die offenen Wege zwischen den Ebenen versperrt und nur die rituellen Blutwege offen gelassen. Für die Elfen gab es den Dämmerritt nicht mehr, wenngleich ihnen der Düsterritt weiter möglich war.

Nachdem sie lange überlegt hatten, ob sie nach Adonar gehen und dort den Kampf gegen Gyphon aufnehmen oder in Mithgar bleiben und sich seinem Leutnant Modru stellen sollten, der mit gewaltigen Horden die Allianz unter Druck setzte, beschlossen Riatha und Talar am Ende, auf der Mittelebene weiterzukämpfen. Denn hier wussten sie, dass sie gebraucht wurden, und zwar sehr dringend, hier, wo die Große Allianz aus Menschen, Elfen, Zwergen und Wurrlingen – und am Ende auch Utruni – sich gegen die Flut der Brut, die Trolle, Ghuls und ihre Hélrösser, Vulgs und andere fürchterliche Kreaturen stemmten. Außerdem scharten sich auch Menschen um Modru, die Lakh aus Hyree, die Rover aus Kistan sowie die Horden aus Jûng. Zudem fochten hier in Mitghar auch Magier gegen Magier, und dazu auch noch gegen Gargons und Drachen.

Das war die Zeit vor dem Bann, in der die Brut das Land am Tag sowie in der Nacht verheerte, obwohl sie, wie man sagte, ihre ruchlosen Taten lieber im Schutz der Nacht begingen.

Gewaltige Schlachten wurden auf der Welt geschlagen, die zahllose Leben forderten.

Riatha und Talar ritten mit anderen Lian an der östlichen Flanke der Grimmwall-Wache, beschützten den Darda Galion, den Darda Erynian und auch den Großwald sowie die weite Steppe dazwischen.

Im Dalgor-Moor war es, dort wo der Dalgor in den mächtigen Argon mündete, wo sie Aravan begegneten, mit seinem Kristallspeer, der Galarun folgte, dem Sohn Coron Eirons, dem Elfenkönig auf Mithgar.

Galarun und seine Kompanie ritten in aller Hast, denn er führte ein gewaltiges Symbol der Macht mit sich, die Klinge des Morgengrauens. Galarun wollte zum Darda Galion, von wo aus er den Düsterritt nach Adonar antreten und das Silberne Schwert mitnehmen wollte. Es sollte, so sagte man, die Macht haben, Gyphon selbst zu töten, den Hohen Vûlk.

Riatha, Talar und ihre Kompanie aus Lian-Wächtern begleitete Galarun, da seine Mission von größter Bedeutung war. Aber als sie das Dalgor-Moor durchquerten, wurden sie von einer Nebelwand überrascht, aus der sich plötzlich die Rûpt erhoben und sie angriffen. Ein wütender Kampf entbrannte, der auf Messers Schneide stand und in dem viele Kämpfer ihr Leben ließen, auch Galarun.

Als die Rûpt jedoch endlich besiegt wurden, war die Klinge des Morgengrauens bereits verschwunden. Ob die Rûpt sie jedoch entwendet hatten oder das Silberne Schwert einfach nur im Moor versunken war, hat keiner herausfinden können.

Am Ende wurde Modru besiegt; die Schlacht im Hélofen vernichtete ihn und seine Horden endgültig. Mit seiner Niederlage obsiegte auch Adon über Gyphon, den er in den Abgrund unter den Sphären verbannte.

Zudem schuf Adon einen neuen Stern am Himmel, der glühend brannte, geradezu wild, und mit dem Mond selbst an Helligkeit wetteiferte. Etwa eine Woche brannte er am Firmament, und als er erlosch, verschwand er wieder in der Schwärze, aus der er gekommen war. Da wurde die Brut aus dem Licht des hellen Tages verbannt. Sie erlitt den Brennenden Tod, sollte jemals wieder ein Sonnenstrahl auf sie fallen.

Außerdem nahm Adon den Drachen, die sich gegen Ihn erhoben hatten, ihren Feuerodem. Sie wurden Kalt-Drachen, wie auch all ihre männlichen Nachkommen. Auch für sie bedeutete das Sonnenlicht den Tod, wenngleich sie nicht augenblicklich zu Asche zerfielen, weil ihre Drachenhaut sie davor schützte.

Mit der Spaltung waren auch die Vani-lêrihha, die Silberlerchen, aus dem Darda Galion verschwunden. Ihre Lieder ertönten nicht mehr aus den hohen Zweigen der Greisenbäume, diese süßen Weisen, denen Riatha gelauscht hatte. Als klar wurde, dass sie nicht mehr zurückkehren würden, entschloss sich Riatha, im Ardental zu leben.

Jahrhunderte verstrichen, viele Jahrhunderte, in denen Riatha die Kunst des Silberschmiedens erlernte, des Gesangs und Harfenspiels, des Gärtnerns, des Säens und Erntens, der Steinmetzkunst, des Umgangs mit Tieren, des Malens, Webens und eine Vielzahl anderer Handwerke. Sie hatte immerhin die ganze Ewigkeit Zeit für ihre Studien – und gerade erst begonnen.

Gelegentlich nahm sie im Lauf der Jahrhunderte auch einen Liebhaber in ihr Bett. Sie war eine junge Frau, und also, wie alle jungen Frauen, gelegentlich von Lüsten und Begierden und zärtlichen Gefühlen getrieben. Diese junge Elfe würde ewig leben und dennoch jung bleiben. Also war es nur natürlich, dass sie im Laufe eines Jahrhunderts und des Wechsels der Jahreszeiten den ein oder anderen Liebhaber erwählte. Doch wirklich geliebt hatte sie noch nicht.

Immer wieder flammten Kriege in Mithgar auf, wenngleich die meisten nur wenig Einfluss auf das große Ganze hatten und eher Scharmützel waren. Folglich hatten Riatha im Ardental und Talar im Darda Erynian nur wenig damit zu schaffen.

Selbst der Krieg des Usurpators berührte ihre Interessen nicht, wenngleich andere Elfen mit hineingezogen wurden.

Vielleicht aber ritten Riatha und Talar auch eben deshalb nicht in diesen Krieg, weil andere Lian in ihm kämpften. Denn die Menschheit vertrug nur eine hintergründige, kaum spürbare Anleitung.

Gelegentlich jedoch nahm Riatha Dúnamis und zog mit ihrem Schwert zu einem Missionszug.

Ebenso, wie ihr Bruder es tat.

Was auch nur zu erwarten war, denn schließlich hüteten die Lian-Wächter die Welt und beschützten Adons Geschöpfe davor, sich zu vernichten.

Dennoch waren all diese Abenteuer, die Riatha bestand, nur Stationen auf dem Weg zu keinem vornehmlichen Ziel. Hätte sie den Lauf der Zeit verfolgt, so hätte sie gewusst, dass mehr als vier Jahrtausende verstrichen, seit sie auf die Mittelebene gekommen war, einundvierzig Jahrhunderte, oder vielleicht auch zwei- oder dreiundvierzig. Diese lange Spanne war verstrichen, als schließlich Ereignisse dräuten, welche die ganze Schöpfung erschüttern sollten. Doch wie die anderen ihres Volkes auch hatte sie dem Fortgang der Zeit nur wenig Beachtung geschenkt. Selbst als mehr denn vier Jahrtausende verstrichen waren, stand sie doch nach wie vor am Beginn ihres Lebens, ohne zu bemerken, an welch entscheidenden Kreuzweg sie nun gekommen war.

Denn der Große Weber hatte in dieser Spanne viele bedeutende Fäden aufgenommen und wirkte sie jetzt zu einem Teppich des Schicksals, der das zukünftige Gesicht der Welt bestimmen sollte.

Eines Tages kam ein Bote aus dem Darda Erynian ins Ardental. Er überbrachte Riatha eine Botschaft von Talar. Die schlanke, goldblonde Elfe blickte voller Freude auf die Schriftrolle, die ihr ebenso schlanker wie blonder Bruder ihr geschickt hatte.

Sie brach das Siegel und las die Worte, die jedoch keinen Grund zur Freude gaben.

Riatha,

es lebt ein Monster irgendwo im Grimmwall, das die Unschuldigen und Schutzlosen jagt. Ich spreche hier nicht von den Draedan in Drimmenheim, sondern von einem wahren Schlächter. Meine Schwester, sollte mir etwas zustoßen, dann mache dich auf die Suche nach Baron Stoke, denn er ist das Böse, das ich jage.

Talar

Eine kalte Hand schien Riathas Herz zu packen, und dabei tauchte das Gesicht ihres Bruders vor ihrem inneren Auge auf. Seine grauen Augen schimmerten stählern.

Zwei Jahre verstrichen, dann noch ein weiteres, insgesamt zwölf Jahreszeiten, von Talar aber kam keine weitere Kunde zu ihr. Wo er war und was er tat, sie wusste es nicht.

Es war Sommer, und Riatha bereitete sich mit den anderen Lian auf einen Kampf vor. Ihre Gedanken drehten sich um Strategien und Pläne. Doch als sie ihr Schwert holte, fiel ihr Blick auf Talars Schriftrolle in der Truhe. Sie las sie erneut, und wieder verkrampfte eine dunkle Vorahnung ihr Herz. Sie tat dieses Gefühl jedoch damit ab, dass es allein die Sorge um sein Wohlergehen wäre. Dann legte sie die Schriftrolle wieder zur Seite und setzte ihre Vorbereitungen fort, denn die Elfen aus Ardental hatten sich mit den Menschen aus dem Wilderland verbündet, um an jenem Tag den Ödwald von den Rûpt zu reinigen, die Karawanen und Reisende überfielen, die auf der Querlandstraße durch diesen düsteren Wald zogen. Da sich im Ödwald viele Rucha, Loka, Ghûlka, Trolle und dergleichen verbargen, musste man damit rechnen, dass dieser Feldzug mehrere Monate dauern würde.

Zudem hielten sich die Gerüchte, dass unter den Rûpt im Ödwald einer der letzten Gargoni lebte, ein ebenso gefährlicher Fürchterich wie der Draedan von Drimmenheim. Die Lian hatten keinen Magier in ihren Reihen, der sich dieses Monsters hätte annehmen können.

Gerade schnallte sich Riatha Dúnamis auf den Rücken, als Aravan mit seinem Kristallspeer in der Hand in ihre Kate trat. »Fertig?« Sie nickte, und gemeinsam traten sie in das Licht der Sonne hinaus, wo ihre Pferde warteten.

Die berittenen Lian-Wächter durchquerten das Tal, erklommen die westliche Flanke und ritten durch den in den Fels geschlagenen Tunnel, von wo aus sie den nordöstlichen Rand dieses gefährlichen Waldes bald erreichen würden. Und mitten in dieser grimmigen Prozession befanden sich auch Riatha und Aravan.

Nach dem Sommer, in dem die Rûpt aus dem Ödwald vertrieben wurden, kam der Herbst, in dem sich Riatha mit der Ernte beschäftigte. Sie hatte noch immer keine neue Kunde von Talar, doch er war ja ein erfahrener Krieger, der kein leichtsinniges Risiko eingehen würde. Dennoch, noch nie hatte sie so lange nichts von ihm gehört.

Schließlich kam jener schreckliche Tag.

Riatha kehrte gerade von den Feldern zurück, wo sie das Getreide gesenst hatte, als sie auf die Knie gezwungen wurde. Ihre Haut schien zu brennen, ihr Herz hämmerte, und der reinste Horror wälzte sich über sie hinweg. Durch Augen, die nicht die ihren waren, sah sie das Gesicht eines Mannes, ein schmales, blasses, wölfisches Gesicht mit gelben Augen, das sich zu einem wahnsinnigen Lachen verzerrte; das Gesicht eines tödlichen Widersachers.

In seinen langen Fingern hielt er ein Abhäutmesser mit dünner Klinge.

Stoke!, kam eine lautlose Botschaft.

Der Schmerz begann an ihren Fußsohlen und stach wie spitze Lanzen ihre Beine hinauf, als würde ihr die Haut bei lebendigem Leib abgezogen werden. Sie kreischte vor Qual auf, schlug die Hände vors Gesicht; die anderen Lian eilten an ihre Seite, doch tun konnten sie nichts.

Unerträglicher Schmerz brannte von ihren Füßen ihre Beine hinauf, während man ihr die Haut abzog, dann weiter, ihren Rücken entlang, über ihre Schultern und Arme bis zu den Händen; schließlich auf der Stirn, dem Gesicht und Hals, dann über ihre Brust hinab bis zum Bauch. Sie kreischte und schrie, wurde bei lebendigem Leib gehäutet, bis der Schmerz ihr ganzes Sein ausfüllte. Wimmernd fiel sie zu Boden und in eine kochende, blutrote Hölle, während das schiere Entsetzen ihren Geist ausfüllte, dazu Furcht, Hass und eben dieser unsägliche Schmerz.

Dann wurde sie durchbohrt, aufgespießt: dieses fürchterliche Instrument drang plötzlich aus ihrem Bauch.

Ein letzter, erlöschender Schrei gellte durch ihren Geist. *Stoke ...!*

Nichts. Der Schmerz war fort. Das Entsetzen jedoch, es blieb.

Sowie auch der Hass und die Wut.

Riatha weinte, wütete und schrie vor Qual und Verzweiflung. Denn sie hatte einen Todessermon erhalten: Talar war bestialisch ermordet worden.

Von Stoke.

Drei Jahre verstrichen, achtunddreißig Monde. In dieser Zeit suchte Riatha nach Stoke.

Sie durchstreifte systematisch den Grimmwall, lauschte auf jedes Gerücht, das von einem Feind munkelte, jedoch vergeblich.

Doch der Wintereinbruch trug auch ein Wispern zu ihr: *Vulfcwmb, in Aven,* zischte es. *Er ist wieder da. Der Baron.*

Ein Schneesturm tobte, als Riatha auf die zerstörten Karren stieß, deren Zugpferde abgeschlachtet worden waren. Unter einem der umgestürzten Wagen jedoch fand sie einen bewusstlosen Wurrling, Tomlin – Kiesel.

Ihre Geschichte wurde an anderer Stelle zur Genüge erzählt; es reicht also aus zu sagen, dass sie den verwundeten Wurrling nach Vulfcwmb in Sicherheit brachte. Dort wurde er gesund gepflegt und man sagte ihm, dass Vulgs und die Rûpt die Wagenkarawane angegriffen, seinen Vater und seine Mutter sowie seine Dammia Petal und ihren Vater weggeschleppt hatten.

In Vulfcwmb gesellte sich ein Baeron zu Riatha und Tomlin, Urus, der ebenfalls Stoke suchte. Auch er wollte sich rächen.

Zusammen fanden sie Stokes Unterschlupf, wurden jedoch gefangen genommen und zu Petal in eine Zelle geworfen, denn sie hatte überlebt. Die anderen Wurrlinge jedoch waren tatsächlich bei lebendigem Leib gehäutet worden – von Baron Stoke, dem Vulgmeister.

Stoke kam bald, um auch sie zu peinigen, und verwandelte sich in einen gewaltigen Vulg. Doch es gelang ihnen zu fliehen, obwohl es sie fast das Leben kostete. Urus traf es besonders schlimm.

Stoke dagegen konnte ihrer Rache in jener Nacht entkommen, und in Gestalt eines gewaltigen ... *Dinges* flog er auf ledernen Schwingen vor ihrer Wut davon in den Grimmwall. Sie jedoch schworen sich, ihn zu jagen, wo er auch sein mochte.

Zwei Jahre verstrichen, und erneut kamen ihnen Gerüchte über Stokes Verbleib zu Ohren.

Sie spürten ihn im Drachenschlund auf, doch das Monster entkam ihrem Zorn ein zweites Mal. Riatha immerhin kam bis auf Schwertlänge an ihn heran, bevor sie beinahe von ihm getötet wurde. Erneut verschwand er in der Versenkung, sie verloren seine Fährte.

Siebzehn Jahre verstrichen, bis schließlich Kunde vom mysteriösen Verschwinden einiger Leute in Inge, nahe Aralan in der Nähe des Grimmwall, sie erreichte. Vielleicht war auch dafür Stoke verantwortlich.

Erneut machten sich die vier auf, das Monster zu erlegen. In einem Kloster über dem Großen Nord-Gletscher in dem unruhigen Land in der Nähe der Drachenhöhle fanden sie schließlich Baron Stoke.

Fast wäre er wieder entkommen, als dieses *Ding* mit den ledrigen Schwingen. Aber Tomlin verwundete ihn mit einer silbernen Kugel aus seiner Schleuder; mit einer versehrten Schwinge taumelte die Kreatur zu Boden und landete schließlich auf dem weißen Gletscher.

Es war der Vorabend des Frühlingstages, der Jahrestag des Todes vom Schwarzen Kalgalath, und das Land wurde von gewaltigen Beben erschüttert. Der Gletscher selbst bebte und knackte, als sich überall tiefe Spalten öffneten und wieder schlossen.

Trotz dieser Widrigkeiten gelang es ihnen, zu der Stelle zu gelangen, wo Stoke niedergegangen war. Als sie sich verteilten, um ihn zu suchen, hätte Stoke beinahe Riatha getötet. Er schlug sie mit einem großen, scharfen Stück Eis bewusstlos. Doch bevor er die Elfe köpfen konnte, traf Petal ihn trotz der Entfernung mit einem ihrer silbernen Wurfmesser im linken Oberarm. Stoke heulte vor Qual auf, denn silberne Waffen waren sein Verderben. So nahm er die Gestalt eines Vulg an und wollte über einen gähnenden Spalt springen, der sich im Gletscher aufgetan hatte. Gerade als er sprang, kam jedoch Urus herbeigeeilt, setzte ebenfalls zum Sprung an und erwischte den Feind mitten in der Luft. Im tödlichen Kampf umkrallt stürzten sie gemeinsam in die schwarze Tiefe. Unmittelbar danach schloss sich der Spalt mit einem berstenden Krachen.

Fünf Jahre später, es mögen auch sechs gewesen sein, da die Elfen die Zeit ja bekanntlich nicht so bemessen wie Menschen es tun, kehrte Riatha zu dem Kloster über dem Gletscher zurück. Dorthin – in jenes bebende Land, eingehüllt von ihren Erinnerungen an Vulfcwmb und den Drachenschlund und an die Abtei, die sich groß, grau und unbeteiligt vor ihr erhob.

»... Ai oi! Das ist kein Kind. Das ist ein Waldan! ...«
»... Tomlin. Meine Name ist Tomlin. Aber alle nennen mich Tom, oder Tommy ... oder auch Kiesel, wegen dieser Schleudersteine, die ich immer mit mir herumtrage ...«
»... frage ich noch einmal: Wird jemand mit uns gehen? ...«
»... Ich bin Urus, und ich gehe ...«
»... Ich bin Urus ...«
»... und ich werde mit Euch gehen ...«

Riatha holte tief Luft, überquerte den gepflasterten Hof und trat vor das geschlossene, hölzerne Portal des großen, rechteckigen Gebäudes, aus dessen Mitte sich ein Turm in den dunklen Himmel erhob. Sie zog Dúnamis, stieß den linken Türflügel auf und erinnerte sich erneut an die Stimmen aus einer anderen Zeit.

»... Gib acht, auch wenn es verlassen scheint ...«

Sie trat leise durch einen leeren Vorraum und durch ein weiteres Portal hindurch in den großen, offenen Raum.

»... ein Saal der Verehrung ...«

Und am Ende der schattigen Empore stand ein Altar des Adon. Visionen der Vergangenheit erfüllten sie.

Hinter dem Altar liegt auf dem Boden ein Weihwasserwedel, ein kleines Gerät, um geweihtes Wasser bei einer Zeremonie zu versprühen. Urus hob es. Es schien aus Elfenbein und Silber zu bestehen; doch wenn Stoke hier war, warum ließ er einen solchen Schatz dann einfach liegen? ...

Die Elfe schaute zur Empore hinauf, während ein leichtes Beben den Boden erklingen ließ.

... knurrende Vulgs, heulende, ihre Krummsäbel schwingende Rucha und Loka; das Klirren von Stahl auf Stahl; Petal, die hoch oben über ein Seil lief, das von Empore zu Empore gespannt war ...

Doch jetzt erfüllte nur die Stille der Verlassenheit diesen schattigen Saal.

Riatha schüttelte die Erinnerungen ab und trat durch das hölzerne Portal wieder hinaus und unter den düsteren Himmel, während der Wind sie wütend umrauschte. Erneut zitterte die Erde.

Die Elfe ließ ihr Pferd in der Box des Stalles und ging von dem Kloster aus auf den von Spalten und Schluchten zerfressenen Gletscher zu. Ihre Gedanken waren jetzt bei denen, um die zu trauern sie gekommen war.

... Dunkelheit sammelt sich am Ende der Zelle, umhüllt Urus, während sich seine Gestalt wandelt, er sich auf alle viere fallen lässt, lange, schwarze Krallen sichtbar werden und wie Elfenbein schimmernde Reißzähne. Und wo Urus gewesen war, stand jetzt ein gewaltiger Bär! ...

Riatha blickte über das endlose Eis des Gletschers. *Ich bin gekommen, um an deinem Grab zu trauern, und doch weiß ich nicht, ob ich die Stelle finde, an der du fielst, mein Urus.*

Sie trat auf den gewaltigen, gefrorenen Fluss hinaus, umging Spalten und Höhlen in jenem Eis und schaute sich immer wieder zu dem Kloster um, damit sie sich orientieren konnte. Schließlich kam sie an eine Stelle, wo Urus, wie ihr schien, mit Stoke in eine Spalte gesprungen war, die sich schon lange geschlossen hatte. Sie suchte nach einem Anzeichen dafür, dass dies der Ort war. Aber so sehr sie sich auch bemühte, es blieb fruchtlos. Schließlich machte sie sich mit schwerem Herzen auf den Rückweg zum Kloster.

In dieser Nacht fiel Riatha in diese meditative Trance, die für Elfen wie Schlaf ist, obwohl sie gelegentlich auch wirklich tief schlafen. Ihr Verstand flanierte derweil durch Erinnerungen, einige erfreulich, andere dagegen schlimm.

»... Liebe niemals einen Sterblichen, denn die Zeit wird kommen, da er dir geraubt wird ...«

»Ich werde auf dich hören, Mutter, und mein Herz davor bewahren ...«

»... Ich bin Urus. Ich werde mit Euch gehen ...«

Whumm! Ein brennender Deckenbalken krachte auf sie herab ...

Riatha schreckte aus der Trance hoch.

Ihre Stute stand schlafend im Stall. Ein kalter Wind fegte durch das Dachgebälk. Die Elfe schüttelte die Decke von ihren Schultern und kletterte von der Tenne herunter. Sie trat nach draußen und betrachtete den Himmel. Noch immer war es bewölkt, kein einziger Stern war zu sehen.

Links von ihr ragte der Turm des Klosters empor. *Vielleicht kann ich von dort aus erkennen, wo Stoke auf dem Gletscher gelandet ist. Und so auch herausfinden, wo Urus starb.*

Riatha schnallte sich Dúnamis auf den Rücken, weil sie nicht unbewaffnet in das dunkle Kloster gehen wollte, nicht hier, im Grimmwall.

Als sie auf das Gebäude zuging, schossen ihr erneut Erinnerungen durch den Kopf.

... starke Arme hoben sie. Um sie herum fauchte das Feuer, als der Drachenschlund brannte. Der herabstürzende Balken hatte ihr den linken Arm und das linke Bein gebrochen, aber die Wurrlinge hatten sie darunter herausgezogen, während Urus das brennende Fachwerk emporstemmte. Seine Arme waren verbrannt, doch er trug sie trotzdem durch das Feuer, während um sie herum Decken zusammenbrachen, Balken herabstürzten und die Flammen wüteten ...

Riatha trat in den Saal der Verehrung, ging am Altar des Adon vorbei und durchquerte die Sakristei, die dahinter lag. Schließlich erreichte sie eine Wendeltreppe, die durch die Dunkelheit zum Glockenturm hinaufführte.

Sie klomm die Stufen hoch, und ihre Erinnerungen eilten ihr voraus.

Urus sprang die Treppe hinauf, dicht gefolgt von Riatha. Sie konnte hoch über sich Stoke hören, der weiter nach oben flüchtete. Die Waerlinga folgten ihr auf dem Fuß. Sie hielt Dúnamis in der Hand, wohl wissend, dass Stoke des Todes war, wenn er in ihre Reichweite kam.
Sie lief weiter, dicht hinter Urus her, während der Baeron in grimmigem Schweigen Stoke verfolgte.

Schließlich kamen sie an eine Falltür und von dort in eine Kammer, in der an massiven Holzbalken große eiserne Glocken hingen, die jetzt schwiegen.

Im nächsten Augenblick brüllte Urus seine Wut in die Nacht hinaus. In dem hellen Mondlicht konnte Riatha eine Gestalt mit dunklen Schwingen erkennen, die durch die Luft peitschten – Stoke entkam.

Doch da tauchte Kiesel neben ihr auf und feuerte eine seiner silbernen Schleuderkugeln ab …

Riatha erreichte die Spitze des Glockenturms. Sie drängte sich an den schweigenden, eisernen Glocken vorbei und trat unter den Bogen, von dem aus man auf den Gletscher hinausblicken konnte. Sie ließ ihren Blick schweifen und sah …

Ein Licht? Auf dem Gletscher? In der Ferne schimmerte es sanft auf dem weißen Eis. Schwach, fast wie ein Glühwürmchen, aber dennoch, es war ein Schein. Und es bewegte sich nicht, sondern schien regungslos auf dem Eis zu verharren.

Riatha merkte sich die Stelle. Ihr Herz hämmerte, als sie von dem Turm hinabeilte, durch den Saal der Verehrung hindurch. Erneut trat sie auf den Gletscher hinaus und suchte sich den Weg an den Spalten und Rissen vorbei. Sie lief über das Eisfeld, bis sie an die Stelle kam, die sie vom Glockenturm aus gesehen hatte.

Hier war das Eis nahezu durchsichtig, ein goldener Schimmer lag auf dem Gletscher. Seine Quelle war tief, sehr tief in seinem Inneren verborgen. Riatha blickte zum Kloster hinauf. Diese Stelle befand sich ganz in der Nähe des Ortes, an dem sie tagsüber gesucht hatte. *Sicher war es hier, wo Urus hinabgestürzt war, jedenfalls so genau, wie ich es sagen kann. Aber ich war damals näher am Kloster, und … der Fluss! Der Gletscher fließt, bewegt sich! Urus ist dort gefallen, aber in den Jahreszeiten danach hat sich das Eis fortbewegt!*

Riathas Herz hämmerte, und es drängte sie, etwas zu tun, irgendetwas. Nur was? Auch wenn dieses Licht wirklich die Stelle markierte, an der Urus hinabgestürzt war, seine Leiche lag dennoch Hunderte von Metern in der Tiefe, für immer gefangen in diesem durchscheinenden Abgrund. *Nein! Nicht für immer! Nur so lange, bis das Eis die gewaltige Nordflanke erreicht. Wenn das geschieht, mein Urus, dann werde ich dort sein, um dich in Empfang zu nehmen und dafür zu sorgen, dass du ein angemessenes Begräbnis erhältst.*

Riatha weinte, dass ihr die Tränen über die Wangen liefen. Sie kniete sich auf das Eis und legte ihre Hände auf den goldenen Schimmer, suchte ... Linderung, Trost. Währenddessen bebte ab und zu die Welt, wurde der Gletscher von den Nachwehen von Kalgalaths Untergang erschüttert.

Der Morgen graute bereits, als Riatha zum Kloster zurückkehrte. Sie hatte die Stelle sorgfältig markiert, an der das goldene Licht schimmerte, dessen weiches Glühen an ihrem Herzen zerrte.

Sie ritt noch am selben Tag davon, ließ das Kloster hinter sich, dessen eiserne Glocken das letzte Mal bei jenem starken Beben erklungen waren, bei dem auch Urus den Tod gefunden hatte.

Wieder verstrichen Jahreszeiten um Jahreszeiten. Dann kam der Tag, an dem Rael ihre Weissagung verkündete, und Riatha machte sich auf den Weg, sie Kiesel und Petal zu verkünden, den beiden Wurrlingen, die grimmig auf dieses Omen reagierten, aber gelobten, ihre Erstgeborenen durch die Zeiten hindurch anzuweisen.

Mehr Jahre vergingen, der Winterkrieg verheerte das Land, und mit ihm der Dusterschlund. Riatha war zu jener

Zeit in Riamon und gesellte sich zu den dortigen Lian-Wächtern, um erneut gegen Modrus Handlanger zu Felde zu ziehen.

Viele Todessermone wehten von den Schlachtfeldern kalt durch die Seelen der Elfen, vor allem von der Schlacht um Kregyn. Aber überall fochten die Überlebenden weiter, riskierten den Tod, obschon sie ihre Leben ungeachtet ihrer Lebensalter gerade erst begannen. Es nicht zu tun hätte bedeutet, sich Modrus und Gyphons ewiger Verdammnis zu unterwerfen.

Als dieser Krieg schließlich endete, kehrte die Elfe erneut ins Ardental zurück.

Jahreszeiten und Jahre versanken in der Vergangenheit, bis die Kunde sie erreichte, dass Tomlin, Kiesel, gestorben war, zwei Jahre, bevor vier Dekaden nach dem Ende des Winterkrieges verstrichen waren. Riatha reiste zu den Waldsenken, spielte ihre Harfe und besang an Tomlins Grab seine Taten. Sie erneuerte den Glauben mit Worten, die vor langen Jahren bei einer anderen Totenwache gesprochen worden waren: nämlich bei der Versammlung der Baeron auf der Lichtung im Großwald, wo Tomlin und sie von Urus Taten gesprochen und gesungen hatten. Damals hatte Tomlin angemerkt, er würde sich sehr freuen, sollte jemand nach seinem Tod von seinen Taten singen. Also stand Riatha an seiner Grabstätte, zupfte die schimmernden Saiten ihrer silbernen Harfe und ließ ihre klare Stimme in die laue Luft emporsteigen und sang Tomlins Seele in den Himmel.

Petal nahm sie anschließend mit sich nach Ardental, wo die Damman geachtet und geehrt lebte.

Sieben Jahre verstrichen, bis Petal schließlich ihrer eigenen Sterblichkeit erlag. Riatha reiste wieder zu den Waldsenken, um Petal neben ihrem Lebensmenschen zu bestatten, dort in der fruchtbaren Erde des Osttals. Wieder sang sie am Grab einer geliebten Gefährtin und spielte ihre silberne Harfe. Sie meißelte auch einen Grabstein und stellte ihn selbst auf, beschriftet in Sylva, der Sprache der Lian. Die Inschrift besagte nur: *Geliebte Freunde.*

In den nächsten Jahrhunderten unternahm Riatha häufig die lange Reise zum Großen Nord-Gletscher und fand jedes Mal des Nachts das sanfte, goldene Glühen. Es driftete mit den Jahren langsam nach Nordosten, bewegt von der Masse des Eises, das nie aufhörte zu fließen, sich bei seiner Reise aber durch die Äonen niemals zu beeilen schien. Und jedes Mal weinte Riatha um ihren geliebten Urus.

In derselben langen Epoche lernte Riatha den Beruf des Försters und auch, wie man einen Bogen benutzte; zudem verbesserte sie ihre Fertigkeiten, was das Klettern betraf, studierte die Kunst der Verstohlenheit, des Schleichens und Verbergens, denn der Grimmwall wurde erneut zu einem gefährlichen Ort. Rûpt und ihresgleichen wagten sich nach der vernichtenden Niederlage am Ende des Winterkrieges und jener im Krieg um Drimmenheim wieder hervor. Riathas Besuche am Großen Nord-Gletscher, um dort zu trauern, wurden zusehends riskantere Unternehmungen.

Trotz der Gefahr jedoch unternahm die Elfe jedes Vierteljahrhundert eine Pilgerreise zu der Stelle, an der Urus gefallen war. Einmal nahm sie Aravan mit, denn er wollte das verlassene Kloster mit den eisernen Glocken sehen, die läuteten, sobald die Erde heftig bebte. Der Elf suchte noch immer nach dem verschwundenen Silbernen Schwert. Riatha nahm ihn auch zu den Ruinen des Drachenschlundes mit und zu den Trümmern von Stokes Turm in der Nähe von Vulfcwmb, damit er auch dort nach der Klinge des Morgengrauens suchen konnte, wenngleich vergeblich.

Während Jahrzehnt um Jahrzehnt verstrich und das Jahrhundert erodierte, vernachlässigte Riatha jedoch nicht ihre

Studien in Musik und Malerei, in der Kunst des Gärtnerns und dem Weben von Seide. Außerdem vertiefte sie sich in die Mysterien der Kristalle, der Juwelen und kostbarer Metalle.

Immer jedoch schärfte sie ihre Geschicklichkeit im Umgang mit dem Schwert und übte fleißig mit anderen Schwertmeistern der Elfen.

All diese Fähigkeiten eignete sie sich an, in dem Wissen, dass noch mehr, viel mehr kommen würden. Sie stand schließlich erst am Anfang ihres jungen Lebens.

Winter kamen und gingen, Winter, in denen die Erde schlief, Jahrhunderte dieser Jahreszeitenwechsel. Jedem Winter folgte das Erwachen des Frühlings, Frühling um Frühling. Denen wiederum Sommer folgten, helle, strahlende Sommer, mit ihren Zeiten des Wachsens. Dann die Herbste, die Erntezeit, jene Zeiten, da man Früchte der Erde einzufahren hatte.

So vergingen Jahrhunderte, Tropfen aus dem weiten Ozean ihrer Jahre. Und während die Sterne ihre uralten Kurse über den Himmel zogen, bildeten sie Omen und Vorzeichen für jeden, der die Gabe besaß, diese veränderlichen Muster lesen zu können. Und immer weiter floss der Gletscher, bewegte sich ständig den Hang hinab, und mit ihm driftete das Licht weit unten in seinen Tiefen, nach Norden und Osten, nach außen, weg von dem Hauptstrom und zum östlichen Rand hin. Aber immer war es in Bewegung. Langsam, ganz langsam näherte sich die Zeit, in der das Auge des Jägers durch die Nächte schweifen würde, näherte sich immer und immer mehr, bis es nur noch zwei und ein halbes Jahr dauerte.

Während einer Ernte, fast ein Jahrtausend nach dem Ende des Winterkrieges, senste Riatha in einem Feld Getreide. Jemand rief sie an, von hinten, vom Rand des Feldes aus. Als die Elfe sich umdrehte, ihre Hand an die Stirn legte, um ihre Augen vor der Sonne zu schützen, sah sie Jandrel, und zwar zu Pferde, und neben ihm zwei Waerlinga auf ihren Ponys.

Riatha reichte einem der Ährenleser wortlos ihre Sense und ging auf ihre Besucher zu. Sie kannte zwar die Namen dieser Waerlinga nicht, wusste aber dennoch, wer sie waren ...

... Die Letztgeborenen Erstgeborenen waren gekommen.

10. Kapitel

ANKUNFT

Vorabend des Frühlingstages, 5E988
[Gegenwart]

Ahuu ... Wieder hallte das Geheul eines jagenden Vulg von den Spalten und Klippen herab. Riatha sah Aravan an, als suche sie eine Bestätigung.

Aravan trug unter seinem Wams einen blauen Stein, an einem Lederband um den Hals hängend, einen Stein, der jetzt eiskalt war. »Ja«, stimmte er ihr zu. »Ich denke dasselbe wie du ... Es sind Vulgs, ein ganzes Rudel, und sie jagen.«

Faerlin spähte über den Hang hinab in die gewundene Schlucht, die trotz des Lichts der Sterne im Dunkel lag. Die Damman starrte auf die Stelle, wo der Hang hinter einer Biegung verschwand. »Ich kann sie nicht sehen.«

Gwylly blickte suchend in die andere Richtung, den Hang hinauf, soweit die Felswände es zuließen. »Ich auch nicht.«

Immer noch polterten Felsbrocken und Eis von den Klippen herab, gelockert von den Erschütterungen des beunruhigten Landes. Und nach wie vor tönte schwach in der Ferne das Läuten von Eisernen Glocken.

Faerlin wandte sich an Riatha. »Vielleicht sind sie auf unserer Fährte, aber wegen dieser Echos kann ich nicht genau sagen, woher das Heulen der Vulgs kommt.«

Der Mond war zwar aufgegangen, verbarg sich jedoch noch hinter dem hohen, östlichen Rand der tiefen Schlucht. Sein fahler, silbriger Schein erhellte jedoch den oberen Teil der westlichen Flanke. Die Elfe betrachtete den mondbeschienen Fels und das glitzernde Eis, während sie ihre Möglichkeiten abwog. »Woher die Vulgs kommen, ob von vorn oder von hinten, kann auch ich nicht sagen. Aber ob sie nun hangaufwärts oder -abwärts angreifen: Wir sind nicht schnell genug, um ihnen zu Fuß entkommen zu können.«

Als wollte es Riathas Worte unterstreichen, gellte das Heulen durch die Schlucht, zurückgeworfen von den Granitwänden, lauter und näher.

Faerlin griff nach einem Wurfmesser. »Stellen wir uns zum Kampf?«

»Nein«, erwiderte Riatha grimmig. »Vulgs sind ein gefährlicher Feind. Ein Rudel von ihnen würde uns überwältigen.«

Gereizt stopfte Gwylly ein Geschoss in seine Gürteltasche zurück. »Wenn wir nicht weglaufen und nicht kämpfen, was tun wir denn dann? Wohin sollen wir uns wenden?«

»Nach oben«, verkündete Riatha schließlich. »Wir müssen die helle Bergflanke hinaufklettern.«

Ungläubig stieß Gwylly die Luft aus. »Klettern? Da hinauf? Aber das Eis, die Felsbrocken, die herunterfallen ...«

»Keinen Widerspruch, Gwylly«, unterbrach ihn Riatha. »Fliehen wir zu Fuß, so bedeutet das unseren sicheren Tod. Wenn wir jedoch den Fels hochklettern, haben wir eine Chance. Vulgs können nicht klettern.«

Sie marschierten eilig zu der westlichen Flanke der Schlucht, von der immer noch gelegentlich ein Felsbrocken oder eine Eisplatte herunterstürzte. Das Heulen der Vulgs wurde immer lauter.

Die Elfe ging voraus und betrachtete prüfend die Wand. Der Elf bildete mit stoßbereitem Speer die Nachhut. Die beiden Wurrlinge bemühten sich in der Mitte, Schritt zu halten. Sie keuchten vor Anstrengung, denn der Schnee war für Wesen von ihrer Gestalt sehr tief. Wieder zerriss das Heulen die Nacht. »Da fällt mir ein«, sagte Aravan finster, »dass dort, wo Vulgs laufen, zumeist auch Rûpt nicht weit sind.«

Gwylly war blass und Faerlin hatte ihre Lippen zu einem grimmigen Strich zusammengepresst. Über ihnen zog das Auge des Jägers zwischen den funkelnden Sternen seine Bahn. »Wenn auch Rûpt da sind«, erklärte Riatha, »müssen wir rasch machen. Denn im Gegensatz zu den Vulgs vermögen Rucha und Loka zu klettern.«

»Wenn die Brut kommt«, sagte Gwylly, »haben sie dann Bogenschützen dabei?«

»Wenn Rucha oder Loka bei den Vulgs sind, werden einige diese gewundenen Bögen und schwarzschaftigen Pfeile gewiss dabei haben.«

»Dann sollten wir wirklich schnell hinaufklettern«, keuchte Gwylly. Mit seinen kurzen Beinen arbeitete er sich durch den Schnee.

»Weniger reden und mehr laufen, mein Bokkerer«, zischte Faerlin, die neben ihm lief. »Spar dir den Atem für den Aufstieg.«

Als sie die westliche Flanke der Schlucht erreichten, lugte der Mond über den östlichen Rand der Felsklippen. Sie kletterten einen Hang aus Geröll und Eis und Schnee hinauf, der bis an den Fuß der Flanke reichte, Trümmer, die während der Erdstöße heruntergeregnet waren. Als sie oben ankamen, streifte Riatha ihren Rucksack ab und befahl den anderen, es ihr gleichzutun. Dann holte sie ihre Kletterausrüstung rasch heraus: Harnisch, Karabinerhaken, Felsnägel, Keile, Eispickel und dergleichen.

Als Gwylly seine Ausrüstung anlegte, warf er einen Blick auf den Hang. »Da kommen sie«, meinte er erschreckt und deutete auf dunkle Schatten, die um eine Biegung trotteten, einer nach dem anderen, wie eine einzige lange, vielgliedrige Kreatur.

Gwylly und Faerlin schienen vom Anblick der schwarzen, wolfsähnlichen Kreaturen wie gelähmt. Aber es waren keine Wölfe. Denn jeder Vulg war so groß wie ein Pony, dabei jedoch schlank, schnell und wild.

»Rasch, Aravan!«, stieß Riatha hervor. Ihre Stimme klang dennoch fest und beherrscht. »Binde die Rucksäcke zusammen. Wir ziehen sie hinter uns hinauf.«

Aravan schlang sich den Speer auf den Rücken und band die Rucksäcke mit seinem Seil zusammen, während Riatha rasch die restlichen drei Taue zu einem einzigen verknüpfte. Danach klammerte sie sich und ihre drei Gefährten in regelmäßigen Abständen daran fest: Zuerst sich selbst, dann Faerlin, Gwylly und zuletzt Aravan. Unter dem Heulen der Vulgs, die den Hang hinaufrannten, drehte sich die Elfe zu der Felswand um, suchte eine sichere Route, entschied sich und begann den Aufstieg.

Die Vulgs stürmten heran. Sie waren kaum mehr als eine halbe Meile entfernt. Ihre Schnelligkeit flößte Furcht ein. »Klettert hoch!«, fauchte Aravan Gwylly und Faerlin zu. Er selbst kniete immer noch neben den Rucksäcken. »Sie haben uns in weniger als zehn Herzschlägen erreicht.«

Die Wurrlinge gehorchten hastig und folgten Riatha, die schnell die Flanke hinaufkletterte.

Jetzt sahen die Vulgs ihre Beute – und ihr Blaffen hallte drohend durch die tiefe Schlucht. Die wilden Bestien sprangen vorwärts, bereit, ihre Opfer zu zerfleischen.

Während die gelbäugigen Monster mit ihren giftigen Fängen auf ihn zustürmten, schnürte Aravan den letzten Knoten, drehte sich herum, sprang in den Fels und kletterte hinauf. Vor ihm stiegen Gwylly und Faerlin, und vor den Wurrlingen Riatha. Das Land erbebte erneut; Eis- und Felsbrocken polterten herunter, doch sie stiegen weiter hinan, achteten nicht auf den Steinschlag. Aravan kam als Letzter. Er hing zwar etwa sieben Meter im Fels, war aber nicht sicher, denn der Rudelführer sprang in dem Augenblick auf die Halde aus Geröll und Eis. Er war nur noch einige Meter von der Beute über ihm entfernt und sprang mit einem gutturalen Knurren ab. »Verankert!«, schrie Gwylly. Aravan stieß sich, am Seil hängend und dem Geschick des Wurrlings vertrauend, von der Felswand ab, schwang nach außen. Im selben Augenblick flog der Vulg heran, krachte jedoch nur gegen den Fels, genau an der Stelle, an der Aravan soeben noch gewesen war. Die schwarze Bestie jaulte, stürzte in das Rudel zurück, das ihm gefolgt war, und polterte den Hang hinab, bevor sie sich wieder aufrappelte. Über den Vulgs schwang Aravan in einem flachen Bogen über das Antlitz des blanken, steilen Felsen, gehalten von dem Seil, das Gwylly verankert hatte. Als er den Endpunkt seines Schwunges erreicht hatte, gelang es Aravan, sich an einem Felsvorsprung festzuhalten und das Pendeln zu unterbrechen. Unter ihm sprangen die Vulgs knurrend hoch, kratzten mit ihren Klauen an dem blanken Gestein, reichten jedoch nicht ganz an Aravan heran. Es fehlten ihnen die wenigen Zentimeter, die ihnen der mangelnde Anlauf raubte. Rasch kletterte Aravan weiter hinauf und brachte einen sicheren Abstand zwischen sich und die geifernden Bestien unter ihm, die dennoch unablässig an der Felswand hinaufsprangen.

Als der Elf den Vorsprung erreichte, auf dem Gwylly stand, fand er einen zitternden Wurrling vor. Mit bebenden Händen deutete Gwylly auf den Keil, den er in einen Spalt geschlagen und an dessen Haken er das Seil befestigt hatte. »Ich wusste es nicht genau.« Gwyllys Stimme zitterte, und er hatte Tränen in den Augen. »Ich wusste nicht genau, ob er halten würde. Ich habe ihn zwar hineingerammt und eingehakt, aber ich war mir nicht sicher.«

Aravan blickte dem Bokker in die grünen Augen und lächelte. »Ihr habt es gut gemacht, Kleiner. Ihr habt Eure Sache gut gemacht.«

Von unten drang plötzlich wütendes Knurren zu ihnen hoch, und dann das Geräusch von reißendem Stoff. »Die Rucksäcke!«, rief Faerlin. »Sie zerfetzen die Rucksäcke!«

Rasch befestigte Aravan ein Halteseil von seinem Gürtel an dem Ring des Keils im Felsen. Dann drehte er sich zum Rand des Vorsprungs herum, packte das Seil, das an seinem Gürtel befestigt war und an dem die Rucksäcke hingen, und zog es Hand über Hand nach oben. Riatha und Faerlin kletterten hinab, um ihm zu helfen, denn die Rucksäcke wogen zusammen mehr als hundert Pfund. Gwylly, der neben Aravan stand, konnte ihm zwar nicht helfen, aber er wickelte das überschüssige Seil zusammen. Das Seil spannte sich, und Aravan zerrte es knurrend hinauf. Die Rucksäcke schleiften zwischen den Vulgs den Hang hinauf und schwebten in der Luft, aber die Bestien sprangen hoch. Mit ihren langen Fängen verbissen sie sich in dem Segeltuch und dem Leder und zogen die Rucksäcke wieder zurück. Aravan verlor das Gleichgewicht. Die Sicherungsleine verhinderte zwar, dass er in die Tiefe stürzte, aber die Vulgs tobten unter ihm und sprangen nach dem baumelnden Elf, versuchten ihn zu erreichen. Die Rucksäcke waren vergessen.

Aravan drehte sich um, klammerte sich an der Wand fest und zog sich wieder auf den Vorsprung hinauf.

Sofort stürzten sich die Vulgs wieder auf die Rucksäcke und zerrten sie die Geröllhalde hinab.

»Aravan!«, schrie Gwylly, »schneid die Leine durch, sonst ziehen sie Euch hinab!« Noch während Gwylly das schrie, hatte Aravan, der die Gefahr ebenfalls erkannt hatte, das Seil bereits von seinem Gürtel losgehakt.

»Wenn wir sie zu dritt ablenken«, rief Faerlin, »dann kann einer von uns die Rucksäcke hochziehen!«

Riatha hing etwas höher im Fels als die Damman. »Zu spät!«, sagte sie. »Wir müssen die Vorräte aufgeben und weiterklettern. Aravan hatte recht: Wo Vulgs sind, sind die Rûpt nicht weit!« Die Elfe deutete auf den Hang.

Im Mondlicht hob sich eine einzelne dunkle Gestalt gegen den hellen Schnee ab. Sie schlich um eine Biegung der Schlucht unter ihnen. Es war ein Rukh oder ein Hlök, wegen der Schatten und der Entfernung konnten das weder Faerlin noch Gwylly genau erkennen, obwohl Aravan ihn Ruch genannt hatte. Der Feind folgte ganz offenkundig der Fährte der Vulgs. Dann blieb er stehen, hob den Kopf und stieß einen heulenden Ruf aus, dem das Rudel sofort antwortete.

Er heulte wieder, und erneut antworteten ihm die Bestien. Ihr Heulen hallte von den Wänden der Schlucht wider. Das Echo machte es unmöglich zu sagen, aus welcher Richtung das Heulen kommen mochte. Es war jedoch offenkundig, dass das Rudel in der Nähe sein musste. Der Rukh hob ein Horn an die Lippen und schmetterte ein Signal. Kurz darauf antwortete ihm ein leiseres Hornsignal, aus größerer Entfernung.

»Rasch!«, zischte Riatha. »Verschwinden wir. Die Rûpt sind auf unserer Fährte!«

Sie stiegen im Mondlicht empor, über Schnee, Eis und Fels, an einigen vertrockneten Büschen vorbei, durch einen breiten Spalt, in dem sie in jedem Riss, jeder Vertiefung oder selbst dem kleinsten Vorsprung Halt für Hände und Füße suchten. Sie waren etwa dreißig Meter geklettert, als der Spurensucher der Rucha ein lautes Hornsignal schmetterte.

»Er hat uns gesehen«, keuchte Aravan.

Dem Hornsignal des Spähers antworteten andere Hörner, ganz in der Nähe. »Und es kommen noch mehr Rûpt«, bemerkte Riatha.

Ab und zu warf Gwylly einen Blick in die Schlucht hinab. Nachdem sie fünfzehn Meter weiter hinaufgeklettert waren, sah er mehr Gestalten, Rukhs und Hlöks. Er zählte etwa zwanzig, alle mit Spießen bewaffnet. Er glaubte auch Bögen und Krummsäbel erkennen zu können, war sich jedoch auf diese Entfernung nicht sicher. Sie umringten den Fährtensucher, brüllten durcheinander auf und rannten dann zu der Felswand, in der die vier hingen. Die Vulgs heulten auf der Geröllhalde, versessen auf das Blut der Kletterer über ihnen.

»Passt auf!«, warnte Riatha sie. »Lasst Euch von den Rûpt nicht hetzen, damit Ihr in der Eile nicht abrutscht.«

In diesem Augenblick wurde das Land wieder von einem Stoß erschüttert. Felsbrocken und Eisplatten regneten herab. Die vier pressten sich gegen den blanken Fels, hielten sich fest und beteten, dass keiner von ihnen getroffen werden möge.

Die Brut kam derweil immer näher. Einige von ihnen reichten ihre Spieße anderen und zogen sich noch im Laufen ihre Bögen von den Schultern.

Das Beben hörte auf und Riatha kletterte weiter voran, gefolgt von den drei anderen. Ab und zu fiel noch ein Felsbrocken herunter oder eine Eisplatte löste sich. Dann drückten sich die vier wieder an die Felswand, bis die Gefahr vorüber war.

Sie waren wieder fünfzehn Meter weiter gekommen, als die ersten Pfeile gegen die Felswand prallten. Die schwarzen Geschosse schlugen klappernd etwa drei Meter neben Faeril gegen das Gestein.

Gwylly blickte hinunter. Er befand sich etwa achtzig Meter über dem Boden der Schlucht. Zwanzig Meter von der

Wand entfernt hatten sich die Bogenschützen der Rukhs aufgebaut, die unablässig feuerten. Die dunklen Geschosse zischten durch das Mondlicht. Einige schlugen rechts und links neben ihnen ein, die meisten jedoch kamen nicht hoch genug. Aravan kletterte unter Gwylly hinauf. »Weiter, Gwylly, klettert weiter. Denn selbst ein Bogenschütze der Rucha kann Dame Fortuna den Hof machen.«

Gwylly drehte sich herum und tat, wie ihm geheißen.

Sie stiegen weiter in den Fels hinein, über Eis, Schnee und Steine, während die Pfeile um sie herum klappernd gegen den Fels schlugen. Aber ein Ziel über seinem Kopf zu treffen, das erfordert große Geschicklichkeit, auch wenn das Glück gelegentlich mitmischt. Die Göttin Fortuna jedoch schien die Brut nicht zu begünstigen, denn die meisten Geschosse blieben zu niedrig, wenngleich ein oder zwei davon Aravan nur um Zentimeter verfehlten. Nachdem die vier weitere fünfzehn Meter höher geklettert waren, stellte die Brut das Feuer ein. Sie wollten ihre schwarzen Pfeile wohl nicht weiter verschwenden.

Wieder erbebte das Land. Die Felsbrocken und Eisplatten, die in die Schlucht stürzten, trieben Vulgs und Rukhs vom Fuß der Felswand zurück. Diesmal jedoch regneten die Trümmer auch auf die Kletterer, und ein Eisklumpen traf Gwylly am Arm. Der Bokker schrie vor Schmerz auf, als ihn das spitze Bruchstück beinahe aus der Wand geschleudert hätte. Als er versuchte, in dem Felsen Halt zu finden, stellte er fest, dass er seinen rechten Arm nicht benutzen konnte. Er war taub. Aber Aravan kletterte von unten an den Wurrling heran und schob ihn auf einen sicheren Vorsprung.

Faeril kletterte hastig zu ihrem Bokkerer hinunter. Ihre Miene war besorgt, aber sie konnte ihm nicht helfen. Trotzdem tröstete ihn ihre Anwesenheit.

Mit der Zeit kehrte Gefühl in seinen Arm zurück; zuerst war es ein Prickeln wie von kleinen Nadelstichen, dann ein schmerzhaftes Pochen. Weiterklettern konnte er jedoch noch nicht, also warteten alle, während der Bokker durch die zusammengebissenen Zähne atmete. Faeril plauderte leise mit ihm, um ihn abzulenken.

In diesem Augenblick hörten sie ein scharfes Knacken in der Ferne, wie von einer Peitsche. Im nächsten Moment bogen zwanzig Rukhs um eine Biegung der Schlucht. Sie zogen einen Schlitten hinter sich her, der schwer beladen war. Ein Hlök stand auf den Kufen und trieb die Rukhs, die ins Geschirr gespannt waren, mit der Peitsche an.

»Ihr glaubt doch nicht ...!«, zischte Faeril.

Als die Läufer um die Biegung kamen, johlte die Brut am Fuß der Wand triumphierend auf. Ihre Schreie hallten von den Wänden der Schlucht wider. Gwylly blickte auf die Brut direkt unter ihm. Die Rukhs und Hlöks standen jetzt im Licht des Mondes, und zum ersten Mal sah er, dass die Brut keine Spieße in den Händen hielt, wie er angenommen hatte. Stattdessen waren es Stangen, die sie aus Krüppelkiefern geschnitten und angespitzt hatten. Und auf ihren Spitzen steckten ...

Dem Bokker wurde übel, er wandte den Blick ab. »Sieh nicht hin, Faeril«, stieß er hervor und streckte die Hand aus. Aber sie fing an zu weinen, denn auch sie hatte die Hundeköpfe erkannt, die auf den Spießen steckten, sowie die Köpfe der drei Menschen.

»Dafür werden sie zahlen, B'arr!«, stieß Gwylly knurrend hervor, während ihm die Wut in seiner Brust fast die Stimme raubte. »Sie werden teuer bezahlen, das schwöre ich!«

Langsam näherte sich der Schlitten der Aleutani der Gruppe vor der Geröllhalde, und die Rukhs umringten ihn neugierig. Nach einem Augenblick lösten sich etwa zwanzig von ihnen aus der Gruppe und liefen, begleitet von dem Vulg-Rudel, davon. Die zurückgebliebenen Rukhs und

Hlöks johlten ihren Hohn zu den vieren in der Wand hinauf.

»Könnt Ihr weiterklettern, Gwylly?«, erkundigte sich Riatha. »Ich fürchte, dass die Rûpt und die Vulgs zum Ende der Schlucht laufen und von dort aus versuchen werden, auf den Rand zu gelangen, damit sie uns oben abfangen können.«

Gwylly zuckte zusammen, als er den Arm bog. »Versuchen wir es.«

Also kletterten sie weiter, langsamer diesmal, denn einer von ihnen war verletzt, und der Aufstieg schien sehr mühsam.

Sie stiegen über vereisten Fels und blankes Gestein. Durch Spalten, über Vorsprünge und durch schmale Schlote arbeiteten sie sich langsam hinauf, vorbei an Krüppelkiefern, die sich zäh an den alten Granitwänden hielten. Immer wieder ließen Stöße das Land erbeben, und Eis und Felsbrocken segelten an ihnen vorbei. Je höher sie kamen, desto deutlicher spürten sie den eisigen Wind, der über die Kante der Schlucht fegte, als läge dort oben etwas ungeheuer Kaltes. Irgendwo hinter den Biegungen der Schlucht versuchten ihnen Rukhs und Hlöks und Vulgs den Weg abzuschneiden, während das Auge des Jägers drohend blutrot und fern seine Bahn über den Himmel zog.

Sie hatten die Hälfte hinter sich gebracht, etwa zweihundert Meter, als die Welt erneut von einem langen, gewaltigen Stoß erschüttert wurde. Ein donnerndes Krachen ertönte von oben, gefolgt von einem gewaltigen Poltern, als wäre ein ganzes Stück der Felswand abgebrochen und hinabgestürzt. Das Beben dauerte jedoch an, und der Fels vibrierte heftig, während Tonnen von Steinen und Eis hinabregneten. Die vier befanden sich jedoch zu diesem Zeitpunkt an einem geschützten Ort. Nur wenige Augenblicke vor dem Beben hatten sie Schutz in einem flachen, geschlossenen Schlot gesucht, wo sie eine kurze Rast einlegten, damit Gwylly seinen Arm entspannen konnte. Sie ruhten auf einem langen, schmalen Vorsprung am Fuß des Schlotes. Als die Welt sich jetzt so heftig schüttelte, hielten sich die vier aus Leibeskräften fest, nur knapp geschützt von dem schmalen Spalt, und pressten sich mit dem Rücken an den Fels, während Tonnen von Gestein und Eis an ihnen vorbeidonnerten. Als es vorbei war, hörten sie in der Ferne das schwache Läuten eiserner Glocken.

»Meiner Treu«, ließ sich Gwyllys Flüstern in der Stille vernehmen. »Wenn wir jetzt da draußen gewesen wären ...« Mehr sagte er nicht, aber alle wussten, was er gemeint hatte.

Nach einer kurzen Rast und einem Schluck Wasser machten sie sich daran, weiterzuklettern. Unter ihnen blockierten immer noch die Rûpt diesen Fluchtweg.

»Warum finden wir nur keinen tiefen Spalt oder eine kleine Höhle unter einem Überhang, wo wir sicher abwarten können, bis die Sonne aufgeht?«, fragte Faeril. »Dann muss die Brut verschwinden.«

»Das hoffe ich, seit wir mit dem Aufstieg begonnen haben, Faeril«, antwortete Riatha. »Sollten wir auf einen solchen Unterschlupf stoßen, werden wir genau das tun und auf das Morgengrauen warten. Denn die Sonne wird die Rucha in ihre sonnenlosen Löcher treiben. Bis dahin jedoch müssen wir weiterklettern, denn diese Felswand ist zu gefährlich, als dass wir hier bleiben könnten.«

»Trotzdem, Riatha«, mischte sich Aravan ein, »so gefährlich diese Wand wegen der Beben auch ist, Vulgs, Rucha und Loka sind noch gefährlicher. Und sie versuchen, auf den Rand der Schlucht über uns zu gelangen, falls wir ihre mörderischen Absichten richtig gedeutet haben.«

»Vermaledeit!«, knurrte Gwylly. »Da hocken wir hier mitten in der Nacht unter dem blutroten Auge des Jägers, in diesem von Brut verseuchten Grimmwall, ohne Vorräte, und klammern uns in zweihundert Metern Höhe an eine steile, gefrorene Felswand, während Stein und Eis tonnenweise auf uns herabregnen, sobald sich dieses von Drachen heimgesuchte Land schüttelt, als wollte es uns loswerden; unter uns wartet Brut, die uns umbringen will, Vulgs und anderes Gezücht versucht, über uns zu kommen, um uns ebenfalls zu töten, und wir finden keinen sicheren Ort, wo wir abwarten können, bis die Sonne sie vertreibt.«

Faeril sah ihren Bokkerer an und lächelte. »Gwylly, Liebster, das erinnert mich an etwas, was Patrel in den düsteren Zeiten des Winterkrieges zu Danner sagte.«

Gwylly sah seine Dammia fragend an. »Und was war das?«

»Er hat ihn gefragt«, erwiderte Faeril, »was er tun wollte, wenn es wirklich schlimm werden würde.«

Gwylly sah sie einen Augenblick lang verständnislos an, und ein Beben erschütterte die Klippe. Dann begann der Bokkerer zu lachen und Faeril kicherte. Riatha und Aravan sahen sich für einen Moment verblüfft an und lächelten dann ebenfalls. Während Eis und Steine an ihnen vorbeiregneten, klammerten sich die vier an den schieren Fels und lachten.

Kurz darauf kletterten sie weiter, langsam, Zentimeter um Zentimeter. Die eisige Luft vom Rand der Schlucht wehte noch über sie hinweg und wurde immer kälter, je höher sie kamen. Sie kletterten etwa eine Stunde, in der sie weitere siebzig Meter schafften, und legten ab und zu eine Rast ein. Wenn das Land erzitterte und der Stein- und Eisschlag einsetzte, pressten sie sich verzweifelt an die Felswand.

»Es wird weniger«, erklärte Faeril schließlich. »Je höher wir kommen, desto weniger kann von oben auf uns herunterfallen.«

»Und je höher wir steigen«, rief Aravan von unten, »desto näher kommen wir den Rûpt, die vielleicht schon auf uns warten.«

»Vielleicht können wir ...« Doch Gwyllys Worte wurden von einem markerschütternden Heulen unterbrochen, das von oben herabgellte. Es erinnerte an einen Vulg, war aber ... ein Heulen, das tief und stark begann und dann schwächer wurde, als wäre ein Vulg verletzt oder irgendwie geschwächt worden.

»Seht!«, rief Faeril. »Die Rukhs da unten!«

Auf der Sohle der Schlucht lief die Brut verwirrt durcheinander.

Wieder ertönte das Heulen, und diesmal antwortete ihm ein Chor aus fernen Vulgkehlen. Sie waren zwar noch weit weg, doch schon auf dem Rand der Schlucht, irgendwo im Süden.

Jetzt drangen die Jubelrufe der Brut aus der Schlucht zu ihnen herauf. Gwylly blickte nach unten. Die Rukhs sprangen herum, als würden sie etwas feiern.

»Schnell«, befahl Riatha gepresst. »Wir müssen weiterklettern!«

»Aber ...« Gwyllys Protest wurde von der Elfe erstickt.

»Sofort!«, befahl sie.

Sie stiegen weiter empor.

Unter ihnen plünderte die Brut die Fracht des Schlittens und trottete dann davon, durch die gewundene Schlucht. Sie gaben ihre Wache am Fuß der Felswand auf.

Über ihnen, fern auf dem Rand der Klippe, wurde das Heulen lauter, als sich das Vulgrudel näherte.

»Riatha!«, rief Gwylly, während er sich den Fels hinaufzog. »Die Brut unter uns ist verschwunden. Aber die oben kommt immer näher. Nach unten ist es sicher, oben aber lauert Gefahr. Warum klettern wir also noch weiter hoch?«

Das eisige Heulen über ihnen gellte wieder durch die Nacht.

»Hört Ihr das, Kleiner?«, gab Riatha zurück. »Diesen Ruf! Ich habe ihn früher schon einmal gehört, nicht denselben zwar, aber fast genau so einen. Er kam aus der Kehle von Stoke, der um Hilfe rief. Falls Stoke tatsächlich dort oben ist und wir ihn erreichen können, bevor die Brut eintrifft, werden wir diese widerliche Monstrosität unbedingt abschlachten!«

Sie kletterten weiter, so schnell es Gwyllys verletzter Arm erlaubte. Das Geheul der Vulgs vom Rand der Klippe wurde immer lauter, als sich das Rudel näherte. Und immer noch wurde das Land von Beben erschüttert, die Felsbrocken und Eis aus der Wand lösten. Aber wie Faeril schon gesagt hatte: Je höher sie kamen, desto weniger befand sich über ihnen, das sie hätte treffen können. Der eisige Wind dagegen, der dort oben wehte, wurde mit jedem Meter, den sie weiterkamen, kälter. Doch durch die Anstrengung, die der Aufstieg kostete, lief ihnen der Schweiß unter ihrer Kleidung über die Haut. Ihre Herzen hämmerten und sie keuchten, als sie all ihre Geschicklichkeit zusammennahmen, um den Fels so rasch wie möglich hinaufzuklettern.

Sie waren noch mehr als dreißig Meter vom Rand der Klippe entfernt, als das Heulen der Vulgs wie ein Chor über ihnen ertönte.

Riatha hielt inne. »Wir haben das Rennen verloren«, keuchte sie.

Gebrüll und Heulen zerriss die Nacht, während sich die vier zäh an den Fels und das Eis klammerten, der eisige Wind um sie herum peitschte und ihnen bis in die Knochen zu dringen schien. Sie rammten Keile in die Spalten und Risse, sicherten sich an diesen Ankern, um ihre Arme und Beine zu entspannen und sich auszuruhen. Sie waren maßlos erschöpft.

Die Zeit verstrich nur zäh, während die Vulgs über ihnen unablässig heulten. Schließlich ertönten Schritte von eisenbeschlagenen Stiefeln: die Brut traf ein. Kurz darauf bellten rûptische Stimmen ihren Triumph heraus.

Nach einer Weile näherte sich ein Hlök dem Rand der Klippe, etwa hundert Schritte von der Stelle entfernt, an der sie hingen, und schrie etwas hinunter. Sie konnten jedoch nicht verstehen, was er brüllte, denn er benutzte das Slûk, eine Sprache, die keiner der vier in der Felswand verstand. Sie blieben im Fels reglos hängen und hofften, dass sie, geschützt von der elfischen Kleidung und ihrer Bewegungslosigkeit, nicht entdeckt wurden.

Einige Rukhs gesellten sich zu dem Hlök. Gemeinsam schritten sie den Rand der Klippe ab, spähten hinunter und schrien sich gegenseitig etwas zu. Offenbar suchten sie nach den vier Gefährten. Die sich aber nicht rührten, während ihre Herzen wie verrückt schlugen. Sie hatten ihre Köpfe gesenkt, damit ihre weißen Gesichter sie nicht verrieten. Schließlich hörten sie die Rufe der Brut knapp über sich, aber die vier drückten sich an die Wand, bewegten sich nicht und hielten ihre Gesichter gesenkt.

Das Land erbebte unter einem weiteren Stoß. Felsen und Eis polterten hinab in die Tiefe. Die Rukhs traten vom Rand der Klippen zurück, offenbar aus Angst, dass dieses Beben sie hinabreißen oder den Teil der Klippe, auf dem sie standen, abbrechen könnte.

Erneut schrie der Hlök und setzte sich dann nach Süden in Bewegung, weg von den Gefährten. Die Rukhs folgten ihm. Das Geschrei und Heulen der restlichen Rukhs und Hlöks und Vulgs auf dem Rand der Klippe entfernte sich ebenfalls in südlicher Richtung, wurde leiser, als würde die ganze Gruppe davonmarschieren.

Als die Geräusche schwächer wurden, hoben die vier vorsichtig die Köpfe und spähten nach oben, suchten den

Feind, fanden aber keinen. Trotzdem rührten sie sich nicht, sondern warteten ab. Die Zeit verstrich, oben aber blieb alles still. Schließlich murmelte Riatha, es werde Zeit. Sie lösten ihre Haken, zogen die Keile aus der Wand und kletterten vorsichtig weiter. Sie zitterten vor Müdigkeit und Kälte, bewegten sich aber dennoch so leise, wie es ihre Erschöpfung nur erlaubte.

Der Mond war mittlerweile über dem Rand der Wand verschwunden, sodass sie im Dunkeln weiterkletterten.

Schließlich erreichte Riatha den Rand der Klippe und spähte vorsichtig hinüber. Dann signalisierte sie den anderen, dass alles in Ordnung wäre, zog sich über den Vorsprung und verschwand außer Sicht. Einen Augenblick später tauchte sie wieder auf, winkte sie hoch und packte das Seil, das sich sogleich spannte, als sie den dreien hinaufhalf.

Nachdem Faeril, Gwylly und schließlich Aravan über den Rand geklettert waren und sich aufgerichtet hatten, sahen sie in der Nähe auf der Ebene im Licht des Mondes eine gewaltige weiße Wand, die sich im Norden und Süden bis zum Horizont erstreckte. Die eisige Luft, die über den Rand der Schlucht geweht war, kam von dieser Masse. Es war der östliche Rand des Großen Nord-Gletschers.

Mit brennenden Augen musterten sie die Gegend und suchten den Feind, ohne ihn jedoch zu erblicken. Im Süden jedoch, eine knappe Viertelmeile entfernt, hob sich eine gewaltige Eismasse ab, die offenbar von dem Gletscher gekalbt war. Und von dort kam ein goldenes Schimmern.

Die vier hatten ein Gefühl, als würden sie zu diesem Schein gezogen, als riefe er sie.

»Vorsicht!«, sagte Riatha und zog Dúnamis aus der Scheide auf ihrem Rücken. Aravan löste rasch die Knoten der Seile, die Faeril anschließend aufwickelte und an ihre Kletterharnische klemmte. Während die Damman die Stricke an ihren, Riathas und Gwyllys Gürteln befestigte, nahm Aravan seinen Kristallspeer von der Schulter. Anschließend marschierten die vier weiter, in Richtung des goldenen Lichtes. Riatha vorneweg, Aravan als Nachhut.

Faeril lockerte ihre Dolche in den Scheiden und nahm eines der stählernen Wurfmesser in die Hand, bereit zum Wurf. Gwylly legte ein Stahlgeschoss in die Tasche seiner Schleuder und versuchte, sie zu schwingen. Vergeblich. Er sog vor Schmerz die Luft ein, denn sein verletzter Arm erlaubte ihm nicht, die Bewegung zu beenden. Also steckte er Schleuder und Stein wieder weg, zog stattdessen seinen Dolch und nahm ihn in die linke Hand.

Sie näherten sich stetig, aber vorsichtig dem Schimmer. Weiter voraus ragte die östliche Wand des Gletschers empor, und genau vor ihnen lag inmitten von Trümmern das gewaltige Stück, das von ihm abgespalten worden war. Sie gingen in einem Bogen um den Abbruch herum. Riatha flüsterte, dass es ganz frisch von dem Hauptgletscher abgefallen sein musste. »Vielleicht hat es auch dieses ungeheure Krachen und den Rumms verursacht, den wir gehört haben«, murmelte Aravan. Sie suchten sich einen Weg zwischen Abbruch und Hauptgletscher und näherten sich dem goldenen Licht.

Schließlich lag das Strahlen unmittelbar vor ihnen. Es kam aus der Wand des Gletschers und war in seiner Mitte am hellsten, etwa fünf Meter über dem Boden, wo das Eis gebrochen und rissig war, über einem Hang aus zertrümmerten Eisbrocken. Noch während sie die Trümmer betrachteten, bebte die Erde erneut und eine gewaltige Menge aus Eisplatten löste sich vom Gletscher und rutschte den Hang aus Eis hinab. Plötzlich stöhnte Riatha auf und stürmte vor, kletterte über den rutschenden Hang, ohne auf Feinde oder die Gefahr zu achten, die von dem bröckelnden Gletscher ausging.

»Riatha!«, schrie Aravan, doch sie bleib nicht stehen. Hastig folgten ihr die drei.

Riatha kletterte zu dem goldenen Licht empor. »Schnell!«, rief sie, »helft mir!«

Aravan, Faeril und Gwylly stiegen über die rutschenden Eisbrocken, bis sie den goldenen Schimmer schließlich erreichten. Der riesige Gletscher türmte sich über ihnen, weiß und glitzernd. Aber vor ihnen, am oberen Ende des Hangs, war das Eis klar und zerkratzt von dem kalbenden Stück. Das Licht in seinem Inneren drang durch Tausende von Rissen und Spalten und war so blendend hell, als würde die Sonne durch ein zerbrochenes Glasfenster scheinen. Noch während sie bis zu den Knien in den Eisscherben standen, in diesem goldenen Schimmer, die Elfe mit dem Bokker und der Damman an ihrer Seite, mit den Letztgeborenen Erstgeborenen, zog das leuchtend rote Auge des Jägers über ihnen seine Bahn durch den Himmel.

Aber sie hatten keinen Blick für das goldene noch für das blutrote Leuchten übrig, sondern starrten nur auf das, was sie in der Mitte des gestreuten Lichts sahen: denn aus der Wand aus Eis ragte eine Hand, die Hand eines großen Menschen ...

... eine Hand, deren Finger sich bewegten.

11. Kapitel

ARAVAN

Durch die Ären
[Vergangenheit und Gegenwart]

Aravan unternahm den Dämmerritt nach Mithgar in den frühen Tagen der Ersten Ära und kam in diese neue Welt, als sie noch jung und wild war, und ließ dabei die gemessene Eleganz und Schönheit des uralten Adonar hinter sich. Als er Mithgar betrat, fand er sich in einem nebligen Moor wieder, umgeben von grasigen Hügeln. Der Anblick dieses Terrains überraschte ihn jedoch nicht, denn die Stellen der Übergänge zwischen den Ebenen waren sich ziemlich ähnlich. Was ihn jedoch wunderte, war das laute, ferne Donnern, das zischend an seine Ohren schlug. Fasziniert wendete der Elf sein Pferd in die Richtung dieses donnernden Brausens und ritt nach Süden, während die Hügel weniger wurden. Der Weg stieg an, über einen langen, sanften Hang hinweg, während die Geräusche lauter wurden und der Wind, der ihm über das Gesicht strich, den salzigen Duft von Tang mit sich trug. Schließlich fand er sich auf einer hohen Kreideklippe wieder, die steil abfiel. Vor ihm erstreckten sich, so weit das Auge blickte, also bis zum Horizont, die weiten blauen Wasser der Avagon-See. Ihre blauen Wogen türmten sich hoch auf, und Gischt funkelte wie Diamanten in der Morgensonne. Aravans Herz schwoll bei diesem Anblick und seine Augen füllten sich mit Tränen. Zu diesem Zeitpunkt legte sich etwas beruhigend und tröstlich in seine Seele.

Obwohl er bis zu diesem Tag noch nie auf der Mittelwelt gewesen war, beschlich ihn das Gefühl, möglicherweise endlich nach Hause gekommen zu sein.

Bezaubert vom Meer ritt Aravan an der Küste entlang und war ein Jahrhundert lang damit zufrieden, über die Strände zu gehen, die Gezeiten zu studieren, die vom Mond getrieben und auch ein wenig von der Sonne beeinflusst wurden. Häufig stand Aravan auf den hohen Kreideklippen des Festlandes, fasziniert von den Farbtönen des Ozeans, dem dunklen Blau, das über den Tiefen beinahe wie Schwarz wirkte, dem Jade und Türkis, dem kristallklaren Wasser, den schaumigen Perlen der Brecher, die durchsichtig wurden, dem Saphir der Ebbe und Flut. Zudem staunte er über die ständigen Veränderungen des Ozeans, der langsam und wogend oder auch wild und donnernd sein konnte, wütend oder sanftmütig, mit langen, rollenden Brechern oder mit kurzen. Manchmal lag er auch spiegelglatt da, veränderte sich in seiner Unveränderlichkeit aber ständig und war trotz seiner Beständigkeit so launenhaft.

Ein Jahrhundert verstrich, dann noch eines, und schließlich zog es Aravan fort, um zu sehen, was in den Wassern jenseits des fernen Horizontes zu entdecken sein mochte. Er segelte als Navigator bei einem Kapitän aus Arbalin, dem Inselreich, das gerade erst als Nation von seefahrenden Händlern entstand. Obwohl Aravan weder Karten noch Seekarten besaß, kannte er wie alle Elfen den Lauf der Sterne, der Sonne und des Mondes. Deshalb heuerte ihn der Kapitän als Steuermann an, lehrte ihn, was er wissen musste: wie man Untiefen und gefährliche Ströme rechtzeitig erkannte, Drift und Geschwindigkeit maß; wie man Wellenmuster lesen konnte, die die Wirkung von Inseln verrieten, die quer zu den Strömungen des Ozeans lagen; wie man ruderte, wenn man im Wind nicht wenden konnte und das Schiff von Skiffs ziehen ließ; wie man Stürmen mit ganz oder teilweise gerefften Segeln entkam, das Schiff seewärts verankerte, indem man die Anker am Heck setzte; er lehrte ihn alles über Masten und Segel und auch darüber, wie man den Wind so gut wie möglich nutzte; wie man auf See, im Hafen oder in der Nähe der Mole manövrierte; über Schiffsroutine und Wachen; er erzählte von Händlern, dem Handel und dem Löschen und An-Bord-Nehmen der teuer erstandenen Waren.

Ein Jahrhundert lang, vielleicht auch zwei, befuhr Aravan die Ozeane mit den Kauffahrtschiffen der Arbalinen, lernte ihre Sitten und auch die Häfen ihrer recht begrenzten Welt kennen; von der Avagon-See und den Küstengewässern des Westonischen Ozeans bis nach Westen, nach Atala.

Er segelte auch auf einem Walfänger, ein einziges Mal, denn er konnte das Abschlachten der Herren der Meere nicht ertragen.

Als er sich in Diel aufhielt, dem nördlichsten Hafen von Jute, wurde die Stadt von den Fjordlandern überfallen. Nach der Schlacht flohen die Angreifer mit ihren schnellen Drachenschiffen aus der brennenden Stadt. Die Arbalinen liefen zwar aus, um die Feinde zu verfolgen, wurden jedoch von den schnellen Langbooten der nördlichen Krieger bald abgehängt.

Auf seine Nachfrage hin erfuhr Aravan, dass kein anderes Boot so schnell war, und dass die Fjordlander mit ihren schlanken Schiffen zu weit entfernten Gestaden segelten, bis zu Küsten jener Länder, die den anderen Nationen unbekannt waren. Fasziniert von der Geschwindigkeit dieser Wölfe des Meeres und gereizt von den Verlockungen ferner Länder machte sich Aravan in dieses nördliche Land auf, um die Sitten zu erlernen und mit ihnen über ferne Meere zu segeln. Nach anfänglichem Zögern schenkten ihm die Nordmänner bald ihr Vertrauen.

Das Nordmeer war ihre Domäne, der nördliche Ozean ebenfalls, und sie segelten mit Aravan durch diese Gewässer. Dieser trieb Handel, beteiligte sich an Raubzügen und forschte.

Sie segelten auch nach Westen, in die damals noch unbekannten Länder jenseits der bekannten blauen See. Feuerinseln und üppige grüne Länder lernten sie auf diesen langen Reisen kennen. Sie fanden neue Ufer und handelten mit merkwürdig sprechenden Menschen um Felle. Sie wirkten zwar verschlossen, aber nicht bösartig. Die Besatzungen der Drachenschiffe behaupteten später, dass Aravan auch mit den *Anderen* Handel trieb, einem winzigen Volk, das im silbernen Mondlicht zwischen Birken auf Füchsen ritt. Ob an diesen Geschichten etwas Wahres war, verriet Aravan nicht, aber er trug einen merkwürdig blauen Stein an einem Lederband um den Hals und sagte dazu nur, es wäre ein Geschenk von einem der Verborgenen.

Während der langen kalten Winter in Fjordland interessierte sich Aravan auch für die Kunst des Schiffbaus und verbrachte ein Jahrhundert damit zu lernen, wie man die Langschiffe baute. Als er es beherrschte, machte sich Aravan in einem kleinen Segelboot auf die Reise, fuhr die Küsten von Jord und Gron und Rian entlang, um Leut im Nordmeer herum, und lief unterwegs in Häfen ein. Er lernte die Schiffsbaukunst, die die Städte und Häfen zu bieten hatten. Er segelte in die Gewässer des Westonischen Ozeans und nahm Kurs nach Süden, nach Thol und Jute und Wellen, an Gelen und Gothon und auch an Tugal vorbei.

In all diesen Ländern sog er begierig auf, was jedes dieser Völker an Wissen über die Schiffe des Meeres zu bieten hatte.

Wenn er wieder Segel setzte, ließ er viele Freunde zurück, und auch einige sehnsüchtige Herzen. Er war sehr beliebt, vor allem bei den Ladies, weil er für sie ein fremder, exotischer Mann war, voller Geheimnisse und Aufregung und verborgener Gefahr. Er war zierlich, schlank und sah gut aus – manche würden sogar sagen: schön – mit seinem pechschwarzen Haar, den dunkelblauen Augen und hohen Wangenknochen. Er maß fast einen Meter achtzig, was für einen Elfen groß war, und seine Stimme klang wie Silber. Seine schlanken Hände mit den langen Fingern waren wie für Zärtlichkeiten geschaffen. Das stellten viele Frauen fest, die nie genug davon bekommen konnten. Manchmal jedoch verschwand er hastig, mit einem letzten Kuss und einem zärtlichen Wort, und ging, wie er gekommen war, durch ein Fenster, oder sprang von einem Balkon, um feindseligen Auseinandersetzungen mit Ehemännern, Brüdern oder dergleichen zu entgehen. Er hatte viele Affären, doch nur wenige Lieben. Und dennoch verübelte ihm keine der betreffenden Ladies sein Vergnügen – oder ihres. Ebenso wenig wie seine amourösen Abenteuer Folgen zeitigten, denn Paarungen zwischen Menschen und Elfen trugen niemals Früchte.

Bei den Männern war er ebenfalls gern gesehen, wenn er ihnen an ihrem Feierabend und bei ihrer Arbeit Gesellschaft leistete. Er ging auch auf die Jagd mit ihnen, nicht nur mit Hund und Bogen, sondern auch in den Gassen und Tavernen der Städte.

Doch früher oder später wurde er ruhelos, und schließlich setzte er in irgendeinem Morgengrauen am Hafen die Segel und fuhr mit der Flut hinaus.

Allmählich arbeitete er sich so in wärmere Gefilde vor, kreuzte vor den Küsten von Vancha, Hoven und Jugo, bis er wieder in Arbalin landete, in der Avagon-See. In den dortigen Werften studierte Aravan ebenfalls ihre Kunst des

Schiffbaus – und meisterte auch sie. Jahrhunderte waren verstrichen, fünf oder sechs oder mehr, gleichwie, denn niemand zählte sie, schon gar kein Elf. Denn welche Rolle spielte Zeit für ihn?

Schließlich machte sich Aravan daran, unterstützt von Handwerkern der Zwerge, ein eigenes Schiff zu bauen. In dieses Kunstwerk ließ er all die Kenntnisse einfließen, die er sich über das Handwerk angeeignet hatte. Merkwürdige Hölzer wählte er aus, Teak- und Schwarzholz und das von Eibe, Eiche, Lärche und Zypresse, Esche und Ebenholz, dazu Holz von Bäumen, die bis dahin unbekannt waren, rotes Holz und gelbes Holz und weißes Holz, schwarzes ebenso wie welches aus dem dunkelsten Braun; alle wurden ausnahmslos mit den seltensten, kostbarsten Ölen behandelt. Langsam nahm das Schiff Gestalt an, Kiel, Spanten, Planken, Krummhölzer, Decks, Kabinen wuchsen; mit einem silbernen Bohrer wurden die Löcher gedrillt, und alle hölzernen Teile wurden sorgfältigst geölt und zusammengepasst, weder genagelt noch geschraubt; kalfatert wurde es mit einer höchst merkwürdigen Substanz, die man zuvor und seitdem nie wieder zu Gesicht bekam. Metalllegierungen aus Zwergenschmieden wurden zu Ketten und Anker gegossen, und dieselben Legierungen wurden auch verwendet, um Klampen und die anderen Metallteile herzustellen. Und ho!, unter der Wasserlinie wurde der Rumpf mit einer seltenen Farbe angestrichen, in die Sternensilber gemischt worden war. Die netzartige Takelage bestand aus weichen Tauen verschiedener Stärke, die leicht in der Hand lagen, aber ungeheuer stark waren. Es wurde überliefert, dass ein Hafenarbeiter einmal bemerkte, dieses Schiff würde tausend Jahre halten. Aravan und seine Schiffszimmerer, allesamt Drimmen, schüttelten jedoch nur die Köpfe und lachten. »Nein, Mann«, erwiderte ein Zwerg, »nicht bloß zehn Jahrhunderte, sondern mehr, viel mehr.«

Schließlich war das Schiff fertig und bereit, in See zu stechen. Es gab weder eine Heckkabine noch ein Focksegel; stattdessen war es lang und schlank und aufgetakelt, um Geschwindigkeit zu machen. Mit seinen Masten und den leichten Segeln aus Seide, viereckigen und dreieckigen, war es angelegt, vor dem Wind zu segeln wie kein Schiff zuvor. Das *Elfenschiff* nannten die Menschen es, doch es wurde auf den Namen *Eroean* getauft, ein Elfenwort, dessen Bedeutung im Dunkel liegt, obwohl es etwas mit dem Wind zu tun haben soll.

Aravan nahm eine gemischte Mannschaft aus Menschen, Zwergen und zwei Wurrlingen mit an Bord und lichtete die Anker.

Man sagt, er habe alle Meere befahren und alles über ihren ständig wechselnden Charakter in Erfahrung gebracht. Man sagt auch, er habe die gesamte Welt umsegelt, merkwürdige, ferne Länder besucht, manchmal jahrelang vor Anker gelegen, einige behaupten gar, Jahrhunderte lang. Denn er, ein Elf, hatte die Zeit dafür. Man sagt aber auch, dass er häufig nach Arbalin zurückkehrte, die alte Crew von Bord gehen ließ und eine neue anheuerte, sobald es nötig war. Sicher ist jedenfalls, dass er manche merkwürdige und wundervolle Fracht mitbrachte, bis dahin unbekannte Dinge: Halsbänder aus Muscheln, unbekannte Edelsteine, Ballen aus seidenem Tuch und dergleichen; exotische Vögel, unbekannte Tiere und Besucher aus weiter Ferne; Früchte und Samen und Bohnen und Getreide, Gewürze und Tees; Jade, Elfenbein, undurchsichtige Edelsteine, Smaragde, Gold und Silber; all dies und mehr trug die *Eroean* aus fernen Ländern auf die unersättlichen Märkte von Arbalin.

Dazu fertigte er zahllose Karten von den fernen Welten an, von Kontinenten und Inseln, im Westen, Osten, Süden und Norden und allen Orten dazwischen. Einige waren wild und unbewohnt, andere hatten eigene Völker. Wie er es verhinderte, über den Rand der Welt zu segeln und hinunterzukippen, wusste niemand, aber er schaffte es, am Leben zu bleiben und immer wieder mit Schiff und Mannschaft in den Hafen einzulaufen.

Wenn sie vor Anker lagen, erzählte Aravans Mannschaft, die aus menschlichen Seeleuten, Zwergenkriegern und Wurrlingskundschaftern bestand, von Abenteuern, die selbst die kühnsten Träume überstiegen: von Tempeln und Stämmen und mörderischen Kreaturen; von reichen Städten, mit Juwelen geschmückten Potentaten und von Frauen sowie anderen weiblichen Wesen von unübertrefflicher Schönheit; von dunklen Dschungeln und Wüsten aus Eis, von Bergen, deren Gipfel in den Wolken verschwanden; von Flüssen, die keine Quelle zu haben schienen, von dürren Wüsten und Inseln, die wie Juwelen im Meer lagen; von Ozeanen hinter Ozeanen, kochend und eisig, bewohnt von grauenvollen Monstern; von bezaubernden, prachtvollen und seltenen Kreaturen; von verlassenen Städten, die von untoten Wesen bewohnt wurden, von lebenden Statuen und Schlimmerem; all dies und noch viel mehr erzählten sie, zum Entzücken und Staunen der Zuhörer. Die Seeleute behaupteten, sie wären um die ganze Welt gesegelt. Aber wer konnte das glauben? Sicher übertrieben sie in ihrer Prahlerei, wie auch in all ihren anderen, ungezügelten Phantasien.

Dass die *Eroean* schnell war, stand außer Zweifel; denn sie zeigte so manchem Handelsschiff und auch Piraten, die alle Segel gesetzt hatten, ihr Kielwasser. Wenn sich ihr Schiff in einer scharfen Brise krängte, lachte Aravan am Ruder, während sein schlankes Schiff die Wellen durchschnitt und schäumendes Kielwasser zurückließ, denn sie war ein Elfenschiff, ein verzaubertes, wie mancher munkelte, und dazu eines, das man noch nie zuvor gesehen hatte und auch später nie wieder sehen sollte.

Zwei- oder dreitausend Jahre segelte Aravan auf seinem Elfenschiff durch die Welt. Auf einmal beendete er seine Reisen, und die *Eroean* verschwand von den Ozeanen. Warum? Das weiß niemand. Mancher behauptet, es wäre eine verlorene Liebe gewesen, die Aravan veranlasst hätte, die Ozeane aufzugeben, andere dagegen wollen genau wissen, dass sein Schiff von einem Mahlstrom verschluckt worden wäre, Aravan aber kein anderes Schiff segeln wollte. Wieder andere wissen ganz genau, dass die *Eroean* noch immer über die Meere segelt, ihre Takelage zwar in grünem Hexenfeuer brennt, das Schiff aber immer nur segelt, bemannt von einer geisterhaften Crew. Was auch immer stimmt, oder ob es noch eine andere Geschichte gibt, jedenfalls kehrte Aravan der See den Rücken und ging in den Darda Erynian, um unter Elfen zu leben.

Doch sein fröhliches Lächeln war nicht mehr ganz so strahlend, ein gequälter Ausdruck schimmerte tief in seinen Augen.

Und bei sich trug er immer einen Speer mit schwarzem Schaft und kristallenem Blatt.

Jahrhunderte verstrichen, Aravan lernte die Kunst der Holzschnitzerei und frischte seine Kenntnisse über die Pferde und das Reiten auf. Er baute auch Getreide an und meisterte das Gerben und Verarbeiten von Leder. Er lernte Falknern, lernte alles über Raubvögel und ihre Ausbildung, von dem schnellen Turmfalken über den goldäugigen Bussard und den erhabenen Adler, und auch über Eulen wusste er schließlich Bescheid. Auch wenn er nie wirklich glaubte, dass man einen dieser Herrscher der Lüfte jemals zähmen könnte, er brachte die wilden Vögel doch dazu, ihm zu Willen zu sein. Er jagte mit ihnen, fischte, trieb Wild auf und brachte sie dazu, Wache zu halten. Er weitete seine Studien aus und beschäftigte sich mit anderen Vogelarten, schwarzen Raben und Krähen, hellen Singvögeln, braunen Waldschnepfen, schillernden Kolibris, grauen, braunen, lauten und scheuen Vögeln, großen und kleinen, denen des Meeres und des Waldes und der Moore sowie der Felder, er erlernte ihre Gewohnheiten und ihre Lebensweise und beherrschte all ihre verschiedenen Rufe; studierte ihren Körperaufbau und im Einzelnen auch die Arten und Formen ihrer Federn, die Anordnung der Flügel. Daraus folgerte er vieles über den Flug und das Fliegen.

Mit all dem und mehr beschäftigte sich Aravan, während er bei den Elfen des Darda Erynian lebte. Die Jahreszeiten verstrichen, ohne gezählt zu werden, Jahrtausende waren es. Aber Aravan stand lediglich am Anfang. Der Elf hatte erst einen, vielleicht zwei Schritte auf einem endlosen Weg getan.

Der Krieg kam, der Große Krieg. Aravan reihte sich unter die Streitkräfte der anderen Elfen ein. Sie stellten sich dem Bösen entgegen und bekämpften die grausamen Rûpt, die Mithgar verheerten.

Während dieses Krieges wurde Aravan ein Kamerad von Galarun, dem Sohn Coron Eirons, eines Elfenkönigs auf Mithgar. Eiron schickte seinen Sohn auf eine Mission zu den Essen der Magier, die sich dort, unter dem Schwarzen Berg in Xian, befanden. Die Aufgabe von Galaruns Kompanie war, ein silbernes Schwert zu holen, eine kostbare Waffe, die Klinge des Morgengrauens geheißen. Mit diesem Schwert konnte angeblich der Hohe Vûlk, Gyphon Selbst, getötet werden. Galarun sollte das Schwert zum Darda Galion bringen, denn in diesem Elfenwald lag der Ort des Übergangs nach Adonar, von dem aus er das Schwert an eine Stelle bringen würde, wo es benötigt wurde: nämlich in das Lager der Elfen auf der Hochebene.

Galarun und Aravan und ihre Kompanie mussten eine lange Reise in das ferne Land Xian bewältigen, bei der sich ihnen zahlreiche Widrigkeiten in den Weg stellten. Fast, als wüsste der Feind von ihrer Mission und versuchte, ihnen den Weg zu verstellen. Zweimal rettete Aravan Galarun das Leben. Sein Kristallspeer entpuppte sich als eine tödliche Waffe, denn er verbrannte den Feind, wo er ihn traf.

Schließlich erreichten sie den Schwarzen Berg, folgten der breiten, gepflasterten Straße zu den massiven Toren, die in den ebenholzschwarzen Stein eingelassen waren. Nur Galarun betrat den Berg, während Aravan und die Kompanie draußen warteten, ungeduldig und verzweifelt, weil sie nicht erfuhren, was sich drinnen zutrug. Schließlich jedoch kam Galarun wieder heraus, erschüttert von dem, was er gesehen hatte. In den Händen hielt er das Silberne Schwert. Sein Gesicht war grimmig, als wüsste er, was ihn erwartete, aber er stieg auf sein Pferd und ritt schweigend los.

Sie waren vier Monate zuvor vom Darda Galion aufgebrochen, der Frühling hatte gerade erst begonnen, und waren nach Osten geritten, nach Xian. Vier Monate sollte auch die Rückkehr dauern, denn die Reise war lang, sehr lang, und würde von dem Feind, der unterwegs auf sie lauerte, gewiss noch verzögert werden. Trotzdem brachen sie zum Darda Galion auf, ritten nach Westen, durch Xian und Aralan, durch Khal, Garia und nach Riamon. Jeder Schritt, den sie taten, war mit Gefahr befrachtet, da überall die Rûpt auf sie lauerten. Manchmal flohen sie den Feind, zu anderen Gelegenheiten kämpften sie, und allmählich lichteten sich ihre Reihen, als die Kameraden in den Kämpfen nach und nach ihr Leben ließen. Unbeirrt jedoch trugen sie das Schwert nach Westen. Galarun wollte nicht dulden, dass ein anderer es auch nur berührte, nicht einmal sein engster Gefährte Aravan. Sie ritten auf der Überlandstraße, durch den langen Ring des Rimmen-Gebirges bis zum Darda Erynian, wo sie ein wenig Ruhe vor ihren hartnäckigen Verfolgern fanden. Einen Tag lang ruhten sie, nicht länger, denn ihre Mission war von höchster Dringlichkeit. Deshalb brachen sie am nächsten Morgen auf, weiter in Richtung Westen, überquerten den mächtigen Argon und gelangten in die Wälder zwischen dem Fluss und den Bergen. Dort wendeten sie sich nach Süden, zum Darda Galion, ließen den Grimmwall rechts von sich, den Argon links.

Drei Tage ritten sie durch das hügelige Hochland, bis sie das Dalgor-Moor erreichten, wo eine Kompanie Elfenkrieger zu ihnen stieß, die entlang der Sümpfe patrouillierte. Hier begegnete Aravan zum ersten Mal Riatha und Talar, die mit dieser Kompanie ritten.

Am nächsten Tag drangen sie in die Sümpfe ein, ihre Pferde trabten platschend durch Schilf und Wasser, der Schlamm saugte an ihren Hufen, und sie kamen auf dem seichten Weg nur langsam voran. Es war anstrengend, aber sie konnten die Moore passieren, im Gegensatz zum tiefen Fluss Dalgor, dessen reißende Wasser vom hohen Grimmwall im Westen herunterstürzten. Sie ritten tief in die sumpfige Ebene, mussten manchmal absteigen und hindurchwaten, um ihren Pferden eine kleine Erholung zu gönnen.

Gegen Mittag des gleichen Tages im Spätherbst teilte Aravan Galarun mit, dass sein blauer Stein kalt wurde. Die Warnung, Gefahr wäre im Verzug, wurde weitergegeben. Sie ritten unter der fahlen Sonne weiter, bis einer der Späher den Tross alarmierte. Auf ein Nicken von Galarun hin ritt Aravan zu dem Elf, um zu sehen, was es gab. Der Reiter, Eryndar, deutete nach Osten. Aus der Richtung des Argon rollte eine Nebelwand über die Sümpfe auf sie zu: eine graue Mauer. Sie hüllte sie rasch ein und war so dicht, dass sie sich nicht mehr sehen konnten, wenn sie weiter als eine Armlänge voneinander entfernt waren. Dann erhob sich hinter den beiden Elfen plötzlich das Klirren und Schreien eines Kampfes.

»Zu mir! Zu mir!«, rief Galarun, sein Ruf aber wurde von der Entfernung und dem Nebel in den Dalgor-Sümpfen gedämpft. Das war ein Nebel, der Geist und Ohr verwirrte.

Obwohl Aravan nichts sehen konnte, spornte er sein Pferd an und ritt seinem Kameraden zu Hilfe, ritt auf das Geräusch von Stahl zu, der auf Stahl traf, obwohl auch der Kampflärm verzerrt und fern wirkte und ein Echo zu haben schien, obschon es dort gar keines hätte geben dürfen. Er ritt in einen tiefen Sumpf, in dem sein Pferd zu versinken drohte und ihn beinahe aus dem Sattel geworfen hätte. Im selben Augenblick erhob sich ein gewaltiger, dunkler Schatten aus dem Sumpf, und eine mit Schwimmhäuten besetzte Hand schlug nach ihm. Ihre Klauen fegten dicht vor seinem Gesicht vorbei, während sein Pferd schrill wieherte und sich aufzubäumen versuchte. Doch der Elf wich dem Schlag aus. *»Krystallopyr!«*, flüsterte Aravan, nannte den Wahren Namen des Speeres. Dann rammte er die Waffe in das kaum erkennbare Ding, das ihn überragte; ein Grauen erregendes Brüllen zerriss die Luft, als die Klinge das eisige Fleisch zischend verbrannte, bevor die Kreatur mit einem gewaltigen Platschen wieder im Sumpf untertauchte.

Der Kampf im Moor setzte sich unterdes fort, dem Klirren und Schreien nach zu urteilen. Wieder ritt Aravan auf die Geräusche zu und vertraute auf die Schrittsicherheit seines Pferdes in diesem tückischen Gelände. Schatten tauchten aus dem Schilf auf und griffen an, Rûpt, Rocha und Loka, aber der Kristallspeer durchbohrte und verbrannte sie. Sie stürzten tot zu Boden oder flüchteten kreischend.

Auf einmal jedoch hörte der Kampf auf; der Feind zog sich wieder in den schützenden Nebel zurück und verschwand im grauen Dunst. Die merkwürdigen Echos endeten damit ebenfalls und die Geräusche waren wieder klar zu erkennen. Der blaue Stein an Aravans Hals wurde warm.

»Galarun!«, rief Aravan, »Galarun!« Andere Stimmen nahmen den Ruf auf.

Langsam sammelten sich die zerstreuten Überlebenden, riefen sich an und ritten aufeinander zu. Nur Galarun war nicht unter ihnen.

Die fahle Sonne vertrieb den Nebel, wenn auch nur langsam, und die Kompanie suchte nach ihrem Anführer. Am Ende fanden sie ihn, durchbohrt von einem Armbrustbolzen und einem Speer der Rûpt, mit seinen fürchterlichen Widerhaken. Er lag im Wasser ... im Schilf, er und sein totes Pferd. Das Silberne Schwert jedoch war verschwunden.

Drei Tage lang suchten sie dort im Dalgor-Moor nach diesem Symbol der Macht, aber sie fanden nichts weiter als ein verlassenes Lager der Rûpt, eines, das kaum einen Tag lang bewohnt worden war. »Vielleicht sind sie nach Neddra zurückgekehrt«, vermutete Eryndar.

Schließlich nahmen sie schweren Herzens und voller Wut den toten Galarun und die fünf anderen Gefährten, die gefallen waren, und ritten durch das hügelige Land zum Darda Galion. Nach zweieinhalb Tagen schließlich passierten sie den Rothro an der Grenze des Greisenbaumwaldes. Sie ritten zwischen den gewaltigen Stämmen dieser mächtigen Bäume einher, bis sie am folgenden Tag die Furt über den Quadrill durchquerten und später über den Cellener setzten, bis sie endlich die Königshalle im Holzherz erreichten, der großen Elfensiedlung mitten im riesigen Darda Galion.

Aravan trug Galaruns Leichnam, der in eine Decke gewickelt worden war, in die Halle, wo die versammelten Elfen warteten und trauerten. Durch eine Gasse aus Elfen schritt

Aravan vor den Elfenkönig, gegrüßt nur von tiefstem Schweigen. Eiron trat von seinem Thronpodest herunter, als sein Sohn auf diese Weise nach Hause zurückkehrte, und streckte Aravan die Arme entgegen, um seinen Galarun in Empfang zu nehmen. Untröstlich übergab Aravan den leblosen Elf an seinen Vater. Eiron drückte seinen Sohn zärtlich an sich, wandte sich um, schritt die Stufen des Podestes hinauf und legte sein totes Kind vor den Thron.

»Ich habe ihn im Stich gelassen, mein Coron«, erklärte Aravan mit erstickter Stimme, »denn ich war nicht an Galaruns Seite, als er mich am dringendsten gebraucht hätte. Auch Euch und Adon habe ich enttäuscht, denn Euer Sohn ist tot – und das Silberne Schwert verloren.«

Coron Eiron sah von dem verhüllten Leichnam auf. Seine Augen schwammen in Tränen und seine Stimme war nur noch ein Flüstern. »Häuft keine Schuld auf Euch, Aravan, denn der Tod Galaruns war vorbestimmt ...«

»Vorbestimmt!«, rief Aravan.

»... von den Magiern des Schwarzen Berges.«

»Wenn Ihr dies wusstet, warum habt Ihr Euren Sohn dann geschickt?«

»Ich wusste es nicht.«

»Aber woher ...?«

»Galaruns Todessermon«, erklärte Eiron. »Die Magier haben ihm gesagt, dass derjenige, welcher diese Waffe als Erster trägt, innerhalb eines Jahres sterben würde.«

Aravan fiel der grimmige Ausdruck auf Galaruns Gesicht ein, als er aus der Stätte der Zauberer unter dem Schwarzen Berg herausgekommen war.

Der Coron kniete sich hin, löste die Bänder von den Decken, klappte einen Zipfel zurück und enthüllte Galaruns Antlitz. Seine Züge waren blass und blutleer. Aravans leise Stimme ertönte. »Er hat niemanden das Schwert berühren lassen, und jetzt erst weiß ich, warum.«

Coron Eiron erhob sich, winkte wortlos nach seinen Helfern, die näher traten, Galaruns Leichnam anhoben und ihn aus der Coron-Halle trugen.

Als sie fort waren, wandte sich Aravan erneut an Eiron. »Sein Todessermon ... war da noch mehr?«

Der Coron setzte sich auf den Rand des Podestes. »Aye, eine Vision dessen, der seinen Tod herbeigeführt hat. Es war ein blasser weißer Mann, der meinen Galarun ermordete; er sah aus wie ein Mensch, war jedoch kein Sterblicher. Vielleicht ein Magier. Oder ein Dämon. Er war blass und groß, hatte schwarzes Haar, lange, schlanke Hände ... und wilde, gelbe Augen. Sein Gesicht war lang und schmal, seine Nase gerade und dünn, die weißen Wangen bartlos. Mehr weiß ich nicht.«

»Und das Schwert? Hat Galarun ...?«

Eiron schnitt Aravans Worte mit einem kurzen Kopfschütteln ab. »Die Klinge war noch in der Obhut meines Sohnes, als er starb.«

Wut und Enttäuschung färbten Aravans Worte. »Aber jetzt ist sie verschwunden, die Klinge des Morgengrauens. Wir haben lange nach ihr gesucht, sie jedoch nicht gefunden.«

Nach einem Augenblick antwortete Eiron. »Wenn sie nicht in den Sümpfen versunken ist, dann wurde sie gestohlen. Falls jemand die Klinge des Morgengrauens in seinem Besitz hat, dann er, der blasse Mann mit den gelben Augen. Findet ihn, dann findet Ihr möglicherweise auch das Schwert.«

Aravan trat zurück, hob den Riemen seines Speers über den Kopf, stemmte den Griff der Waffe auf den Holzboden und fiel auf ein Knie. »Mein Coron, ich werde den Mörder und das Schwert suchen. Falls er oder es zu finden sind ...«

Aravan kam nicht dazu, den Satz zu beenden, denn der König weinte. Also legte Aravan den Kristallspeer beiseite, setzte sich neben seinen Lehnsherrn und sprach mit Tränen in den Augen von den letzten Tagen seines tapferen Sohnes zu ihm.

Lange suchte Aravan das Dalgor-Moor nach dem Silbernen Schwert ab, doch vergeblich. Er fand die Klinge nicht. Der Große Krieg ging derweil weiter und Aravans Speer wurde benötigt. Er kämpfte in zahllosen Gefechten, bis die Große Allianz in Hélofen ihre letzte Legion gegen Modrus Horden warf und den Krieg beendete.

Doch Aravan gab sich noch immer die Schuld an Galaruns Tod und setzte seine Suche nach dem Schuldigen fort. Wenn er ihn fand, so dachte er, würde er vielleicht auch das Schwert des Morgengrauens finden. Coron Eiron hatte ihm ein genaues Abbild des gelbäugigen Mannes aufgezeichnet, und Aravan brannte sich das Bildnis dieses Mörders in sein Gedächtnis ein. Als Händler, Vagabund und Barde reiste Aravan fortan durch Mithgar, folgte Legenden, Gerüchten und Mythen, und erkundigte sich nach jedem, der den blassen Mann mit den gelben Augen vielleicht gesehen hatte: Galaruns Mörder.

Jahrhunderte reihten sich aneinander, bis alle sagten, ein Jahrtausend wäre vergangen, und in all den Jahreszeiten hatte Aravan weder den Mörder noch das Schwert gefunden. Doch im Ardental überkam Dara Rael, die Gefährtin von Alor Talarin, eine fürwahr unheilvolle Weissagung.

Strahlende Silberlerchen und das Silberne Schwert,
Geboren einst in der Morgenröte,
Kehren zur Erde zurück; Elfen gürten sich
Zum Kampf für den Einen.
Der Wind des Todes wird wehen, und fürchterliches Leid
Wird über die Länder kommen.
Keine Trauer, keine Tränen, auch nicht der Erhabene Adon
Werden der Hand des Großen Bösen Einhalt gebieten.

Als er diese Weissagung hörte, reiste Aravan zum Hof von Arden, um mit Darda Rael zu sprechen. Dort, im Großen Saal, in dem bunte Tücher aus Seide und Satin von den Dachsparren herabhingen und der von gelben Lampen erleuchtet war, dort, wo Feuer in Kaminen loderten und den Raum mit dem Duft von Kiefern und Harz und Speisen erfüllten, traf Aravan auf Alor Talarin und seine Gefährtin, die entzückende Dara Rael. Schön war sie und elegant, mit goldblonden Locken und tiefblauen Augen. In Grün hatte sie sich gewandet und in ihr Haar smaragdgrüne Bänder geflochten, als sie jetzt Aravan ansah und lächelte. Talarin hatte auch goldblondes Haar, seine Augen jedoch waren grün, er selbst wirkte groß und schlank und trug eine graue, eng anliegende Hose und ein ebensolches Wams.

Aravan feierte in jener Nacht mit seinesgleichen. Es war lange Jahre her, seit er an den Hof gekommen war. Auch wenn er an jenem Abend Freude fand, verschwand der gequälte Ausdruck dennoch nicht aus seinen blauen Augen.

Am nächsten Tag wurde ihm die Audienz bei Dara Rael gewährt. Aravan und die Gefährtin des Alor saßen am Ufer des Tumbel und sahen zu, wie sein Wasser durch den Arden-Spalt schoss, und sprachen über die Weissagung.

»Dara, Eure Worte legen nahe, dass die Klinge des Morgengrauens in Adonar zu finden ist.«

»Nein, Alor Aravan. Die Vision spricht nur von einem Silbernen Schwert; sie nennt es nicht die Klinge des Morgengrauens. Dennoch denke ich, dass Ihr recht haben könntet, denn welche andere Klinge sollte schon aus Adonar hierher gebracht werden?«

Aravan blickte auf das reißende Wasser, das über Felsen rauschte. Die Turbulenz des Flusses spiegelte seine eigenen, aufgewühlten Gedanken wider. Dass sich die Klinge des Morgengrauens möglicherweise auf der Hochebene befand, widersprach jeglicher Vernunft.

»Wenn das Schwert in Adonar ist, warum wurde es dann nicht gegen den Hohen Vûlk eingesetzt, Gyphon, wofür es doch bestimmt war? Nein, wenn sich die Klinge nicht in Mithgar befindet, dann doch sehr wahrscheinlich in Neddra, bei den Rûpt, denn sie waren es, welche uns überfielen, Galarun ermordeten und flohen. Anschließend war das Schwert verschwunden.«

Rael war von ihrer Weissagung ebenfalls verwirrt. Denn wenngleich sie ihr auch Stimme verliehen hatte, Weissagungen und solche Reden kamen auf eigenes Geheiß und wurden nicht herbeigerufen. Jene, die sie aussprechen, wissen häufig nichts über die Botschaft, die darin liegt.

»Also glaubt Ihr, dass Rucha oder Loka das Schwert stahlen und es aus dieser Welt nach Neddra schafften?«

Aravan stand auf und ging aufgeregt hin und her. »Ich weiß es nicht, Dara. Vielleicht ... Ihr Anführer, der Fahle, scheint sich nicht in Mithgar aufzuhalten. Ich habe nach ihm gesucht, und wie ich das getan habe!

Aber wenn das Schwert tatsächlich aus Adonar hierher gebracht werden soll, dann erfordert Eure Weissagung einen Reiter der Unmöglichkeit, denn die Wege zwischen den Ebenen sind blockiert.«

»Nicht ganz, Alor Aravan. Nicht ganz. Die Elfen können nach wie vor nach Adonar gehen.«

Aravan blieb stehen und sah Rael an. »Das können wir, Dara, in der Tat. Wir können nach Adonar gehen, wie die Menschen von dort auch nach Mithgar gelangen können. Aber sobald wir unsere jeweiligen Ziele erreicht haben, kann keiner von uns in die Welt des anderen zurückkehren.

Hört! Als ich Eure Weissagung das erste Mal vernahm, dachte ich, das Schwert könnte von einem Menschen hierher gebracht werden. Doch alle aus Mithgar, die zur Zeit der Großen Scheidung in der Hochwelt lebten, sind lange tot, denn sie waren Sterbliche, und es sind seitdem viertausend Jahreszeiten vergangen. Nein, kein Mensch kann die Klinge des Morgengrauens von jener Welt in diese tragen. Selbst wenn wir dorthin gehen würden, um das Schwert zu holen, könnten wir nicht mehr zurückkehren. Und deshalb, meine Dara, sage ich, dass Eure Weissagung einen Reiter der Unmöglichkeit verlangt.«

Jahrtausende verstrichen, in denen Aravan weiter nach dem Schwert und Galaruns Mörder suchte, jedoch ohne Erfolg.

In der Vierten Ära entbrannte der Winterkrieg. Aravan und eine Abteilung Zwergenkrieger schlichen an der Küste der Aragon-See entlang, krochen durch die Linien der Eindringlinge und gelangten schließlich nach Jugo, wo sie eine kleine Schaluppe stahlen und nach Arbalin segelten. Dort stellte Aravan eine Rumpfmannschaft zusammen und segelte mit ihnen des Nachts in einem kleinen Boot zum Thell-Busen in Pellar.

Aus einer verborgenen Grotte in diesem Meeresbusen tauchte bald die schlanke, schnelle *Eroean* auf. Denn entgegen den Legenden brannte das Elfenschiff nicht in grünem Hexenfeuer, während es die nächtlichen Meere durchpflügte, bemannt von einer gespenstischen Mannschaft, und war auch nicht von einem Mahlstrom verschluckt worden. Sondern Aravan hatte es in einer entlegenen Grotte verborgen, in die sich niemals jemand verirren würde.

In der Nacht schlüpfte er durch die Patrouillen der Feinde und segelte zurück nach Arbalin, wo er seine Besatzung vervollständigte. Das Elfenschiff mit seiner Mannschaft aus menschlichen Seeleuten und Zwergenkriegern überfiel die Schifffahrtslinien der Rover und Kistaner, enterte etliche feindliche Schiffe und überwältigte den Feind, nahm Schiffe und Kriegsgüter als Preise und setzte die überlebenden Feinde auf dem Meer aus.

Aravan weilte in der Hile-Bucht, als im Norden der Dusterschlund kollabierte und die Rover flohen. Die *Eroean* verfolgte sie und versenkte mit ihren Kriegsgeräten – Katapulten, die Feuerkugeln schleuderten – viele feindliche Schiffe. Denn kein Boot konnte die schnelle und wendige *Eroean* ausmanövrieren oder ihr entkommen.

Nach dem Ende des Winterkrieges segelte Aravan die *Eroean* erneut in jene Grotte im Thell-Busen, wo er das schnelle, schlanke Schiff versteckte.

Die Zeit verstrich, es mögen sechshundert Jahre gewesen sein, in denen Aravan die Kontinente bereiste, immer noch auf seiner Suche. Als er aus dem fernen Jûng zurückkehrte, machte er im Darda Erynian Station und frischte alte Bekanntschaften auf. Von Vanidor, den manche auch als Silberblatt kannten, erfuhr er von dem Krieg um Drimmenheim, denn Vanidar war der einzige Elf gewesen, der bei der Schlacht um Kraggen-cor dabeigewesen war, wie die Drimma, die Zwerge, den Ort dieses umwälzenden Kampfes nannten.

Es war ebenfalls Vanidar, der Aravan von Talars Tod berichtete, ausgeübt durch die Hand von Baron Stoke, sechshundertfünfzig Jahre zuvor. Es stimmte Aravan traurig, von Talars Ermordung zu hören, denn er hatte den Lian gemocht. Jetzt erkundigte er sich nach Talars Schwester. »... Riatha, heißt sie.«

»Als wir das letzte Mal miteinander sprachen, lebte sie in Ardental«, antwortete Vanidar. »Möglicherweise wohnt sie noch immer dort. Aber unser Gespräch ist schon lange her. Damals traf ich sie, als sie zum Großwald unterwegs war, begleitet von zwei Waerlinga, um den Tod von Urus zu besingen. Er hatte ihr bei ihrer Suche nach Vergeltung für Talar geholfen. Ihr wisst, dass sie eine Kriegerin ist, und also hat den Baron verfolgt, sie, die Waerlinga und Urus.

Nach vielen Prüfungen haben die vier Talars Mörder endlich im Grimmwall gestellt. Stoke ereilte sein Schicksal dort oben am Großen Nord-Gletscher, er wurde von Urus in den Tod gerissen. Urus selbst verlor dabei auch sein Leben, deshalb wollte sie von seinen Taten singen.

Danach aber, so meinte sie, wollte sie ins Verborgene Tal zurückkehren. Ob sie es tat, kann ich nicht sagen, doch dort würde ich sie suchen, wenn es notwendig wäre. Im Ardental.«

Einige Monate später führte Aravans Weg ihn zum Ardental, und er suchte Riatha auf, um ihr sein Beileid auszusprechen. Sie schlenderten durch den Schmuckgarten, mit seinen stillen Teichen unter dem durch die Wipfel der Bäume gedämpften Schatten, blieben ab und zu stehen und beobachteten einen Goldfisch, der unter der grünen Kresse döste. Sie sprachen von vielerlei, auch von Aravans Suche nach dem Silbernen Schwert und seinem Wunsch nach Vergeltung für Galaruns Tod. Riatha sprach von Talar und der Verfolgung seines Mörders. Riathas Beschreibung von Stoke überraschte Aravan: ein Mann mit fahler Haut und gelben Augen. *Könnte es derselbe sein, der Galarun ermordete?* In den Tausenden von Jahren, die seine Suche währte, hatte Aravan häufig blasse Männer mit gelben Augen verfolgt und aufgespürt, nur um jedes Mal feststellen zu müssen, dass sie dem Bildnis von Galaruns Mörder nicht entsprachen. Außerdem waren es ausnahmslos Sterbliche, und daher konnten sie nichts mit dem Mord an Galarun und dem Diebstahl des Silbernen Schwertes zu tun haben. Dafür war bereits viel zu viel Zeit vergangen. Mit Stoke dagegen verhielt es sich anders: Er war ein Verfluchter, ein Gestaltwandler; er war der Anführer der Rûpt, befehligte Rucha und Loka und Vulgs; und er hatte bereits viel länger gelebt als jeder Sterbliche.

Riatha erzählte Aravan von Raels Vision, was die Letztgeborenen Erstgeborenen betraf, vom Licht des Bären und dem Auge des Jägers. Vielleicht verkündeten die Worte der Prophezeiung ja, dass Stoke irgendwie von den Toten auferstehen würde.

»Ich würde mich zu Eurer Mission hinzugesellen«, erklärte Aravan schließlich. »Ich weiß nicht, ob es Stoke ist, den ich suche, und ob er für Galaruns Tod verantwortlich ist. Wenn doch, so muss ich mit eigenen Augen sehen, dass er stirbt. Außerdem ist da noch die Klinge des Morgengrauens, die verschwunden ist. Sollte er sie gestohlen haben, müssen wir herausfinden, was er damit angefangen hat.

Riatha, Ihr wart da, als das Schwert verloren ging. Können wir es wiederbeschaffen, dann ist es zur Hand, falls etwas geschieht, was seine Verwendung erfordert.

Raels Weissagung sprach von einem Silbernen Schwert, das zur Morgenröte herbeigebracht wird. Sie hat Mithgar jetzt verlassen und mit Talarin den Düsterritt zurück nach Adonar angetreten. Wäre sie hier, so würde sie wohl als Erste sagen, dass es nicht gewiss ist, ob es sich bei dem Silbernen Schwert ihrer Weissagung um die Klinge des Morgengrauens handelt.

Aber es ist wahrscheinlich. Sollte es aber nicht so sein, so müssen wir doch allen Spuren folgen, die zum Ort führen könnten, an dem sich die Klinge des Morgengrauens befinden könnte. Und vielleicht führt auch eine dieser Fährten zu Baron Stoke.

Wo auch immer sich dieses Silberne Schwert befinden mag, ich habe Vergeltung für Galaruns Tod geschworen. Ich würde Euch bei Eurer Suche helfen, auch allein auf die Möglichkeit hin, dass Stoke dafür verantwortlich ist.«

Riatha willigte selbstverständlich ein.

Dann jedoch gab die Elfe ihrer Vermutung Ausdruck, dieses Silberne Schwert könnte vielleicht in einem der alten Stützpunkte von Stoke versteckt sein, in seinem Turm nahe Vulfcwmb oder in dem Drachenschlund in der Nähe von Sagra oder dem Kloster über dem Großen Nord-Gletscher. Also unternahm sie mit Aravan lange Reisen zu den Orten, die sie genannt hatte. Zuerst zum Vergessenen Gefängnis im fernen Vancha, wo sie gewaltige Höhlen zwischen den ausgebrannten Ruinen in der Höhle des Dämonen fanden. Sie durchsuchten sie gründlich, fanden jedoch kein Schwert. Dann ritten sie weiter nach Vulfcwmb im Norden, zu dem zerstörten Turm, der einst auf der hohen Klippe gethront hatte, bevor ihn die Zwerge von Kachar geschleift hatten. Erneut durchsuchten sie sorgfältig die Ruine und die Höhlen, die nicht eingefallen waren, wurden jedoch auch hier nicht fündig. Zuletzt ritten sie nach Norden durch den Grimmwall, vorbei an den Ruinen des Drachenschlundes, wo das Land bebte, und kamen schließlich zu jenem Kloster über dem Gletscher, dessen eiserne Glocken immer tönten, wenn das Land besonders heftig bebte. Auch hier stießen sie nur auf verlassene Häuser, nicht jedoch auf ein Silbernes Schwert.

Als sie dort am Großen Nord-Gletscher waren, nahm Riatha Aravan mit, um ihm das goldene Glühen zu zeigen, das aus der Tiefe des Eises erstrahlte. Als Aravan in seinem sanften Schimmer stand, fühlte er sich auf eigenartige Weise zu diesem Strahlen hingezogen, als würde er gerufen. Aber es lag tief und unerreichbar im Eis.

»Es driftet«, sagte Riatha leise. »Es driftet unaufhörlich zum östlichen Rand des Gletschers.« Aravan sah, dass sie weinte.

Als sie das Ardental schließlich wieder erreichten, waren zwei Jahre vergangen. Aravans Suche nach dem Schwert war nicht beendet, ebenso wenig wie sich sein Wunsch nach Vergeltung erfüllt hatte, was beides auch vielleicht niemals geschehen würde. Aber er fühlte sich getrieben weiterzumachen. Also verabschiedete er sich und versprach Riatha, ihr zu helfen, wenn die Zeit der Prophezeiung kam, und schwor zurückzukehren, bevor das Auge des Jägers über den nächtlichen Himmel ziehen würde.

Die Zeit verstrich, verschlang Jahrhunderte und wechselte die Jahreszeiten ewiglich. Doch drei Winter, bevor der rote Bote des Jägers durch die Nacht ziehen würde, kam Aravan zurück nach Ardental. Seine Suche nach dem Silbernen Schwert und sein Wunsch nach Rache blieben nach wie vor unerfüllt. Zu dieser Zeit hatte Aravan mehr als zwölftausend Jahre auf Mithgar verbracht ...

... und sein Leben fing gerade erst an.

12. Kapitel

EQUINOX

Ende September, 5E985
[Zwei Jahre und sechs Monate zuvor]

»Kel, Riatha, Dara!«, rief Jandrel. *»Vi didron ana al enistori!«*

Riatha drehte den Getreidehalmen vor ihr den Rücken zu, beschattete ihre Augen mit der Hand und betrachtete die drei am Feldesrand: Jandrel zu Pferde und die beiden Waerlinga, die auf ihren Ponys neben ihm saßen. Sie reichte einem der Ährensammler die Sense und ging auf die Besucher zu ...

... die Letztgeborenen Erstgeborenen waren gekommen.

Als sich die Elfe ihnen näherte, stiegen die beiden Wurrlinge ab und führten ihre Ponys am Zügel weiter. Riatha scholl das Herz bei diesem Anblick, denn trotz ihrer Kleidung und ihrer Waffen sahen die beiden Waerlinga auf den ersten Blick wie Elfenkinder aus. Natürlich waren es keine, denn noch nie hatte eine Elfe in Mithgar ein Kind empfangen, und seit mehr als fünftausend Jahren, seit der Großen Scheidung, hatte kein Elfenkind mehr seinen Fuß auf diese Welt gesetzt. Aber auch wenn ihr Verstand wusste, dass dies keine Elfenkinder waren, ihr Herz mochte es nicht glauben, und unerwartet liefen ihr Tränen über die Wangen.

Als Riatha zum Rand des Feldes kam, machte die Damman einen kleinen Knicks. »Ich bin Faeril Twiggins, und das ist Gwylly Fenn. Wir sind die Letzten der Erstgeborenen Nachkommen von Tomlin und Petal ...

... und Ihr, Riatha, seid noch schöner, als ich es mir jemals hätte vorstellen können.«

Nach diesen Worten ließ Faeril die Zügel von Schwarzschweif fallen und stürmte mit ausgestreckten Armen vor. Riatha lächelte unter Tränen und ging auf ein Knie nieder, um sie zu umarmen.

Riatha führte Gwylly und Faeril zu den Kiefern und an den verstreuten reetgedeckten Katen vorbei, deren Wände aus verflochtenen Weidenruten und Lehm bestanden und von Holzbalken gestützt wurden. »Wenn wir die Ponys in den Stall gebracht haben, suche ich jedem von Euch eine Hütte ...«

»Aber nein, Lady Riatha«, fiel ihr Faeril ins Wort. »Ich meine, Gwylly und ich sind jetzt miteinander ... wir sind ein Paar, obwohl wir unsere Schwüre noch nicht öffentlich geleistet haben.«

Riatha lächelte. »Ah, verstehe. Dann sollt Ihr eine gemeinsame Kate bekommen.«

Als sie weitergingen, blieben die Elfen, an denen sie vorüberkamen, stehen und sahen die Waerlinga an ... sie erinnerten sich. Plötzlich meldete sich Gwylly. »Sagt, könnten wir unser Ehegelöbnis nicht hier ablegen? Habt Ihr einen Bürgermeister oder einen königlichen Schreiber oder dergleichen?«

Darüber musste Riatha erneut lächeln. »Nein, Gwylly, weder einen Bürgermeister noch einen königlichen Schreiber, aber dafür habe ich etwas Besseres. Ich werde eine Gelöbniszeremonie arrangieren.«

Sie betraten die Ställe, als Gwylly zu der Elfe hochsah. »Eine Gelöbniszeremonie?«

»Ja. So etwas halten wir ab, wenn wir eine länger andauernde Partnerschaft eingehen wollen. Außerdem gibt eine solche Gelöbniszeremonie den Elfen einen Grund zum Feiern, denn wir selbst leisten einen solchen Schwur nur sehr selten.«

»Selten?«, erkundigte sich der Bokker.

»Ihr wisst doch sicher, Gwylly, dass uns Elfen ... eine besonders lange Lebenszeit gewährt ist ... eine sehr sehr ...«

»Ihr seid doch unsterblich«, brachte Faeril es auf den Punkt.

»Ja genau. Unsterblich«, bestätigte Riatha.

Die Elfe öffnete zwei Boxen, in die Gwylly und Faeril ihre Ponys führten. Nachdem sie ihre Taschen, Sättel und das Zaumzeug abgenommen hatten, füllte Riatha jedem Pony eine Schaufel Hafer in den Trog und holte ihnen Wasser.

»Was hat ein langes Leben damit zu tun, ob man einander einen Treueschwur leistet?«, erkundigte sich Gwylly, der in seiner Satteltasche nach dem Striegel suchte.

Riatha stellte einen Eimer Wasser in Fleckers Box und den anderen in jenen von Schwarzschweif. »Ganz einfach: Jede Person folgt ihrem eigenen Pfad. An irgendeinem Punkt ihres Lebens stellt die Person fest, dass ihr Lebensweg vielleicht parallel mit dem einer anderen Person verläuft. Zu einem anderen Zeitpunkt jedoch entfernen sich die beiden Pfade möglicherweise voneinander, weil die Einzelnen und ihre Interessen sich verändern, und ihre gemeinsame Grundlage immer kleiner wird. Dann tauchen vielleicht in der Richtung, in welcher der Weg der Person verläuft, neue Pfade auf, und es bildet sich neuer gemeinsamer Grund zwischen anderen Wesen.

Freundschaft kann dafür als gutes Beispiel dienen. Freundschaft wächst, wird innig und entfernt sich dann wieder, weil sich die Neigungen ändern, die wiederum neue Freunde schaffen. Das bedeutet aber nicht, dass alle Freundschaften nur flüchtig wären, so wie es auch nicht bedeutet, dass alle Freundschaften ewig dauerten. Beides trifft zu; einige Freundschaften sind flüchtig, andere dagegen dauern an, die meisten jedoch finden sich irgendwo dazwischen.

Weil sich die Wege der Einzelwesen ändern, und das manchmal auch in unvorhergesehenen Richtungen, muss man sehr genau abwägen, bevor man einen Eid leistet oder ein Gelöbnis ablegt. Denn Interessen ändern sich und der gemeinsame Grund verschwindet.

Die Elfen sind sich dessen sehr wohl bewusst, denn wir leben ... ewig. Ein Schwur, der heute vielleicht voller Freude geleistet wurde, kann in der Zukunft zu einer unerträglichen Bürde werden. Und bedenkt, für Elfen besteht die Zukunft aus einer Ewigkeit. Also muss jeder Schwur, jeder Eid oder jedes Gelöbnis, das ein Elf gibt, dies mitbedenken.

Aber selbst unter den Sterblichen und ihrer begrenzten Lebensspanne können Gelöbnisse oder Schwüre mit der Zeit zu einer unerträglichen Last werden.«

Gwylly hielt mit dem Striegeln inne. »Aber Riatha, Ihr wollt doch damit nicht sagen, dass es richtig wäre, Schwüre zu brechen.«

Riatha hob die beiden Sättel der Wurrlinge nacheinander auf eine Stange und legte anschließend die Satteldecken darauf. »Nein, Gwylly, ich rate nicht dazu, einen Eid zu brechen. Kein Volk, einschließlich der Elfen, nimmt einen Schwur so leicht. Aber ich rate zur Besonnenheit. Denkt lange, sehr lange nach, bevor Ihr einen Schwur leistet, denn der gemeinsame Grund, auf dem der Eid abgelegt wurde, kann eines Tages zu klein werden, als dass man noch darauf stehen könnte.«

Schwarzschweif mampfte friedlich den Hafer, während Faeril die Hufe des Ponys anhob, sie untersuchte und mit einem Hufkratzer von festgedrückter Erde reinigte. »Ich glaube, ich verstehe, Riatha. Sollten sich die Bedingungen ändern, unter denen dieser Schwur geleistet wurde, dann ... nun, dann gilt der Schwur vielleicht nicht mehr.«

»Zum Beispiel?«, erkundigte sich Gwylly.

Faeril richtete sich auf und ließ den letzten Huf los, den sie gereinigt hatte. »Wenn man zum Beispiel jemandem einen Treueid leistet, jemandem, der sich später zu seinem, sagen wir, Nachteil verändert und üble Taten begeht und möglicherweise sogar von dir verlangt, Verbrecherisches zu tun. In einem solchen Fall hat sich die Person geändert, und infolgedessen auch der gemeinsame Grund, der vielleicht sogar gänzlich verschwunden ist. Dann ist diese Person jemand, den du durch deinen Schwur nicht länger unterstützen kannst.«

Gwylly nickte, sagte jedoch nichts. Dafür antwortete Riatha. »Richtig, es ist der gemeinsame Grund, der alle Schwüre trägt. Und manchmal können sich die Umstände auch in unvorhersehbarer Weise verändern und die Erde anreichern oder ausdörren, die einen solchen Schwur nährt. Folglich steht es uns allen gut an, sorgfältig den Boden zu prüfen, auf dem man steht, bevor man dort einen Eid pflanzt.«

Gwylly war mit Flecker fertig, trat aus der Box und schob den Riegel der Tür hinter sich zu. »Das klingt so, als wäre ein Schwur ein empfindlicher Keimling, der nur in fruchtbare Erde gesetzt werden sollte.«

»Ganz recht, Gwylly, genau das ist es auch. Und so wie ein Setzling Pflege und Wasser benötigt, um zu überleben, stark zu werden und Früchte zu tragen, müssen auch Schwüre gehegt und gepflegt werden, damit sie nicht verwelken.«

Faeril nahm ihre Satteltaschen und ihre Schlafrolle über den Arm. »Deshalb wohl erlöschen manchmal die Freundschaften ... sie werden nicht genährt.«

Während Gwylly ebenfalls seine Taschen und Habseligkeiten aufnahm, lächelte Riatha die Damman traurig an. »Ja, Faeril. Ohne Pflege verwelken alle Dinge, seien es Setzlinge, Schwüre, Freundschaften, Partnerschaften oder was auch immer sonst.«

Sie verließen die Stallungen und gingen langsam durch den Kiefernwald, vorbei an den verstreuten Katen. Kurz darauf traten sie zwischen den Bäumen heraus und auf eine kleine, sonnenüberflutete, grasige Lichtung, die am Rand eines Hanges lag und auf der Wildblumen wuchsen. In der Mitte dieser Lichtung stand auch eine Kate, von der aus man ungehindert einen Blick auf das Tal im Osten werfen konnte. Die Kiefern reichten bis zur Uferböschung des Tumbel und erstreckten sich auch über die Hänge auf der anderen Flussseite. Die hohen, spitzen Klippen der gegenüberliegenden Wand des Ardentals lagen etwas mehr als eine Meile entfernt. Riatha führte die Wurrlinge auf die Lichtung, auf der Bienen und Hummeln die Blumen umsummten und den letzten Nektar des Sommers sammelten. Sie spürten vielleicht, dass der Herbst bevorstand, und in seinem Gefolge auch der dräuende Winter. Die Elfe trat auf die Schwelle der Kate. »Das wird Eure Wohnstatt sein, auch wenn mir scheinen will, dass sich die Möbel darin nicht für Eure Größe eignen.« Sie hob den Riegel und stieß die Tür auf.

Faeril und Gwylly traten in die Kate, während Riatha von Fenster zu Fenster ging, die Fensterläden öffnete und das Tageslicht hereinließ. Die Wurrlinge stellten ihre Habseligkeiten auf den Boden und sahen sich um.

Die Kate hatte zwei Räume; der eine war eine Kombination aus Küche und Wohnraum, mit Schränken und Tischen und Stühlen, einem Kamin zum Heizen und Kochen, und zwei gepolsterte Lehnstühle davor, damit man am Feuer sitzen konnte; außerdem gab es eine kleine Speisekammer und Schränke, einen Waschtisch, eine Bank und einen Schreibtisch. In dem anderen Raum standen ein Bett, ein Kleiderschrank, ein Frisiertisch und eine Kommode mit Schubladen. Dazu zwei Stühle und ein dritter vor einem kleinen Schreibtisch.

Gwylly warf einen Blick zur Hintertür hinaus, sah den Brunnen dicht neben dem Haus und auch den Abtritt, der ein Stück entfernt war. An die hintere Veranda schloss sich ein kleines Stück Land an, auf dem ein Gemüsebeet angelegt war, und an der rückwärtigen Wand der Kate standen fein säuberlich Gartengeräte aufgereiht.

»Ach, Riatha, das ist eine wundervolle Kate«, stieß Faeril ehrfürchtig hervor. »Wir werden unsere Zeit hier sehr genießen.«

Nachdem Riatha sie verlassen hatte, damit sie sich in Ruhe einfinden konnten, nicht, ohne ihnen vorher zu verkünden, dass sie sie am Abend zum Bankett abholen würde, packten Faeril und Gwylly ihre spärlichen Habseligkeiten aus und erkundeten danach die Kate und ihre Umgebung. Gwylly wirkte jedoch ungewöhnlich ernst, und als sie sich auf den blumigen Hang setzten und über das Tal blickten, fragte Faeril ihn endlich nach dem Grund für seine nachdenkliche Miene.

»Ich liebe dich mehr als das Leben, meine Dammia«, erwiderte Gwylly, »aber ich frage mich, ob wir genug ›Grund‹ unter uns haben, um uns die Treue zu geloben.«

Faerils Herz krampfte sich zusammen. »Was meinst du damit, Gwylly? Was brauchen wir mehr an Grund als die Liebe?«

Gwylly nahm ihre Hand und sah ihr forschend in die bernsteinfarbenen Augen, als suchte er darin etwas. »Meine Dammia, ich weiß einfach nicht, ob ich deiner wert bin.« Er hob die Hand, um ihren Protest zu unterbinden. »Du kannst lesen, ich nicht. Du wurdest unter unseresgleichen aufgezogen, ich aber nicht. Du wusstest von der Prophezeiung, ich nicht. Du hast dich auf diese Mission vorbereitet, ich jedoch nicht. Du ...«

Faeril lachte, nahm Gwyllys Gesicht zwischen ihre Hände und brachte ihn mit einem Kuss zum Schweigen. »Ach, mein Liebster«, meinte sie dann. »Lass uns genauer betrachten, was du da sagst.

Fürwahr, ich kann lesen. Was du noch in diesem Jahr ebenfalls können ...«

»Aber ich kenne gerade einmal alle Buchstaben«, protestierte Gwylly.

»Bah!«, unterbrach ihn Faeril. »Du kannst bereits deinen Namen schreiben, und meinen auch, und hundert Worte buchstabieren. Nein, Liebster, noch in diesem Jahr wirst du die Gemeinsprache lesen und schreiben können. In zwei Jahren wirst du genauso gut Twyll beherrschen und es auch sprechen, die Sprache von uns Wurrlingen.«

Gwylly knurrte wenig überzeugt.

»Und was meine Kindheit in unserem Volk angeht«, fuhr Faeril fort, »wenn du die Sprache der Wurrlinge beherrschst, wirst du auch sehr viel über die Geschichten und Sagen unseres Volkes gelernt haben, denn ich werde eben diese Legenden benutzen, um das Sprechen und Lesen und Schreiben von Twyll mit dir zu üben.

Ich kenne die Prophezeiung, gewiss, aber du wirst alles darüber in den Tagebüchern lesen, die wir mitgenommen haben.

Außerdem haben wir genug Zeit, dich für unsere Mission auszubilden, auch wenn ich einen gewissen Vorsprung haben mag.

Wenn wir dieses Abenteuer mit Riatha bestanden haben, werden wir beide mehr gemeinsamen Grund unter uns haben, als jeder andere, den ich mir vorstellen kann.

Was nun die Frage betrifft, ob du meiner wert bist, Gwylly ... ach, Liebster, du bist freundlich und zärtlich und hast ein Herz so groß wie die Welt. Auch deine Eltern hätten, wenn sie länger gelebt hätten, keinen besseren Wurrling aus dir machen können als Orith und Nelda, obwohl sie Menschen sind.

Mein Bokkerer, siehst du nicht, dass der Grund, auf dem wir beide stehen, so gut und fruchtbar ist, wie wir uns nur wünschen könnten, und dass er nur immer noch größer werden wird?«

Gwylly stand auf und zog Faeril hoch. Dann nahm er sie in die Arme und küsste sie zärtlich. Sie schlenderten gemeinsam durch die Wildblumen zur Kate, während die Bienen aus den Blüten flogen, wenn die Wurrlinge die Blumen streiften, traten in die Hütte und schlossen die Tür hinter sich.

Riatha holte Gwylly und Faeril ab, als sich das Zwielicht über das Tal legte. Sie trug Gewänder aus grüner Seide und Satin und hatte mit Jade besetzte Bänder in ihre goldblonden Locken geflochten. Die Wurrlinge hatten ihre beste Kleidung ausgewählt, aus der Menge, die sie mitgenommen hatten, und auch wenn das Material grob und selbstgesponnen war, waren sie doch recht präsentabel. Faeril trug eine schwarze Hose und ein graues Wams, dazu schwarze Bänder um jeden Oberarm, deren Enden herunterbaumelten. Ihr Haar trug sie offen. Gwylly war in ein rostbraunes Hemd und eine dunkelbraune Hose gekleidet, hatte ein schmales Lederband um die Stirn gebunden. Dazu trugen beide dunkelbraune Stiefel aus gebürstetem Leder.

Sie gingen über die Lichtung, über der Lerchen ihr Abendlied trällerten, auf dem weichen Nadelteppich unter den schattigen Kiefern. Der Wald um sie herum lag bis auf das leise Huschen der Vögel in den Baumkronen oder das

Rascheln eines kleinen Tieres, das durch die Dunkelheit davonhuschte, still da. Ab und zu zirpte auch ein Vogel in den Zweigen, als murmelte er sich noch etwas zu, bevor er schlafen ging. Je weiter sie gingen, desto deutlicher hörten Faeril und Gwylly den schwachen Klang von Silberharfen und Stimmen, die in der Ferne sangen. Ein Schimmer drang zwischen den Bäumen hindurch, dann noch einer und noch einer, gelb und gedämpft. Die drei kamen den Geräuschen und dem Licht immer näher und traten schließlich zwischen den letzten Stämmen auf eine kleine, freie Lichtung in den gelblichen Lichtkreis der Papierlaternen, die an den Zweigen der Bäume hingen. Jede der bunten Laternen trug ein uraltes Symbol oder eine Rune. Als die drei die Lichtung betraten, erhoben sich die Stimmen voller Freude, und sie wurden von Elfen umringt, die in Gewänder aus Seide und Satin gekleidet waren, in den verschiedensten Farbtönen, schwarz, grau, weiß, gelb, orange, rot und braun, blau und grün und violett und lavendelfarben. Das Schöne Volk hatte sich zum Feiern versammelt.

Die Elfen lächelten und machten Platz, als Riatha die beiden Wurrlinge in die Mitte der Lichtung führte. Die Elfen wichen immer weiter zurück, ohne mit dem Singen aufzuhören, bis alle die beiden Besucher sehen konnten. Riatha nahm Faerils Hand in ihre Rechte und die von Gwylly in die Linke und drehte sich mit ihnen langsam herum, damit alle einen Blick auf die Wurrlinge werfen konnten. Dabei verstummte der Gesang allmählich, bis nur noch ein sanftes Murmeln und schließlich gar nichts mehr zu hören war. Harfentöne klangen in einem letzten, silberhellen Glissando auf, bis die letzten Töne zwischen den schattigen Kiefern ganz verklangen. Schweigen senkte sich herab, und die Sterne am Himmel wurden sichtbar, während es immer dunkler wurde. Riatha wandte sich nach Norden, mit den Wurrlingen an ihren Händen, und rief die Worte in ihrer Stimme, die wie flüssiges Silber klang: *»Alori e Darai, vi estare Faeril Twiggins e Gwylly Fenn.«* Lauter Jubel – ein Willkommensschrei hallte durch den Wald, als sich Riatha erneut mit den Wurrlingen einmal im Kreis drehte.

Da sie wieder nach Norden gewandt standen, führte Riatha die Wurrlinge zu der Stelle in dem Kreis der Lian, an der ein großer, rothaariger Elf stand. Flankiert wurde er von zwei Bannern, die in der windlosen Nacht schlaff an ihren Pfosten hingen. Trotzdem konnten die Wurrlinge das Emblem darauf erkennen, als sie sich den Stangen näherten: einen grünen Baum auf einem grauen Feld. Und sie wussten, dass dies das Wappen von Ardental war, der Einsame Greisenbaum, der im Zwielicht dastand, eine Fahne, die mit Ehre auf vielen Schlachtfeldern getragen worden war.

Riatha blieb vor dem rothaarigen Elf stehen. *»Alor Inarion, vi estare Faeril Twiggins e Gwylle Fenn, eio ypt fainier a la, Faeril en a Waldsenken e Gwylly en a Weitimholz. Eio ra e ritha anthi an e segein.«*

Der Elf lächelte Faeril und Gwylly an und zwinkerte. »Es würde mich sehr überraschen«, meinte er leise, »wenn Ihr Sylva sprächet.«

Faerils Augen glitzerten im Licht der Laternen und sie schüttelte den Kopf. »Aber wir können es lernen«, erklärte sie.

Der Elf lachte. »Dara Riatha, das heißt Lady Riatha, hat Euch Euren Gastgebern im Ardental vorgestellt. Und den Versammelten Eure Namen genannt. Außerdem hat sie Euch zu mir gebracht. Ich bin Alor Inarion, Lordhüter der Nördlichen Gebiete von Rell.« Der Elfenlord verneigte sich.

Faeril erwiderte diese Höflichkeit mit einem Knicks und Gwylly verbeugte sich. Dann grinste der Bokker Inarion an. »Auch wenn wir kein Sylva sprechen, meinen Namen habe ich doch verstanden und auch Faerils. Doch mir scheint, dass Riatha noch mehr gesagt hat.«

Inarions Augen weiteten sich kurz bei Gwyllys kluger Feststellung. »Ja. Sie hat gesagt, dass Ihr beide von weither gekommen seid, Faeril aus den Waldsenken und Ihr aus dem Weitimholz. Zudem hat sie verkündet, dass Ihr die Letztgeborenen Erstgeborenen der Prophezeiung seid.

Doch davon können wir später noch reden. Jetzt lasst uns die Formalitäten abschließen und unsere Feier beginnen. Hier, stellt Euch neben mich und wendet Euch den Versammelten zu.«

Als sich Faeril links und Gwylly rechts neben ihm aufgebaut hatten, rief Inarion den Versammelten zu: *»Darai e Alori, vi estare Faeril Twiggins e Gwylly Fenn, vala an Dara Riatha e an doea Lian.«*

Erneut stieg lauter Jubel von den Elfen auf, der durch den schattigen Kiefernwald hallte. »Ich habe Euch ein drittes Mal namentlich vorgestellt«, erklärte Inarion, »und erklärt, dass Ihr Gefährten von Lady Riatha und allen Lian seid.«

Noch während Inarion das sagte, stimmten die Silberharfen eine leise Melodie an, die immer lauter wurde, bis sich die Stimmen der Elfen dazu mischten, in einem Kanon, bei dem sich Harmonie an Harmonie fügte. Dann schritten die Alori und Darai in einem komplizierten, wechselnden Muster aneinander vorbei über das Gras hin, vielleicht war es aber auch eine willkürliche Abfolge. Jedenfalls schritten sie, hielten inne und gingen dann wieder aneinander vorbei. Sie sangen und gingen und blieben stehen; ihre Stimmen vermischten sich und verdoppelten sich auch, sangen Punkt und Kontrapunkt, während sie feierlich einherschritten. Riatha hatte sich unter sie gemischt.

Weder Faeril noch Gwylly hatten jemals von einem solch magischen Gesang gehört, und sie sahen sich an, überwältigt von diesem Wohlklang. Dann blickten sie zu Lord Inarion hoch, der neben ihnen stehen geblieben war. »Wir besingen die Ernte und die Tagundnachtgleiche des Herbstes«, erklärte der Elf. »Und den aufgehenden Mond.«

Im Osten stieg tatsächlich der volle, gelbe Mond zwischen den Zweigen der Bäume hinauf. Seine weißlich-silbernen Strahlen leuchteten zwischen den Kiefern.

»Kommt«, Inarion nahm einen Wurrling an jede Hand und trat singend mit den beiden unter die Elfen, vollzog langsam die Schritte des Rituals, das bis zum Anfang der Zeit zurückreichte. Zwischen der raschelnden Seide und dem Satin, dem knarrenden Leder, umhüllt von der Melodie und Harmonie des Gesanges, trotteten die beiden Wurrlinge, die Herzen zum Bersten voll.

Schritt ... Pause ... Gewichtswechsel ... Pause ... Drehung ... Pause ... Langsam, ganz langsam kam der nächste Schritt und dann wieder die Pause. Die Stimmen erhoben sich, sanken; dazu mischten sich die Noten der silbernen Saiten. Harmonie und Euphonie. Pause ... Schritt ... Pause. Inarion drehte sich um. Die Wurrlinge drehten sich um. Die Ladys schritten vorbei. Die Lords blieben stehen. Kontrapunkt. Gegenstimme. Schritt ... Pause ... Schritt.

Als das Lied schließlich endete, die Stimmen verstummten und die Saiten verklangen, die Bewegungen sich bis zum Stillstand verlangsamten und schließlich alles ruhig war, fanden sich Gwylly und Faeril erneut neben Inarion zwischen den Bannern wieder. Riatha stand vor ihnen. Das Muster ihrer Schritte überstieg das Fassungsvermögen der Wurrlinge. Aber jetzt, am Ende des Rituals, erkannten sie, dass es keineswegs zufällig gewesen, sondern in einer festgelegten Folge verlaufen war. Sie waren in den Ritus versunken gewesen, denn der Mond stand jetzt schon hoch am Himmel, hatte während des Tanzes ein Viertel seiner Strecke am Himmel zurückgelegt.

Inarion lächelte sie an und blickte dann auf die Versammelten. *»Darai e Alori, ad sisal a ad tumla ni fansar isa* *nid. Ses ti qala e med.«* Freudiger Jubel antwortete dieser Verkündigung, und als die Elfen die Lichtung verließen und nach Westen strömten, trat Riatha vor. »Alor Inarion.«

Inarion trat ebenfalls zwischen den Bannern hervor und bot Dara Riatha den Arm. Dann blickte er zu den Wurrlingen zurück. »Kommt, meine Freunde, das Ritual ist zu Ende, und jetzt warten Speisen und Getränke auf uns.«

Gwylly hielt Faeril seinen Arm hin, und sie folgten Inarion und Riatha wie zwei Kinder, die die Erwachsenen nachspielten, und ahmten dabei jede Bewegung der beiden Elfen nach.

Auf ihrem Weg zur Großen Versammlungshalle kamen sie an den Katen der Elfen vorbei. Doch bevor sie die Lichtung erreichten, ertönte ein Hornsignal von der westlichen Wand des Tals aus. In dem strahlenden Mondlicht sahen sie eine Gruppe von Reitern, die über einen schmalen Pfad von einer dunklen Öffnung in der Klippe aus hinabritten. Erneut schmetterte das Horn.

»Es sind Aravan und die anderen«, erklärte Riatha. »Sie kehren von der Jagd zurück.«

»Hai!«, rief Inarion. »Sie haben einen Hirsch erlegt. Das verheißt Gutes für das Fest morgen Nacht.«

Begleitet von Riatha, Gwylly und Faeril bog Inarion von dem Weg zur Versammlungshalle ab und ging zu den Stallungen. Er hatte sie kaum erreicht, als sich die Elfenreiter bereits näherten, angeführt von einem großen, dunkelhaarigen Lian auf einem schwarzen Ross. Seine dunkle Lederkleidung war ebenso wie sein Gesicht und sein schwarzes Pferd schlammbespritzt. Über dem Widerrist des Hengstes lag ein von einem Pfeil erlegter Hirsch.

»Hai!«, rief Inarion. »Fortuna war Euch wohlgesonnen, Aravan.«

Aravan saß ab und deutete dann auf die ihm folgenden Lian. »Nicht nur mir, Alor, sondern sie begünstigte auch Alaria.«

Eine Elfe mit dunkelbraunem Haar, schmutzbedeckt auch sie, ritt heran. Auf dem Widerrist ihres Pferdes lag ein weiterer erlegter Hirsch.

»Hai!«, rief Inarion. »So können wir doppelt feiern!«

Gwylly trat aus dem Schatten in das Mondlicht hinaus, Faeril an seinem Arm. Die Reiter lächelten, als sie die Wurrlinge sahen. Aravans Augen weiteten sich kurz beim Anblick der beiden, er warf Riatha einen raschen Blick zu. Die Elfe nickte als Antwort auf seine unausgesprochene Frage. Nachdem die Reiter abgestiegen waren, rief Riatha: *»Alori, vi estare Faeril Twiggins e Gwylly Fenn. Eio ra e rintha anthi an e segein.«*

Aravan trat vor, den Hengst am Zügel führend, und verbeugte sich vor den Wurrlingen. »Ich werde Aravan geheißen.«

Gwylly verneigte sich ebenfalls. »Ich heiße Gwylly, und das ist Faeril.« Die Damman machte einen Knicks.

Einer nach dem anderen stellten sich die schlammbespritzten Elfen vor, während sie ihre schmutzigen Pferde an den Wurrlingen vorbei in die Stallungen führten.

Die Versammlungshalle erstrahlte in Licht und Farben. Tische und Bänke waren bis zum letzten Platz besetzt, während das Fest seinen Gang nahm. Elfen bedienten die anderen Elfen, trugen große Tabletts mit den Früchten der Ernte umher, ebenso wie solche mit gebackenem Fisch, geröstetem Geflügel und gebratenem Wild.

Faeril und Gwylly saßen mit Inarion und Riatha an einem Tisch. Während des Festes glitt Riathas Blick immer wieder über die Gesichter der beiden Wurrlinge, die Bilder in ihr auslösten, tausend Jahre alte Erinnerungen an die

Gesichter Tomlins und Petals. Die Ähnlichkeit von Faeril und Gwylly mit ihren Urahnen aus uralten Zeiten verblüffte sie. Faeril mit ihrem schwarzen Haar und bernsteinfarbenen Augen, die denen von Petal so glichen; Gwylly mit rotem Haar und smaragdgrünen Augen wie die von Kiesel, Tomlin. Selbst der Schnitt ihrer Gesichter war fast gleich: Faerils ovales Antlitz, Gwyllys eckiges. Auch ihre schlanken Gestalten, ihre Agilität und Geschicklichkeit erinnerten an die der Waerlinga von damals. Riatha schloss die Augen, während sie sich erinnerte, und blickte dann die beiden wieder an. *Wäre ich ein Zwerg, ich würde glauben, dass Tomlin und Petal wiederauferstanden wären.*

Sie wurde jedoch aus diesen Gedanken gerissen, als Aravan und die anderen Jäger auf dem Fest auftauchten. Sie hatten die Hirsche ausgeweidet, ihre Pferde versorgt und sich präsentabel gemacht. Der schwarzhaarige Lian setzte sich an ihre Seite, und schon bald wurde die Gruppe von den Geschichten der Hirschjagd im Ödwald unterhalten: Von dem Ritt durch die Sümpfe, dem beinah wundersamen Schuss von Alaria, als es schien, der erste Hirsch würde niemals zur Strecke gebracht werden können, einem weiteren wilden Ritt durch den Kiefernwald auf dem Heimweg, bei dem ihnen ein weiterer Hirsch vor die Bögen sprang; von dem Augenblick, als Aravan von einem tief hängenden Ast aus dem Sattel gefegt wurde, gerade, als der Hirsch zurückwich; wie er ihn beinahe überrannte, noch während er seinen Pfeil losschickte und der Hirsch tot vor seine Füße fiel.

»Hai, Aravan«, lachte Inarion, »Dame Fortuna ist heute wahrlich vor Euch hergeritten.«

»Nein, Inarion. Wahrscheinlicher ist, dass Sie an meinem Bein hing und nebenher gezerrt wurde«, gab Aravan zurück. Inarion lachte schallend auf, wie die anderen auch.

Die Tische wurden abgeräumt, und erneut ertönte Musik, als sich Elf und Elfe im Spiel mit Flöte, Trommel, Harfe, Laute und Timbal abwechselten. Und der Gesang, ach, dieser Gesang! Silberhelle Stimmen erfüllten den Saal, wenn ein Alor und eine Dara, manchmal auch mehr als einer, die Melodie aufnahmen. Es folgte der Tanz, bei dem Mann und Weib sich drehten, vorschritten und zurückwichen, lachten und spotteten, flohen und jagten, einander fingen und sich wieder entkamen, weit auseinander tanzten, dann aber wieder sinnlich zusammen. Schließlich endete der Tanz unter beifälligem Applaus.

Faeril war ebenso begeistert wie Gwylly, denn keiner der beiden Wurrlinge hatte jemals eine solche Eleganz und Schönheit in einem Tanz gesehen. »Das ist der Paarungstanz, denn Seena und Tillarion sind Liebende«, erklärte Riatha.

Faeril seufzte. »Auch wenn Gwylly und ich noch öffentlich unsere Schwüre ablegen müssen, so sind wir auch ein Liebespaar, aber keiner von uns könnte je so tanzen.«

Bei diesen Worten drehte sich Inarion zu den Wurrlingen herum. »Also erwägt Ihr, Euch gegenseitig den Schwur zu leisten?«

Gwylly blickte auf. »Wir würden es tun, könnten wir nur einen Schreiber des Königs oder einen Bürgermeister oder Ähnliches finden.«

Inarion lachte.

»Sagte ich nicht«, meinte Riatha lächelnd, »dass ich eine Gelöbniszeremonie für Euch arrangieren würde? Wir haben zwar weder Schreiber des Königs hier noch Bürgermeister, doch neben Euch sitzt der Lord von ganz Arden sowie der Wächter der nördlichen Regionen von Rell. Wer könnte Euch besser durch diese Zeremonie führen als Alor Inarion?«

Faeril wandte sich an Gwylly. »O ja, Gwylly, wirklich, wer wäre besser dazu geeignet?«

Gwylly schüttelte den Kopf. Er kannte keinen.

Die Damman sah Riatha an. »Edle Lady Riatha, wir würden uns geehrt fühlen, wenn Lord Inarion diese Zeremonie durchführte.«

Bei der nächsten Pause stand Inarion auf und bat um Ruhe. Es wurde still im Saal. Er drehte sich zu Riatha herum, die ebenfalls aufstand. Ihre grünen Roben aus Seide und Satin glänzten im Licht der Lampen. *»Alori e Darai, va da Waerlinga brea tae e evon a plith.«*

Diese Ankündigung wurde mit einem brausenden Gebrüll der Zustimmung begrüßt.

Inarion schritt zu einem Podest und hob erneut Ruhe gebietend die Hände. Dann winkte er Aravan und Riatha zu sich, die ihm gegenüberstanden. Als Letztes bat er die Wurrlinge, auf das Podest zu treten.

Gwylly wandte sich zu Faeril herum, die immer noch neben ihm saß. »Meine Dammia, willst du mich mit all meinen Fehlern?«

Als Antwort küsste ihn Faeril, stand auf und zog ihren Bokkerer hoch. Sie nahm ihn an der Hand und führte ihn zwischen Riatha und Aravan, Alor Inarion stand ihnen gegenüber.

Er betrachtete die beiden vom Kleinen Volk. »Ihr seid vor mich getreten, um einen Paarungsschwur zu leisten. Ich weiß, dass zwischen Sterblichen ein Paarungschwur ein Paar zu binden versucht, bis dass der Tod sie scheidet. Doch bedenkt: ›Bis dass der Tod uns scheidet‹, das ist kein Ausdruck, der unter Elfen gebräuchlich ist, denn der Tod sollte für uns Elfen ein Fremder sein.

Dennoch sind wir in unseren langen Leben zu klug geworden, um zu glauben, dass die Dinge immer gleich bleiben: Der Wandel ist ein Gesetz des Lebens.

Alles verändert sich mit dem Wandel der Jahreszeiten, einige Dinge vielleicht unmerklich, andere dagegen verändern sich rasch, manchmal tödlich. Auch einzelne Wesen ändern sich, und Schwüre sollten niemanden in einer Beziehung binden, deren gemeinsame Grundlage verschwunden ist, ganz gleich, um welche Art des Schwures es sich handeln mag, sei es Paarung, Lehnstreue, Vergeltung oder etwas anderes. So wie der Tod jemanden von einem Gelöbnis entbinden kann, so vermag es auch der Verlust des gemeinsamen Grundes.

Das Konzept des gemeinsamen Grundes ist keine Abstraktion, denn es treibt alle Beziehungen an, seien es einfache Akte der Zusammenarbeit oder auch die des Gegeneinanders ... oder die formaleren, wie Paarungsschwüre, Treueschwüre, Pakte zwischen Freunden oder gar Eide, die Feinde besprechen, zum Beispiel die der Vergeltung und Heimzahlung.

Von daher also ist der gemeinsame Grund der Schlüssel zu einer Beziehung. Damit eine solche Beziehung stark wird und stark bleibt, müssen beide Teile einer solchen Vereinbarung mehr oder weniger in gleichem Maß an dem gemeinsamen Grund arbeiten und den Schwur zwischen ihnen pflegen. Wenn nur einer den Grund pflegt, der andere jedoch nicht, so leidet er, wird weniger fruchtbar. Die Dinge, die dort eingepflanzt sind, werden schwächer und verwelken vielleicht gänzlich. Nach einer Weile wird dann eine Zeit kommen, in der der gemeinsame Grund brachliegt, vielleicht verödet, da sie beide getrennte Wege gehen. Oder der Grund bringt nur bittere Früchte hervor, wenn sie dort Feindseligkeit säen. Manchmal kann er auch ganz verschwinden, wenn die fraglichen Wesen nichts mehr gemeinsam haben. Deshalb müssen beide daran arbeiten, den Grund unter ihnen fruchtbar zu halten, damit er Früchte trägt.

Selbst in den besten Beziehungen gibt es jedoch auch Pflichten, die manchmal lästig oder mühsam sind, und dazu höchst zeitaufwendig. Achtet wohl, hier auf Mithgar hängen viele Völker der Ansicht an, dass einige Dinge von Frauen getan werden müssen, während andere zu den Pflichten der Männer gehören; diese Völker teilen für gewöhnlich alle Aufgaben entsprechend auf, mit einer strengen Grenze dazwischen. Diejenigen, die sich ernsthaft mit dieser Teilung der Aufgaben befassen, werden schließlich erkennen, dass es nur sehr wenige Dinge gibt, die ausschließlich in die Domäne eines der beiden Geschlechter fallen. So gebären Männer nur höchst selten, ebenso selten wie Frauen so stark sind wie Männer; manchmal sind Männer recht schnell, dann wiederum ertragen Frauen erheblich mehr; alles andere dagegen erfordert nur Fähigkeiten oder Talente, um die jeweilige Aufgabe zu erfüllen. Von daher werden unter den Elfen, hier in Mithgar und auch auf Adonar, alle Pflichten geteilt, außer jenen, die Stärke, Geschwindigkeit, Ausdauer oder andere körperliche Attribute erfordern, die jenseits der Fähigkeiten des Geschlechts liegen. Zum Beispiel das Gebären und Stillen von Kindern, und jene Fähigkeiten, die noch nicht erlangt wurden, oder Talente, die unerreichbar bleiben. Indem wir alles andere teilen, halten wir den gemeinsamen Grund zwischen uns fruchtbar und dauerhaft.

Um nun also Eure Beziehung stark zu halten, müsst Ihr den gemeinsamen Grund zusammen kultivieren, damit er Eure Schwüre nährt, Ihr müsst die Pflichten finden, die Ihr willig und gänzlich unter Euch teilen könnt.«

Inarion kniete nieder und nahm je eine Hand eines Wurrlings. »Versteht Ihr die Bedeutung dessen, was ich gesagt habe?«, erkundigte er sich sanft.

Gwylly und Faeril sahen sich in die Augen und blickten dann Inarion an. »Ja«, erwiderten sie zugleich.

»Dann sagt jetzt die Wahrheit: Gelobt Ihr einander, den gemeinsamen Grund zu bestellen und die Schwüre zu nähren, die Ihr gebt und empfangt?«

»Ich schwöre«, sagten die beiden erneut gleichzeitig.

»Dann sprecht die Wahrheit: Werdet Ihr geloben, Euch treu ergeben zu sein, und alles unterlassen, was zwischen Euch kommen könnte?«

»Ich schwöre«, wiederholten sie.

Inarion legte Faerils Hand in diejenige Gwyllys und nahm die beiden kleinen Hände zwischen seine. »Dann, Gwylly Fenn, und dann, Faeril Twiggins, nachdem Ihr das beide gelobt habt, geht von nun an gemeinsam und teilt die Freuden und die Bürden in gleichem Maße, bis Eure jeweiligen Schicksale es anders entscheiden.«

Inarion umarmte zunächst Faeril, dann Gwylly, und stand schließlich auf. *»Alori e Darai!«*, rief er dann den versammelten Elfen zu, *»va da Waerlinga Faeril Twiggins e Gwylly Fenn avan taeya e evon a plith!«* Lauter Jubel brandete in dem Saal auf.

Riatha und Aravan führten Gwylly und Faeril durch die Versammelten, während Harfen, Lauten, Flöten, Trommeln und Tamburine eine fröhliche Weise anstimmten und die Elfen sangen.

Sie verließen den Saal, geführt von Riatha und Aravan, denen Gwylly und Faeril folgten, nach ihnen kam Inarion und nach ihm alle anderen Elfen. Sie schritten hinaus ins Mondlicht, zwischen die weißen Katen und in den Wald hinein, durch den bald laut die Lieder hallten. Die Prozession marschierte in einem langen Tross mit Riatha und Aravan an der Spitze, die Gwylly und Faeril hinter sich herzogen, nach Osten. Schließlich kamen sie zu der Lichtung, auf der die Kate lag, in welcher Gwylly und Faeril wohnten. Dreimal marschierten sie um die Hütte herum oder tanzten, während die Elfen voller Freude sangen. Schließlich blieben sie vor der Schwelle stehen. Riatha und Aravan führten die Wurrlinge auf die Schwelle der im Mondlicht schimmernden Kate, während der Rest der Prozession einen Kreis darum bildete. Die Farben ihrer eleganten Roben wurden durch das schimmernde Mondlicht gedämpft. Die Elfen stimmten eine letzte Weise an, die das Herz beinah bis zum Überlaufen erfüllte. Als sie fertig waren, umarmten Riatha und Aravan die beiden Wurrlinge, und dann verließen die Gastgeber still die beiden, zogen davon, den silbernen Klängen einer Laute nach, und überließen die beiden sich selbst.

Am nächsten Abend folgte die zweite Nacht der Feier der Herbst-Tag-und-Nachtgleiche, und am Abend danach wurde die dritte Feier begangen. In dieser letzten Nacht fanden Gwylly und Faeril Riatha in der Gemeinschaftsküche, wo sie Dutzenden anderer Elfen half, die Speisen zu bereiten. Aravan weilte ebenfalls dort, die Hände bis zu den Ellbogen im Spülstein, wo er Töpfe und Pfannen abwusch.

»Das ist das Teilen der Pflichten«, beantwortete Riatha Gwyllys Frage. »Drei Nächte feiern wir, und jeder wechselt sich mit den anderen ab und bedient sie.«

»Oh«, meinte Gwylly. »Ich verstehe. So können alle das Singen und Tanzen genießen.«

Riatha lächelte. »Wahr. Zwei Nächte von dreien ist das so. Aber was mehr zählt ist, dass wir alle die Freuden der Arbeit teilen.«

Faeril rollte ihre Ärmel auf. »Also los, Gwylly Fenn, es wird Zeit, dass wir unseren Beitrag dazu leisten.«

Und so wurden die Elfen am dritten Tag der Feier zur Herbst-Tag-und-Nachtgleiche von dem Anblick zweier Waerlinga überrascht, die Tabletts mit Speisen, Krüge mit Wein und Bier und *Wela* trugen, dem kräftigen Met der Elfen. Später halfen die beiden auch beim Aufräumen der Platten und Teller und Krüge und Humpen und des Geschirrs.

Nachdem sich der Saal geleert hatte, reinigten Gwylly, Faeril, Riatha und einige andere die Tische, Bänke und

Böden. Gwylly schuftete mit dem Besen, Faeril und Riatha wischten die Tische ab.

Die Dammia benutzte die Gelegenheit, um eine Antwort auf ein Rätsel zu finden. »Riatha, meine Dam hat mir erzählt, dass während des Winterkrieges die Elfen von Ardental von Lord Talarin und Lady Rael angeführt wurden. Und jetzt stelle ich fest, dass Lord Inarion ihr Anführer ist.«

Riatha hielt in ihrer Arbeit inne. »Ja, der Bruder meiner Mutter, Alor Talarin, war der Lordwächter während des Winterkrieges. Und Dara Rael ist tatsächlich seine Gefährtin gewesen. Sie haben den Düsterritt angetreten und befinden sich wieder in Adonar.« Die Elfe wischte weiter.

»Talarin war Euer Onkel?«

»Richtig. Der Elfenname für Onkel ist *kelan*.«

»Warum sind sie nach Adonar zurückgegangen?«

Ein Ausdruck von Trauer flog über Riathas Züge. »Mein *sinja*, mein Cousin Vanidor fiel in den frühen Tagen des Winterkrieges beim Kampf um den Eisernen Turm. Und gegen Ende des Krieges ließen auch viele Lian von Arden ihr Leben in der Schlacht um Kregyn, jenen Ort, den Ihr Grûwen nennt. Ihre Todessermone fegten wie ein eisiger Windhauch durch die Seelen des Elfenvolkes. Weder Talarin noch Rael erholten sich jemals von dem Verlust eines ihrer Söhne oder dem so vieler Elfen, die in Kregyn starben. Aber sie traten den Düsterritt nicht sofort an, denn damals hatten sie dem Hochkönig Galen Fahnentreue geschworen. Als Galen vierzig oder fünfzig Jahre nach dem Ende des Krieges starb, ritten Talarin und Rael zum Darda Galion, wo sie mit Coron Eiron und einem Tross aus gleichgesinnten Elfen ins Zwielicht ritten. Bevor sie aufbrachen, bat Talarin jedoch Inarion, der Wächter des Ardentales zu werden.«

Faeril und Riatha hatten einen Tisch gesäubert und gingen zum nächsten. Und dann zum nächsten ... und so weiter ...

»Er wurde nach unserem *kelan* benannt.«

Faeril blickte bei Riathas Worten auf. »Wer?«

»Mein Bruder, Talar.« Riathas graue Augen glitzerten von ungeweinten Tränen. »Talar wurde nach Talarin benannt, seinem *kelan*, meinem *kelan*, unserem Onkel.«

Sie wischte sich mit dem Ärmel über die Augen, und als sie die kleine Damman anblickte, waren sie wieder ganz klar. »Morgen beginnen wir mit unseren Vorbereitungen. Morgen.«

Faeril nickte, während sie mit der Elfe zum nächsten Tisch ging.

Als der Bokker und die Damman an diesem Abend erschöpft von der guten Arbeit ins Bett fielen, drehte sich Gwylly zu Faeril herum. »Ehrlich gesagt, meine Süße, die Elfen haben doch ganz recht: Man teilt die Bürden ebenso wie die Freuden.«

»Mmm«, gab Faeril zurück. Sie befand sich bereits auf der Schwelle zwischen Wachen und Schlafen.

Gwylly lächelte seine Liebste an und strich ihr eine Locke aus der Stirn. *Schlaf gut, meine Dammia, denn wie Aravan mir sagte, werden wir morgen früh ernsthaft mit der Mission beginnen, die vor uns liegt. Er will uns begleiten.* Der Bokker drehte sich herum, blies die Kerze aus, rollte sich dann wieder zurück und schmiegte sich an Faerils Rücken.

Morgen früh beginnen wir ...

13. Kapitel

VORBEREITUNGEN

Ende 5E985 bis Ende 5E986
[Zwei Jahre zuvor]

Dem Herbst folgte der Winter auf dem Fuße, es schneite in dicken Flocken. Immer wieder fegten die Winde als Sturm gegen die Steilhänge des Grimmwall-Massivs über der Elfensiedlung, denn Ardental lag am Fuß des westlichen Aufstiegs zum Crestan-Pass. Der Schnee bedeckte das ganze Land und drückte die Zweige der Bäume des Kiefernwaldes tief hinab. Es hörte nicht auf zu schneien. Selbst der Tumbel fror über, Raureif glitzerte auf den senkrechten Flanken des tiefen Tales. Aravan benutzte die Gelegenheit, den Wurrlingen zu zeigen, wie man Schneeschuhe einsetzt, und lehrte sie auch den Bau von Schutzhütten, indem man Schneeblöcke aufeinander türmte oder Kiefernzweige miteinander verflocht, sie am Boden mit Felsnägeln befestigte und mit dem isolierenden Schnee bedeckte. Außerdem brachten Riatha und er den beiden Wurrlingen bei, wie man über vereiste Felsen klettert. Immer wieder stiegen die vier in die steilen Felswände des Tales. Die Wurrlinge erlernten den Umgang mit Eisäxten, Eispickeln und Krampen; wie man Keile und Ringe und Felsnägel benutzt, wie man in Harnischen und mit Seilen in eine Wand steigt, sichert und abseilt; wie man ohne Hilfsmittel klettert und Dinge hinaufzieht. Gwylly, Faeril, Riatha und Aravan spornten sich bei diesen Auf- und Abstiegen gegenseitig an. Aravan lehrte sie eine Technik, die ihm die Zwerge gezeigt hatten. Ein starker Kletterer konnte dabei Hand um Hand ein Seil emporklettern, während seine Gefährten über ihm dasselbe Seil hochzogen. Dadurch stieg der Kletterer doppelt so schnell. Diese Technik funktionierte, wie schon zu erwarten gewesen war, besonders gut, wenn ein Wurrling kletterte und ein Elf das Seil zog.

Um alles zu üben, was sie gelernt hatten, stiegen sie sowohl tagsüber als auch des Nachts in die Felswände, denn wer wusste schon, was das Schicksal mit ihnen vorhatte? Dieses Training war zwar kalt und eisig, aber es war auch notwendig: angesichts ihres Zieles und der Jahreszeit, in der sie dort ankommen würden.

Die Elfen entwarfen Winterkleidung für die Wurrlinge, leicht und weich und dennoch außerordentlich warm, mit passenden Stiefeln und Handschuhen. Alles war grau, weiß und schwarz gefleckt, damit es sich in die Winterlandschaft einfügte. Für den Sommer statteten sie die beiden mit weicher Lederkleidung aus, die hellgrau, grün und braun und hellbraun gefleckt war, um eine gute Tarnung zu gewährleisten. Sie bekamen auch Regenmäntel, die man wenden konnte. Auf der einen Seite waren sie braun und hellbraun, auf der anderen Seite grau und grün. Selbst die Elfen ließen sich von dieser Tarnung täuschen.

Die Wurrlinge verfeinerten derweil auch ihre Fähigkeiten im Umgang mit Wurfmessern und Schleuder, im Schwertkampf und Speerwurf. Sie übten, sich gegenseitig im Kampf zu helfen, erwogen Taktiken gegen die Rukhs, Hlöks, Vulgs und andere, denn die Gegend, in die sie wollten, war von der Brut verseucht. Die Wurrlinge lernten auch, Langmesser als Schwerter zu benutzen, obwohl diese Waffen das letzte Mittel im Kampf waren. Ihre Geschicklichkeit im Umgang mit dem Wurfmesser und der Schleuder war weit wertvoller.

Derweil ging Gwyllys Unterricht im Lesen und Schreiben weiter. Faeril unterrichtete ihn nicht nur zu regelmäßigen Zeiten, sondern nutzte auch jede Gelegenheit, die sich bot. Er kam rasch voran, denn der Bokker schien eine natürliche Begabung dafür zu haben. Bokker und Damman erlernten unterdes auch die Elfensprache, da sie unter den Lian lebten. In Gwyllys Rede mischte sich manchmal Sylva, Gemeinsprache und Twyll, aber es gelang ihm immer, die Worte auseinanderzuhalten, und seine sprachlichen Fähigkeiten wuchsen.

Doch es gab nicht nur Lernen und Üben, denn die Elfen feierten auch häufig, unter anderem das Winterfest. Manchmal machten Faeril und Gwylly beim Singen und Tanzen und den anderen Feiern mit, bei anderen Gelegenheiten servierten sie mit anderen Elfen und räumten auch anschließend mit ihnen auf. Sie teilten die Bürden ebenso wie die Freuden. In ihrer eigenen Kate arbeiteten sie auch zusammen oder wechselten sich bei den Pflichten ab, sei es nun Kochen, Saubermachen oder was auch immer. Denn sie hatten sich ganz und gar der Lebensweise der Elfen verschrieben. Gwylly lernte zu nähen, Faeril Holz zu hacken; und beide lernten vielerlei Gerichte zu kochen, genossen ihre Erfolge und lachten über ihre Fehler. Dies und mehr teilten die Wurrlinge miteinander, und dabei wuchs ihr gemeinsamer Grund.

Der erste Abend des Winterfestes nahte, die Lange Nacht des Jahres, die Nacht der Winter-Tag-und-Nachtgleiche. Gwylly und Faeril standen in den Küchen vor umgestürzten Kisten, wuschen Töpfe und Pfannen, während die Geräusche der Musik, des Gesangs und Tanzes und auch der Fröhlichkeit aus dem Großen Saal der Versammlungshalle zu ihnen drangen. Doch spät in der Nacht legten alle ihre Arbeit nieder, nahmen einen Becher mit klarem Wasser und versammelten sich im Saal. Sie beobachten, wie Inarion seinen eigenen Becher hob und hörten, wie er die Anrufung sprach. Auch wenn er sie auf Sylva hielt, Faeril und Gwylly konnten seine Worte doch verstehen.

»Ladies und Lords von Ardental,
jetzt haben wir die längste Nacht.
Morgen beginnt erneut
der lange Marsch zur Sonne.
Wie Adons Licht wächst,
möge der Mut und die Zuversicht eines jeden von Euch wachsen.
Möge die Erneuerung des Zyklus der Jahreszeiten
der ganzen Welt neue Freude bringen.
Lasst uns hier unsere Wächterschaft über Adons Kreaturen bestärken:
Die süße Erde, die klare Luft, das reine Wasser
und über alle Kreaturen, die darin leben, mögen sie gehen, kriechen, fliegen oder schwimmen.
Lasst uns nicht vergessen, jenen zu helfen,
die unter unserer Obhut sind und die wir behutsam auf den Pfad der Erleuchtung führen.
Und lasst uns auch daran denken,
dass selbst der Demütigste oder Jüngste oder Unerfahrenste Weisheit weit über sein Lebensalter hinaus zeigen kann.
Weisheit, die die unsere sogar übersteigt,
wofür wir dankbar sein sollten.
Denn wir müssen unsere Herzen vor Stolz bewahren,
gerade wenn wir die Welt vor dem Bösen bewahren,
denn Wissen allein ist noch keine Weisheit.
Ladies und Lords vom Ardental,
jetzt haben wir die längste Nacht,
morgen beginnt erneut der lange Marsch zur Sonne.«

Dann hob Inarion seinen Becher und rief: *»Hai, Lian-Wächter, Hai! Beschützer der Welt!«*

»Hai!« Der Ruf der Versammelten, unter ihnen Faeril und Gwylly, hallte wie Donnerhall durch den Saal, bevor sie alle ihre Becher leerten, in denen ausnahmslos reines, klares Wasser war.

Der Frühling kam und mit ihm die Schneeschmelze. Überall lief Wasser, der Tumbel rauschte Tag und Nacht. Das Land wurde grün, Blumen blühten, die Vögel kehrten zurück und sangen ihre Lieder, kämpften um Gebiete und Gefährten. Tiere erwachten aus dem Winterschlaf, Bären, Wild, Elche, Bergschafe und Ziegen. Auch kleinere Tiere verließen ihr Winterlager, Dachs und Hase und Eichhörnchen, Murmeltier und Otter und noch viele andere mehr. Nicht alle hatten den Winter verschlafen, weder Fuchs noch Wolf noch Luchs, die durch den Schnee streiften. Aber der Frühling erneuerte ihre Kräfte, und sie bereiteten ihre Höhlen vor, zogen Junge groß und gingen unablässig auf die Suche nach Futter.

Mit der Tag- und Nachtgleiche des Frühlings kam auch das Elfenfest zum Wechsel der Jahreszeiten. Und wie das Fest im Herbst, erstreckte sich auch dieses über drei Nächte, mit Gesang und Tanz und Musik und einem Festmahl sowie mit dem Teilen der Arbeitsfreude. Für diese Gelegenheit fertigte die Näherin der Elfen für Faeril ein seidenes Gewand aus Rot und Gold, mit einem Hauch Schwarz. Elfenschneider fertigten für Gwylly eine Hose aus dunkelgrünem Satin und ein seidenes Hemd aus hellem Jadegrün. Faerils Slipper waren rubinrot, Gwyllys schwarz, mit goldenen beziehungsweise silbernen Schnallen. Gwylly trug einen passenden Gürtel, Faeril seidene Bänder. Wie ihre Augen im Licht der Versammlungshalle glänzten! Und nach dem Festmahl tanzten die beiden einen Tanz allein, zur Freude der versammelten Elfen.

Nach dem Fest jedoch ging die Ausbildung weiter. Gwylly, Faeril, Riatha und Aravan übten im Schnee, im Schneematsch, im Wasser und im Schlamm, auf nassem und auf trockenem Fels, unter Kiefern und in Spalten, auf offenem Feld, auf Hängen, Böschungen und ebenem Grund, auf weicher und harter Erde und auf Steinflächen. Denn niemand konnte wissen, welche Bedingungen vorherrschten, wenn eine besondere Fertigkeit vonnöten war. Also übten sie alle Künste unter allen Bedingungen, sei es Tag oder Nacht, gutes Wetter oder schlechtes: anschleichen, verstecken ... sie lernten auch, mit dem Wald, dem Feld und dem Stein zu verschmelzen, lernten, einen Feind zu überrumpeln, und lernten ebenfalls die tödliche Kunst des lautlosen Tötens. Sie legten Hinterhalte, stürzten Steine von oben auf den noch imaginären Feind, bauten tödliche Fallen. Währenddessen kletterten sie noch immer die Steilwände hinauf und auch in Bäume hinein. Sie übten, über ein Seil zu balancieren, was Faeril den anderen beibrachte. All dies und mehr versuchten sie, während der Frühling in den Sommer überging.

Aber Ausbildung und Lernen und auch Üben war nicht alles; sie mussten im Frühling den Boden bestellen, die Saat setzen, sich um die Herden kümmern sowie um Schafe, Rinder, Pferde, Schweine, Enten, Gänse, Hühner und die Ponys der Wurrlinge. Sie scherten die Schafe und halfen beim Fohlen der Pferde. Sie trieben das Vieh auf die Hochweiden, die Schafe noch höher.

Während Faeril und Gwylly Schafe hüteten, sprach die Damman erneut mit Riatha über die Prophezeiung, ein Thema, über das sie in ihrer Freizeit häufig spekulierten. Diesmal jedoch erkundigte sich Faeril nach Dara Rael und wie diese Prophezeiung zustande kam.

Die Elfe und die Damman saßen auf einem großen Felsen auf der Alm. Riatha erinnerte sich an diesen schon lange zurückliegenden Tag. »Wir saßen am Ufer des Tumbel, nicht weit von der Kate, und Rael hatte einen langen Kristall ...« Riatha hielt Daumen und Zeigefinger etwa fünf Zentimeter auseinander. »Er war ganz klar, mit sechs Seiten und facettierten Enden, die sich in einem hohlen Punkt vereinten. Ich besaß auch einen Kristall, einen kleineren, aber einen, den ich schon lange zuvor vorbereitet hatte.

Rael hatte versucht, mir das Hellsehen beizubringen, obwohl ich offenbar nur wenig Talent dafür besitze. Gewiss, ab und zu scheine ich einen unvollständigen Schimmer zu haben, einen verwirrten Blitz, aber mir kommen keine wirklichen Sermone oder Weissagungen.

Mag das so sein, wie es will, wir spielten jedenfalls Weissagen, als sie in eine Trance verfiel und die Prophezeiung verkündete.

Anschließend ging ich zu Euren Vorfahren, Petal und Kiesel, um ihnen von dem Sermon zu berichten ... Aber Ihr habt das Tagebuch doch gelesen, oder?«

Faeril nickte. »Ja, Petal hat darüber geschrieben.« Die Damman verstummte und die beiden saßen zusammen und betrachteten die Schafe, die neben den runden Felsen grasten, und sie blickten auf die glatten Flächen des weißen Steins auf der Alm, während Gwylly in der Ferne einen hohen Hang hinauftrottete, um ein Lamm zu suchen, das sich irgendwie von der Herde entfernt hatte. Nach einer Weile sprach sie weiter. »Riatha, würdet Ihr mich irgendwann lehren zu weissagen?«

Riatha sah sie erstaunt an. »Das wenige, was ich weiß, wurde mir vor über einem Jahrtausend beigebracht, Faeril. Als Lehrerin könntet Ihr eine Bessere finden als mich.«

Faeril lachte und nahm Riathas Hände in die ihren. »Ach, Dara, ich bin einfach nur neugierig, wie es gemacht wird.«

Riatha lächelte die Damman an und willigte mit einem Nicken ein.

Während ihres Aufenthaltes auf der Alm machte Gwylly deutliche Fortschritte im Lesen und Schreiben, woraufhin Faeril anfing, ihn in Twyll zu unterweisen. Sie verwendete diese alte Sprache der Wurrlinge so oft wie möglich, hielt ihre Sätze einfach und kurz und übersetzte nur, wenn es nicht anders ging. Aufgrund von Gwyllys natürlicher Begabung für Sprachen fühlte er sich in Twyll sofort so wohl wie eine Ente im Wasser, was auf Twyll heißt: eine *akkle chinta vi.*

Die Frühlingstage wurden länger, als der Sommer nahte, und eine Woche vor der Sonnenwende kam ihre Ablösung. Der Bokker und seine Dammia kehrten zu der Elfensiedlung zurück, wo sie ihre Ausbildung mit Riatha und Aravan wieder aufnahmen. Etwa jeden dritten Tag legten sie eine Pause ein, um den Elfen bei der anfallenden Arbeit in der Siedlung zu helfen.

An einem solchen Tag, dem Längsten Tag des Jahres, beendeten Faeril und Riatha ihre Arbeit auf den Gemüsefeldern und schlenderten zu den Ufern des Tumbel, wo sie zu Mittag essen wollten. Als sie sich setzten, reichte die Elfe der Damman einen langen Kristall. Er war ganz klar und durchscheinend, sechseckig geformt – und die stumpfen Enden wiesen sechs Facetten auf. Er maß etwa anderthalb Zentimeter im Durchmesser und war vielleicht zehn Zentimeter lang.

Faeril sog den Atem ein, fasziniert von dem Edelstein. Sie hielt ihn gegen das Sonnenlicht und blickte durch die abgeflachten Seiten. »Meiner Seel, was für ein wunderschöner Stein.«

»Es ist ein Geschenk, Kleine«, sagte Riatha, nachdem sie die Damman eine Weile beobachtet hatte.

»Aber nein, Riatha!«, stieß Faeril überrascht hervor. »Das ist doch viel zu wertvoll für jemanden wie mich.« Sie hielt Riatha den Kristall hin.

»Still, Faeril!« Die Elfe weigerte sich, den Edelstein zurückzunehmen. »Ihr achtet Euch zu wenig wert. Außerdem wäre Inarion recht verblüfft, würdet Ihr ihn ablehnen.«

Faeril sah die Elfe erstaunt an. »Alor Inarion? Es ist ein Geschenk von ihm?«

Riatha lächelte. »Er hat sich sehr gefreut, den Kristall weitergeben zu können.«

Faeril betrachtete den Stein, auf dessen flachen Seiten das Sonnenlicht funkelte, als sie ihn langsam drehte. »Ich nehme an, es wäre eine Beleidigung, ein Geschenk des Lords vom Ardental abzulehnen, nicht wahr?«

Riatha lachte silberhell. »Allerdings, Kleine, das wäre es.«

Nun aßen sie ihre Mahlzeit aus Weizenküchlein und Beeren und tranken ihren Tee, während Faeril ständig den Kristall betrachtete. Unter ihnen rauschte der Tumbel um Felsen herum und über Stromschnellen hinweg. »Ist das derselbe Kristall, den Ihr und Rael benutzt habt, als sie ihre Weissagung sprach?«

»Nein, Faeril. Der Kristall gehörte Rael. Bedenkt, solche Steine sind nicht ungewöhnlich, obwohl einer dieser Größe und Klarheit doch recht rar sein dürfte.

Die meisten weisen kleine Fehler auf. Einige sind mit Gold, Silber oder anderen Metallen durchsetzt. Andere sind rosa gefärbt, wieder andere rauchig grau, blau, grün oder rötlich.

Rael hat mir gesagt, dass jeder dieser Steine aufgrund seiner Farben eine besondere Verwendung findet«, Riatha nahm den Stein und drehte ihn in der Sonne, »aber solch klare Kristalle wie dieser hier können für alles benutzt werden.«

Sie gab Faeril den Stein zurück. Die Damman hielt ihn sich vor die Augen und betrachtete seine Struktur. »Riatha, ist das ... Magie?«

Die Elfe zögerte lange mit der Antwort, als müsste sie zuvor ein Rätsel entwirren. »Ich weiß nicht, was Ihr mit diesem Wort ›Magie‹ meint. Aber er ist besonders, denn einigen bietet ein solcher Stein einen Fokus, um ihre eigenen … Kräfte zu befreien.«

»Hat denn jeder eine solche … Kraft?«, wollte Faeril wissen.

Riatha seufzte. »Vielleicht. Bei einigen äußert sie sich deutlicher als bei anderen, jedenfalls glaubte das Dara Rael. Ich teile wohl diese Einschätzung, denn ich war nie besonders erfolgreich in der Kunst des Wahrsagens. Vielleicht lag das aber auch daran, dass ich niemals Raels Maßstäben entsprach.«

»Ihren Maßstäben?«

»Ja. ›Es funktioniert auf folgende Weise‹, sagte sie oft. ›Befreie deinen Verstand von allen Ablenkungen und konzentriere dich zunächst darauf, den Kristall zu reinigen; dann lädst du ihn mit Licht auf, mit dem Licht der Sonne, des Mondes, der Sterne, der Morgenröte, des Zwielichts, der Kerzen, Laternen, des Feuers, der Esse, der Fackeln, des Spektrums, der Edelsteine, aus welcher Quelle auch immer. Jedes hat seinen Zweck.«

Faeril blickte wieder auf den Kristall. »Und wie kann man diese ›Reinigung‹ durchführen?«

Riatha kramte in ihrer Erinnerung. »Der Kristall muss den fünf Elementen ausgesetzt werden. Zunächst vergräbt man ihn in fruchtbarer Erde, wäscht ihn danach in klarem Wasser, lässt ihn von einem natürlichen Wind trocknen, führt ihn durch eine Flamme und hält ihn dann in die sechs Hauptrichtungen des Äthers: nach Norden, Osten, Süden, Westen, hinauf und nach unten.

Dann muss er in ein schwarzes Seidentuch eingewickelt und in einer eisernen Schatulle aufbewahrt werden, um ihn vor dem Fließen des Äthers zu schützen, bis es Zeit wird, ihn mit Licht zu durchfluten und die Vision einzuladen.« Riatha nahm einen kleinen Metallbehälter aus der Tasche, der etwas mehr als zehn Zentimeter lang war und einen Deckel besaß. Innen lag ein schwarzes, viereckiges Seidentuch. Die Schatulle war offensichtlich zur Aufbewahrung des Kristalls gedacht, den Faeril in der Hand hielt. Die Elfe gab ihn der Damman. »Sobald der Kristall von der Person gereinigt wurde, die ihn benutzt, ist er auf sie ... eingestimmt. Er muss nicht mehr gereinigt werden, es sei denn andere haben ihn benutzt oder er wurde auf eine andere Weise nachhaltig beeinflusst. Das hat mir jedenfalls Rael damals gesagt.«

Faeril warf einen Blick in die Schatulle und auf das schwarze Tuch, dann betrachtete sie erneut den Kristall. »Gut, ich verstehe, wie er gereinigt wird. Aber wie soll ich ihn ... benutzen?«

Riatha nahm den Kristall und hielt ihn gegen die Sonne. »Ladet ihn mit dem Licht auf, indem Ihr ihn unter die gewünschte Quelle haltet. Im selben Licht haltet Ihr ihn dann vor Euch selbst. Reinigt Euren Verstand von allem, mit Ausnahme des Gedankens an den Kristall und das Licht, blickt tief in den Stein hinein und lasst Euer Bewusstsein hineinsinken. Dann stellt Ihr Eure Frage, und vielleicht kommt eine Antwort.

Ich kann mich nicht mehr an alles erinnern, was Rael mir darüber sagte, aber dies weiß ich noch:

Mondlicht erhellt die Zukunft;
Sternenschimmer die Vergangenheit;
Mittagslicht die Gegenwart;
Zwielicht das Morgen;
Morgenröte das Gestern;
Feuerlicht leuchtet weit voraus;
Kerzenlicht bestrahlt die Geliebten;
Das Licht der Esse fällt auf Verbündete;
Das Blaken der Fackeln zuckt über den Feind;

Das Licht des Spektrums beleuchtet das Schicksal;
Die Dunkelheit den Tod;
Das Licht der Sonne jedoch fällt auf alles.

Rael hat mir auch von vielen Dingen erzählt, die man manchmal sehen kann, wenn man das Licht durch bestimmte Edelsteine betrachtet. Aber daran kann ich mich nicht mehr erinnern.

Doch bedenkt, man muss für solche Visionen empfänglich sein, denn einige sind nur Ausgeburten der Phantasie, sehnsüchtige oder solche, die Angst einflößen, und nur sehr wenige sind anders beschaffen. Echte Visionen, Wahrsagungen, Prophezeiungen oder Hellsichten kommen vollkommen unberechenbar durch die Kristalle, und selbst diese sind mit Vorsicht zu genießen. Denn sie enthüllen nicht unbedingt immer das, was sich zutragen muss; manchmal zeigen sie auch bloß, was sein könnte.«

Bevor Faeril weiterfragen konnte, strömten die Arbeiter wieder auf die Felder. Deshalb wickelte sie den Kristall in das schwarze Seidentuch, legte ihn in die eiserne Schatulle, klappte den Deckel zu und verschloss ihn. Dann schob sie das Kästchen in ihren Beutel, bevor Riatha und sie ihre Hacken wieder aufnahmen und ebenfalls auf die Felder zurückkehrten.

Der Sommer kam, und mit ihm die Feierlichkeit zur Sommersonnenwende. Aravan begann in dieser Zeit damit, Faeril, Gwylly und Riatha die Rufe der Vögel zu lehren, sowohl die der Nacht als auch die des Tages. Er hatte diese geflügelten Geschöpfe lange studiert und war ein Meister in ihren Rufen. Langsam erlernten sie die verschiedensten Pfiffe, das Zwitschern, Gurren und Jubilieren, und auch, wie sie diese Signale benutzen konnten, um sich zu verständigen. Ebenso erlernten sie das hohe Pfeifen der Fledermäuse, denn diese Laute konnten vom Gehör der Wurrlinge wie auch von dem der Elfen aufgenommen werden. Riatha lehrte die anderen die lautlose Kunst der Handzeichen. Noch bevor sich der Herbst ankündigte, waren die vier in der Lage, lange Gespräche ohne einen einzigen Laut zu führen.

Faeril lernte außerdem in einem großen Tümpel neben dem Tumbel zu schwimmen. Aravan half ihr. Obwohl Gwylly bereits gewisse Grundkenntnisse im Schwimmen und Wassertreten besaß – was ihm Orith im Tümpel auf dem Hof beigebracht hatte –, nahm er ebenfalls an Aravans Lektionen teil, lernte auch die anderen Lagen und auch, unter Wasser zu schwimmen.

Während dieser Zeit der Ausbildung und des Übens fing Gwylly an, in seiner Ausgabe von Petals Reisetagebuch zu lesen, denn mittlerweile hatte er große Fortschritte in Twyll gemacht. Er arbeitete sich durch die Schrift, langsam zunächst, versuchte die Bedeutung der Worte zu fassen, was ihm jedoch nicht immer gelang. Doch bald las er rascher und brauchte immer weniger Hilfe.

Abends studierte er, so wie Faeril. Allerdings waren ihre Studien ganz anderer Art, dabei beschritt sie bislang unbekannte Wege. Sie versuchte, den Kristall zu meistern. Sie »reinigte« ihn sehr sorgfältig und wollte ihn auf sich »einstimmen«. Sie ließ ihn einen Tag lang in fruchtbarer Erde liegen, in gutem Lehm; wusch ihn dann am nächsten Tag im Wasser eines nahe gelegenen Bächleins; trocknete ihn zwei Tage im sanften Nordwind, der an diesem Tag durch das Tal wehte. Danach führte sie ihn rasch und vorsichtig durch die Flamme einer weißen Kerze, mit der ganzen Länge und auch an beiden Enden. Allerdings ließ sie den Kristall nicht so lange in der Flamme, dass der kostbare Stein hätte springen können. Als Letztes schließlich hielt sie den Stein um Mitternacht, im Morgengrauen, mittags und im Zwielicht in die sechs Kardinalrichtungen, nach Norden, Osten, Süden und Westen sowie nach oben und nach unten, wobei sie jedes Mal ein anderes Gebet an Adon richtete. Anschließend wickelte sie den Kristall in sein schwarzes Seidentuch ein und verstaute ihn in seiner eisernen Schatulle, sowohl zwischen den einzelnen Reinigungsschritten als auch danach.

Während Gwylly nach und nach das Reisetagebuch las, hielt Faeril den Kristall ins Mondlicht und versuchte, ihren Verstand von allen Ablenkungen zu reinigen, schaute tief in den Stein hinein, wollte ihr Bewusstsein dort hinein versenken, versuchte die Zukunft zu sehen, und was sie bereit hielt ...

... vergeblich.

Der Sommer ging zu Ende, der Herbst kam heran. Wenn sich die vier nicht in der Elfensiedlung an der Gemeinschaftsarbeit beteiligten, bereiteten sie sich auf die unbekannten Herausforderungen und Gefahren ihres Abenteuers vor.

Eines Tages fragte Gwylly Aravan nach dem Geheimnis des Kristallspeeres. Es war nach einem anstrengenden Tag, an dem sie mit dem Langmesser geübt hatten. Sie saßen auf einer Lichtung unter den Kiefern und ruhten sich aus. Der Speer lag neben Aravan auf dem Boden, da er ihn nie aus den Augen ließ. Auf das rauchfarbene Blatt des Speeres fiel ein Sonnenstrahl, der die facettierte Klinge in zahllosen Lichtscherben funkeln ließ.

Gwyllys Blick wurde von dem Glitzern angezogen. Er betrachtete das Blatt, den schwarzen Schaft und fragte sich, wie er wohl hergestellt worden war. Zögernd streckte er die Hand aus und berührte den Schaft. Der fühlte sich unter seinen Fingern kühl an.

»Sagt, Aravan, wie seid Ihr an diese Waffe gekommen?«

Aravan sah den Wurrling an, sagte jedoch nichts. Als das Schweigen anhielt, dachte Gwylly schon, der Elf würde nicht antworten, doch plötzlich sprach Aravan.

»Er wurde vor sehr langer Zeit von den Verborgenen für mich angefertigt.« Der Elf betastete den blauen Stein, der an dem Lederband um seinen Hals hing.

»Ein Geschenk?«

»Ja, so könntet Ihr es nennen. Vielleicht auch ein Erinnerungsstück.«

Gwylly blickte von dem Speer zu Aravan. »Ein Geschenk von den Verborgenen? Wer sind sie? Und warum ...?« Gwylly verstummte, als er den gequälten Ausdruck in Aravans Augen bemerkte.

Wieder herrschte zwischen ihnen Stille.

»Ich war einst ein Meister der Meere«, sagte Aravan schließlich. »Das heißt, nicht der Meere, sondern: der Meister eines Schiffs der Meere.

Damals gab es eine Insel, Rwn, einen Ort, an dem Magier lebten, sehr weit entfernt von hier. Dort wohnten auch einige Verborgene. Sie waren Kleines Volk, noch kleiner als Waerlinga.« Aravan hielt seine Hand etwa einen halben Meter über den Boden, um ihre Größe anzudeuten.

Gwylly sah ihn ungläubig an. »Ihr scherzt doch sicher, Aravan.«

»Nein, Gwylly, ich scherze nicht.«

»Aber, dieses winzige Volk ist doch nur ein Mythos ... so dachte ich jedenfalls.«

Aravan lächelte traurig. »Ihr habt also von ihnen gehört. Den Fuchsreitern. Lebende Bäume, Hügel und Höhlenbewohner. Moorschwimmer und Waldläufer. Und von den anderen.«

»In Märchen vor dem Ofen, ja«, antwortete der Bokker. »Aber ich glaubte immer, sie wären nur Legenden.«

»Es sind keine Legenden, Gwylly. Keineswegs.« Der Elf blickte den Wurrling lange an, bevor er weitersprach. »Es gibt auch Verborgene im Weitimholz, und nicht nur die Winzigen.«

»Aber ich habe fast jeden Tag meines Lebens in diesem Wald verbracht«, protestierte Gwylly. »Und ich sah niemals einen Verborgenen.«

Wieder lächelte Aravan. »Deshalb, Gwylly, nennt man sie die Verborgenen.«

Jetzt musste auch Gwylly lächeln. »Trotzdem, Aravan, irgendjemand muss doch einmal auf sie gestoßen sein.«

»Vielleicht sind ja auch Leute über einen Verborgenen gestolpert, Gwylly, oder über mehrere, aber wer würde ihnen schon glauben? Vielleicht hat aber auch niemals jemand die Winzigen oder die anderen gesehen, weil sie es verstehen, sich zu beschützen, und auch Eindringlinge aus ihrem Reich fernzuhalten.«

Plötzlich erinnerte sich Gwylly wieder an Black, der den Hasen verfolgt und sich überschlagen hatte, um zu vermeiden, an einen der »Verwunschenen Orte« im Weitimholz zu laufen, an einen Ort, der nur den Kreaturen der Wildnis offen stand. »Vielleicht weiß ich, wo einige Verborgene leben, Aravan. Dort, wo die Legenden von Gestalten sprechen, von gigantischen und winzigen, von schnellen, von Gestalten des Lichts und des Dunkels, von Dingen der Erde, der Bäume und des Laubwerks, Dingen wie Fuchsreitern, lebenden Hügeln, wütenden Bäumen und stöhnenden Steinen, und anderen Kreaturen aus den Sagen und Mythen.

Faeril ist durch solche Orte geritten und sagte, dass diese Orte sie nur widerwillig zu dulden schienen, Orte, die ihr Pony nicht gern durchquerte. Sie sagte, dort herrschten Zwielicht und Schatten und überall lauerten Augen, die sie beobachteten, und es raschelte ständig. Sie sagte, dass sie aus den Augenwinkeln gesehen hätte, wie zwischen den

Bäumen Dinge hindurchflitzten, aber wenn sie richtig hinsah, wäre nichts mehr da gewesen.«

Aravan nickte. »Dann ist es sehr wahrscheinlich, dass Faeril das Reich der Verborgenen durchquert hat.«

Wieder schwiegen die beiden. Am Ende nahm Aravan seinen Speer auf, erhob sich und blickte auf den Bokker herunter.

»Einst habe ich beim Untergang von Rwn eine Gruppe von Verborgenen gerettet. Sie haben mir diesen Speer angefertigt, als Zeichen ihrer Dankbarkeit.« Aravan schwieg einen Augenblick. Sein Gesicht glich einer stoischen Maske, als er die Waffe anblickte. »Aber die Kosten dieser Rettung waren beinahe höher, als ich ertragen konnte.«

Damit drehte er sich herum und ging davon. Gwylly sah ihm nach, blieb jedoch sitzen. Er wusste, dass der Elf allein sein wollte.

Als er an diesem Abend Faeril von seinem Gespräch mit Aravan berichtete, erwiderte Faeril nur wenig. Aber es bedrückte sie dennoch, denn irgendwie wusste sie, dass tief in Aravans Herz eine große Trauer saß.

»In den Waldsenken«, sagte sie später, »gibt es auch Legenden über solche Kreaturen wie Aravans Verborgene. Angeblich leben sie im Dornwall. Aber natürlich weiß niemand, ob das stimmt, denn nicht einmal Vögel vermögen den Fängen des Spindeldorns zu entgehen.«

Es kam die Tag- und Nachtgleiche des Herbsts, und die Zeremonie der Elfen auf der Lichtung schien besonders glücklich abzulaufen, das Tanzen, Feiern und Singen sowie die gemeinsame Arbeit wirkten äußerst ausgelassen. Denn Faeril und Gwylly feierten den ersten Jahrestag ihres Gelöbnisses und außerdem ihre Ankunft in Ardental. Auf diese Gelegenheit wies Inarion noch einmal öffentlich hin. Alle jubelten.

Schließlich alterte auch der Herbst; der Winter wurde geboren und fand Faeril, Gwylly, Riatha und Aravan immer noch bei ihren Vorbereitungen.

Es begann zu schneien, und jetzt verbrachten die Wurrlinge die Abende vor ihrem behaglichen Kaminfeuer. Gwylly las in Petals Abschrift des Reisetagebuches, und Faeril studierte ihren Kristall.

»Heda, Faeril«, meinte Gwylly plötzlich, »hör dir das an.« Der Bokker las laut vor. Er zögerte zwar, schaffte es jedoch, die Passage, die in Twyll verfasst war, richtig vorzutragen.

»Als ich dort saß und darauf wartete, dass Tomlin mit den Pferden zurückkam und Riatha im Schoß hielt, die aus einer Kopfwunde blutete, die Stoke ihr mit einem großen Eiszapfen zugefügt hatte, läuteten in der Ferne die eisernen Glocken des verlassenen Klosters. Es war, als wollten sie einen letzten Gruß für Urus läuten oder aber den Untergang Stokes feiern. Natürlich weiß ich, dass es der gewaltige Erdstoß war, der sie in Bewegung setzte, dasselbe Beben, das auch das Eis aufgerissen und den Schlund geöffnet hatte, in den Urus Stoke gerissen hatte. Als die Glocken erklangen und ich um den toten Urus weinte, ging mir unaufhörlich ein anderer Gedanke durch den Kopf. Stoke ist eine Bestie, ein Vulg, eine fliegende Kreatur und ein Mensch, und er hat einmal behauptet, nur Silber könnte ihm etwas anhaben. Und jetzt liegt er tief unten im Eis, nachdem sich der Spalt geschlossen hat und von demselben Beben verschlossen wurde, das ihn aufriss. Stoke und sein Jäger mögen, vielleicht auf immer, darin begraben liegen. Dennoch frage ich mich, wenn nur Silber ihn töten kann – ist dieses Monster dann wahrlich tot?«

Gwylly blickte von dem Tagebuch auf. »Brr! Ziemlich unheimlich, findest du nicht? Sich vorzustellen, dass Stoke da unten all diese Hunderte von Jahren gefangen ist, eingefroren im Eis, unfähig sich zu rühren.«

Faeril legte ihren Kristall beiseite. »Vielleicht hatte Petal ja recht, und zwar mehr als sie ahnte. Die Prophezeiung scheint das jedenfalls nahe zu legen.«

Gwylly schlug eine Seite um. »Im nächsten Frühling, in einem halben Jahr, dann finden wir es vielleicht heraus, Liebste.«

Der Bokker las weiter. Faeril hob wieder ihren Kristall gegen das Licht, leerte ihren Verstand und starrte in das glitzernde Herz des Steines.

14. Kapitel

GEFÄHRLICHE REISEN

Spätes 5E986 bis frühes 5E988
[Ein Jahr und sechs Monate zuvor]

In diesem langen Winter, als das Land unter einer dicken Schneedecke lag, arbeiteten Riatha, Aravan, Faeril und Gwylly sorgfältig ihre Pläne aus. Da der Grimmwall von der Brut verseucht war und die Gegend um den Großen Nord-Gletscher noch unter dem Nachhall des schon lang vergangenen Todes eines großen Drachen erbebte, riet Aravan, dass sie im kommenden Herbst durch Rian reiten sollten, bis zur Küste des Nordmeeres. Dort wollten sie sich nach Aleut einschiffen, wo sie überwintern würden. Im Spätwinter, kurz vor Frühlingsbeginn, würden sie mit dem Hundeschlitten über Land zum Gletscher ziehen, durch das Unbehütete Land fahren und ein Stück in den Grimmwall hinein, bis zu dem Ort, zu dem Riatha sie führen würde. Das, so argumentierte Aravan, würde sie den Gefahren durch die Rûpt und auch den Erdbeben am wenigsten aussetzen.

Als Alternativplan zogen sie in Erwägung, den Winter in Jord abzuwarten, dort unter den weit verstreuten Siedlungen, wo die Vanadurin einst lebten, bevor sie am Ende des Usurpationskrieges nach Valon auswanderten. Wenn die Zeit dann reif war, würden sie von Jord an der Ostflanke des Grimmwall entlangreiten, bis zum Großen Nord-Gletscher.

Nur machten die Feindseligkeiten zwischen den Jordiern und der Allianz der Naudron und Kathianer die Überquerung der Grenzen ein wenig unsicher.

Als letzte Möglichkeit erwogen sie, in Inge in Aralan zu überwintern, und von dort aus den Grimmwall zu überqueren, um zum Großen Nord-Gletscher zu gelangen. Diese Route nahm Riatha für gewöhnlich, über die Gebirgskette und vorbei am Drachenschlund. Sie kannte die Strecke auch am besten. Doch gleichzeitig war es der gefährlichste Weg, sowohl wegen der Beben als auch wegen der Rûpt.

Nachdem sie die Alternativen abgewogen hatten, entschieden sie sich für Aravans Vorschlag, im Herbst nach Aleut zu segeln, bevor die Stürme einsetzten. Dort würden sie überwintern und dann mit Hundeschlitten über das Unbehütete Land zum Großen Nord-Gletscher fahren, dorthin, an das Ende des Grimmwall am Rand der Arktis.

Der Frühling kam, angekündigt durch die Tag- und Nachtgleiche des Frühlings, und erneut nahm sich die Elfensiedlung drei Tage Zeit, dieses Ereignis zu feiern.

Der Schnee schmolz im Tal wie auch auf den hohen Bergen, und der Tumbel schwoll zu einem reißenden Strom an. Erneut wurde das Vieh auf die Hochweiden getrieben, die Schafe noch höher, und das Leben nahm seinen gewohnten Verlauf. Es wurden nun auch die Dinge ausgestellt, die in den langen Winternächten hergestellt worden waren: geschmiedetes Silber, gewobene Seide, mit Edelsteinen besetzter Schmuck, Holzschnitzereien, Steinmetzarbeiten, gebrannte Töpferwaren, Gemälde, Gedichte und Geschichten, zum Staunen und Entzücken, ebenso wie herzerweichende Oden, Kompositionen für Flöte und Laute und Harfen und Trommel und Tamburin, wie auch für die Bambusflöten der

Wälder. Es gab seltene Waffen aus geschmiedetem Stahl zu bewundern, mit Runen und Filigranarbeit verziert. Dabei handelte es sich zwar nicht um magische Waffen, weil von dieser Kunst viel verloren war. Doch etwas war noch im Bewusstsein geblieben. Dennoch wurden diese Waffen hoch geschätzt, denn sie waren allesamt wohl ausbalanciert und zuverlässig, und diejenigen, die Klingen hatten, waren sehr scharf und anderen überlegen. Bögen aus geschnitztem Holz mit passenden Pfeilen waren ebenfalls im Winter angefertigt worden. All dies und noch mehr hatten die Elfen gefertigt, höchst seltene und kostbare Dinge, während die Kälte über dem Land geherrscht hatte.

Im Frühling jedoch fuhren Karawanen mit diesen Elfenwaren von Arden hinaus in die Welt, um dringend benötigte Dinge dafür einzutauschen: Salz und Gewürze, Kräuter, die es im Tal nicht gab; Stoffe und kostbare Edelsteine, Barren aus wertvollen Metallen. All dies suchten die Elfenhändler zu erstehen, und dafür reisten sie in ferne Länder, handelten, feilschten und tauschten, sammelten Güter an, die sie anschließend zurückbringen konnten.

Eine dieser Karawanen machte sich auf den Weg zur Feste Challerain, der Zitadelle des Hochkönigs in Rian. Einer der Elfenhändler hatte eine Botschaft von Aravan an einen Freund in der Feste bei sich. Darin bat er ihn, einen Boten nach Norden zu entsenden, zum befestigten Hafen Andar am Nordmeer. Er sollte für die vier eine Passage auf einem Schiff buchen, das sie zum Dorf Innuk in Aleute brachte.

Die Tage verstrichen wie im Flug.

Gwylly setzte seine Studien im Lesen und Schreiben fort, wurde immer besser und sicherer, vergrößerte seinen Wortschatz in Twyll, Sylva und auch in der Gemeinsprache. Faeril wunderte sich, wie er das alles auseinanderhalten konnte, aber mit seiner natürlichen Begabung schien er es ohne Schwierigkeiten zu schaffen, ganz ohne die drei Sprachen durcheinanderzubringen. Er sprach außerdem weit flüssiger, als er die Sprachen lesen und schreiben konnte, obwohl er gelegentlich noch durcheinanderkam, manchmal mit sehr komischen Ergebnissen.

Faeril lernte ebenfalls weiter Sylva. Beide Wurrlinge fühlten sich bald in der Elfensprache wohl.

Faeril setzte ebenfalls ihre Versuche im Wahrsagen fort, jedoch ohne greifbaren Erfolg. An einem warmen Frühlingsabend jedoch saß sie im Mondlicht auf der Schwelle der Kate, den Kristall in der Hand, leerte ihren Verstand von allen Ablenkungen und spähte in die Tiefe des Kristalls ...

... sie fiel durch einen funkelnden Raum, silbern glühende Kristallplatten taumelten an ihr vorbei. Oder taumelte sie selbst, und die Platten waren bewegungslos? Sie wusste es nicht. Reflektionen von den verwinkelten Oberflächen der Kristalle zuckten um sie herum, und die ganze Schöpfung schien von einem Klingen wohltönender Windspiele erfüllt zu sein, die klirrten und klingelten und läuteten. Taumelnd stürzte sie weiter hinab, einem silbern schimmernden See entgegen, der funkelte und blitzte. Dann ertönte das Läuten kristallener Glocken aus Nähe und Ferne. Während sie an den kristallenen Platten vorbeistürzte, sah sie, dass sie den Schimmer einer goldenen Flamme reflektierten, manchmal wurde sie vielfach zurückgeworfen, manchmal auch war es nur eine. Es blieb da ein stetig leuchtender, schlanker Strahl aus Licht. Plötzlich, als sie fiel, wurde ihr klar, dass dies ihr eigenes Spiegelbild war, das vielleicht ihre Seele zeigte.

Sie stürzte endlos weiter, immer und immer weiter hinab, während sich die vielflächigen kristallenen Platten um sie drehten und die Windspiele läuteten, obwohl kein Wind wehte ... in diesem Äther.

Und auch wenn sie stürzte, sie empfand doch keine Furcht. Sie fühlte sich zuversichtlich, ihre Seele war von den Windspielen und dem Licht und von Staunen erfüllt.

In den glitzernden Kristallflächen, in denen ihr eigenes Spiegelbild glühte, konnte sie jenseits des goldenen Lichtes, hinter den vielen Fenstern der glitzernden Kristalle noch andere Bilder erkennen, einige vage und formlos, als wären sie verwischt, etliche dagegen scharf und fremdartig. Sie schossen wie Blitze an ihr vorbei ... Schattenarmeen auf dem Marsch, ein Feld mit roten Rosen, ein schlammiges, dunkles Becken, dessen Wasseroberfläche sich kräuselte, ein gewaltiger Bär, ungeheure Pfeiler, die sich in der Höhe verloren, glitzernde Sterne, rauschendes Wasser, grauer Nebel und noch mehr, viel mehr. Bilder, die unbestimmt und fern, dann wieder nah und scharf wirkten, allesamt waren sie jedoch flüchtig, nur kurze Blicke und Schimmer.

Plötzlich sah sie eine Elfe – Riatha? Das wusste sie nicht. Hinter ihr stand ein großer Mensch, ein Mann. Ihnen folgte ein Reiter – Mann oder Elf? Dem saß ein Falke auf der Schulter, und in seinen Händen funkelte etwas.

Faeril fühlte, wie Worte aus ihrem Mund hallten, während sie etwas rief. Nur was? Das konnte sie nicht sagen, obwohl die Worte aus Twyll stammten, aber sie konnte sie nicht hören, wusste nicht, was sie sagte, denn es waren nicht ihre eigenen Worte.

»'Ritana fi Za'o
De Kiler fi ca omos,
Sekena, ircuma, va lin du
En Vailena fi ca Lomos.«

Faeril fiel weiter, endlos, immer weiter, ließ die Bilder von Elfe, Mann, Reiter und Falke hinter sich, drehte sich in einer Myriade goldener Reflektionen ihrer Seele um sich, während Kristallplatten an ihr vorbeitaumelten, hinter denen sie Gestalten, Formen und Umrisse erkennen konnte.

Plötzlich jedoch ertönte ein wortloser Schrei, ein unhörbares Wehklagen, und sie lauschte, wusste instinktiv, dass es wichtig war, und auch irgendwie vertraut, diese stumme Stimme, die lautlos rief, dieses unhörbare Trauern, dieses schweigende ...

Während Faeril die Augen öffnete, hörte sie, dass Gwylly weinte und ihren Namen flüsterte. Er hielt ihre Hand und streichelte ihre Finger. Sein Gesicht nahm allmählich Form an. »Weine nicht, Liebster«, krächzte sie.

Gwylly erschreckte und drückte fest ihre Hand. »Faeril, oh, Faeril, du bist wach!« Er küsste sie und nahm auch ihre andere Hand.

Sie lag in einem Bett, aber nicht in ihrem eigenen, sondern einem fremden. Ihre Kehle war trocken. Noch bevor sie etwas sagen konnte, tauchten Riatha und Aravan auf. Die Elfe hielt Faeril eine Trinkschale an die Lippen. Das Aroma von Minze schwebte über dem kühlen Wasser. Faeril trank gierig, linderte ihren schrecklichen Durst. Riatha reichte ihr die frisch gefüllte Schale noch einmal, und dann ein drittes Mal; beim letzten Mal nahm die Damman sie selbst in die Hände und trank.

»Wo?«, flüsterte sie, als Faeril sie sinken ließ.

Gwylly antwortete ihr. »Du bist im Quartier des Heilers, Liebste. Wir haben dich vor drei Tagen hergebracht.«

Faeril sah ihn erstaunt an. »Vor drei Tagen?«

Riatha nickte. »Es schien, als würdet Ihr fiebern, obwohl Ihr doch keine Temperatur hattet. Euer Bewusstsein war von Euch gewichen. Gwylly hat Euch so gefunden, auf Eurer Türschwelle, vor drei Abenden.«

»Ach, Riatha, ich war im Kristall ...«, ihre Stimme wurde energischer, »es war wunderschön.«

Gwylly drückte ihre Hand. »Ach, Liebste, und ich dachte ... Ich wusste nicht, was ich denken sollte. Aber du bist wieder da, das ist doch alles, was zählt, du bist zurückgekehrt!«

»Im Kristall?« Riatha sah Aravan an. Der Elf schüttelte den Kopf. Denn trotz seiner vielen Lebensjahre hatte er so etwas noch nicht gehört.

»Ja, Riatha, im Kristall.« Sie zog Gwyllys Hand an ihre Lippen und küsste seine Finger. »Ach, Gwylly, ich habe versucht zu sehen, was die Zukunft für uns bringt. Aber ich bin gescheitert, mein Bokkerer, denn auch wenn Bilder an mir vorübergeglitten sind, so habe ich doch keine Vision von der Zukunft erhalten.«

Gwylly streichelte wieder ihre Finger. »Vielleicht nicht, aber du hast etwas gerufen.«

»Tatsächlich?«

»Ja. Auf Twyll.«

»Und was habe ich gesagt? Konntest du es verstehen?«

»Aber ja. Ich habe die Worte gehört, aber ihre Bedeutung ist mir nicht klar. Es ist passiert, als Riatha dich das erste Mal untersucht hat. Du hast deine Augen geöffnet, sie angesehen und gesagt:

›'Ritana fi Za'o
De Kiler fi ca omos,
Sekena, ircuma, va lin du
En Vailena fi ca Lomos.‹

Wenn ich das Twyll richtig übersetze, müsste es heißen:

›Reiter der Unmöglichkeit,
Ein Kind desselben,
Sucher, Forscher, wird er sein
Ein Reisender zwischen den Ebenen.‹«

Faeril sah Riatha erklärungsheischend an. Die Elfe schüttelte jedoch bedächtig den Kopf. »Ich weiß es nicht, Kleine. Allerdings würde es fürwahr einen Reiter der Unmöglichkeit erfordern. Denn nur ein solcher könnte zwischen den drei Ebenen hin und her reiten. Die Wege bleiben für alle, die nicht vom Blut sind, blockiert, und keiner besitzt das Blut aller drei Ebenen.«

Aravan versank in tiefes Nachdenken, sprach jedoch nicht, sondern behielt seine Meinung für sich.

Am nächsten Morgen kam Riatha allein zu Faeril, um mit ihr zu sprechen. »Achte auf meine Worte, Kleine: Ich weiß nicht, wie ich Euch richtig raten soll, aber eines kann ich immerhin sagen: Was für Euch nur Augenblicke in deinem Kristall gewesen zu sein schienen, hat außerhalb des Steines drei Tage gedauert. Die Reise, die Ihr angetreten habt, war sehr gefährlich, und obwohl Ihr sicher zurückgekehrt seid, würde ich Euch davon abraten, ohne einen erfahrenen Führer diesen Weg erneut zu beschreiten ... Mit einem Führer, der die Kristalle und die Wege des Suchens kennt. Sonst besteht die Gefahr, dass Ihr Euch verirrt und nie wieder zurückfindet.«

Die Damman schwieg lange, dachte nach, erinnerte sich an die Schönheit des Kristalls, an das Gefühl von Frieden und Wohlbefinden, an die goldenen Spiegelbilder ihrer Seele und die Visionen dahinter, und schließlich erinnerte sie sich auch an die verängstigte Miene ihres Bokkerers. Am Ende seufzte sie und versprach der Elfe, deren Worte zu beherzigen.

Faeril erholte sich von ihrem Abenteuer, und diese Erfahrung schien ihr nicht geschadet zu haben. Die Damman brannte darauf, den Kristall erneut zu verwenden; trotzdem war sie entschlossen, Riathas Warnung ernst zu nehmen und zu warten, bis sie jemanden fand, der Erfahrung hatte, was die Hellseherei betraf. Aber obwohl sie auf einen Lehrer warten wollte, kehrten ihre Gedanken immer wieder zu diesen glitzernden, sich drehenden, schimmernden Flächen und dem Klingeln und Läuten der Windspiele zurück.

Der Sommer kam – und die Sommersonnenwende. Die Tage wurden länger, nämlich zur Ernte hin, und dann kürzer, als der Herbst nahte. In dem Monat, in welchem der Sommer begann, erhielt Aravan die Nachricht, ein Schiff warte auf sie in Ander, und zur Tag- und Nachtgleiche im Herbst werde es Segel setzen und sie nach Innuk bringen. In den schwindenden Sommerwochen, etwa fünfunddreißig Tage vor dem ersten Herbsttag, brachen die vier vom Ardental auf und machten sich auf die Reise nach Aleut.

Am dem Tag, als sie ihre Reisevorbereitungen trafen, ihre Pferde sattelten und ihre Habseligkeiten auf die Packtiere sowie auf ihre eigenen Pferde luden, suchte Inarion sie auf. Er gab Gwylly einen Lederbeutel mit Silberkugeln für seine Schleuder, die er selbst gegossen hatte. »Mich deucht, Ihr habt Verwendung dafür, angesichts Eures Reiseziels.«

Gwylly nahm die Kugeln dankend an und verbeugte sich vor dem Elf. *»Vi danva ana, vo Alor«,* erwiderte er auf Sylva.

Faeril reichte Inarion einen silbernen Dolch in einer gepunzten, schwarzen Lederscheide, die er ebenfalls selbst hergestellt hatte. »Diese Klinge ähnelt jener, welche einst die Zwerge für Eure Ahnin Petal gefertigt haben, vor langer, langer Zeit.«

Faeril lächelte, nahm den Dolch mit einem Knicks an und erwiderte, ebenfalls auf Sylva: *»Alor Inarion, vi ealswa danva ana.«* Dann hob sie den Dolch und verglich ihn mit der uralten Klinge der Zwergenschmiede. Die beiden Waffen glichen sich nicht, aber sie bildeten ein wundervolles Paar; dennoch schob sie den Dolch samt Scheide in ihren Gürtel und ließ die eine Scheide an ihrem Kreuzgurt leer.

Dann wandte sich Inarion an beide Wurrlinge. »Hört, Ihr werdet immer in Ardental willkommen sein, sei es für eine Stunde, einen Tag oder tausend Jahre.«

Mit diesen Worten kniete sich der Lord-Wächter der Nördlichen Regionen von Rell vor die beiden Wurrlinge und umarmte sie nacheinander. Dann erhob er sich, nickte Aravan und Riatha zu und trat zurück.

Als sie aufbrachen und Ardental verließen, dem Pfad folgten, der die westliche Flanke des Tales hinaufführte, und durch den Tunnel ritten, hörten sie Elfenhörner, die in der Ferne ein letztes Lebewohl bliesen. Als sie aus dem Tunnel hinauskamen, war alles still. Vor ihnen erstreckte sich der endlos scheinende Ödwald.

Sie ritten durch das Land Rhone, an dem nördlichen Rand des Ödwaldes entlang, und überschritten den Caire an der Ödfurt. Dann wendeten sie sich nach Norden, nach Rian hinein, ritten die Ebenen hinauf, die zwischen dem Fluss im Osten und den weit entfernten Signalbergen im Westen lagen.

Der goldene Sommer verwöhnte das Land, und lange, träge Tage sowie angenehm milde Nächte begleiteten sie. Am vierzehnten Tag ihrer Reise begann es zu regnen. Als der kalte Nieselregen vom Himmel fiel, passierten sie die Silberhügel, die gewaltigen Anhöhen, die sich von der Dalara-Ebene im Westen bis zum Rigga-Gebirge im Osten erstreckten. Dort in den Silberhügeln stießen sie auf den Handelsweg, der zwischen der Feste Challerain im Südosten und dem Zwergenhort von Schwarzstein im Norden lag, und ritten auf ihm weiter.

Dabei erwähnte Riatha, dass der Schwarzstein von einer von Modrus Horden während des Winterkrieges belagert worden war. Doch die Drimma, die Zwerge, hatten bis zum Ende widerstanden, als der Dusterschlund schließlich fiel.

Das bot Faeril den Anlass, Gwylly all die verschiedenen Legenden von Tuckerby »Tuck« Sunderland zu erzählen, dem Träger der roten Atalar-Klinge. Und so vertrieben sie sich die Zeit, während sie dem Nordmeer entgegenritten.

Zwei Wochen und vier Tage, nachdem sie Ardental verlassen hatten, gelangten sie an eine Stelle, an der der Handelsweg scharf nach Osten abbog und geradewegs zum Schwarzstein ins Rigga-Gebirge führte. Dort verließen die vier den Weg und ritten weiter nach Norden durch das Reich von Rian.

Auf ihrem Ritt kamen sie nur an wenigen Siedlungen vorbei, auch wenn sie gelegentlich den ein oder anderen kleinen Weiler passierten. Wenn sie konnten, stiegen sie in einer Herberge ab, genossen die Betten, ganz gleich, wie sie beschaffen waren, und nahmen ein heißes Bad. Manchmal übernachteten sie auch in Gehöften, schliefen gewöhnlich in den Stallungen, wo sie ihre Betten aus Heu bereiteten. Und immer glotzten die Wirte und Bauern die vier an, die vom Kleinen Volk und die Elfen, denn sie bekamen selten auch nur gewöhnliche Besucher, ganz zu schweigen davon, dass ihnen Reisende wie jene vier begegneten.

Meist jedoch kampierten sie in Dickichten, kleinen Wäldchen oder zwischen Bäumen, obwohl sie ab und zu auch im Freien schliefen, in der Hoffnung, es möge nicht regnen.

Langsam kamen sie weiter nach Norden, legten am Tag zwanzig bis fünfundzwanzig Meilen zurück, etwa sieben bis acht Werst zwischen Sonnenaufgang und Sonnenuntergang, wie die Elfen die Strecke maßen.

Sechsundzwanzig Tage waren in diesem Spätsommer vergangen, als das Nordmeer in Sicht kam. Das Wasser wirkte aus der Ferne kalt und grau. Trotzdem staunten Gwylly und Faeril über den Anblick des Wassers, das bis an den Horizont reichte und vermutlich noch darüber hinweg.

Sie ritten zu einer kleinen Hafenstadt in einer geschützten Bucht an der Küste. Das war Ander, die Stadt, in der Aravans Bote eine Schiffspassage für sie bestellt hatte. Es war eine Woche und einen Tag vor der Tag- und Nachtgleiche des Herbstes.

Das Schiff, auf dem sie segelten, war eine dickbäuchige *Knorr*, ein Frachtschiff der Fjordleute, das seine letzte Fahrt in dieser Jahreszeit machen würde. Denn schon bald würden die Wasser des Nordmeeres unter den Winterstürmen tosen. Selbst unter den besten Bedingungen war das Nordmeer eine tückische Pfütze, unter schlimmeren Bedingungen jedoch war es entsetzlich.

Der Tag, an dem sie in See stachen, schien jedoch recht freundlich. Eine frische Brise wehte aus Westen. Dennoch war es kalt auf dem Meer, und die Winde, die über die Wellen bliesen, waren kalt. Taue und Leinwand knallten, das Holz knarrte und knackte und ächzte unter ihrer Wucht.

Faeril und Gwylly standen an der Reling und beobachteten, wie das Land langsam zurückblieb, während Riatha und Aravan mit Kapitän Arn sprachen.

»Ich lasse Schwarzschweif nur sehr ungern zurück«, erklärte Faeril. »Und auch Flecker. Aber ich denke, dass es dort, wo wir hingehen, für Pferde und Ponys zu kalt ist.«

Gwylly schlang seinen Arm um seine Damman. »Mach dir keine Sorgen, meine Dammia. Sie werden in Ardental auf uns warten, wenn wir zurückkehren.«

Faeril nickte. Sie wusste, dass Aravan einen Reiter beauftragt hatte, die Pferde und Ponys zur Feste Challerain zu bringen und sie dort an den Meister der Elfenkarawane zu übergeben, der sie mit nach Ardental zurücknehmen würde. Trotzdem hatte sie sich um Schwarzschweif gekümmert, seit sie ein frisch geborenes Fohlen gewesen war. Also gefiel es ihr nicht, sich von ihr zu trennen.

Sie segelten nach Nordosten. Das Schiff wälzte und rollte sich ächzend durch die Küstengewässer von Rian und Gron. Nach einem Tag gingen sie auf Kurs Nord, umschifften die Todesinseln und versuchten, sich nicht in den gewaltigen Strudel des großen Mahlstroms ziehen zu lassen, dorthin, wo die Gronspitzen bis ins Meer reichten. Während dieses zweiten Tages regnete es unablässig, und das Meer wogte. Gwylly und Faeril waren unter Deck und fühlten sich nicht wohl. Ein dumpfer Ekel stieg in ihnen auf, und sie aßen und tranken nur sehr wenig. Zwei weitere Tage hielt ihre Seekrankheit an, da half es ein wenig, an Deck an der frischen, salzigen Luft zu spazieren. Am folgenden Tag kehrte ihr Appetit zurück, und wie! Und so blieb es auch für den Rest der Reise. Das Schiff hatte mittlerweile Kurs entlang der Steppen von Jord genommen, in Richtung Fjordland.

Die Mannschaft des Schiffes, das *Hvalsbuk* hieß, staunte die Wurrlinge und die Elfen an, denn solche Leute bekamen sie nur selten zu Gesicht. Es war Faeril, die das Eis brach, als sie fragte, was denn wohl *Hvalsbuk* bedeute.

Ein Seemann kratzte sich den Kopf, als er nach dem richtigen Ausdruck in der Gemeinsprache suchte. »*Walwanst*, Mädchen, das ist ihr Name. *Walwanst.*«

Darüber wollte sich Faeril schier ausschütten vor Lachen, die *Hvaslbuk* jedoch trug ihre Fracht knarrend und rollend und ächzend weiter nach Osten.

Am späten Nachmittag des elften Tages endlich legten sie im Hafen von Vidfjord an, nachdem sie um eine Ecke der breiten Bucht und in den Fjord mit seinen steilen Felsflanken gesegelt waren. Insgesamt waren es von der Einmündung bis zu der am Fjord gelegenen Stadt sechs Meilen.

Am nächsten Morgen stiegen sie in ein anderes Schiff, ein schnelles Drachenschiff um und setzten erneut Segel. Der Name des Schiffes, *Boelgeloeper*, bedeutete, wie Faeril herausfand, *Wellenreiter*. Es war fünfundzwanzig Meter lang, besaß einen offenen Rumpf und zwanzig Ruderdollen an jeder Seite. Sein Segel war viereckig und wurde mit einem langen Querbaum, den der Kapitän *beitass* nannte, in den

Wind gedreht. Die *Wellenreiter* hatte vierzig Mann Besatzung, die das Schiff auf das Meer hinausruderte. Dann setzten sie Segel und fuhren einen Tag nach Norden, einen weiteren nach Osten.

Das Schiff glitt schnell durch die Wellen, wie ein Wolf, der über Schnee springt. Aber es war kein Wolf, denn es wurde niemals müde und fuhr so lange, wie der Wind wehte. Seinen Namen trug das Schiff zurecht, denn nach nur zwei Tagen und einer Nacht hatten sie vierhundert Seemeilen zurückgelegt und erreichten bald die Gestade von Aleut.

Der Winter kam, und zwar unerwartet eisig. Manchmal stürmte es tagelang ohne Pause. Das Land gefror, und auch das Meer, so weit das Auge blicken konnte. Alles war von Eis oder Schnee bedeckt. Faeril und Gwylly lernten, was Riatha und Aravan bereits wussten. Die Arktis war kein angenehmer Ort, um dort zu wohnen. Fast überall sonst war es besser.

Die Aleutani jedoch gediehen auf diesem Land, falls man es überhaupt ein solches nennen konnte. Aber selbst in den langen Wintermonaten unternahmen sie nur selten weite Reisen. Denn die Stürme setzten überraschend ein, waren unberechenbar und wütend. Wer in einen solchen Sturm geriet, riskierte häufig sein Leben. Also suchten sie in den Tälern an der Küste Schutz in Häusern, die sie aus Lehm, Stein und Holzbalken herstellten. In den Dächern gab es Löcher, aus denen der Rauch abzog, und der Fußboden bestand aus blankem Lehm. Außerdem hielten sie ihre *Ren*-Herden in diesen Tälern, rehartige Tiere mit Geweihen, der Reichtum der Aleutani. Aber selbst geschützt von den Kiefernwäldern der Täler war der Winter hart und schwer.

Trotzdem fanden sich die vier zurecht, sie lebten wie die Aleutani in den Lehmhütten und vermissten die Annehmlichkeiten des Lebens, die sie im Ardental genossen hatten. Sehr bald stellten sie fest, dass die Winter in Ardental im Vergleich zu denen in Aleut milde gewesen waren. Der eisige Wind peitschte vom Nordmeer unablässig auf sie ein und fegte Schnee und Eis beinahe horizontal über das Land. Hier – bei diesen widrigen Bedingungen – erfuhren sie von den Dorfbewohnern, den Alten und den Jungen, wie man unter arktischen Verhältnissen überlebte.

Während der kurzen Tage und langen Nächte lernten sie die Aleutani besser kennen. Die Menschen mit ihrer kupferfarbenen Haut behandelten sie respektvoll, denn für sie waren es *Mygga* und *Fé*, Geschöpfe der Legenden. Gebärdeten sie sich etwa nicht wie Häuptlinge? Konnten sie etwa keine Hunde zähmen? Trugen sie nicht Waffen bei sich, die furchtbare Macht hatten, Waffen aus Stahl und Silber, Sternenlicht und Kristall? Sicher hatten nur die *Mygga* und *Fé* einen so mächtigen Feind, den sie mit diesen Waffen töten mussten.

Kurz nach ihrer Ankunft sprachen sie mit den Dorfältesten und vereinbarten, dass sie mit dem Hundeschlitten zu dem etwa siebenhundertfünfzig Meilen entfernten Großen Nord-Gletscher gebracht wurden. Die Reise würden sie am Ende des Winters antreten, kurz bevor der Frühling ins Land einzog. Die Ältesten versammelten sich und berieten, wer für dieses Vorhaben ausgewählt werden, welcher Stamm die Ehre erhalten sollte, die *Mygga* und *Fé* zu ihrem geheimnisvollen Ziel zu bringen. Schließlich wurden B'arr, Tchuka und Ruluk ausgesucht, denn sie hatten die besten Gespanne.

In den langen Nächten legten sie ihre Pläne fest und suchten dabei den Rat der Schlittenführer. Wie die vier in Ardental besprochen hatten, wollten sie nicht zu früh dort eintreffen, weil ihr Aufenthalt dann länger dauerte und sie Gefahr liefen, von der Brut im Grimmwall entdeckt zu werden. Andererseits wussten sie, dass sich irgendwann im Frühling die Prophezeiung erfüllen würde. Deshalb wollten sie zur Zeit der Tag- und Nachtgleiche des Frühlings auf dem Gletscher sein, etwa sieben Meilen nördlich von dem verlassenen Kloster. Denn dort hatte Riatha das »Licht des Bären« das letzte Mal gesehen. Der Schimmer war jetzt in dem langsamen Fluss des Gletschers gefangen, diesem gewaltigen, kriechenden Eisfluss, der in einem breiten, flachen Tal am östlichen Rand des Gletschers gefangen war und alle siebzig Jahre eine Nebenströmung abspaltete. Das war jedenfalls die letzten zwei Jahrhunderte lang so gewesen. Dort wollten die vier ausharren, bis sich die Prophezeiung erfüllte. Vorausgesetzt, dass sie es erfuhren. Wenn sie sich nicht an der Nebenströmung befanden, wollten die Gefährten im Kloster warten, das ihnen für den Rest des Winters und im Frühling Schutz und Obdach gewährte.

B'arr sagte ihnen, dass die Hunde diese Reise in vierzehn oder fünfzehn Tagen absolvieren konnten, eingerechnet der Verzögerungen durch Stürme. Tchuka und Ruluk waren seiner Meinung. Sie hielten sieben Finger hoch und verkündeten: *»Sju synskrest hver isaer dag ...«* B'arr übersetzte: »Sieben Horizonte jeden Tag ... können Hunde lange schaffen.« Faeril rechnete aus, dass die Hunde, aufgrund der Größe der Aleutani und der Entfernung, die sie bis zum Horizont ausmachten, etwa fünfzig Meilen pro Tag zurücklegen konnten, und das über einen längeren Zeitraum. Dann lachte sie. »Ich bin froh, dass Ihr die Horizonte von Menschen meint, und nicht die von Wurrlingen, sonst würden wir doppelt so lange brauchen.« Also beschlossen sie, die Reise im letzten Wintermonat anzutreten, drei Wochen vor dem Frühlingstag. Damit gewährten sie sich sieben Tage Zeit für Verzögerungen durch Stürme oder andere unvorhergesehene Zwischenfälle. Sollte die Reise jedoch rasch vonstatten gehen, mussten sie nur eine Woche in dem Kloster warten, bis der Frühling kam. Natürlich wusste niemand, wann genau sich die Prophezeiung erfüllen würde. Aravan meinte jedoch: »Das Auge des Jägers wird nicht vor dem Frühling über den Himmel ziehen. Es erscheint zwanzig Nächte vor dem Frühlingstag und wird in jeder Nacht größer und heller. Dann kommt die Sonnenwende, und der Bote zieht noch zwanzig Nächte seine Bahn. Er steht auch tagsüber am Himmel, ist vor der Sonne jedoch nicht zu sehen; wohin er anschließend geht, weiß niemand, weil man es nicht sehen kann, aber er wird gewiss wieder dorthin zurückwandern, woher er gekommen ist, und während der Jahrtausende da bleiben, bis es erneut Zeit für ihn wird, sein Verderben zu bringen. Falls die Weissagung also stimmt, sollten wir zwanzig bis höchstens dreißig Tage auf dem Gletscher verbringen, mehr nicht. Wenn das Auge des Jägers nicht mehr sichtbar ist, können die Schlittenführer aus ihrem sicheren Versteck zurückkehren und uns abholen.«

So schmiedeten sie in diesen langen, eisigen Nächten ihre Pläne, in denen der Schnee über das Land fegte und der Nordwind seine Wut herausheulte.

Doch es gab auch andere Nächte, in denen der Wind nicht wütete und der Himmel klar war, und Spektrallichter das Firmament in Farben tauchten. In diesen Nächten, wenn das geisterhafte Licht über ihnen leuchtete, glitten Faerils Gedanken immer wieder zu dem rätselhaften Kristall in seinem Seidentuch in der Eisenschatulle. Sie gab der Versuchung jedoch nicht nach, sondern ließ den Stein sicher verwahrt.

In einer dieser Nächte am Nordmeer, als die vier draußen standen und den roten Himmel bewunderten, sang Aravan ein uraltes Lied der Fjordlander, eines, das sie schon so lange sangen, seit ihre Drachenschiffe die Meere befuhren.

»In den langen und eisigen Nächten des Winters,
Wenn sich die Himmel rot färben,
Menschen ihre Träume träumen
Und ihre Ränke schmieden
Von Vergeltung für die Toten,
Von großen, wagemutigen Taten,
Von Waffengängen und großem Geschick,
Von Gold und Silber, das sie gewinnen
Mit jedem einzelnen Mord …
Ja, das sind die Nächte, welche die Frauen fürchten,
In denen ihre Herzen kalt vor Angst werden –
Um ihre Männer, die ihre Träume träumen
Und ihre Ränke schmieden …
Wenn sich die Himmel über ihnen rot färben.«

Der bittere Winter neigte sich langsam zum Frühling, die Lange Nacht ging schließlich zu Ende, die Sonne kehrte zurück, und die langen, langen Nächte danach wurden allmählich kürzer. Mit der Rückkehr der Sonne hob sich auch die Stimmung, und jeder Tag wurde ein wenig länger, wenn die Sonne Stück für Stück in den südlichen Himmel klomm. Faeril, Gwylly, Riatha und Aravan lernten weiter von ihren Gastgebern, den Aleutani, sie entdeckten, dass dieses Volk allein für Schnee hundert Namen hatte, wenngleich auch keiner der vier versuchte, sich diese lange Liste einzuprägen.

Der Frühling kam jetzt rascher, und schließlich brach auch ihr letzter Tag in dem Dorf an; am nächsten Morgen würden sie abreisen. Doch eine ältere Seherin machte eine Voraussage, indem sie geschnitzte, elfenbeinerne Stücke in eine Schale warf; sie schüttelte den Kopf und meinte, die Knochen sagten einen Sturm voraus und niemand könnte in den nächsten Tagen fortgehen.

In der finsteren Nacht fegte tatsächlich ein wütender Sturm vom Nordmeer heran und verwüstete das Land. Der

Schneesturm war so ungeheuer wild, dass es Selbstmord gewesen wäre, jetzt aufzubrechen. Also warteten sie ungeduldig, während der Schneesturm tobte. Wind und Schnee und Eis tosten sieben Tage und sieben Nächte lang durch die Täler und über die jenseitige Einöde. Sieben Tage und Nächte lang marschierten Riatha, Aravan, Faeril und Gwylly ungeduldig über den Lehmboden ihrer Hütte, sprachen davon, dass ihre Pläne gescheitert waren, überprüften immer wieder ihre Vorräte, reagierten gereizt auf Fragen und ...

Am achten Tag beruhigte sich der Sturm, und eine wohltuende Stille legte sich über das Land. Die vier schoben die Felle aus Ochsenhäuten beiseite, die als Tür dienten und am unteren Rand mit Steinen beschwert waren, und traten hinaus in die Nacht. Es schneite leicht, dicke Wolken bedeckten den Himmel. Sie zogen rasch nach Osten, getrieben von den Winden hoch oben, die man unten im Tal gar nicht spüren konnte. Sie gingen zur Hütte von B'arr. Der Schlittenführer war wach und hatte offenbar gerade mit seinen beiden Kindern gespielt, während seine Frau dabei zusah. Aber sie standen alle auf und lächelten und verbeugten sich, während sie die vier in ihre Hütte baten. In dem flackernden Licht einer Lampe, die mit Otteröl betrieben wurde, verschwendete Riatha keine Zeit mit Formalitäten. »Wir müssen morgen früh aufbrechen, B'arr, denn jetzt sind wir bereits sieben Tage zu spät.«

B'arr sah die gebieterische *Infé* an, dann den *Anfé*, lächelte schließlich den kleinen *Mygga* zu und nickte, denn: Waren es nicht alles Häuptlinge? »B'arr bereit«, sagte er. »Tchuka bereit, Ruluk bereit. Schlitten bereit, Hunde auch bereit.«

Die vier kehrten zu ihrer feuchten Hütte zurück und legten sich zur Ruhe. Morgen würden sie eine Reise über Land beginnen, die siebenhundertfünfzig Meilen lang war, eine Reise, die vierzehn oder fünfzehn Tage dauerte. Und sie waren bereits spät dran. Sieben Tage zu spät. Sie hatten vorgehabt, im Kloster zu bleiben und zu warten, aber jetzt würden sie den Gletscher erst am Frühlingstag erreichen, vorausgesetzt, dass sie unterwegs nicht von weiteren Stürmen aufgehalten wurden. Faeril fragte sich, ob die Prophezeiung wohl eintreten würde oder nicht, und erinnerte sich an die Worte ihrer Dam: *»... selbst Prophezeiungen muss man ab und zu nachhelfen.«* Nur wusste die Damman nicht, wie sie dieser Prophezeiung nachhelfen sollte; das vermochten nur die Schlittenführer und ihre Hunde. Während ihr diese Gedanken durch den Kopf gingen, legte sie sich zu Gwylly ins Bett.

Der Bokker und die Damman wälzten sich unruhig hin und her und konnten nicht einschlafen. Ab und zu sah Faeril zu Riatha und Aravan hinüber, die still im Schatten saßen, wie es die Art der Elfen war. Sie schliefen nicht, ruhten jedoch auch. Aber die Damman wusste, dass sie und ihr Bokker keinen Schlaf finden würden. Noch während sie das dachte, schlief sie ein.

Lange nach Mitternacht wurde Faeril erneut wach und sah Riatha im Raum stehen. Die Elfe gab der Damman ein Zeichen; lautlos traten sie vor die Hütte hinaus. Es hatte aufgeklart, Sterne glitzerten in der eiskalten Nacht am Himmel. Ohne ein Wort zu sagen streckte Riatha die Hand aus. Faeril sah hin, und ihr Herz schlug ihr bis in den Hals, denn hoch oben im Osten glühte rot das Auge des Jägers, dessen langer, leuchtender Schweif unheilvoll glänzte.

Noch bevor die Sonne am nächsten Morgen aufging, verließen sie Innuk. B'arrs Gespann bildete die Spitze, Tchuka und Ruluk folgten ihm. Faeril und Gwylly saßen im ersten Schlitten, zusammen mit den Vorräten für die Menschen, die Hunde und die *Mygga*. Riatha folgte im zweiten und Aravan im dritten. Auch ihre Schlitten waren mit Nahrung und Ausrüstung für die Reise beladen. Das ganze Dorf war aufgestanden, um sie zu verabschieden, und es gab sogar eine kleine Zeremonie. Aber selbst die Ältesten sahen, wie ungeduldig die *Mygga* und die *Fé* darauf warteten, endlich aufbrechen zu können.

Schließlich rief B'arr: »*Hypp, Hypp!*« Und Shlee sprang eifrig los, gefolgt von allen Hunden im Gespann. Der Schlitten setzte sich in Bewegung. Tchukas und Ruluks Gespanne folgten, als die beiden Schlittenführer ihre Hunde ebenfalls anfeuerten. Laska sprang vor, Garr auch. Sie verließen Innuk und das Tal. Die Hunde zogen die Schlitten, die Schlittenführer liefen nebenher und traten dann auf die Kufen, als die Gespanne ihre Geschwindigkeit erreichten.

Sie fuhren auf den Kamm des Tales und von dort hinaus in das Unbehütete Land, in die Einöde dahinter – Schlitten, Hunde, Passagiere und Schlittenführer. Faeril, Gwylly, Riatha und Aravan hatten in den Schlitten das Gefühl, dass sie vielleicht zu spät kommen könnten, um die Prophezeiung zu erfüllen, aber sie wollten es des ungeachtet versuchen. Sie fuhren nach Ost-Südost, einem fernen Ziel entgegen, *Mygga, Fé*, B'arr, Tchuka und Ruluk, ohne zu wissen, was die Zukunft ihnen bringen mochte, außer dass ihr Kurs sie mitten in die Gefahr führte.

15. Kapitel

DAS KLOSTER

Frühlingsanfang 5E988
[Gegenwart]

»Vorsicht, Riatha!«, schrie Aravan, als große Eisplatten die Rampe aus Eisbrocken hinabglitten, während er hinter Gwylly und Faeril dem goldenen Schimmer entgegenkletterte. »Es könnte Stoke sein!«

Verzweifelt begann Riatha, nur mit ihren Händen an der geborstenen Wand zu kratzen. Große Eisbrocken und Scherben rutschten knirschend den Hang hinab. »Nein, Aravan. Wäre es Stoke, er hätte lange, klauenartige Finger. Diese Hand gehört Urus! Und jetzt hilf mir!«

Erneut zuckten die Finger des großen Mannes, dessen Hand aus dem Gletscher herausragte, und der sich im Mittelpunkt des goldenen Leuchtens befand, das aus der Wand schimmerte.

»Er kann doch nicht mehr leben!«, stieß Gwylly verstört hervor. »Das muss an dem Beben liegen ...«

»Faeril, Gwylly!«, befahl Aravan, als er seinen Speer von der Schulter nahm und zu Riatha hinaufstieg. »Passt auf. Der blaue Stein wird warm, also könnte der Feind zurückkehren.«

Mit hämmernden Herzen drehten sich die Wurrlinge und musterten die Landschaft. Der Blick wurde von dem großen

Brocken behindert, der vom Gletscher abgebrochen war. »Schnell, Gwylly«, rief Faeril und deutete auf den Eisklotz. »Lass uns dort Posten beziehen.«

Sie kletterten durch die Eisbrocken, die ihnen bis zum Knie reichten, den Hang hinab. Die Eisbrocken klirrten, klangen wie Glasscherben und rutschten vor ihnen hinunter. Am Fuß der Halde blickten sie an dem gewaltigen Eisbrocken hinauf, der vor ihnen aufragte, und suchten im Licht des Mondes nach einer Möglichkeit, ihn zu erklimmen. Hinter ihnen stürzte noch mehr Eis klirrend hinab, als Riatha und Aravan in die Wand hackten. Gwylly ging rechts um den Blick herum, Faeril links. »Hier, Liebste!«, rief Gwylly, als er einen Weg gefunden hatte.

Die Wurrlinge kletterten durch einige Risse bis zu der abgetrennten Spitze des Blocks. »Du bleibst hier stehen, ich halte dort Wache«, meinte Faeril. Sie hielt ein Messer in der Hand, während sie nach Süden ging.

Gwylly nahm sein Langmesser in die Linke, während er sich nach Norden wandte. Dabei gelangte er an eine Stelle gegenüber von Riatha und Aravan. Die Elfen wuchteten mittlerweile zerborstenes Eis aus der Wand, vorsichtig, von oben nach unten, damit kein Stück auf sie herabfiel oder sie darin gefangen wurden. Und gerade als sich der Bokker gegenüber den beiden Elfen befand, sah er ... »Heda, Faeril!«, rief er leise. »Liebste, komm und sieh dir das an!«

Faeril war ein Stück entfernt, warf einen Blick nach Süden, drehte sich um, da sie keinen Feind sah, und ging zu Gwylly.

»Sieh dort, Liebste!«, stieß Gwylly hervor.

Faeril schnappte nach Luft, denn am Fuß der Spitze des Eisbrockens befand sich eine Mulde, die eindeutig die Gestalt eines Vulg aufwies, der jetzt verschwunden war. Und das Mondlicht fiel auf etwas in dieser Mulde, in der der

Vulg gelegen hatte, etwas, das in den silbernen Strahlen glitzerte. »Gwylly, das ist ein Messer!«

Ihr Herz raste, als die Damman in die Mulde stieg und das Messer hochnahm. Es war tatsächlich ein Messer, ein silbernes Messer, und zwar das fehlende Gegenstück zu dem, das in ihrem Kreuzgurt steckte. »Gwylly!« Die Damman sah ihren Bokkerer an. Ihre Augen glänzten. »Es ist Petals Messer. Das, mit dem sie Stoke getroffen hat.«

Gwylly blickte auf die Mulde. »Dann war diese Gestalt im Eis …«

»Es war Stoke«, meinte Faeril und trat unwillkürlich einen Schritt zurück. »Er war hier. Genau hier.«

Gwylly blickte nach Süden, in die Richtung, in der die Rukhs und Hlöks und Vulgs verschwunden waren. »Riatha hatte recht. Sie hat das Heulen eines verwundeten Vulgs gehört, es war Stokes Heulen. Er hat um Hilfe gerufen. Und jetzt ist er mit ihnen verschwunden, oder er wurde von ihnen weggeschleppt.«

Über ihnen zog rot und drohend das Auge des Jägers seine Bahn, gefolgt von seinem langen, glühenden Schweif. Die Erde unter ihnen bebte.

Als der Erdstoß das Land erschütterte, schob Faeril den silbernen Dolch in die Scheide und kletterte rasch aus der Mulde heraus. Gegenüber polterten klappernd Eisbrocken über die Halde zu Boden, wo Riatha und Aravan arbeiteten. Die Beben hatten noch mehr Eis um die gefangene Gestalt gelöst. Jetzt sahen die Wurrlinge, wie die Elfen aus dem Loch traten, das sie gehackt hatten. Und dabei zogen sie den Leib eines großen Mannes mühsam heraus, eines sehr breitschultrigen Mannes. Eines wahren Giganten.

Urus.

Riatha weinte, als sie ihn die Halde aus Eisbrocken hinunter zum Boden zogen.

Jetzt konnten sie auch sehen, was das Glühen verursacht hatte. An seinem Gürtel hing ein Aspergillum, ein Weihwasserspender, mit dem die Mönche und Priester geweihtes Wasser auf die Gläubigen sprühten. Dieser Gegenstand schimmerte.

Noch während sie hinsahen, streckte Aravan staunend die Hand aus und berührte den glühenden Weihwasserspender. Sofort erlosch das Glühen, und zurück blieb nur eine scheinbar ganz gewöhnliche religiöse Gerätschaft, wenn auch eine kostbare, denn sie bestand aus Elfenbein und Silber.

Riatha hob ihr Ohr von Urus Brust und wiegte sich auf den Knien vor und zurück. Sie weinte und hatte die Arme vor der Brust gekreuzt. Ihr Gesicht war vor Qual verzerrt, und ihr Schluchzen erschütterte ihren ganzen Körper, als hätte sie ihre Trauer tausend Jahre lang zurückgehalten. Und inmitten ihres Schluchzens rief sie seinen Namen. *»Urus ... ach, mein Urus!«*

Faeril rollten ebenfalls die Tränen über die Wangen, als sie sich zu ihrem Bokkerer herumdrehte. »Ach, Gwylly, ich habe gegen alle Wahrscheinlichkeit gehofft ...«

Gwylly umarmte sie, drückte sie an sich und strich ihr übers Haar. Seine eigene Miene verriet ebenfalls Bestürzung. Aravan kniete sich neben Riatha, legte einen Arm um ihre Schultern und sprach leise zu ihr. Über ihren Köpfen glühte derweil das Auge des Jägers, erneut bebte die Erde unter ihnen heftig und zitterte eine Weile nach. Aus der Ferne klang das Läuten eiserner Glocken bis zu ihnen heran.

Und in eben demselben Augenblick holte Urus einmal tief und bebend Luft, atmete aus und rührte sich danach nicht mehr.

Riatha beugte sich vor, drückte ihr Ohr auf seine Brust und lauschte lange. Schließlich sagte sie, ohne den Kopf zu heben: »Er lebt, aber nur ganz schwach. Wir müssen ihn in Sicherheit bringen. An einen Ort, wo er warm wird und wir uns um ihn kümmern können.«

Gwylly sah Faeril an, während das Echo der Glocken verklang. »Das Kloster?«

»Ist das Kloster in der Nähe?«, rief Faeril von dem Eisblock herunter.

Riatha hob ihren Kopf von Urus' Gestalt und blickte, auf den Knien hockend, zu der Damman hinauf. »Nein, es ist sieben Meilen entfernt, dazu muss man über raues Gelände, zerborstenes Land ... Aber Ihr habt recht, es ist der einzige vernünftige Ort im Umkreis von zahllosen Meilen.«

Aravan stand auf und nahm ein Eisbeil vom Gürtel. »Wir können ihn nicht so weit tragen. Ich suche einen Baum und fertige eine Trage an.«

Gwylly drehte sich herum und erblickte von seinem erhöhten Standort aus eine Ansammlung von Krüppelkiefern. »Dort drüben, Aravan!«

Der Bokker kletterte von dem Block herunter und führte den Elf nach Süden.

Faeril stieg ebenfalls hinab und trat zu Riatha und Urus. Die Elfe untersuchte den Mann, ob er Knochen gebrochen hatte, aber sie fand keine Verletzung. Danach konnte sie nicht viel mehr für ihn tun, als ihn an einen warmen, sicheren Ort zu bringen. »Vielleicht können wir ihn von dem Eis wegschaffen«, schlug die Damman vor.

»Ich würde lieber auf die Trage warten, Kleine«, erwiderte Riatha.

Sie warteten schweigend, beobachteten dabei den Mann, und nach einer Weile holte Urus ein zweites Mal tief Atem, ein Mal, nicht mehr. Wieder legte Riatha ihr Ohr auf seine Brust. »Er lebt noch immer«, murmelte sie.

Faeril zog einen Handschuh aus und nahm die riesige Hand des Mannes in die ihre. Seine Finger fühlten sich wie

Eiszapfen an. »Wie kann das sein?«, erkundigte sie sich. »Dass Urus nach tausend Jahren noch am Leben ist?«

Riatha wartete lange mit ihrer Antwort. »Ich weiß es nicht«, räumte sie schließlich ein. Sie war in Gedanken versunken und betrachtete den silbernen und elfenbeinernen Weihwasserspender. »Vielleicht ...«

Gwyllys Ruf unterbrach Riatha, bevor sie ihre Vermutung äußern konnte.

Mit Tauen, Kletterharnischen und Zweigen von einer arktischen Kiefer fertigten sie eine Trage. Behutsam rollten sie Urus darauf, und Aravan streifte sich den improvisierten Harnisch über die Schultern. Mit der Hilfe der anderen zog der Elf den Menschen von dem Gletscher, und geführt von Riatha marschierten sie nach Süden. Sobald das Terrain es zuließ, wollten sie sich nach Westen wenden, dem verlassenen Kloster zu.

In dem silbernen Licht des Mondes konnten die Wurrlinge den Mann endlich richtig erkennen, und er glich tatsächlich Petals Beschreibung in ihrem Tagebuch: er hatte dunkles, rotbraunes Haar, das an den Spitzen etwas heller war und ihm ein silbriges, grauhaariges Aussehen verlieh. Sein Gesicht wurde von einem Vollbart mit demselben grau melierten Haar bedeckt. Haupthaar und Bart waren lang, sehr lang. Es reichte ihm bis über die Taille. Er trug Kleidung in dunklem Umbra, mit Vlies gefütterte Stiefel und ein ebensolches Wams sowie einen großen, braunen Umhang. Ein Morgenstern baumelte von seinem Gürtel herunter, dessen mit spitzen Dornen besetzte Kugel mit Bändern an dem Eichenschaft befestigt war. Und obwohl sie seine Augen nicht sehen konnten, wussten die Wurrlinge aus Petals Beschreibung, dass sie von einem dunklen Bernsteingelb waren.

Es war tatsächlich Urus ...

Er lebte ...

Gerade noch ...

Kurz darauf meinte Gwylly: »Wir müssen vorsichtig sein, denn hier ist Stoke entlanggetragen worden.«

Riatha schrak zusammen. »Woher wisst Ihr das, Gwylly?«, erkundigte sich Riatha scharf.

Der Bokkerer sah die Elfe an. »Wir standen über Euch auf dem Eisbrocken und sahen, wo Stoke all die Jahrhunderte gefangen war. Der Abdruck seines Körpers war noch zu sehen, der eines Vulg zu unseren Füßen. In der Mulde hat Faeril auch ihr fehlendes Messer gefunden, jenes, das Petal in seine Schwinge geschleudert hat.

Ihr habt selbst gesagt, dass dieses Heulen eines verwundeten Vulg, das wir hörten, von Stoke gekommen wäre, der um Hilfe rief. Nun, sie sind gekommen und haben ihn weggeschleppt, so glaube ich jedenfalls.

Während Aravan Zweige für die Trage geschnitten hat, habe ich mich umgesehen und die Fährte entdeckt, die die Brut hinterließ, die ihn trug ... nehme ich an. Falls Stoke tatsächlich verletzt ist, was wir glauben, hätte man doch Spuren eines humpelnden Vulg oder eines Menschen finden müssen, falls er ein Mensch ist. Aber davon war nichts zu sehen. Ich habe nur die Fährte von Rukhs und Hlöks und Vulgs gesehen. Sie führt nach Süden, etwa hundert Schritte von uns entfernt.«

Riatha stöhnte. »Wenn er tatsächlich verwundet ist, hilflos, wie Urus«, meinte sie dann unentschlossen, »so wäre doch jetzt der beste Zeitpunkt, seinem mörderischen Wahnsinn ein Ende zu bereiten.«

»Aber er wird von vielen der Brut beschützt!«, protestierte Gwylly.

»Von Vulgs, Rukhs und Hlöks«, setzte Faeril hinzu.

»Dennoch«, beharrte Riatha. »Wenn er erst seine Stärke wiedererlangt hat ...«

Aravan unterbrach sie, während er die Trage mit dem Verletzten über den Schnee zog. Seine Stimme klang angestrengt. »Höre, wir haben zwei Aufgaben zu bewältigen: Wir dürfen Stoke nicht aus den Augen verlieren, müssen uns jedoch gleichzeitig um Urus kümmern. Diese beiden Ziele sind nicht miteinander vereinbar – was bedeutet, dass wir uns aufteilen müssen.

Ich schlage Folgendes vor: Riatha und Faeril verfolgen Stoke, Gwylly und ich tragen Urus zu dem Kloster …«

Gwylly wollte protestieren, doch Riatha kam ihm zuvor. »Uns aufzuteilen würde bedeuten, ein Fiasko zu provozieren. Und ich vermag es mit meinen Fähigkeiten am besten, Urus zu behandeln.«

»Ich trenne mich nicht von meiner Dammia!«, meldete auch Gwylly seinen Einwand an.

Aravan zog die Trage mit Urus weiter voran. »Hört, und hört genau zu:

Erstens wissen wir nicht, wie sich das Wetter wendet. Sollte jedoch ein Frühlingssturm kommen, wird er alle Spuren auslöschen, die uns zu Stoke führen. In dieser Jahreszeit sind Stürme recht häufig. Wenn wir ihn also nicht sofort verfolgen, setzen wir alles aufs Spiel.

Zweitens habe nur ich die Kraft, Urus zu ziehen, vor allem über dieses widrige Gelände. Und er muss an einen Ort gebracht werden, an dem er sich erholen kann.

Drittens ist Gwylly beeinträchtigt, weil er sich an der Felswand die Schulter verletzt hat. Er kann seine Schleuder nicht schwingen. Ihn auf die Fährte der Rûpt zu setzen, wäre dasselbe, wie einen verwundeten, hilflosen Krieger in die Schlacht zu schicken. Mir jedoch kann er sehr gut helfen, indem er einen Weg durch dieses zerklüftete Land sucht, um den am besten passierbaren Weg zu finden, auf dem wir das Kloster am einfachsten erreichen können. Wenn wir dort sind, kann er mir außerdem helfen, Urus zu behandeln.

Weiterhin besitzen wir weder Ausrüstung noch Nahrung, und wenn wir zu zweit gehen, kann der eine jagen oder sammeln, der andere sich aber um die andere Aufgabe kümmern.

Das bedeutet für Gwylly und mich, dass der eine jagt und sammelt, während der andere den Menschen behandelt.

In Eurem Fall heißt es, dass ihr beide Stoke verfolgt, ganz gleich, wie lange es dauert. Die eine wird wachen, während die andere ruht, die eine wird jagen, die andere die Fährte verfolgen, eine wird uns benachrichtigen, wenn Stoke irgendwo Halt macht. Denn ich glaube, dass er irgendwo Halt machen wird, und zwar bald, falls er ebenso schwach ist wie unser neuer Gefährte Urus.

Wenn Ihr jedoch riskieren wollt, Stoke zu verlieren, dann lasst uns alle zum Kloster gehen. Vielleicht können wir Stokes Aufenthaltsort ausfindig machen, nachdem wir dort angekommen sind und Urus gesund gepflegt haben. Aber ich erinnere daran, dass er einmal fast zwanzig Jahre lang untergetaucht war und seine mörderischen Taten derweil weiter begangen hat.

Solltet Ihr jedoch sicher gehen wollen, ihn nun nicht mehr zu verlieren, dann müssen wir uns hier und jetzt aufteilen. Zwei müssen Stoke in sein Versteck folgen, während die beiden anderen Urus zum Kloster bringen.«

Aravans Argumente waren zwingend, und am Ende blieb Riatha, Faeril und Gwylly keine andere Wahl, als sich seiner Logik zu beugen. Also beschrieb Riatha Aravan und Gwylly den Weg zum Kloster und seine genaue Lage, erklärte dem Elf, wie er Urus behandeln musste und gab ihm ein Bündel mit Kräutern, das sie aus ihrer Daunenjacke zog. Der Bokker zeigte nun ihr und Faeril die Spur der Brut, die nach Süden führte.

Anschließend umarmte Gwylly Faeril und küsste sie zärtlich. »Gib auf dich acht, meine Dammia. Und komm bald wieder, mit Nachricht von Stokes Unterschlupf. Sollte Stoke jedoch nicht Halt machen, dann hinterlasst Zeichen, wo Ihr gegangen seid. Wir folgen Euch, sobald wir können.«

Faeril erwiderte nichts, sondern umarmte Gwylly nur fest und trat zurück. Ihre Augen glitzerten verdächtig.

»Ich bete«, sagte Riatha, »dass sich Urus schnell erholt.«

Mit einem Blick auf Faeril, die mit einem Nicken andeutete, dass sie bereit wäre, verschwanden Elfe und Damman in der mondhellen Nacht, während die Erde erneut bebte. Gwylly sah ihnen beunruhigt nach, drehte sich dann herum und trottete hinter Aravan her, der die Trage mit Urus immer noch über den Schnee zog.

Gwylly konnte Riatha und Faeril noch eine Weile sehen, während sich die Wege der beiden Paare trennten. Elfe und Damman wendeten sich nach Süden, der Elf und der Bokker bogen nach Südwesten ab. Gwylly hatte Aravan und die Trage mit Urus überholt und war vorausgegangen. Er suchte die beste Strecke durch das zerklüftete Land zu dem verlassenen Kloster, ihrem Ziel.

Rechts von ihnen türmte sich die Flanke des Gletschers in die Höhe. Sein Rand war abgerundet und flach, von großen Spalten und Schluchten durchzogen, die vom Wetter erodiert worden waren. Gewaltige Kämme aus Eis erstreckten sich von seinem Kern aus, wie titanische Finger einer großen Hand. Gwylly wich diesen Kämmen aus und ging langsam weiter, während das unebene Terrain langsam zu dem dunklen Gebirgsmassiv im Hintergrund anstieg.

Ab und zu rastete Aravan kurz. Er schwitzte am ganzen Körper, denn es war sehr anstrengend, die Trage zu ziehen. Gwylly kehrte in diesen Pausen immer zu dem Elf zurück, beschrieb das Land, das vor ihnen lag, und erklärte Aravan den besten Weg, obwohl manchmal nur schwierige Passagen vor ihnen zu liegen schienen. Dort musste Aravan Urus samt Liege manchmal über grobe Stufen ziehen, was die

Kraft des Elfen überstieg; selbst mit Gwyllys Hilfe kamen sie manchmal nicht weiter und mussten einen anderen Weg suchen.

Wenn sie rasteten, sprachen sie nicht von ihrer bedrohlichen Lage, gestrandet in eisigen Bergen, von Beben geschüttelt, in denen es vom Feind nur so wimmelte. Gwylly konnte seine Schleuder im Augenblick nicht benutzen; die kleine Gruppe hatte sich aufgespalten, sämtliche Vorräte und der größte Teil ihrer Ausrüstung waren verloren. Dann mussten sie sich um einen daniederliegenden Gefährten kümmern, die Strecke zum Kloster war mit der Bürde, die sie schleppen mussten, fast unpassierbar. Stattdessen sprachen sie über den Weg, der vor ihnen lag, und wie sie das Kloster finden würden. Sie sprachen über Urus.

Bei einer dieser kleinen Pausen betrachtete Gwylly den riesigen Mann, der erneut ein- und ausatmete, dann aber reglos liegen blieb. »Sagt, Aravan, Urus' Bart reicht bis über seine Taille, und sein Haar bis zu seinem Gürtel. Glaubt Ihr, dass es über all die Jahrhunderte gewachsen ist?«

Aravan sah zu Urus hin. »Wenn ja, Kleiner, ist es nur sehr langsam gewachsen.«

Gwylly dachte eine Weile nach. »Langsam, ja, ebenso langsam, wie er atmet.«

Aravan nickte. »Man glaubt, dass extreme Kälte den Puls des Lebens verlangsamt.«

»Wie das, Aravan?«

»Das weiß ich nicht, Gwylly. Aber viele Wesen gehen im Winter schlafen. Das Wachstum hört auf. Selbst das, was das ganze Jahr über wächst, Kiefern, einige Büsche und Gräser, Flechten und dergleichen ... alle verlangsamen ihr Wachstum im Winter beinahe bis zur Unmerklichkeit. Einige Tiere schlafen ebenfalls, wie die Pflanzen.«

Gwylly sah den Elf neugierig an. »Wie Bären, die ihren Winterschlaf halten, stimmt's?«

»Genau so, Gwylly. Und in diesem Fall ist Euer Beispiel auch höchst zutreffend.«

Gwylly sah erneut zu Urus hinüber und erinnerte sich an das, was er gelesen hatte: dass Urus bisweilen die Gestalt eines Bären annahm.

Aravan stand auf, schulterte den Harnisch, und Gwylly kletterte erneut voraus über das Terrain und führte den Elf.

Bei ihrer nächsten Rast untersuchte Gwylly den Weihwasserspender, der an Urus' Gürtel hing. Er war fast fünfundzwanzig Zentimeter lang, aus Elfenbein und Silber gefertigt. Ein hohler Elfenbeinzylinder war an einem Griff aus demselben Material befestigt und mit ein wenig dickem Silberdraht geschmückt, der sich in einem offenen, geometrischen Muster über den Spender legte. An der Spitze des Handgriffs war eine silberne Kette befestigt, die eine Schleife bildete, die man sich über das Handgelenk streifen konnte. Am Oberteil des Zylinders befanden sich mehrere Löcher, durch die das geweihte Wasser entweichen konnte. Allerdings konnte Gwylly keine Möglichkeit erkennen, wie man den Behälter füllen sollte, außer vielleicht, ihn unterzutauchen. Am Rand des Zylinders waren Runen in das Elfenbein geschnitzt. »Heda, Aravan, seht Euch das an!«

Der Elf warf einen Blick auf die Runen. »Ah, das ist in der Sprache der Magier von Rwn geschrieben!«

Gwylly sah ihn erstaunt an. *»Magie!«*, stieß er hervor.

Aravan erinnerte sich, ging Tausende von Jahren zurück. Schließlich vermochte er, die uralten Symbole zu übersetzen. *»Adon, ich bitte Dich um Hilfe – meine Not ist groß!«*

Der Wurrling sah Aravan an. »Als Urus im Eis gefangen wurde, hat dieser Weihwasserspender angefangen zu glühen. Als dann Hilfe kam und er befreit wurde, hörte es wieder auf.«

»Nein, Gwylly«, antwortete Aravan. »Das Glühen erlosch, als ich den Spender berührte.«

Gwylly machte eine verneinende Handbewegung. »Trotzdem, Aravan, er hat Hilfe herbeigerufen, und erst als sie kam ... hörte das Glühen auf. Wie blaue Steine, die kalt werden, oder Schwerter, die schimmern, wenn sich ein Feind nähert, oder Ringe, die ihren Träger unsichtbar machen oder ihm Kraft verleihen oder Schnelligkeit. Das ist auch ein magisches Artefakt.«

Aravan schüttelte bedächtig den Kopf. »Kleiner, dass glühende Schwerter existieren, will ich gar nicht abstreiten. Ich selbst trage einen blauen Stein. Aber Ringe? So etwas habe ich nie gesehen. Ich glaube, Ihr seid auf Ammenmärchen hereingefallen.

Trotzdem, dieses Aspergillum ist etwas Besonderes, auch wenn ich nicht weiß, wie es in Urus' Besitz gelangt sein mag.«

»Ach, das«, gab Gwylly zurück. »Das kann ich erklären, denn es steht in Petals Reisetagebuch geschrieben. Urus hat es gefunden ... in dem Kloster.«

Sie kämpften sich weiter über Eis und Schnee, in Richtung Westen, über das bebende Land. Sie mussten noch drei Meilen in diesem widrigen Terrain zurücklegen, und der Mond sank langsam zum Horizont.

Beim nächsten Halt setzte sich Gwylly neben Urus, tastete nach seinem Puls und fand ihn schließlich auch, obgleich die Zeit zwischen den Schlägen erstaunlich lang war. »Sagt, Aravan, obwohl Urus lebt, ist sein Lebenspuls unglaublich verlangsamt, durch die Kälte, wie Ihr wähnt. Baron Stoke war aber ebenfalls in dem Eis, doch wir hörten ihn heulen. Das heißt, Riatha sagte, er wäre es gewesen. Warum konnte Stoke heulen, wenn Urus noch immer bewusstlos ist und sein Leben an einem seidenen Faden hängt?«

Aravan schüttelte den Kopf. »Ich kann nur Vermutungen anstellen, Gwylly, nur spekulieren, denn damit bewegen wir uns in einem Reich des Wissens, das mir unbekannt ist. Was Ihr sagt, stimmt – Urus wacht nicht auf, während Stoke heulte. Mir kommen viele Möglichkeiten in den Sinn. Stoke hatte seine tierische Gestalt angenommen, Urus dagegen nicht, und die wilden, ungezähmten Tiere scheinen Verletzungen weit besser zu überstehen und sich zu erholen. Vielleicht ist das die Erklärung für Stoke, denn ich kann mir kein wilderes, unzähmbareres Tier vorstellen als einen Vulg. Vielleicht liegt Urus aber auch in einem Schlaf, den wir nicht kennen, so wie es der Winterschlaf eines Bären ist, von dem Ihr spracht. Urus hat vielleicht Verletzungen davongetragen, die wir nicht kennen, eine Kopfverletzung möglicherweise, obwohl ich dafür kein Anzeichen finden konnte.«

Erneut atmete Urus ein und wieder aus.

Sie marschierten einen langen Hang hinauf, über einen Sattel hinweg und kamen auf einem schmalen Plateau über dem Gletscher heraus. Das Eis in der Ferne schimmerte weißlich im Mondlicht. Aber sie sahen nicht auf den Gletscher, sondern Gwylly deutete auf die Ebene. »Dort.« Er wies auf einen felsigen Abhang über dem Gletscher, etwa eine Meile entfernt, wo ein Turm und mehrere große und kleine Gebäude standen. Sie alle waren steinern und von einer Mauer umgeben.

Das konnte nur das Kloster sein.

Plötzlich wurde Gwylly blass. »Mir ist gerade etwas eingefallen, Aravan. Wenn nun die Rukhs und Hlöks und Vulgs Stoke hierher bringen wollten? Und was, wenn er schon da ist?«

Die Erde unter ihren Füßen erbebte.

Aravan blickte in den Himmel, nach Osten. »Es wird bald hell. Trotzdem müssen wir vorsichtig weitergehen. Ihr wartet hier mit Urus, während ich vorauseile und nach Spuren suche.«

»Nein, Aravan, das ist meine Aufgabe. Ihr bleibt, und ich gehe voraus. Geht Ihr und sollte Euch etwas zustoßen, so wird Urus sterben, denn ich verstehe nichts vom Heilen und bin auch zu klein, um ihn irgendwohin zu bringen, wo er Hilfe findet. Sollte ich aber sterben, während ich Spuren suche, wird Urus überleben, denn Ihr könnt ihn woanders hinbringen.«

»Aber Ihr könnt Eure Schleuder nicht benutzen«, widersprach Aravan.

Der Bokker fiel dem Elf ins Wort. »Wenn wir es anders machen, riskieren wir mehr als nur den Kundschafter. Außerdem bin ich kein Held. Ich kann weglaufen und mich verstecken.«

»Vor einem Vulg könnt Ihr nicht davonlaufen, Kleiner. Und Ihr könnt auch in einem so öden Land wie diesem hier Euren Geruch nicht verbergen.«

»Trotzdem, Aravan, Ihr müsst bei Urus bleiben.«

Diesmal musste sich Aravan der Logik eines anderen beugen, und er tat es mit einem Nicken. »Dann geht, Gwylly, aber gebt acht: Auch wenn wir keine Spuren gefunden haben, Ihr könntet recht haben – Stoke und seine Bande sind vielleicht in der Nähe und sind nur auf einer anderen Strecke hierher gekommen.«

Mit diesen Worten nahm Aravan den blauen Stein von seinem Hals und reichte ihn Gwylly. »Hier, tragt dies. Es ist jetzt warm, aber das Kloster ist auch noch etwas entfernt. Sobald er sich anschickt zu erkalten, so flieht. Aber seid dennoch vorsichtig, denn das Amulett verrät nicht jeden Feind.«

Gwylly schlug das Herz bis in den Hals, wie einem gefangenen Vögelchen. Er ließ Aravan zurück und marschierte durch den Schnee davon. Er folgte einem Zickzackkurs, während er nach einer Spur des Feindes suchte. Langsam näherte er sich dem Kloster, dessen Steine in der Nacht dunkel schimmerten. Etwa eine Viertelmeile vor dem Kloster jedoch bestand der Boden nur noch aus windgepeitschem Fels, auf dem sich keine Spuren hielten. Er verzweifelte, weil hier alle Spuren der vorüberkommenden Brut enden würden, und ging am Rand des Felsens und Schnees entlang. Er schlug einen Kreis um die Fläche, die der Wind, der durch eine Schlucht hoch oben in den Bergen pfiff, vom Schnee gereinigt hatte. Im Augenblick jedoch wehte der Wind stetig vom Gletscher herüber, und es gab nur vereinzelte Böen. Trotzdem fand der Wurrling keine Spuren im Schnee rund um die felsige Fläche.

Schließlich arbeitete er sich bis zur Mauer des Klosters vor und blieb dabei, so gut er konnte, in Deckung. Die Wand war gut fünf Meter hoch und bestand aus festem Stein. Durch die Bastion vor dem Wind geschützt, lag an ihrem Fuß eine breite, unregelmäßige Schneeschicht. Gwylly sah keine Spuren, als er sich um das Bauwerk herum bis zum Tor vorarbeitete. Es war geschlossen – und davor war mehr Schnee angeweht, ohne dass darin Spuren zu sehen gewesen wären. Aber er wusste sehr wohl, dass der Wind jede Fährte längst verweht haben konnte, nicht nur hier, sondern auf allen Flächen, die er erforscht hatte.

Er drückte sich gegen die schweren Planken, rührte sich nicht, hielt den Atem an und lauschte. Aber er hörte nur das Sausen des Windes und den Schlag seines eigenen Herzens. Er fühlte das Amulett an seinem Hals, es war kalt. *Aber war es auch kälter geworden? Und wie kalt musste es sein, wenn sich Feinde in dem Gebäude versteckten?* Der Wurrling spähte durch einen schmalen Spalt zwischen den Planken und der steinernen Mauer. Er sah ein wenig von dem Hauptgebäude und dem Glockenturm. Kein Licht schien in den Fenstern des verlassenen Gebäudes, jedenfalls keines, das er sehen konnte, und auch auf dem Hof schimmerte kein Schein. Als er durch den Spalt jedoch hochblickte – und sein Herz schlug ihm bis in den Hals –, erkannte er die schwarze Silhouette eines großen waagrechten Balkens, der das Tor fest verrammelte.

Gwylly hastete über das felsige Plateau und durch den Schnee zurück zu Aravan, der bei Urus wartete. »Ich habe keine Spuren gefunden, und das Kloster schien völlig verlassen, aber das Portal ist verschlossen und verrammelt … von innen! Jemand muss darin sein!«

Aravan berührte Gwyllys Hals. »Ist der Stein eisig geworden?«

Gwylly schüttelte den Kopf.

Aravan dachte nach. »Dann hat Riatha das Tor möglicherweise vor all den Jahren so verlassen.«

Gwylly schüttelte den Kopf. »In Petals Tagebuch steht, dass sie, Riatha und Tomlin das Tor haben offen stehen lassen, als sie gingen. Gewiss, Riatha war seitdem hier, aber warum sollte sie es von innen verschlossen haben, bevor sie ging? Dann müsste sie bei ihrer Rückkehr über die Mauern klettern. Und wenn sie doch wusste, dass es verschlossen war, warum hat sie es uns dann nicht gesagt?«

Aravan sah nachdenklich in die Ferne und schüttelte langsam den Kopf.

Urus holte erneut Luft und blieb reglos liegen.

Aravan sah nach Osten. Der Horizont hellte sich bereits auf. »Gehen wir weiter, Gwylly. Wir können nicht länger warten, denn Urus braucht unsere Hilfe, und ich denke, die Sonne wird über den Horizont kommen, bevor wir dort sind. Die Rûpt können sich ihr nicht aussetzen. Sollten sie tatsächlich drinnen sein, werden wir Adons Licht als Schutzschild und unser rächendes Schwert benutzen.«

Erschöpft stand Aravan auf und streifte das Tragegeschirr der Liege über. Er folgte Gwylly über den Schnee und den Stein auf das dunkle Gebäude, das sich vor ihm erhob. Hinter ihnen wurde der Himmel immer heller.

Sie standen vor dem großen Holztor, Urus auf der Trage hinter ihnen. Die letzte Meile war recht einfach gewesen, denn das Plateau war fast ganz eben. Trotzdem waren Wurrling und Elf gleichermaßen vollkommen erschöpft von ihrer Reise durch das zerklüftete Land. Der Elf hatte einen verwundeten Gefährten hinter sich hergezogen, der Wurrling war immer wieder vor und zurück gelaufen, war geklettert und hatte nach dem richtigen Weg gesucht.

Jetzt blickte Gwylly eine weitere Wand hinauf, die, wie er hoffte, die letzte war. Er nahm den kleinen Greifhaken von seinem Gürtel und band ein Seil an dem Ring fest. Aravan sah den Wurrling an und nickte zustimmend. »Ich klettere hinüber, Gwylly. Der Balken, der das Tor versperrt, ist vielleicht zu schwer für Euch.«

Gwylly verknotete das Seil und ließ den Haken dann etwa dreißig Zentimeter hinunterhängen. »Er sollte auf dem Holz des Tores besser greifen«, meinte er. Er wirbelte ihn zweimal herum und ließ ihn sausen. Er flog über das Kopfbrett des Tores auf die andere Seite und mit einem dumpfen Knall gegen das Holz des Tores. Dann wickelte Gwylly das Seil auf und zog damit den Haken nach oben. Eine Klaue grub sich in das Holz, als er den oberen Rand erreichte. Zuerst hängten sich Gwylly und dann auch Aravan an das Seil und gruben den Haken tiefer ins Holz hinein. Anschließend streifte Aravan seinen Umhang ab und bereitete sich darauf vor hinaufzuklettern.

In diesem Augenblick ertönte ein metallisches Kratzen aus der Steinwand links von ihnen. Gwylly Herz setzte für einen Schlag aus, als er die Silhouette einer Armbrust vor dem fahlen Himmel bemerkte, die sich über den Rand schob und auf sie zielte.

»Wer ist da?«, rief eine männliche Stimme.

»Freunde«, antwortete Aravan sofort.

»Freunde sagt Ihr, doch Ihr steht im Schatten und einer von Euch ist klein, wie ein Kind ... oder ein Rutch!«

»Wir sind keine Rukh!«, erklärte Aravan.

»Unfug! Wer würde denn ein Kind in diese Wildnis mitnehmen?«

Gwylly zog seine Kapuze zurück. »Ich bin ein Wurrling!«

»Das werden wir bald sehen«, antwortete die Stimme. Die Armbrust rührte sich keinen Millimeter.

»Freund, wir brauchen dringend Eure Hilfe!«, rief Aravan. »Unser Kamerad ist dem Tode nah!«

»Ihr werdet warten!«, blaffte die Stimme, »bis die Sonne aufgeht. Dann werden wir sehen!«

Im selben Augenblick stieg der Rand der Sonnenscheibe über dem hellen Horizont zwischen den Gipfeln zweier Berge auf.

Die Armbrust zielte noch etwas länger auf sie, als die Sonnenstrahlen über das Land auf sie zu rasten, dann verschwand sie. Gwylly und Aravan hörten Schritte über sich, die sich rasch näherten. Der hölzerne Balken glitt auf seinen Haltern zur Seite, und kurz darauf schwangen die Flügel der beiden Türen nach innen. Vor ihnen stand ein grauhaariger Mann in einer groben, braunen Kutte.

»Ich musste sichergehen«, erklärte er und winkte sie hinein. Dann drehte er sich herum, hob die Armbrust vom Boden auf, trat hinaus und warf einen Blick auf die Gegend. Offenbar zufrieden, weil kein Feind zu sehen war, knurrte er: »Sie haben alle umgebracht, mit Ausnahme von Gavan und mir.«

Müde hob Gwylly Aravans Umhang auf, während sich der Elf das Tragegeschirr überzog. Dann zog er Urus durch das Tor und wartete, bis der grauhaarige Mönch, der seine Armbrust erneut beiseite legte, den Balken wieder vorgeschoben hatte. Gwylly löste den Haken vom Holz, nachdem er jetzt auf der anderen Seite des Tores war.

Während der Wurrling die Leine einrollte, sah er sich um. Ihm fielen vor Erschöpfung jedoch fast die Augen zu. Sie standen am Eingang eines großen Innenhofs, der von grauen Steingebäuden umgeben war. Die meisten schienen Vorratslager und Schuppen zu sein, einige jedoch waren zum Wohnen gedacht. Unmittelbar vor ihnen erhob sich, gebadet von der Morgensonne, der große Glockenturm. Er stand an der Innenseite der Mauer, mehr als fünfzehn Meter hoch, rund und mit einem steilen Schieferdach gedeckt. Die Fensterschlitze waren mit Läden verschlossen und in einer gewundenen Reihe in das Mauerwerk eingelassen, als folgten sie einer Wendeltreppe. Sie reichten bis zur Spitze, wo der Turm von dunklen Fensterbögen unterbrochen war. Gwylly glaubte in ihrer Schwärze die Umrisse von Glocken zu erkennen.

Der Turm befand sich in der Mitte eines großen, viereckigen Gebäudes, das vielleicht fünfundzwanzig Meter lang, doppelt so tief und drei Stockwerke hoch war. Das Gebäude war ebenfalls mit Schiefer gedeckt, und auch in seinen Wänden befanden sich Fensterschlitze, ebenfalls verrammelt. Über einer kurzen Treppe mit drei Stufen lag zum Innenhof gerichtet eine große, hölzerne Doppeltür. Sie war verschlossen.

Ein Beben erschütterte den Boden.

Nachdem der alte Mann das Tor sorgfältig verbarrikadiert hatte, drehte er sich um und betrachtete seine Besucher. »Ihr seid ja wahrhaftig ein Waldan!«, rief er bei Gwyllys Anblick und sah dann Aravan an. »Und ihr ein Deva!«

Sein Blick glitt zu Urus auf der Liege. »Adon, der sieht aber wild aus!« Er nahm seine Armbrust und ging über den Hof. »Kommt, kommt mit. Ins Warme. Dann sehen wir, was getan werden muss.«

Sie bemerkten kein Zeichen von Leben, als sie dem Mann über den Hof zu dem Hauptgebäude folgten. Nur das Kratzen der Liege hallte über den Hof und wurde von den steinernen Wänden zurückgeworfen. Sie gingen die kurze Treppe hinauf, und der Mann schwang den linken Flügel der Doppeltür nach innen.

Sie traten in eine kurze Diele, an deren Ende die nächste Doppeltür wartete. Der Mann bedeutete ihnen, stehen zu bleiben, und öffnete sie.

Dahinter lag eine große, offene Kammer mit einer hohen Gewölbedecke. Erhellt wurde sie nur von dem Sonnenlicht, das gegen die Düsternis ankämpfte. An den Seiten des Raumes schimmerten Pfeiler, die Emporen stützten, und an der rechten und linken Seite schmiegten sich knapp hinter dem Eingang geschlossene Holztreppen an die Wände, die auf die Emporen führten. Auf der gegenüberliegenden Seite der Kammer stand nahe der Wand ein Altar, auf dem Adons Initiale eingemeißelt war. An der Rückwand befanden sich ebenfalls geschlossene Treppen ins Obergeschoss.

Der alte Mann verbeugte sich vor dem Altar und führte sie dann weiter über den Steinboden. Das Kratzen der Stöcke, das von der Trage kam, hallte hohl durch den Raum. Hinter ihnen schwangen die Portale des Raumes langsam zu. Sie waren so eingehängt, dass sie sich ohne Hilfe wieder schlossen. Schlagartig wurde es dunkler. Jetzt erhellte nur noch das Licht, das durch die Fenster über dem westlichen Balkon fiel, den Raum.

Ein Zittern überlief den Boden, als die Erde erneut bebte.

»Wir sind Adoniten«, sagte der alte Mann, dessen Stimme in dem höhlenartigen Raum hallte. »Mönche der Berge. Wir sind letztes Jahr hergekommen, um das Kloster neu zu eröffnen. Aber die Rutcha haben uns entdeckt und überfallen. Bis jetzt konnten wir sie zurücktreiben, aber nun sind nur noch Gavan und ich übrig. Überdies ist er verwundet. Beim nächsten Mal werden sie uns besiegen.«

»Mein Name ist Gwylly Fenn«, erklärte der Bokker. »Mein Gefährte heißt Aravan. Unser bewusstloser Freund auf der Trage heißt Urus.«

Der Mann in der Kutte drehte sich um. »Vergebt mir meine Unhöflichkeit. Ich heiße Doran, ehemaliger Prior, jetzt Abt dieser Zufluchtsstätte.«

Doran führte sie durch eine Geheimtür hinter dem Altar, hinter der die Sakristei lag, in der Roben und Talare hingen. An einer Seite lag eine Tür, hinter ihr ein Flur, von dem rechts und links Räume abgingen.

Während sie durch den Korridor traten, meinte Doran: »Der Abtritt befindet sich am Ende des Flures.« Sie betraten ein bescheidenes Zimmer auf der rechten Seite, »das Krankenzimmer«, in dem ein rauchloses Feuer in einem eisernen Ofen brannte. In einem Bett schlief ein weiterer Mann, jünger und glatt rasiert, vermutlich Gavan. Seine Hand war bandagiert und sein Arm lag in einer Schlinge. In diesem Raum befanden sich noch fünf andere Betten, und es gelang ihnen mit vereinten Kräften, Urus in eines davon zu legen.

Aravan holte das Päckchen aus seinem Wams, das ihm Riatha gegeben hatte, und reichte es dem Abt. Er öffnete es. Darin befanden sich goldene Minzblüten. »Güldminze«, sagte Doran. »Als Tee stimuliert es, als Brei entzieht es dem Körper Gifte.«

Aravan sah den alten Mann an. »Ihr seid in der Kunst des Heilens ausgebildet?«

»Ein wenig«, antwortete Doran mit einem Seitenblick auf Gavan. »Allerdings bin ich kein Chirurg oder Arzt, leider. Heilkräuter und -pflanzen dagegen verstehe ich wohl einzusetzen.«

Urus atmete ein und wieder aus.

»Würdet Ihr diesen Mann nach Wunden untersuchen, während ich einen Brei aus diesem Kraut zubereite, Doran?«

Als Gwylly Aravans Worte hörte, drehte er sich um und fand neben dem Ofen einen Kessel. Während der Abt zu Urus' Bett schlurfte, füllte der Wurrling den Kessel mit Wasser aus einem Krug.

Die Sonne ging fast unter, als Doran Gwylly und Aravan weckte. Der Geruch von Eintopf hing in der Luft. Aravan stand auf und trat an Urus' Bett. Der große Mann atmete jetzt regelmäßig. Gwylly stöhnte, richtete sich auf die Ellbogen auf und schwang seine Füße schließlich über den Rand des Bettes. Er fühlte sich am ganzen Körper wie gerädert. Die Anstrengung der Kletterpartie an der Schluchtwand und der lange, beschwerliche Marsch zum Kloster steckte ihm noch in den Knochen. Nach einem Augenblick ging der Bokker hinaus und zum Abtritt.

Als er zurückkehrte, hielt Aravan Urus' Handgelenk zwischen Daumen und Zeigefinger und maß seinen Puls. »Urus' Herz schlägt sehr kräftig. Ich glaube, sein Leben hängt nicht mehr an einem seidenen Faden.«

Gwylly tastete nach der Hand des Baeron. Sie war warm. »Wann wird er aufwachen, Aravan?«

»Das weiß ich nicht. So etwas ist mir noch nie begegnet. Vielleicht bald, vielleicht morgen.«

»Vielleicht auch nie«, warf Doran ein, der gerade Eintopf in Näpfe füllte.

Gwylly drehte sich herum und sah den Mann an. »Warum sagt Ihr das?«

Der Abt schlurfte heran und reichte Gwylly und Aravan die gefüllten Näpfe. »Ich habe von Leuten gehört, die in einen solchen langen Schlaf fielen und nie wieder aufgewacht sind. Sie nahmen Flüssigkeiten auf, manchmal sogar feste Nahrung, aber sie erwachten nicht. Man musste für sie sorgen, bis sie starben. Wenn das auch hier der Fall sein sollte, wäre Euer Freund vielleicht besser gleich gestorben, denn dann würde er nicht in einem lebenden Leichnam für den Rest seiner Tage eingesperrt sein.«

»Oh«, protestierte Gwylly, »sagt nicht so etwas! Urus wird sicher wieder aufwachen.«

Gavan jedenfalls war wach, hatte jedoch bis zu diesem Augenblick geschwiegen. »Ich werde für ihn beten«, sagte er leise. »Vielleicht lässt Adon in seinem Fall ja Gnade walten.«

Nachdem sie gegessen hatten, braute Aravan erneut etwas Güldminzetee für Urus.

Gwylly lag derweil mit vollem Bauch auf seinem Bett und sah zu, wie sich Aravan um Urus kümmerte.

In der Nacht wachte der Bokker auf. Bis auf das regelmäßige Atmen der anderen Schläfer war alles ruhig. Gwylly ging wieder zum Abtritt. Als er zurückkam, sah er, dass Urus noch immer schlief, ebenso wie Doran und Gavan. Von Aravan war nichts zu sehen.

Gwylly zog sich leise an und trat dann hinaus auf den Flur. Er ging durch die Halle der Anbetung hinaus in den Innenhof. Es war eine kalte, klare Nacht, obwohl Wolkenfetzen vor dem Mond vorbeizogen. Gwylly ging durch den Hof zum Tor, neben dem eine Leiter auf die Bastion führte. Als er hinaufgeklettert war, fand er Aravan, der dort Wache hielt.

»Schlaft weiter, Gwylly. Diese Nacht werde ich wachen.«

»Aber Ihr braucht auch Euren Schlaf, Aravan«, protestierte der Wurrling. »Ich kann ab jetzt die Wache übernehmen.«

»Nein, mein kleiner Freund. Ich habe heute tagsüber gut geschlafen und heute Nacht meinen Geist in Erinnerungen erholt, eine Gabe, über die wir Elfen verfügen. Nein,

Gwylly, streitet nicht mit mir, sondern kehrt in Euer Bett zurück. Morgen könnt Ihr wachen, aber diese Nacht gehört mir.«

Gwylly lenkte ein und stieg die Leiter wieder hinab.

Am nächsten Morgen schien der Wurrling ausgeruht und bereit. Es war bewölkt, und der Wind heulte um das Kloster. »Ein Sturm kommt«, knurrte Doran, schlurfte hinaus und kehrte mit einem Arm voller Feuerholz wieder zurück.

Aravan saß bereits neben Urus, und jetzt endlich trank der Hüne den Güldminzetee in großen Schlucken, ohne jedoch zu erwachen.

Doran sah zu, wie Urus trank. »Das heißt trotzdem nicht, dass er sein Bewusstsein wiedererlangt«, meinte der Abt, und Gwylly sank der Mut.

Gavan kehrte von seinem Morgengebet zurück und ließ sich schwach in sein Bett fallen. Es war offenkundig, dass die Verletzung den jungen Mann erheblich schwächte, auch wenn die Wunde nur klein zu sein schien. »Ich habe einen Pfeil der Rutcha in den Arm bekommen«, erklärte er. »Er war vergiftet, glauben wir. Aber der Brei hat den größten Teil des Giftes herausgeholt, und ich werde langsam wieder gesund.«

Gwylly beschäftigte sich an diesem Tag damit, die Muskeln in seinem verletzten Arm zu lockern. Doran tauchte Tücher in heißes Wasser und legte sie dem Wurrling auf die Schulter. Die Muskeln waren verspannt. Nachdem er sich aber aufgewärmt, geschlafen und gegessen hatte, sowie nach der Behandlung mit den heißen Tüchern, konnte er seinen Arm besser bewegen. Trotzdem hatte er das Gefühl, als läge eine eisige Faust um sein Herz. Er ging unruhig hin und her und grämte sich wegen Faeril und Riatha, fragte sich, wie es ihnen wohl gehen möge. Der heulende Wind erinnerte ihn vor allem daran, dass die beiden doch ungeschützt den Elementen ausgesetzt waren, es sei denn, sie hatten einen Unterschlupf gefunden.

Doran schlurfte zu einem Schrank, der an einer Wand stand, wühlte darin herum und förderte schließlich ein großes Paket mit Güldminze zutage. Er gab einiges davon Aravan. »Wir haben einen reichlichen Vorrat an Heilkräutern«, sagte er. »Ebenso wie Nahrung und andere Vorräte. Mehr als genug. Wir waren sechzehn Mönche, als wir hier ankamen, und jetzt sind nur noch Gavan und ich übrig.« Bei den Worten seines Abtes senkte der junge Mönch den Kopf und betete.

Gegen Mittag fegte ein Schneesturm über das Land. Der Wind peitschte Schnee gegen die grauen Steine des Klosters. »Das ist ein Frühlingssturm«, sagte Doran. »Unberechenbar. Er kann rasch vorbeigehen oder eine Woche andauern.«

Wieder sank Gwylly der Mut, denn irgendwo da draußen in dem wütenden Sturm befand sich seine Dammia. Und sie waren, soweit er wusste, ohne Nahrung und Schutz.

Den ganzen Nachmittag über wütete der Sturm gegen das Kloster, aber gegen Abend ließ der Wind nach. Als es dunkel wurde, hatte sich der Sturm gelegt.

»Ich glaube, ich gehe auf die Bastionen und halte Wache«, meinte Gwylly. »Die Brut weiß, dass die Mönche hier sind, und ich möchte nicht von ihnen überrascht werden.«

Aravan blickte von Urus' Bettkante hoch. »Hier, nehmt das Amulett. Ich löse Euch in vier Stunden ab. Außerdem müssen wir Pläne schmieden.«

Doran nickte dankbar, als sich der Bokker fertig machte. »Auf dem Gang neben der Torlaterne hängt ein eiserner Ring. Schlagt ihn an, sollte sich der Feind nähern.« Der Abt klopfte auf seine Armbrust. »Wir werden ihnen einen harten Kampf liefern.

Und entzündet die Laterne nicht, denn das würde unsere Anwesenheit nur verraten.«

Gwylly zog seine Handschuhe über und trat hinaus. Er ging über den Hof und kletterte die Leiter hinauf. Als er auf dem Wachgang war, stellte er fest, dass die Mauern für ihn zu hoch waren. Er konnte nicht hinüberblicken. Doch er fand einen Vorsprung, der unter einem Teil der Mauer entlangführte, und kletterte hinauf.

Der Wind wehte immer noch aus südlicher Richtung und vertrieb den Sturm. Hoch oben am Himmel riss die Bewölkung auf, und er sah ab und zu einen Stern funkeln. Der Wind war rau, und Gwylly trat von einem Fuß auf den anderen, um sich warm zu halten und wach zu bleiben. Hinter den Wolken ging der Mond auf und tauchte sie in ein diffuses Licht.

Gwylly marschierte hin und her. Bis auf seine Schritte und das Heulen des Windes legte sich eine tiefe Stille über das Land, die nur von gelegentlichen Beben gestört wurde. Die eisernen Glocken jedoch blieben stumm. Sie läuteten lediglich bei heftigen Erschütterungen.

Die Stunden verstrichen nur zäh, ebenso langsam, wie die Wolken verschwanden. Schließlich jedoch tauchte der Mond das Land in sein silbernes Licht und ließ den Schnee perlmuttern schimmern. Dann kam Aravan, stieg die Leiter hoch und trat neben den Bokker.

»Kleiner, ich glaube, ich muss Euch mit Urus allein lassen. Ich nehme einige Vorräte mit, suche Riatha und Faeril und sende die Dara hierher zurück.«

Aravan hob die Hand, als Gwylly protestieren wollte, aber er kam nicht dazu, etwas zu sagen, denn in diesem Augenblick hörten sie das Heulen von Vulgs auf der Jagd. Ihr Blaffen war unverkennbar. Sie drehten sich herum und spähten durch die Nacht in Richtung der Laute.

Plötzlich schnappte Gwylly nach Luft. Denn kaum eine viertel oder halbe Meile entfernt rannte eine undeutlich zu erkennende Gestalt durch den Schnee. Sie wurde von Vulgs verfolgt, die gerade über die Hänge hinter ihr eilten. Noch während Gwylly die Schleuder aus dem Gürtel zog, wurde der blaue Stein an seinem Hals eiskalt. Gwylly schaute zwischen den Bestien und ihrer Beute hin und her und versuchte, ihre Geschwindigkeit abzuschätzen. Sein Herz hämmerte in seiner Brust und er schrie laut: *»Lauft! Lauft!«* Aber er glaubte nicht, dass die Person, wer auch immer sie sein mochte, eine Chance hatte, den Vulgs zu entkommen.

»Es ist Faeril«, stieß Aravan neben ihm zwischen den Zähnen hervor.

Im selben Augenblick stürzte sie zu Boden.

16. Kapitel

SCHLUPFWINKEL

Frühlingsanfang, 5E988
[Gegenwart]

Als Faeril und Riatha der breiten Spur folgten, die die Rotte der Brut hinterlassen hatte, konnte die Damman ihre Gedanken nicht auf die Fährte konzentrieren, sondern blickte stattdessen Gwylly nach, der sich entfernte, als sich ihre Wege voneinander trennten. *Er hat gesagt: ›Pass auf dich auf, meine Dammia‹, und ich habe nur stumm da gestanden. Oh, mein Bokkerer, pass du auch auf dich auf, und auf Aravan und Urus.*

Riatha blickte den Gefährten ebenfalls nach. Ihr Blick jedoch folgte der Gestalt auf der Trage. Bis sie schließlich hinter einem Hügel verschwanden und nicht mehr zu sehen waren.

»Wir werden der Fährte eine Weile folgen, Faeril, dann Rast machen und etwas schlafen. Wir werden uns ihrem Bau am Tag nähern, denn bevor die Sonne aufgeht, müssen sie sich in Schluchten und Spalten verkriechen. Dann werden wir sehen, was wir ausrichten können.«

Faeril nickte und blieb an einem einsamen Baum kurz stehen, um ein Zeichen in seine Rinde zu ritzen, damit die anderen ihnen folgen konnten, falls das nötig war. »Wir brauchen auch Nahrung. Ich werde eine Falle aufstellen, bevor wir schlafen gehen, und einen Krümel von dem Weizenbrot hineinlegen, das ich noch in der Tasche habe.«

Sie gingen weiter, folgten der Fährte der Brut. Der Weg war eben oder führte leicht bergab, über recht gangbares Gelände. Es war ganz anders als der größtenteils ansteigende Pfad, dem Gwylly, Aravan und Urus hinauf zu dem Kloster folgen mussten. Also marschierten Elfe und Damman bergab, bis sie zu einem kärglichen Wald aus arktischen Kiefern kamen. Zuerst waren es nur einzelne Bäume, dann kleinere Baumbestände, und schließlich weit verstreute Kiefern. Die Strecke führte weiter bergab in ein, wie es schien, tiefes Tal, das im Osten und Westen von Bergflanken eingefasst wurde. Immer wieder hinterließen Faeril und Riatha Zeichen in Baumstämmen, verflochten Zweige oder brachen sie einfach ab, als Hinweise für ihre Gefährten, so wie sie es vor Monaten im Ardental geübt hatten.

Schließlich hielt Riatha im Schutz eines Wäldchen an. »Wir müssen nun rasten, Kleine. Ihr schlaft, ich halte Wache.«

Faeril nahm eine Schnur aus ihrer Kletterausrüstung. »Zuerst, Dara, lege ich eine Falle aus, denn wir sollten etwas essen.«

Die Damman fand einen Fluss, der allerdings zugefroren war, und näherte sich einem kleinen Baumbestand in einer Kurve der Bergflanke. Zuerst schnitt sie einen schmalen Stock zurecht, schärfte ihn und kerbte ihn ein; dann schlug sie mit ihrem Eishammer ein Loch in die gefrorene Erde am Fuß einer kleinen Kiefer. Sie schnitt einen zweiten Pflock zurecht, den Auslöser. Dann flocht sie die Schnur zu einer Schlinge, bog den kleinen Baum herunter, befestigte sie an seiner Spitze und verknotete das andere Ende an dem Auslöser, den sie wiederum mit einem kurzen Seil am Haltepflock befestigte. In die ausgebreitete Schlinge legte sie ein Stück von dem Brot. Anschließend bedeckte sie die

Schlinge und die Schnüre mit Schnee, um die Falle zu verbergen. Den Köder ließ sie offen liegen.

Nachdem sie zu Riatha zurückgekehrt war, legte sich die Damman auf die Kiefernzweige, die Riatha geschnitten und zu einem Bett drapiert hatte. »Die Falle ist gestellt, Riatha«, sagte sie. »Vielleicht haben wir ja morgen früh etwas gefangen. Ich hoffe es jedenfalls, denn ich bin hungrig.«

Riathas Antwort aber hörte Faeril schon nicht mehr, denn, müde bis auf die Knochen, wie sie war, schlief sie sofort ein.

Es war bereits hell, als Riatha Faeril weckte. Sie hatte ein kleines, rauchloses Feuer entzündet. Die Elfe reichte der Damman einige Wurzeln. »Hier, Faeril, das sind Tannenwurzeln. Sie schmecken vielleicht ein wenig bitter, sind aber sehr nahrhaft.« Riatha biss von ihrer Wurzel ab.

Faeril setzte sich auf. »Meine Falle ...«

Die Damman wollte aufstehen, aber Riatha winkte sie zurück. Sie deutete auf den Pflock und die Schnüre, die neben ihr im Schnee lagen. »Sie ist zugeschnappt, aber ohne Wild.«

Faeril schüttelte den Kopf. »Dann habe ich das Brot wohl umsonst geopfert, was?«

Riatha lächelte und biss erneut von der Wurzel ab, während sie ihren Dolch über der kleinen Flamme erhitzte. Anschließend nahm sie Schnee, legte ihn auf die Klinge und ließ das Schmelzwasser in ihre Wasserschläuche tropfen. »Nein«, sagte die Elfe. »Eure Mühe war nicht ganz umsonst, denn als ich nach der Falle sah, entdeckte ich den Tannenbusch.«

»Habt Ihr gesehen, was die Falle ausgelöst hat?«

»Ich fand Spuren einer Wühlmaus. Sie kam von unten und hat den Köder geschluckt. Die Falle ist über ihr hochgeschnellt.«

Faeril schüttelte den Kopf. »Eine schlaue Wühlmaus.« Die Damman biss von ihrer Wurzel ab, verzog ihr Gesicht, kniff die Augen zu und presste die Lippen zu einem schmalen Strich zusammen. Nach einem Augenblick kaute sie jedoch und schluckte. »Puh!«, rief sie dann. »Bitter stimmt tatsächlich.« Sie biss noch einmal ab.

»Sagt«, würgte sie dann hervor, »Ihr habt mich nicht geweckt, damit ich die Wache übernehme!«

Die Elfe hielt noch immer die Schneide des Dolches ins Feuer. »Ihr brauchtet den Schlaf, Kleine, und ich kann ruhen und trotzdem wachen.«

Faeril wusste, dass Riatha auf das angeborene Talent der Elfen anspielte, die ihre Gedanken in angenehmen Erinnerungen ruhen lassen konnten, und die eine solche Meditation beinahe ebenso erfrischte, als hätten sie tatsächlich geschlafen. Allerdings wusste die Damman auch, dass Elfen irgendwann richtig schlafen mussten, denn auch eine friedliche Meditation konnte nicht alle Erfordernisse des Körpers, des Verstandes und der Seele befriedigen.

Riatha und Faeril aßen die Wurzeln auf, da sie nicht wussten, was an diesem Tag noch auf sie warten mochte. Vom Hunger geschwächte Krieger jedenfalls hatten keine Ausdauer. Außerdem setzten sie darauf, dass sie mit ihrer Geschicklichkeit unterwegs noch Gelegenheit haben würden, Wild zu erjagen.

Riatha hatte die Wasserschläuche schließlich gefüllt und reichte Faeril den ihren. »Gehen wir, Kleine. Es ist Tag, und die Rûpt werden sich längst in ihre Höhlen verkrochen haben.«

Sie marschierten weiter, folgten der breiten Spur über den leicht abfallenden Hang etwa eine Stunde lang. Der Wald um sie herum wurde allmählich dichter; es waren hauptsächlich Nordkiefern, hier und da wuchsen jedoch auch Stechginster und andere niedrige Nadelbüsche. Unterwegs markierte Faeril den Weg für Gwylly und Aravan, und auch für Urus, falls er überlebte. Riatha machte ebenfalls ab und zu Pause, um Wurzeln, Kiefernnüsse, Zapfen und dergleichen zu sammeln; außerdem entdeckte sie noch einen Tannenbusch und grub die Wurzel mit ihrer Eishacke aus. Zudem entdeckte sie eine essbare, gelbliche Flechte unter einem Felsüberhang, die sie mit ihrem Dolch abkratzte. Irgendwann sprang unmittelbar vor ihnen ein Schneehase aus seiner Deckung und erschreckte sowohl die Damman als auch die Elfe. Bevor Faeril jedoch dazu kam, ein Messer zu ziehen, war der Hase schon verschwunden. »Mist, Riatha! Da rennt unser Abendessen!«

Doch sie rasteten nie lange, denn die Fährte der Brut zog sie immer weiter.

In einer dieser Pausen, als Riatha erneut Zapfen und kleine Nüsse sammelte, fragte Faeril sie leise: »Sagt, Dara, warum hat die Brut Urus nicht ermordet, als sie auf dem Gletscher waren? Er war doch vollkommen hilflos. Sie hätten ihn ausgraben können, wie wir es getan haben, und sicherstellen können, dass er wirklich tot war. Warum haben sie ihn in Ruhe gelassen?«

Riatha schüttelte den Kopf. »Ich kenne den Grund nicht, Faeril. Möglicherweise haben sie sich ihm nicht genähert, weil er noch im Eis war. Denn die äußere Schicht ist erst durch den Erdstoß weggebrochen, als wir ankamen. Dennoch habt Ihr recht, die Rûpt hätten ihn ausgraben können. Vielleicht hielten sie ihn schon für tot. Oder aber Stoke hat es ihnen befohlen, falls sie ihn tatsächlich gefunden haben. Allerdings denke ich, dass Stoke Urus mit Freuden ermordet hätte, hätte er gewusst, dass er noch lebte. Aber es war ihnen vielleicht wichtiger, Stoke in Sicherheit zu bringen, oder sie konnten das goldene Licht des Aspergillum nicht ertragen.« Riatha faltete das Tuch, in dem sie die Nüsse gesammelt hatte, und band es mit einem Stück Schnur zusammen. »Es gibt zu viele Unwägbarkeiten, Faeril. Wahrscheinlich werden wir es nie erfahren.«

Während ihrer nächsten Rast untersuchte Faeril das so lange verschollene silberne Messer, das Gwylly in der Mulde entdeckt hatte. Es glich dem in der anderen Scheide. Sie reichte es der Elfe. »Riatha, man sagt, dass diese Klinge aus Silber gefertigt wurde, und das habe ich auch immer geglaubt; aber seht, es ist gar nicht angelaufen, obwohl es tausend Jahre in dem Gletscher gelegen hat. Wie kann das sein?«

Riatha nahm das Messer und drehte es zwischen ihren Händen. »Es ist eine Arbeit der Drimma, Faeril, von Zwergen. Wie sie diese Waffen schmieden, weiß ich nicht, aber es ist zweifellos Silber, reines Silber. Doch wie es geschmiedet wurde, ist ein uraltes Geheimnis der Drimma.« Sie gab der Damman das Messer zurück.

Faeril schob es in die Scheide und zog sein Gegenstück heraus. »Ich glaube nicht, dass das andere jemals anlaufen wird; allerdings hatte es wohl auch niemals eine Chance dazu. Wir haben es fast jeden Tag geputzt. Eigentlich müsste es nur noch eine winzige, hauchdünne Sichel sein, aber ich kann keine Spur einer Abnutzung daran erkennen.« Faeril sah Riatha fragend an. Die Elfe zuckte die Achseln, während Faeril auch dieses Messer in die Scheide zurückschob. »Ich weiß, Riatha, ich weiß. Noch ein Zwergengeheimnis, nicht wahr?«

Am späten Vormittag erreichten sie die Schlucht, zwischen deren blanken, steilen Felswänden sich das Land sacht absenkte. Die Fährte der Brut führte dort hinein. Also gingen die beiden weiter, folgten den Spuren im Schnee. Nach einer Meile verengte sich zwischen den fast hundert Metern hohen Felswänden die Schlucht, bis sie kaum fünfzehn Meter von einer Wand zur anderen maß. Vor ihnen schien dagegen ein Kessel zu liegen, und nach kurzer Zeit erreichten sie das offene, fast kreisförmige Gelände, das etwa hundert Meter im Durchmesser betrug. Die senkrechten Felswände waren von Höhlen und Spalten durchzogen. Auf der gegenüberliegenden Seite schien sich die Schlucht weiter fortzusetzen, genauso schmal wie die Stelle, durch die sie den Kessel betreten hatten. Hoch über dem Schlitz spannte sich eine Schneebrücke. Ob der Weg weiter und in die Berge dahinter führte, konnten sie nicht sehen. Genauso gut mochte es eine Sackgasse sein.

»Seid auf der Hut, Faeril«, zischte Riatha. »Mich deucht, dass wir Stokes Schlupfwinkel gefunden haben.«

Sie hielten sich sorgfältig im Sonnenlicht, während sie den Spuren folgten. Diese führten in die Mitte des Kessels, und die beiden sahen bald, dass der Schnee dort niedergetrampelt worden war, als wären hier die Rûpt herumgelaufen. Von diesem zentralen Punkt führten Spuren in alle Richtungen in die Höhlen und Nischen der steilen Wände. Keine jedoch wies in die Schlucht unter der Schneebrücke.

»Jetzt können wir herausfinden, wie viele Rûpt hier sind«, flüsterte Riatha. »Ihr zählt die Spuren auf Eurer Seite, trennt die Vulgs von den anderen, und ich die auf der anderen Seite. Aber gebt acht, tretet nicht auf unberührten Schnee, damit wir unseren Geruch nicht hinterlassen. Die Vulgs könnten ihn nach Anbruch der Dunkelheit aufnehmen.«

Faeril blieb auf dem niedergetrampelten Gebiet, während sie die einzelnen Spuren zählte, die zu der Felswand führten. Riatha tat dasselbe auf der anderen Seite. Dann tauschten sie die Seiten und fingen von vorn an. Ihre Ergebnisse jedoch waren gleich: Es waren siebenundzwanzig Rukhs und Hlöks und dreizehn Vulgs. Weder Elfe noch Damman hatten eine Spur entdecken können, die eindeutig Stoke zuzuordnen gewesen wäre. Obwohl Riatha darauf hinwies, dass jede der Vulgspuren von Stoke stammen könnte, falls er diese Gestalt angenommen hatte. Faeril meinte, wenn Stoke geschwächt war, wäre er vielleicht von Rukhs oder Hlöks hierher getragen worden, möglicherweise sogar auf einer Bahre, von der allerdings keine Spur zu sehen war.

Prüfend musterte Riatha den Rand der Klippen. »Gehen wir auf der Fährte der Rûpt zurück, damit wir unsere Fährte in ihrer verbergen können. Wenn es sicher ist, gehen wir in einem Bogen zur Westwand hinauf. Und wenn es Nacht wird, beobachten wir von dort aus, so gut wir können, was geschieht.«

Faeril zog ihren Handschuh aus, befeuchtete einen Finger und hielt ihn in die Höhe. Ein kalter Wind wehte durch den Kessel. »Wenn aber der Wind unseren Geruch jetzt von der Wand hinabbläst? Können wir dann über die Schneebrücke gehen und uns auf der Ostwand postieren? Diese Brücke muss recht solide sein, wenn sie die Erdstöße überstanden hat.«

Riatha schüttelte den Kopf, während sie zu dem weißen Bogen hinaufsah. »Nein, Faeril. Auch wenn Eure Worte richtig klingen, Schneebrücken sind immer sehr tückisch, selbst für jemanden, der so leicht ist wie Ihr. Wir sollten diesen Weg nur ausprobieren, wenn es keine andere Möglichkeit gibt. Steht der Wind ungünstig, gehen wir auf den Spuren zur Ostwand, die wir jetzt zur Westwand benutzen.«

Faeril nickte. »Wenn wir das tun, müssen wir aber die Zeichen für Gwylly und Aravan ändern, damit sie die Schlucht meiden und unsere richtige Fährte finden.«

»Genau«, stimmte Riatha ihr zu. Gemeinsam gingen sie denselben Weg zurück, den sie gekommen waren.

Rasch kamen Riatha und Faeril den Weg herauf, etwa drei Meilen weit, und nahmen sich nur kurz die Zeit, die Zeichen durchzustreichen, die in die Schlucht zeigten.

Schließlich fand die Elfe, was sie suchte: eine Fläche blanken Fels. Während Faeril ein neues Zeichen setzte, löste Riatha den kleinen Greifhaken von ihrem Gürtel und befestigte ein Seil daran. Dann warf sie den Haken nach oben, er setzte sich fest, und sie und die Damman kletterten von der blanken Steinfläche aus hinauf. Von dem Vorsprung blickte Riatha nach unten. »So. Falls die Rûpt heute Nacht unsere Spur finden sollten, dürfte ihnen das Rätsel aufgeben.«

Faeril schlug das Herz bis in den Hals. »Aber Riatha, wenn sie unsere Spur finden, wird diese sie bis zum Gletscher führen und von dort auf die Spur von Gwylly und Aravan und Urus bringen.«

Riatha dachte eine Weile nach. »Vielleicht, aber die Gefahr, dass die Vulgs ihre Fährte wittern, hat schon immer bestanden, genauso wie sie letzte Nacht die unsere aufnahmen. Außerdem können die Rûpt auf jede unserer Spuren stoßen, einschließlich der von Aravan und Gwylly. Die Brut weiß mit Sicherheit, dass wir hier sind, auch wenn sie die Suche nach uns gestern aufgegeben haben, um Stoke zu helfen, wie wir glauben.

Dennoch: Sie hätten unsere Verfolgung ohnehin aufgegeben, als der Tag nahte, sonst hätten sie den Brennenden Tod erlitten. Ich nehme an, dass wir uns etwa zwanzig Meilen von dem Ort befinden, wo sie Stoke gefunden haben. Sie mussten sich beeilen, ihre Schlupflöcher vor Tagesanbruch zu erreichen. Trotz dieser Entfernung könnten sie zum Gletscher zurückkehren, um die Jagd auf uns fortzusetzen. Auch wenn mir das unwahrscheinlich erscheint.«

Riatha blickte zur Sonne hoch, die ihren Zenit fast erreicht hatte. »Beruhigt Euch, Faeril, denn jetzt müssen unsere geliebten Freunde doch längst schon im Kloster sein. Ich kenne keinen besseren Ort für sie, falls die Brut sie verfolgt.«

Obwohl die Elfe zuversichtlich klang, wünschte sich die Damman, es gäbe eine Möglichkeit, sich zu überzeugen, dass ihr Bokkerer in Sicherheit war. »Ist es immer so in Zeiten der Gefahr, Riatha? Ich meine, ich habe so viel Angst um Gwylly.«

Riatha hockte sich hin, löste das Seil vom Greifhaken und rollte es zusammen. »Ja, Kleine. So ist es immer. Aber bedenkt: Der Geliebte, der so fern von Euch ist, hegt dieselbe Sorge um Euch. Deshalb müsst Ihr schon um seinetwillen alle Vorsichtsmaßnahmen ergreifen, damit Ihr in Sicherheit seid, so wie er es auch für Euch tun muss. Viel anderes könnt Ihr und er nicht tun. Er weiß es genauso gut wie Ihr. Zieht Trost aus diesem Wissen, wie auch aus der Überzeugung, dass er ein genauso verlässlicher Gefährte ist wie Ihr.«

Faeril schlang ihre Arme um die Elfe und küsste sie auf die Wange. Riatha drückte sie. Dann stand sie auf und befestigte den Greifhaken wieder an ihrem Gürtel. »Verschwinden wir von hier.«

Als die Sonne unterging, hatten Faeril und Riatha ihre Stellung auf der Klippe über dem runden Kessel in der Schlucht bezogen. Zuvor hatte Riatha erkundet, woher der Wind wehte, und sie hatten sich so platziert, dass er ihre Witterung möglichst nicht in den Kessel wehte. Ebenso hatten sie den Schnee und lose Felsbrocken sorgfältig weggeräumt, damit nichts davon aus Versehen über den Rand fiel und den Feind alarmierte. Links von ihnen befand sich die Schlucht, durch die die Brut in den Kessel gekommen war, rechts die Schlucht, die abwärts führte. Sie verbreiterte sich, während die Wände abfielen, bis sie schließlich mit der Landschaft dahinter verschmolzen. Auf dem gesamten Rand des Kessels standen arktische Kiefern, die bis zu den Berghängen auf der anderen Seite reichten und das Tal umfassten.

Als es dunkel wurde, machte sich die Brut bemerkbar. Riatha und Faeril legten sich auf den Bauch und spähten über den Rand hinab. Der Kessel lag noch in tiefstem Schatten, aber die beiden Frauen konnten den Boden des Kessels schon erkennen. In vielen Ritzen, Spalten und Höhlen der Wände flackerte das Licht von Fackeln, und dunkle Umrisse tauchten in den schwarzen Eingängen auf, warfen schwarze Schatten auf den Schnee. Es waren Vulgs und die Brut, Rukhs und Hlöks, die sich im Mittelpunkt des Kessels sammelten und in ihrer gutturalen Sprache miteinander verständigten. Schließlich trennte sich eine kleine Gruppe ab, angeführt von Vulgs. Sie liefen durch die Schlucht nach Süden. Kurz darauf bildete sich eine weitere Gruppe, die nach Norden aufbrach. Einige Vulgs und Rukhs blieben jedoch zurück und verschwanden wieder in ihren Höhlen.

Einige Stunden verstrichen, ohne dass sich etwas tat. Das Auge des Jägers zog glühend über den Himmel und der Mond warf sein Licht in den Kessel. Plötzlich gab es einen Tumult im Süden und erneut rutschten Riatha und Faeril bäuchlings bis zum Rand der Klippe. Vulgs, Rukhs und Hlöks marschierten durch die Schlucht herein. Sie hatten einen erlegten Hirsch bei sich. Die Vulgs jaulten, und ihnen antworteten ihre Gefährten aus den Nischen und Höhlen der Felswand. Kurz darauf erschienen Rukhs und ihresgleichen aus den Spalten, der Kadaver des Tieres wurde in Stücke zerlegt, und die Brut stritt lautstark über die Verteilung der besten Stücke. Plötzlich ertönte ein Heulen aus einer hoch gelegenen Höhle und der Streit brach schlagartig ab. Alle richteten ihre Blicke auf die Ostwand, und dort, in der schwarzen Öffnung einer Höhle, bewegte sich ein noch dunklerer Schatten. Seine Gestalt war jedoch nicht zu erkennen, da kein Licht dorthin fiel.

Nur ein an Vulg erinnerndes Knurren ertönte, woraufhin die Gruppe unten im Kessel den Leichnam zerfetzte, mit den Stücken zur Ostwand ging und in ihr verschwand.

Riatha zog Luft zwischen den Zähnen ein und ballte die Faust, rührte sich sonst aber nicht. Sie hatte keine Möglichkeit, mit einer Waffe den Schatten gegenüber zu erreichen.

Faeril neben ihr starrte in die düstere Höhle. Ihr Herz schlug heftig. Sie konnte nicht einmal die Form des Schattens erkennen, aber sie hegte keinen Zweifel daran, um wen es sich dabei handelte. Erst nach einer Weile merkte sie, dass sie ein silbernes Wurfmesser in der Hand hielt; wann sie die Waffe gezückt hatte, wusste sie nicht.

Im nächsten Augenblick veränderte sich die Schwärze in dem gähnenden Loch, als wäre derjenige, der dort gestanden hatte, verschwunden.

Die Elfe drehte sich zu Faeril herum. »Das ist Stoke«, zischte sie mit eisiger Stimme. »Er lebt! Ich habe ihn einmal im Drachenhorst gehört, als er dort sprach wie ein Vulg, und das klang genauso.« Riatha sah Faeril eindringlich an. »Morgen solltet Ihr diese Kunde in der Sicherheit der Sonne zum Kloster bringen. Aravan und Gwylly müssen erfahren, dass Stoke tatsächlich wieder unter den Lebenden wandelt.«

Faeril protestierte. »Aber dann seid Ihr allein, Riatha! Ich kann nicht ...!«

Riatha schnitt ihr mit einer Handbewegung das Wort ab. »Ihr müsst gehen, versteht Ihr? Unsere Lage ist ohnehin gefährlich, und wie Ihr selbst angemerkt habt, die Rûpt könnten über unsere Fährte stolpern. Gwylly und Aravan, und auch Urus, falls er lebt, müssen gewarnt werden ... denn der Schlächter ist wieder auferstanden und wird erneut blutige Ernte unter unschuldigen Opfern halten.«

»Und was ist mit Euch, Riatha?«

»Eine von uns muss hier bleiben, Faeril, um das Monster zu verfolgen, falls es sich entscheidet zu verschwinden.«

»Das könnte ich genauso gut wie Ihr, Dara.«

»Das stimmt, Faeril. Aber ich habe mehr Erfahrung als Ihr, benötige weniger Schlaf und mein Schritt ist länger als Eurer, falls die Jagd über Land geht.

Nein, Faeril, ich sollte bleiben, während Ihr unsere Gefährten holt.«

Die Damman schwieg einen Augenblick. »Ich werde tun, was Ihr sagt, Dara, und ihnen berichten. Aber sobald ich es getan habe, werde ich zurückkehren.«

Die Elfe drückte nur schweigend Faerils Hand.

Die Stunden verstrichen, und kurz nach Mitternacht kehrte die zweite Gruppe zurück. Riatha weckte Faeril, und sie beobachteten die Szene, die sich unter ihnen abspielte. Diese Gruppe kam ebenfalls mit Jagdbeute, hauptsächlich Schneehasen, obwohl Riatha darunter auch ein größeres Tier entdeckte, möglicherweise einen Dachs. Diesmal kam ein Hlök aus einer der Höhlen, und erneut wurde das Wild hineingeschafft.

Kurz vor Tagesanbruch strömten Rukhs, Hlöks und Vulgs aus der Ostwand und eilten über den Boden des Kessels zu ihren eigenen Ritzen und Spalten. Es war, als hätte Stoke sie an verschiedene Orte geschickt, wo sie den Tag verbringen sollten. Warum er das tat, wussten jedoch weder Riatha noch Faeril zu sagen.

Es wurde Tag. Der fahle, graue Himmel schien ein Leichentuch über die Landschaft zu werfen. Von Süden her wehte ein kalter Wind heran, der dunkle Wolken mit sich brachte. Unter dem bewölkten Himmel brach Faeril zu ihrem beschwerlichen Weg zum Kloster auf, obwohl sie und Riatha wussten, dass ein Sturm aufzog. Doch ihr Auftrag war zu wichtig. Außerdem hatte Faeril trainiert, wie man in der

Arktis überlebte, und so würde sie auch einen Sturm überleben. Also ging die Damman los und folgte den Anweisungen, die Riatha ihr gegeben hatte.

Die Elfe hatte geschätzt, dass das Kloster etwa vier bis fünf Werst nordwestlich von Stokes Schlupfwinkel lag, das ergab zwölf bis fünfzehn Meilen durch zerklüftetes Gelände. Natürlich hätte Faeril auch den ganzen Weg zum Gletscher zurückgehen und sich dann nach Südwesten zu dem Kloster wenden können, aber das hätte ihren Weg um viele Meilen verlängert – und vielleicht auch um ebenso viele Stunden. Außerdem bestand die Möglichkeit, dass die Vulgs ihre Fährte witterten, wenn sie eine Strecke wählte, die auch die Brut benutzte, was für alle eine Katastrophe bedeutet hätte. Also ging Faeril zu dem Bergsattel im Nordwesten, hinter dem sie Gwylly, Aravan und vielleicht auch Urus finden würde.

Mit einem Kiefernzweig verwischte sie ihre Spuren, um zu vermeiden, die Brut auf Riathas Aufenthaltsort aufmerksam zu machen. Etwa eine Meile lang tat sie dies und betete, dass die Vulgs ihre Fährte nicht witterten und die Elfe fanden. Als sie eine senkrechte Felswand entdeckte, ging Faeril dorthin und wischte ihre Spuren fort. Dann drückte sie sich an die Wand und begab sich von dort auf geradem Weg weiter. Mit einem Blick zurück überzeugte sie sich, dass ihre Fußspuren im Schnee scheinbar geradewegs aus dem Fels zu kommen schienen. *Gut. Sollen die Rukhs und ihresgleichen darüber rätseln. Vielleicht glauben sie ja, dass eine Geheimtür in die Felswand führt.* Sie kicherte, als sie sich vorstellte, wie die Brut einen Zugang in den soliden Fels suchte, und marschierte weiter.

Das Land war rau und zerklüftet, und immer wieder versperrten ihr Spalten und Schlünde den Weg. Manchmal musste die Damman zurückgehen und einen anderen Weg suchen, um das Hindernis herum. Gelegentlich musste sie sogar ihre Kletterausrüstung herausholen, um über ein Hindernis zu steigen. Dann wieder war der Weg zu glatt und steil, und sie suchte einen anderen Pfad. So kam sie nur langsam voran, während es immer dunkler wurde und der Wind immer eisiger wehte.

Sie stieg hinauf, immer bergauf. Schließlich kam sie an eine Schlucht, deren Boden in der Dunkelheit verschwand. Zu ihrer Linken sah sie eine Schneebrücke, die den Spalt überspannte, doch ihr fiel ein, dass Riatha gesagt hatte, wie tückisch solche Brücken waren, selbst für jemanden so leicht wie sie. Sie ging weiter, bis sie eine steile Felswand erreichte. *Hier komme ich nicht weiter, es sei denn, ich klettere.*

Rechts von ihr setzte sich der Spalt ein ganzes Stück weiter fort, aber schließlich erreichte sie sein Ende und lief weiter, das zerklüftete Land hinauf, während der Wind unter dem dunklen Himmel drohend heulte.

Der Sturm brach nach dem Mittag aus, wann genau jedoch, das konnte Faeril nicht sagen. Sie war noch eine Meile von dem Bergsattel entfernt, als eine weiße Wand hinter ihr auftauchte. Der Schnee wurde von dem heulenden Sturm horizontal über das Land gepeitscht.

Die Damman suchte in einer Felsspalte Schutz. Während sie aus ihrer Deckung heraus das tosende Weiß beobachtete, das unter dem schwarzen Himmel grau wurde, dachte sie zum ersten Mal daran, was sie wohl tun würde, wenn sie das Kloster erreichte und niemand da war, weder Gwylly noch Aravan noch Urus. *Wenn Urus sich inzwischen erholt hat und sie unserer Spur bereits folgen? Oder wenn sie das Kloster gar nicht erreicht haben? Wenn die Brut sie erwischt hat? Und sie alle tot sind?* Sie fühlte sich leer, als ihr diese Gedanken kamen, aber sie konnte sie einfach nicht abschütteln, wie sie da in dieser Spalte hockte, gefangen vom Sturm.

Wenn der Sturm jetzt Tage dauert? Was dann, meine dunkelhaarige Kleine? Faeril begann, ihr Wasser einzuteilen, da sie kein Holz hatte, um ein Feuer zu machen, auf dem sie Schnee schmelzen konnte. Würde sie jedoch Schnee essen, so würde das ihre Kraft rasch aussaugen. Sie erinnerte sich an B'arrs Worte: *Essen Schnee, schlecht. Essen Schnee, stiehlt* makt. *Hunde essen Schnee, kalt innen. Hunde brauchen mehr zu essen, um wieder warm zu werden.*

Die Erinnerung an B'arr schnürte ihr die Kehle zu. *B'arr, diese Hunde werden keinen Schnee fressen, wenn ich es verhindern kann, denn ich habe vor, deinen Tod zu rächen.*

Faeril wachte kurz nach Einbruch der Nacht schlagartig auf. *Himmel, ich bin eingeschlafen!* Der Wind wehte zwar noch, aber es hatte aufgehört zu schneien. Stöhnend richtete sich die Damman auf und stolperte aus dem Spalt.

Der Sturm hatte sich gelegt, es klarte auf. Hier und da blinkte ein Stern durch eine Lücke in der Wolkendecke. Im Osten stand der Mond am Himmel und beleuchtete die Wolken von oben. Der Südwind wehte zwar noch, aber viel sanfter, und trieb die Wolken vor sich her. Eine unberührte Schneedecke lag über dem Land. *Gut! Jetzt sind wenigstens meine Spuren ausgelöscht!*

Etwa eine Meile vor ihr lag der breite Bergsattel, auf dessen anderer Seite sie das Kloster zu finden hoffte. Faeril griff in ihre Tasche und holte die letzte Tannenwurzel heraus. Während sie die bittere Wurzel kaute, setzte sie ihren Weg fort.

Sie stieg weiter hinan. Manchmal war der Weg einfach, häufig jedoch auch schwer zu erklettern, denn in dem zerklüfteten Land wimmelte es von Erdspalten, Schluchten und Kämmen. Für jemanden, der nur knapp einen Meter groß war, wirkte dieses Gelände wie ein Gebirge. Doch Faeril kämpfte sich weiter voran und kam dem Kamm des Bergsattels langsam immer näher.

Es kostete die Damman noch fast zwei Stunden, bis sie den Kamm schließlich erreichte. In dieser Zeit hatte der Wind die Wolken vertrieben. Über ihr schien der Mond hell und die Sterne funkelten. Das Auge des Jägers glühte mit seinem langen, blutroten Schweif am Himmel. Weit unter ihr sah Faeril ein schmales Plateau, und etwa eine Meile von ihr entfernt, am Ende der Ebene, dort lag ihr Ziel: das Kloster, aus dessen dunklen Gebäuden kein einziger Lichtschimmer fiel. Sie hoben sich finster vor dem breiten, schimmernden Gletscher hinter ihnen ab. *Ach, mein Gwylly, bist du da drin?*

Sie begann ihren Abstieg vom Bergsattel über den flachen Hang, der vor ihr lag. Trotzdem war der Pfad beschwerlich, denn überall bildeten Spalten und Risse Hindernisse und schienen ihr den Weg versperren zu wollen. Aber es gelang ihr, hinüberzuspringen und sie zu umgehen. Anschließend schlug sie wieder die Richtung zu den dunklen Gebäuden ein, die vor ihr lagen.

Sie hatte schon eine Dreiviertelmeile hinter sich gebracht, und das Kloster lag nur noch eine Viertelmeile vor ihr, als ein fürchterliches Heulen hinter ihr ertönte, das Heulen von Vulgs, die auf der Jagd waren. Sie drehte sich herum, und das Herz schlug ihr bis in den Hals, als sie im Mondlicht diese schwarzen Jäger erkannte, die über den Bergsattel kamen und offenbar ihre Fährte verfolgten. Dann veränderte sich der Ton des Geheuls, als die Kreaturen ihre Beute sichteten und sich mit großen Sätzen an die Verfolgung machten.

Faeril drehte sich herum und rannte auf das dunkle Kloster zu, obwohl ihr klar war, dass sie es nicht erreichen würde, bevor diese Bestien sie einholten. Ihr Herz hämmerte wie wild und ihr Atem kam in schluchzenden Stößen, als Faeril dieses Rennen, das sie nicht gewinnen konnte, aufnahm. Eine knappe Viertelmeile vor ihr erhoben sich die hohen Steinmauern des Klosters, dessen großes Tor geschlossen war.

Dann stolperte sie über ein Hindernis, das im Schnee verborgen war, und fiel der Länge nach hin.

17. Kapitel

ERWACHEN

Frühlingsanfang, 5E988
[Gegenwart]

»Faeril!«, schrie Gwylly, als sich die Damman wieder aufrappelte und ihre Flucht zum Kloster fortsetzte.

»Schnell, Gwylly!«, rief Aravan, »werft ein Seil über die Mauer!«

Während Gwylly das Seil von seiner Taille wickelte, an der Greifklaue befestigte und ihre Krallen aufklappte, schnappte sich Aravan den Eisenstab und hämmerte auf den Alarmreif.

Gwylly warf das Seil über die Mauer und riss seinen Blick nur so lange von seiner Dammia los, wie er brauchte, um die Klaue in einer Nische zu befestigen.

»Jetzt nehmt dies!«, befahl Aravan und reichte dem Bokker die Eisenstange. »Schlagt Alarm! Es wird sie hierher führen und ihr sagen, dass wir da sind. Vielleicht halten die Vulgs inne, wenn sie glauben, dass die Mauern besetzt sind!«

Während Gwylly auf den Ring schlug, entzündete Aravan hastig die Laterne und schwang sie an ihrem Gelenkarm über das Seil. »Sie muss sehen, wohin sie läuft, und außerdem muss sie das Seil erkennen.«

Faeril rannte derweil über den Schnee und hielt genau auf das Licht über der Mauer zu. Hinter ihr sprangen die

Vulgs über den Schnee, fünf Bestien, die mit jedem Satz aufholten.

»Lauf, Faeril, lauf!«, schrie Gwylly, während er den Alarmreifen schlug, dessen lauter Gong seine Stimme übertönte.

Plötzlich jedoch ließ er den Stab fallen und wollte über die Mauer klettern, das Seil hinab. Aravan packte jedoch seinen Arm und zog ihn zurück. »Nein! Ihr habt da unten keine Chance. Benutzt Eure Schleuder!«

Hinter ihnen ertönten Schritte im Hof, dann kletterte Doran hastig die Leiter hinauf, seine Armbrust auf den Rücken geworfen.

Gwylly stöhnte vor Verzweiflung auf, als er eine Stahlkugel in die Tasche der Schleuder legte. Er wusste, dass die Vulgs seine Dammia einholen würden, bevor sie die Mauer erreichen konnte. Selbst wenn ein Wunder geschah, wenn die Verfolger zögerten oder Faeril die Mauer vor ihnen erreichte, musste sie fünf Meter erklimmen, fünf Meter, bis sie in Sicherheit war.

Aravan schlug weiter auf den Alarmreif ein, in der Hoffnung, dass der Klang die Vulgs zurückweichen ließ. Diese jedoch rannten weiter und würden Faeril in wenigen Metern eingeholt haben. Die Damman war noch knapp hundert Schritte von der Mauer entfernt.

Plötzlich ... fegte mit einem Fauchen ein brennender Bolzen von der Mauer herab, der mit einem hellroten Schweif durch die eisige Luft sauste und das Fell des ersten Vulgs streifte. Die schwarze Bestie sprang zur Seite und stolperte, während die anderen Vulgs verwirrt innehielten. Faeril konnte sich ein wenig absetzen, bevor sich die Vulgs erneut an ihre Verfolgung machten.

Doran ließ die Armbrust sinken, als er sie erneut spannte. »Feuer mögen sie nicht.« Er riss einen weiteren, von einem Lappen umwickelten Bolzen aus seinem Köcher und hielt das ölgetränkte Tuch in die Flamme der Laterne.

Trotz seiner verletzten Schulter wirbelte Gwylly die Schleuder über seinem Kopf, *»Hierher, Faeril, hierher!«*, und feuerte die Stahlkugel ab. Ein Vulg hinter der Damman heulte auf, doch das Geschoss prallte von seiner zähen Haut ab und die Bestie setzte mit den anderen heulenden Monstern die Verfolgung fort.

Mit einem dumpfen Knall fegte ein weiterer brennender Bolzen durch die Luft. Dieser traf sein Ziel. Der Leitvulg stürzte heulend in den Schnee, als sich der brennende Bolzen in seine Brust grub.

Faeril rannte weiter auf die Mauer zu, zu dem Seil hin, verfolgt von den Vulgs.

Aravan ließ den Eisenstab fallen und packte das Seil. »Hand über Hand!«, schrie er und spielte auf die besondere Technik an, die sie im Ardental geübt hatten.

Eine weitere Stahlkugel traf einen Vulg und brach ihm das Bein. Das Vieh jaulte auf, lief jedoch weiter, wenn auch humpelnd, und blieb hinter den anderen zurück.

Schritte polterten die Leiter hinauf.

Faeril fasste das Seil und kletterte es Hand über Hand hinauf, während Aravan sie hinaufzog. Hinter ihr sprang ein großer Vulg hoch, das geifernde Maul weit aufgerissen. Mit einem giftigen Fauchen bohrte sich ein brennender Bolzen in das Auge der Bestie, die zu Boden taumelte. Hinter ihr sprangen andere Vulgs hoch. *»Petal!«*, brüllte eine dröhnende Stimme, und eine große, dunkle Gestalt hechtete über die Mauer und zwischen die Vulgs, schleuderte sie zurück und begrub sie mit ihrem massigen Gewicht unter sich.

Und aus dem Haufen von Leibern und zuckenden Gliedern lösten sich drei Vulgs und ein ... Bär.

Ein riesiger, wütender Bär.

Der mit einem ohrenbetäubenden Brüllen seine gewaltigen Klauen durch die Luft sausen ließ. Ein Vulg stürzte mit zerfetzter Kehle tot zu Boden. Aravan zog währenddessen Faeril weiter hinauf. Mit einem Krachen zerschmetterte eine Stahlkugel einem Vulg den Schädel, der sich hinter den Bär geschlichen hatte. Doran hatte gleichzeitig einen weiteren brennenden Bolzen in die Mulde der Armbrust geladen und zielte. *»Schießt nicht auf den Bär!«*, schrie Gwylly, als der Abt feuerte. Der Bolzen zischte fauchend an dem Vulg vorbei und erlosch zischend im Schnee.

Der Vulg wirbelte herum und flüchtete, während der Bär vor Wut laut aufbrüllte. Aber die schwarze Bestie war trotz ihres verwundeten Laufs zu schnell, als dass er sie hätte einholen können, und befand sich kurz darauf außerhalb der Reichweite von Kralle, Kugel und Bolzen.

Aravan zog Faeril über die Mauer und setzte sie auf dem Wachgang ab. Gwylly warf einen letzten Blick auf den Bären, der an den Kadavern der Vulgs schnüffelte und sie mit seinen mächtigen Tatzen herumschob, sprang dann von dem Sims und umarmte seine Dammia. Tränen der Erleichterung liefen dem Bokker über das Gesicht. »Ach, Faeril, ich dachte schon, du wärst verloren!«

Faerils Herz schlug immer noch wie rasend, sie schluchzte und rang gleichzeitig keuchend nach Luft, unfähig, zu sprechen. Ihre Augen jedoch waren auch tränennass.

»Bei Adon!«, stieß Doran hervor und wandte sein Gesicht von der Szene unterhalb der Mauer ab, während er ein Zeichen gegen das Böse schlug. Aravan kletterte nach einem kurzen Blick über die Mauer rasch die Leiter hinab, zog den Balken von dem Tor zurück und öffnete es. Im nächsten Augenblick humpelte ein Hüne von einem Mann durch das Tor, ein Baeron. Urus.

Er blickte zu dem Wachgang hinauf. »Also, Petal!«, rief er mit seiner tiefen, dröhnenden Stimme, »geht es dir gut? Komm runter und lass dich anschauen! Was hattest du da draußen zwischen den Vulgs zu suchen? Und wieso sind du, Tomlin und ich überhaupt wieder hier im Kloster?« Dann, ohne jede Vorwarnung, sank Urus auf die Knie und sackte zur Seite in den Schnee.

Urus hielt den Napf hoch. »Noch eine Portion, bitte.«

Der Baeron saß auf einem Stuhl, ein Tuch über die Schultern geworfen. Auf dem Boden um ihn herum lagen geschorene Haare. Hinter ihm stand Gavan mit Kamm und Schere in der Hand. Er hatte seinen verwundeten Arm nicht mehr in der Schlinge, legte jetzt Kamm und Schere beiseite, nahm Urus den hölzernen Napf aus der Hand und füllte ihn mit Eintopf. »Warum esst Ihr nicht gleich aus dem Topf, Urus?«, fragte er lächelnd. »Immerhin ist das hier die fünfte Portion!«

Urus grinste und brach ein Stück von dem mächtigen Brotlaib neben sich ab. »Es ist schon schwierig genug, mein Haar aus dem Essen zu halten, Gavan. Wie schwer würde das wohl sein, wenn ich den winzigen Topf davor bewahren wollte? Sonst, glaubt mir, würde ich Euer Angebot annehmen.«

Die Farbe war in das Gesicht des Baeron zurückgekehrt, das so blass gewesen war, als sie ihn hierher gebracht hatten. Zwar hatten sie zunächst befürchtet, dass ihm die Vulgs eine giftige Bisswunde beigebracht hatten, konnten jedoch, als sie ihn untersuchten, keine finden. Urus war nach dem Kampf einfach nur ohnmächtig geworden. Er war durch den Alarm geweckt worden und herbeigeeilt, um zu helfen, obwohl ihm sein Zustand das eigentlich noch nicht erlaubte. Deshalb hatte der Kampf mit den Vulgs die Kraft, die er, Adon weiß woher, zusammengerafft hatte, vollkommen aufgezehrt und er war anschließend zusammengebrochen. Als es ihnen schließlich gelungen war, ihn zu wecken, hatte er nach Nahrung und Getränken verlangt und ungeheure Mengen davon vertilgt. Er aß, als wäre er kurz vor dem Verhungern gewesen.

»Ich bin so hungrig wie ...«

»... ein Bär«, warf Gavan ein, während er dem Mann den Napf reichte. »Ein Bär, der aus einem langen Winterschlaf aufgewacht ist.«

Gwylly nickte. »Ein sehr, sehr langer Winterschlaf war das.«

Urus schüttelte den Kopf. »Es ist schwer zu fassen, dass tausend Jahre ... vergangen sein sollen.« Der Baeron sah Gwylly und Faeril an. Die Damman strich gerade den letzten Rest einer Minzsalbe auf die Schulter des Bokkers. »Und dass ihr beide nicht Petal und Tomlin seid.«

Urus' Augen funkelten hart. »Und dass Stoke lebt.«

Faeril sprang auf. »Oh, wo ist Aravan? Wir müssen sofort aufbrechen. Riatha bewacht gerade im Augenblick das Monster ... und zwar ganz allein.«

Gavan hob beschwichtigend die Hand. »Adon wird sie beschützen.«

Urus stellte seinen Napf weg. »Schon möglich, Priester. Aber mir ist aufgefallen, dass Adon diejenigen am besten beschützt, die sich selbst beschützen.«

Gavan machte eine Handbewegung, deren Bedeutung den Wurrlingen unbekannt war. »Ihr sprecht wie ein starker Mann, Urus. Aber Adon wacht auch über die Schwachen.«

Urus knurrte. »So wie er über Euch und Eure Gefährten gewacht hat, ja?«

Gavans Miene verdüsterte sich.

»Ach, Priester, tut mir leid. Ich hatte keinen Grund, so etwas zu sagen.«

Die Tür öffnete sich, und Aravan kam herein, die Arme voller Ausrüstungsgegenstände. Doran folgte ihm, ebenfalls schwer beladen. »Das sollte uns dienlich sein«, sagte der Elf und legte die Sachen auf den Tisch. Dann teilte er sie in vier Stapel, die er neben vier halb gefüllte Rucksäcke legte.

»So.« Gavan legte Kamm und Schere zur Seite und zog das Tuch von Urus' Schultern. »Fertig.«

Der frisch frisierte Urus leerte seinen Napf, stand auf, bedankte sich bei Gavan und trat zu dem Spülstein, um seinen Napf und den Löffel zu reinigen.

Doran schlurfte vom Herd zum Tisch, mehrere Pakete in der Hand. »Hier, Aravan, diese Medizin könnt Ihr vielleicht gebrauchen. Wisst Ihr, wie man sie verwendet?« Der Abt und der Elf öffneten die Pakete, sprachen über die Kräuter, die sich darin befanden, und besprachen ihre Verwendung und Zubereitung, während Gwylly und Faeril zusahen und lauschten.

Nachdem Doran die Kräuter ausgepackt und einzelne Portionen davon in verschiedene Pakete gelegt hatte, trat Urus zu ihm und nahm den Aspergillum von seinem Gürtel. »Bruder, ich möchte Euch dies hier zurückgeben.«

Der Abt warf einen Blick auf den Weihwasserspender. »Nein, Junge. Ihr begebt Euch in Gefahr, dorthin, wo die Brut haust. Die Rutch verabscheuen das Licht dieses heiligen Gefäßes. Da Ihr von Adon geliebt werdet, leuchtet es. Falls Ihr in große Not geratet, vertreibt Eure Feinde und ruft Eure Verbündeten zu Euch.«

Urus legte das Aspergillum auf den Tisch. »Ich bin damit fertig, Bruder. Es hat mir einst gedient, als ich in Not war. Ich hatte es nur zufällig bei mir, und jetzt gebe ich es seinem rechtmäßigen Besitzer zurück.«

Aravan schaute von den Rucksäcken hoch, die er gerade packte. »Abt, Ihr benötigt das dringender als wir, denn wir sind zu fünft, wenn wir unsere Gefährtin erreichen, Ihr dagegen seid nur zu zweit.« Aravan hob die Hand, um Dorans Einspruch zu unterbinden. »Und ihr müsst überleben, um den Aleutani Kunde zu bringen, dass B'arr, Tchuka und Ruluk tot sind, ermordet von den Rûpt. Außerdem möchte ich, dass Ihr meinen Brief dem Kapitän eines fjordlandischen Schiffs überbringt, damit er seinen Weg zu den Meinen im Ardental findet. Mir ist zwar klar, dass die Brut den goldenen Schein Eures Talismans überwältigen können, aber sie werden Euch nicht freiwillig angreifen, sondern nur, wenn sie jemand dazu zwingt.

Also behaltet das Aspergillum, wie Urus es vorgeschlagen hat, und benutzt es, damit es Euch in den langen Nächten bewacht, die vor Euch liegen. Wenn der Sommer kommt, geht hinab zu den Weiden, wo die Ren weiden; dort findet Ihr die Aleutani. Sie werden Euch zum Nordmeer geleiten, und von dort aus könnt Ihr weiterreisen und berichten, was sich hier zugetragen hat. Vielleicht will Euer Orden das Kloster ja erneut in Besitz nehmen; und wenn ja, dann entsendet doch Krieger-Mönche, denn solche sind an diesem gefährlichen Ort vonnöten.

Wir würden bleiben und Euch bewachen, wenn wir könnten. Aber das geht nicht, denn unsere Dara wartet.«

Doran senkte einlenkend den Kopf und nahm das Aspergillum vom Tisch. Er hielt es ehrfürchtig in den Händen, bevor er es an Gavan weiterreichte. Der junge Priester drückte das Artefakt an die Brust, fiel auf die Knie und dankte inbrünstig Adon.

Faeril betrachtete den betenden Mönch eine Weile, bevor sie sich an Aravan wandte. »Brechen wir auf, denn Riatha wartet.«

Sie verstauten die letzten Vorräte, schulterten die Rucksäcke, gingen hinaus auf den Flur und durch die Halle der Verehrung, gefolgt von Doran und Gavan. Es war früh am Morgen, ein fahles Licht erleuchtete den Himmel. Der kalte Wind fegte um die steinernen Gebäude, und Gwylly fragte sich, ob wohl ein Sturm aufzog. Am Tor blieben sie stehen. Urus zog den Balken zurück.

Als sie das Portal öffneten, blickten sie auf eine makellose Schneedecke hinaus. Von den toten Vulgs war nichts mehr zu sehen, was auch niemand erwartet hatte. Mit dem Tageslicht waren die toten Kreaturen unter dem Bann zu Asche zerfallen, die der Wind verweht hatte.

Gwylly trat hinaus in den Schnee, bückte sich suchend und fand drei Armbrustbolzen.

Faeril drehte sich zu dem Abt herum. »Ich verdanke Euch mein Leben, Doran. Wäret Ihr und Eure Armbrust nicht gewesen, ich wäre jetzt tot.«

»Hai!«, rief Gwylly, der zu ihnen zurückkam und die drei Bolzen in die Höhe hielt. »Einer fiel durch den Bokker, einer durch den Bär, aber zwei der fünf hat Doran erledigt. Ich wünschte, ich besäße Euer Können!«

Doran winkte abwehrend mit der Hand, doch es war offenkundig, dass er sich freute, als Gwylly ihm die Bolzen zurückgab.

»Passt auf Euch auf, Priester«, brummte Urus Gavan an. »Beschützt Euch selbst, dann wacht Adon vielleicht auch über Euch.«

Gavan lächelte fast unmerklich. »Ich werde für Euch und die Euren beten«, meinte er.

Doran schlug ein Kreuz in der Luft. »Adons Segen sei mit Euch allen.«

Aravan hob zum Abschied seine Hand. »Möge Er Euch beide ebenfalls beschützen.«

Dann brachen die vier auf, geführt von Faeril. Die beiden Adoniten sahen ihnen nach. Schließlich schlossen sie das Portal wieder und schoben den Balken vor. Danach drehten sich der alte Abt und der junge Mönch herum, gingen durch den Wind über den Hof und in die Halle der Verehrung. Als sie sie betraten, bebte der Boden unter ihren Füßen, als fürchtete er sich.

Die vier stiegen zu dem Bergsattel empor und hielten auf dem Kamm inne. Urus warf einen Blick zurück auf den schimmernden Gletscher, diesen mehrere Meilen breiten Fluss aus Eis, der aus den Bergen im Süden quoll und im Norden am Horizont verschwand. »Lange war ich darin gefangen, doch mir kommt es wie gestern vor.«

Sie drehten sich um, marschierten im Gänsemarsch durch den Spalt und wanderten dann in das zerklüftete Land hinaus.

Sie folgten dem Hang hinab, kletterten über Kämme, umgingen Spalten und ließen sich steile und geneigte Felswände hinab. Der Stein war von Schnee bedeckt, vereist und wurde vom Wind gepeitscht. Sie machten oft Rast, denn sie waren müde, vor allem Faeril, die genau diesen beschwerlichen Weg erst in der Nacht zuvor gekommen war. Außerdem waren sie alle mit schweren Rucksäcken beladen. Urus und Aravan trugen abwechselnd einen weiteren, den sie Riatha geben wollten, sobald sie sie erreichten. Urus war ebenfalls geschwächt. Er war abgemagert, seine Kleidung schlabberte um seinen Körper herum, und niemand wusste, auch er selbst nicht, wie es ihm gelungen war, tausend Jahre Gefangenschaft in dem Gletscher zu überleben. Gwylly hielt es für ein Wunder, dass er überhaupt noch am Leben war, Faeril und Aravan dagegen enthielten sich einer Meinung.

Und so, schwach und erschöpft und beladen, marschierten sie den Hang hinab, unter einem bewölkten Himmel. Irgendwo vor ihnen hofften sie eine Elfe zu finden, die den Bau eines Monsters bewachte.

Spät an diesem trüben Nachmittag näherten sie sich den Klippen über Stokes' Schlupfwinkel. Faeril mahnte sie zur Stille, während sie sie zwischen den Kiefern und durch den frisch gefallenen Schnee bis zu dem Ort führte, an dem sie und Riatha gewacht hatten.

Die Elfe war nicht da.

Stattdessen waren die Spuren von Rukhs, Hlöks und Vulgs in dem niedergetrampelten Schnee nicht zu übersehen!

Gwyllys Herz schlug heftig vor Wut, als er seinen Zorn hinausschreien wollte, aber er presste die Lippen zusammen. Als sie sich bückten, um die Spuren zu untersuchen, war unter den Kiefern alles ruhig, bis auf das gelegentliche Zirpen eines arktischen Schneehuhns und dem leisen Weinen von Faeril.

18. Kapitel

ENTKOMMEN

Frühlingsanfang, 5E988
[Gegenwart]

Der eisige Wind pfiff sein Lied, als Riatha Faeril nachsah, die zwischen den Kiefern verschwand. Die Damman würde Kunde in das Kloster bringen, dass Stoke tatsächlich noch am Leben war, und den Gefährten die Lage seines Schlupfwinkels zeigen. Langsam ging Faeril den Hang hinauf und verwischte mit einem Kiefernzweig ihre Spuren, die sie im Schnee hinterließ.

Riatha blickte noch lange in die Richtung, in der Faeril verschwunden war, auch als die Damman nicht mehr zu sehen war. *Möge Adon Euch behüten, Kleine.* Die Elfe war hin- und hergerissen, ob sie mit der Waerling gehen oder die Rûpt bewachen sollte, schwankend, entweder eine Freundin zu beschützen oder den Feind nicht aus den Augen zu lassen. Deshalb blickte sie den Hang hinauf und fragte sich, ob sie die richtige Entscheidung getroffen hatte.

Schließlich erblickte sie einen Kiefernzapfen zwischen den Zweigen, dessen Schuppen noch geschlossen waren. Seine Keime blieben darin verschlossen. Sie kletterte an den Zweigen hinauf, pflückte den Zapfen und fand versteckt in den Zweigen daneben zwei weitere. Dann kletterte sie hinunter und auf den nächsten Baum, dann auf den nächsten und so weiter, und bewegte sich so langsam durch den Wald, wobei sie immer mehr Zapfen fand. Als ihre Taschen voll waren, hielt sie inne, öffnete die Schuppen und schüttelte die kleinen Nüsse heraus, die kaum größer als ein dickes Reis- oder Weizenkorn waren. Dabei dachte sie an das Gespräch zwischen Faeril und Gwylly, was die Lebensspanne von Drachen betraf. *Wie viele Zapfen wären nötig, um genug Kiefernnüsse zu sammeln, um die Jahre eines Drachen zu zählen? Und wie viele Bäume, ein wie großer Wald würden so viele Zapfen hervorbringen, meine Faeril?*

Die Elfe ging weiter und sammelte Zapfen. *Hätte ich ein Feuer, könnte ich sie rösten ... wenn ich eine Pfanne hätte. Außerdem könnte ich aus der inneren Borke der Kiefern eine herzhafte Suppe kochen ... wenn ich ein Feuer hätte und ein Gefäß, das die Brühe halten würde.*

Der Wind wurde schärfer, dunkle Wolken zogen über den Himmel. *Ein zweischneidiges Schwert ist dieser Wind, denn ich kann mich seiner bedienen, den Geruch des Feuers zu vertreiben. Aber gleichzeitig kündigt er ohne Zweifel einen Sturm an ... Ach, Faeril, beeilt Euch, denn ich hoffe, Ihr findet Schutz, bevor er zuschlägt.*

Riatha ging nach Norden am Rand der Schlucht entlang, weg von Stokes Schlupfloch und mit dem Wind. Eine Meile entfernt fand sie einen Unterschlupf zwischen einer Felswand und einem großen Felsbrocken, der dagegen lehnte. Dort entzündete sie ein kleines Feuer, geschützt vor dem Wind, schmolz darauf Schnee und füllte ihren Wasserschlauch auf. Anschließend verzehrte sie in ihrem Unterschlupf die Mahlzeit aus Kiefernnüssen, die schmackhaft und nahrhaft waren. *Ich werde ihrer bald überdrüssig werden, aber jetzt genieße ich sie noch.*

Während sie dasaß, verstärkte sich das Heulen des Windes. Schließlich erstickte Riatha das Feuer, schaufelte Schnee darauf, bis die Asche vollkommen bedeckt, alle Beweise verschwunden und jeder Geruch erstickt war. Dann machte sie sich auf den Rückweg.

Sie hatte den steilen Rand des Kessels erreicht, als der Sturm seine ganze Wut entfesselte; der Wind heulte und der Schnee fegte waagerecht durch die Luft. Die schmalen Kiefern boten nur wenig Schutz. Die Elfe bedeckte ihr Gesicht, wandte sich von dem Kessel ab und trat zwischen die Bäume zu einem kleinem Felshaufen weiter oben auf dem Hang. Zwischen den Felsbrocken fand sie einen kleinen Spalt, der gerade breit genug war, dass sie hineinpasste. Dort setzte sie sich mit dem Rücken an den Felsen. Während der Wind sein kreischendes Lied sang, betete Riatha, Faeril möge nicht von diesem Schneesturm überrascht worden sein, sondern das sichere Kloster erreicht haben. Es war kurz nach Mittag, und wenn der Weg zum Kloster nicht zu beschwerlich war, musste die Damman Faerils Einschätzung nach in dessen sicheren Mauern sein. Falls es aber eine schwierige Strecke war ... *Ach, Adon, lass sie in Sicherheit sein.*

Die Elfe versuchte, ihre Ängste zu beschwichtigen. Nach einer Weile gelang es ihr, in jene meditative Trance zu verfallen, die den Elfen als Ersatz für Schlaf dient.

Es war bereits Nacht, als der Sturm endlich nachließ. Riatha kroch aus ihrem winzigen Versteck und ging durch den frischen Schnee zum Rand des Kessels. Sie erreichte ihn in dem Augenblick, als die ersten Rûpt mit Fackeln in den Händen aus ihren Höhlen und Spalten kamen. Riatha achtete sorgfältig darauf, dass sie keinen Schnee löste, der hinabfallen konnte, legte sich auf den Bauch und beobachtete die Rûpt, die aus ihren Löchern kamen und sich in der Mitte des Kessels sammelten. Noch während sie dabei zusah, wusste sie plötzlich, wie sie Stoke angreifen und ihn sogar töten konnte.

Sie beobachtete die Brut unter sich, und ihr Herz schlug heftig – vor Freude über ihre plötzliche Erkenntnis. Sie konnte es schaffen, nötigenfalls sogar allein, sie konnte ihn aufspüren und ihn töten. Aber mit Hilfe ihrer Gefährten war es noch erfolgversprechender. *Eilt, Faeril, bringt sie zu mir, denn ich weiß jetzt, wie.*

Erneut überlegte sie, ob es Faeril hatte gelingen können, das Kloster zu erreichen. *Selbst wenn sie vom Sturm aufgehalten worden ist, ist sie jetzt gewiss wieder unterwegs, nachdem sich der Sturm gelegt hat.*

Dann jedoch drängten sich ihr finstere Gedanken auf. *Sie könnte verletzt sein, sogar tot; Rûpt könnten sie eingeholt haben ... Nein, keine Rûpt, denn sie ging ja tagsüber.*

Die Elfe schüttelte den Kopf, um das unheilvolle Gefühl zu vertreiben. *Pah! Sie kann genauso gut Schutz in einem Felsversteck gesucht haben, so wie ich es tat, und wenn ja, ist sie vielleicht sogar eingeschlafen. Was auch keine Rolle spielt, denn sie wird wieder aufwachen und weitergehen. Und die Rûpt sind alle hier unten; sie wird auf jeden Fall außerhalb ihrer Reichweite sein, selbst wenn es jetzt dunkel ist.*

Wie schon in der letzten Nacht teilte sich die Brut in zwei Jagdgruppen auf. Man ließ eine dritte Gruppe als Wache in ihrem Schlupfwinkel zurück. Eine Gruppe wandte sich nach Norden, die Schlucht hinauf, die andere nach Süden. Die restliche Brut marschierte zu einem Durchgang in der Wand gegenüber, in der sich, wie Riatha vermutete, Stoke verbarg.

Als sie nicht mehr zu sehen waren, wischte Riatha vorsichtig den Schnee von der Stelle, an deren Rand sie lag, damit sie in Ruhe den Kessel beobachten konnte, ohne Angst haben zu müssen, Schnee hinabzuwerfen, der sie verraten könnte. Der Wind wehte nach wie vor aus Norden; der Himmel über ihr war bewölkt und hüllte alles in Dunkel. Ab und zu erzitterte der Boden unter den Erdstößen, woraufhin Schnee von den Bäumen rieselte und von den Wänden der Schlucht. Dann hielt Riatha inne, falls Rûpt aus ihren Löchern kämen und sich umsahen, aber das taten sie nicht.

Gerade als sie den kleinen Vorsprung vom Schnee gereinigt hatte, schnappte ihr scharfes Elfengehör das Blaffen von Vulgs auf, die aus dem Norden kamen, über den Rand der Schlucht. Sie waren auf der Jagd. Sie legte den Kopf zur Seite und lauschte angestrengt, denn der Wind kam von hinten und trug die Geräusche von ihr fort. Schlagartig wurde es ihr klar: *Bei Adon! Sie jagen mich, denn der Wind trägt meinen Geruch zu ihnen!*

Riatha sprang auf die Füße. *Wohin?*

Die Entscheidung wurde ihr abgenommen, denn der Wind legte sich plötzlich, und in das Heulen der Vulgs mischte sich das laute Gebrüll von Rûpt. Jetzt sah sie auch die Fackeln und hörte ihre lauten Schritte, die eisenbeschlagenen Stiefel und Klauen im eisigen Schnee.

Riatha drehte sich herum und floh nach Süden über die Klippe. Doch so schnell sie auch sein mochte, sie wusste, dass sie ihren Verfolgern nicht allzu lange entkommen konnte. Im selben Augenblick steigerte sich das Geheul hinter ihr zu einem wahren Orkan. *Bei Adon! Sie sehen mich! Ich bin verloren!*

Sie rannte weiter, doch die heulenden Kreaturen verringerten ständig den Abstand, holten mit jedem Schritt auf. Als Riatha beschloss, sich ihnen zu stellen, fiel ihr Blick auf ...

Die Schneebrücke! Allvater, lass sie meinen Zwecken dienlich sein!

Rutschend kam sie unmittelbar vor der Brücke zum Stehen, noch während die geifernden Bestien auf sie zu rasten. Riatha holte tief Luft und konzentrierte sich auf ihre Disziplin, ihre Ausbildung. Dann lief sie leichtfüßig über die Brücke, die über diesem Abgrund hing, flog, als wollte sie den Schnee nicht einmal antasten. Ihre Füße schienen ihn gerade erst berührt zu haben, als sie auch schon wieder darüber schwebten.

Ihr folgten die blaffenden Vulgs, und als Riatha die andere Seite des Abgrundes erreicht hatte, sprang der Leitvulg auf die Brücke aus Schnee und raste auf sie zu. *Ich bin verloren!* Schon sprang ein zweiter Vulg hinter seinem Leittier her.

Riatha riss ihr Schwert aus der Scheide auf ihrem Rücken, wappnete sich gegen den Angriff und ... in diesem Augenblick brach die Schneebrücke zusammen. Sie konnte das Gewicht beider Vulgs nicht tragen. Die zweite Bestie heulte wimmernd auf, als sie in die Tiefe stürzte. Der Leitvulg jedoch sprang und grub seine Klauen in den steinernen Rand. Die Klauen seiner Hinterläufe kratzten an der steilen Wand, als er versuchte, auf das Plateau hinaufzuklettern.

Riatha trat vor und schlug dem Tier mit der flachen Seite ihres Schwertes auf die Schnauze. Das geifernde Monster rutschte rücklings vom Rand und stürzte jaulend hundert Meter in die Tiefe und damit in den sicheren Tod.

Auf dem gegenüberliegenden Rand tauchten fünf weitere Vulgs auf, die einen Abgrund zwischen sich und ihrer Beute vorfanden.

Mit einem leisen Zischen fegte ein schwarzer Pfeil an ihrem Gesicht vorbei. Brüllend rannten Rucha und Lokha heran.

Riatha fuhr erneut herum und lief nach Süden. Sie schwenkte ab zu den spärlich verstreuten Kiefern und tauchte in ihre Schatten ein.

Mehr Pfeile zischten an ihr vorbei, flüsterten vom Tod. Aber keiner traf Riatha, und sie stürmte weiter, floh nach

Süden in den Wald. Sie sah das Flackern der Fackeln zwischen den Bäumen und hörte, wie die Rûpt triumphierend schrien, als sie auf dem gegenüberliegenden Rand nach Süden liefen. Sie wussten, dass die Wände der Schlucht abfielen und Riatha schon bald in dem Tal vor ihnen sein würde, wo sie sie einholen konnten. Vor den brüllenden Rûpt rannten die Vulgs, deren wildes Heulen vom Fels der Schlucht widerhallte.

Als Riatha sicher war, dass der Feind sie nicht mehr sehen konnte, blieb sie stehen und lauschte den Verfolgern, die weiter nach Süden liefen. Dann drehte die Elfe um und rannte erneut zur steilen Wand des Kessels. Über ihr rissen die Wolken auf. *Adon, lass es dunkel bleiben! Lass es dunkel bleiben. Die ganze Nacht liegt vor mir, und es gibt keine Hoffnung, meinen Verfolgern die ganze Nacht weglaufen zu können. Ich kann nicht hoffen zu rennen, bis der Tag zu meiner Rettung anbricht. Ich muss sie überlisten, und ich brauche dafür eine mondlose Dunkelheit, die mich verhüllt, bis ich ein sicheres Versteck finde.*

Schließlich erreichte Riatha den Rand. In der Ferne hinter sich hörte sie das Heulen und Brüllen der Jäger.

Obwohl sie verfolgt wurde, hielt sie inne und suchte die gegenüberliegende Wand und den Rand der Klippe sorgfältig nach einem sicheren Versteck ab. Schließlich fand sie, was sie suchte, und prägte es sich gut ein. Dann floh sie über den östlichen Rand zum Spalt des nördlichen Eingangs des Kessels, dorthin, wo auf der anderen Seite eine große Kiefer stand.

Als sie ihr Ziel erreicht hatte, löste sie den Greifhaken und die Leine von ihrem Gürtel, und schleuderte sie über die Breite der Schlucht. Die winzigen Haken gruben sich in einen Baumstamm, etwa fünfzehn Meter entfernt. Das Heulen hinter ihr verstärkte sich, als sich die Brut näherte, nachdem sie das südliche Ende der Schlucht umrundet hatte. Riatha zog das Seil straff und sprang vom Rand hinab. Sie streckte die Beine aus, um den Aufprall zu dämpfen, aber sie krachte mit voller Wucht gegen den Fels, was ihr beinahe den Atem nahm. Doch sie hielt sich fest und kletterte dann an dem Seil nach oben zum Rand.

Das Heulen hallte durch den Kiefernwald, und noch immer rissen die Wolken über ihr auf und ließen das Mondlicht hindurch. Riatha löste die Greifklaue und rollte hastig das Seil zusammen. Dann lief sie über den Schnee, bis sie an die breite Spur der Brut kam, die Fährte, die sie hinterlassen hatten, als sie Riatha verfolgten.

Riatha orientierte sich an der Spur nach Süden und mischte ihre Abdrücke unter die der Brut. Sie glaubte nicht, dass sich ihr Geruch in dem der anderen verlor, denn dafür war ihre Fährte zu frisch, aber es war lebenswichtig für sie, dass sie ihre erste Spur wieder erreichte und den Kreis schloss.

Die Jäger kamen durch das Tal, liefen zwischen den Kiefern auf dem Plateau gegenüber hindurch bis an den Rand der Schlucht. Dann schwollen ihr Geheul und die Schreie an.

Endlich konnte Riatha den Kreis schließen; sie lief zu einem geneigten Baum an der Klippe, daran vorbei und wieder auf ihre Spur zurück. Dann ging sie in ihren eigenen Abdrücken rückwärts, bis zu dem Baum, schlang ihr Seil um den Stamm und ließ beide Enden an der Felswand hinabhängen, hangelte sich etwa fünfzehn Meter unter den Rand ab, bis zu der Öffnung einer Höhle. Gerade als sie sich in die dunkle Öffnung schwang, rissen die Wolken auf und das Mondlicht schien hindurch. Auf der Klippe gegenüber heulten die Jäger und folgten ihrer Spur.

Riatha wartete, bis sich die Wolken erneut vor den Mond schoben, zog ihr Seil herunter und rollte es zusammen. *So. Sollen sie mich doch suchen, wenn sie können. Ich verberge mich in ihrem eigenen Versteck.*

Während die Zeit verstrich, glitt der Mond über den Himmel. Riatha hörte Schritte auf der Klippe über sich, doch sie entfernten sich hastig. Vorsichtig spähte sie aus der Höhle. Am südlichen Rand der Schlucht schnüffelten Vulgs im Schnee, dort, wo einst die Brücke aus Schnee den Spalt überspannt hatte. Dann tauchten Rûpt auf, brüllten etwas und deuteten auf die andere Seite.

Sehr gut. Jetzt laufen sie im Kreis. Das können sie getrost tun, bis zum Morgengrauen.

Über ihr tauchten erneut Vulgs auf und schnüffelten in den Spuren herum.

Noch mehr Zeit verstrich. Plötzlich ertönte lautes Geheul: Vulgs, die eine Fährte witterten. *Ah, jetzt haben sie meine Spur aus dem Versteck gefunden, in dem ich den Sturm abgewartet habe.* Das Heulen wurde schwächer, als die Bestien davonrannten. *Das ist nur eine weitere Sackgasse für sie. Die Spur führt lediglich zu einem Hang in der Ferne. Hah! Vielleicht jagen sie ja Phantomspuren nach, bis in die Berge, bis nach ...*

Plötzlich überlief es Riatha kalt. Denn diesen Hang war Faeril hinaufgegangen ... und wenn die fünf Vulgs schnell genug waren ... *Adon, lass sie nicht auf ihre Spur stoßen; halte sie von dem Kloster fern!*

Aber eine dunkle Vorahnung bedrückte Riatha, während sich die Rûpt über ihr aufteilten. Die eine Hälfte blieb an diesem Rand, die andere wandte sich hinüber zu dem anderen, und beide jagten den flüchtigen Eindringling.

In dem schwachen Glanz des Mondlichts untersuchte Riatha ihre Höhle. Sie war am Eingang etwas mehr als einen Meter siebzig hoch und vielleicht zwei Meter fünfzig breit, aber nach etwa sieben Metern wurde sie rasch schmaler und niedriger. *Dort könnte ein Waerling hindurch, nicht aber ich.*

Sie kehrte zu ihrer Wache zurück, rutschte langsam und vorsichtig auf dem Bauch zum Rand und spähte in den

Kessel hinunter und zum Rand hinauf. Dabei achtete sie darauf, dass ihr goldblondes Haar sorgfältig unter der Kapuze verborgen blieb und ihr helles Gesicht von dem Schal bedeckt war, bis auf einen schmalen Schlitz, durch den sie blickte. Denn sie wusste, dass ein aufmerksamer Beobachter sie sonst in der Dunkelheit bemerken konnte.

Es wurde immer später, und noch immer suchten die Rûpt die Klippe über ihr ab, verfluchten sich gegenseitig, so klang es jedenfalls, waren wütend, weil sie die Fremde nicht finden konnten, die einfach vor ihren Augen verschwunden war.

Vielleicht haben sie ja nie zuvor einen Fuchs gejagt. Riatha lächelte. *Jedenfalls niemals eine solche Füchsin.*

Wie zuvor kehrten die Jäger zwei Stunden vor Sonnenaufgang in den Kessel zurück. Diesmal jedoch war kein Wild gefangen worden. Stattdessen schleppten sie die toten Vulgs aus dem südlichen Eingang der Schlucht heran, diejenigen, die mit der Schneebrücke abgestürzt waren. Sie schlachteten sie, und die überlebenden Vulgs waren ebenso begierig darauf, frisches Fleisch zu bekommen, wie die anderen.

Erneut tauchte eine dunkle Gestalt in einer Höhle auf der gegenüberliegenden Seite auf; es war eine Höhle, die Riatha sich sehr gut gemerkt hatte.

Eine Stunde später kamen auch die Rûpt von der östlichen Flanke der Schlucht herunter und verteilten sich in den Spalten und Ritzen. Riatha zählte den Feind. Es waren immer noch siebenundzwanzig Rucha und Loka, aber nur noch sechs Vulgs. *Zwei Vulgs stürzten mit der Brücke in den Tod, und fünf sind den Hang hinaufgelaufen und der falschen Fährte gefolgt. Sechs sind unten, das sind alle. Wenn die fünf noch nicht zurückgekehrt sind, wird der Bann sie vielleicht auf dem Weg hierher überraschen!*

Es verging eine weitere Stunde, und in den letzten Augenblicken, bevor die Sonne über die Berge kroch, tauchte ein einzelner Vulg am Nordeingang der Schlucht auf. Er humpelte etwas, am Vorderlauf offenbar verletzt, und verschwand in einer Höhle unter der, in der auch Stoke gestanden hatte. *Kann das einer der fünf gewesen sein? Wenn ja, sind vier nicht zurückgekehrt. Vielleicht sind sie einer größeren Beute begegnet, als sie erlegen konnten.*

Riatha blieb in der Höhle, bis die Sonne aufging. Die anderen vier Vulgs waren nicht aufgetaucht. *Hoffentlich sind sie alle verreckt!*

Sie betrachtete die Felswand über sich und kletterte dann zum Rand hinauf. Die Brut hatte den Schnee platt getrampelt. Riatha hielt sich in ihren Spuren, während sie durch den Wald ging und sich davon überzeugte, dass die Vulgs tatsächlich den Hang hinaufgelaufen waren und denselben Weg genommen hatten, den auch Faeril gegangen war. Vor Furcht schlug Riathas Herz heftig. *Lass sie in Sicherheit sein. Gib, dass alle in Sicherheit sind.*

Erneut wehte ein eisiger Wind aus südlicher Richtung, und der Himmel verfinsterte sich, als sich die Wolken zusammenzogen. Riatha wusste, dass diese Bewölkung einen weiteren Sturm ankündigte.

Sie ging zurück zum Rand der Schlucht, nach Norden, und suchte die Stelle auf, wo sie am Tag zuvor ein Feuer gemacht hatte. Ihr Wasserschlauch war leer, sie musste ihn neu füllen. Zudem musste sie sich erleichtern und wollte keine frischen Spuren hinterlassen. *Sollen sie doch glauben, dass diese Füchsin verschwunden ist und nicht noch hier herumläuft.*

Nachdem sie den Wasserschlauch gefüllt hatte, verbrachte die Elfe den Tag damit, Kiefernnüsse zu sammeln und ihre Spuren mit einem Kiefernzweig zu verwischen. Sie ruhte in dem Versteck zwischen den Felsen, wo sie das Feuer gemacht hatte, weil sie am Rand der Schlucht so wenig Geruch hinterlassen wollte wie möglich. Sie hatte beschlossen, noch eine Nacht auf die Rückkehr ihrer Gefährten zu warten. Sollten sie morgen nicht auftauchen, würde sie Stoke allein angreifen.

Am Nachmittag vergrub sie alle Anzeichen ihrer Gegenwart und machte sich auf den Weg, erst zur Spur der Brut und danach weiter zum Rand der Schlucht hoch über dem Kessel. Während sie ausschritt, stieß sie ab und zu das leise Zirpen eines arktischen Schneehuhns hervor.

Als sie sich dem Rand der Schlucht näherte, hörte sie das Zwitschern eines anderen Schneehuhns; sie grinste, und ihre Beine fingen wie von selbst zu laufen an.

19. Kapitel

WIEDER VEREINT

Frühlingsanfang, 5E988
[Gegenwart]

Gwylly wischte sich die Tränen aus den Augen und nahm Faerils Hand in die seine. »Weine nicht, meine Dammia. Sicher hat Riatha einen Weg gefunden, die Brut zu überlisten.« Trotz seiner zuversichtlichen Worte schlug Gwyllys Herz heftig, denn er wusste nicht, wie jemand den vereinten Kräften von Vulgs und Rukhs entkommen sollte. *Doch halt! Uns ist das vor drei Nächten auch gelungen ... War das wirklich erst vor drei Nächten? Mir scheint es, als wären wir diese Felswand vor einer Ewigkeit hinaufgeklettert.*

Urus blickte von der Fährte hoch, neben der er kniete. »Die hier sind verwischt und führen in beide Richtungen. Und von Riatha sehe ich gar keine Abdrücke.«

»Vermutlich sind sie unter den Spuren der Rûpt zugedeckt«, stieß Aravan grimmig hervor.

Urus stand auf und streifte seinen Rucksack ab. »Aravan, Ihr geht mit Toml... mit Gwylly nach Norden. Ich suche mit Faeril den Süden ab.« Der Baeron warf einen Blick in den bewölkten Himmel. »Wir haben nur noch wenig Zeit, bis es dunkel ...«

Urus verstummte, als der Elf seine Hand hob und Schweigen gebot. Dann legte Aravan den Kopf auf die Seite und lauschte. Er drehte sich nach Norden herum und stieß ein leises Zirpen aus.

Dem augenblicklich ein anderes Schneehuhn antwortete.

Gwyllys Miene leuchtete auf, als er verstand. Also drehte er sich zu Faeril herum. Doch die Damman war bereits nach Norden losgelaufen und streifte dabei ihren Rucksack ab. Gwylly folgte ihr, wobei er sich ebenfalls seines Gepäcks entledigte. Urus war verblüfft. Aravan warf ihm einen Blick zu. Der Elf wirkte nicht mehr grimmig, sondern lächelte. »Das Schneehuhn. Es ist Riatha.« Er drehte sich wieder herum. *Chrrrk!*

Wieder ertönte sofort die Antwort.

Urus senkte den Kopf, holte tief Luft und atmete dann langsam wieder aus. Als er den Kopf hob, glitzerten seine Augen.

Etwas weiter entfernt umschlang Faeril eine kniende Riatha mit beiden Armen. »Ich dachte, Ihr wärt tot, Riatha. Ich dachte, Ihr wärt tot.« Faeril weinte ungeniert.

Riatha nahm auch Gwylly in die Arme. »Ah, meine Kleinen. Eine Weile hielt ich mich ebenfalls für verloren. Aber am Ende konnte ich ihnen entkommen.

Und jetzt, Gwylly, müsst Ihr mir erzählen ...« Riathas Stimme verklang, denn Aravan kam auf sie zu, gefolgt von jemandem, den sie für immer verloren zu haben glaubte. Sie löste sich von den Wurrlingen und stand auf. Ihr Herz hämmerte wie wild. Langsam ging die Elfe auf die beiden zu, und in ihren silbergrauen Augen funkelten ungeweinte Tränen. Schließlich standen sie voreinander. Urus schlang seine großen Arme um sie, drückte sie fest an sich. Und sie klammerte sich an ihn, barg ihr Gesicht an seiner Brust und weinte leise.

Aravan sah bestürzt zu.

Riatha streckte den Arm aus. »Dort. In der dunklen Höhle, deren Eingang wie das Fenster einer Kathedrale geformt ist.

Etwa dreißig Meter über dem Boden. Dort stand Stoke die beiden letzten Nächte im Schatten.«

Die fünf befanden sich auf dem westlichen Rand des Kessels und spähten in die Richtung, in die Riatha wies. »Wir können uns von dem Rand herunterlassen und ihn angreifen.«

Gwylly sah die Elfe an. »Wie weit ist es zu einem Ort, von dem aus wir hinüber können?«

»Einen halben Werst«, antwortete Riatha. Die Elfe warf einen Blick in den Himmel. »Aber heute schaffen wir das nicht mehr, Gwylly. Nicht heute Abend. Wir wissen nicht, was uns hinter dieser Öffnung erwartet, eine einfache Höhle oder ein Labyrinth. Und wir haben nicht mehr genug Zeit, ein Labyrinth zu erkunden, und auch nicht genug Licht, bevor es Nacht wird und die anderen ihm helfen können.

Aber ich habe einen Plan. Hört, in den Stunden vor Tagesanbruch schickt Stoke die Brut weg in ihre Spalten und Ritzen, die sich über die Felswände erstrecken. Dann ist er verwundbar, denn sollte ihn jemand am Tag angreifen, können ihm seine Wächter nicht zu Hilfe eilen, auch wenn er sie ruft. Sie können wegen des Bann die Dunkelheit ihrer Löcher nicht verlassen und den Kessel durchqueren, solange Adons Licht am Himmel steht.

Also rate ich Folgendes: Wir warten bis zum Morgengrauen und greifen Stoke bei Sonnenaufgang an, fangen die Viper in ihrem eigenen Bau. Dann haben wir genug Zeit, nach ihm zu suchen, ganz gleich, ob sein Schlupfwinkel ein verwirrendes Labyrinth oder eine einfache Höhle ist.«

Aravan nickte zustimmend. »Ich will diesen Mann mit den gelben Augen sehen, und ich wünschte auch, wir würden jetzt handeln und nicht erst morgen früh. Aber Euer Plan ist klug, Dara, und ich folge Euch.«

»Was ist mit heute Nacht?«, wandte Gwylly ein. »Wohin gehen wir? Wo verstecken wir uns?« Der Bokker deutete auf die Spuren der Brut. »Wir können nicht einfach hier draußen bleiben, jedenfalls nicht auf dieser Klippe. Es ist ganz offensichtlich, dass die Rukhs und ihresgleichen letzte Nacht hier waren, und sie werden sehr wahrscheinlich wiederkommen. Also, was machen wir mit ihnen?«

Riatha blickte in den Himmel. »Auch wenn sich wohl ein Sturm zusammenbraut und alle Spuren unserer Anwesenheit verwischen wird, können wir uns nicht auf das Wetter verlassen. Bevor wir uns jedoch verstecken, müssen wir eine falsche Fährte legen, eine, der die Brut heute Nacht folgen soll. Denn ich glaube, Ihr habt recht, Gwylly, sie werden heute wieder hierher kommen und weiter nach mir suchen.

Aber wenn sie das tun, werden sie uns nicht finden, weil wir uns in einer der Höhlen der Rûpt verbergen, dort, wo ich gestern die Nacht verbracht habe.«

Faeril sah sie erstaunt an. »Ihr habt die letzte Nacht in den Höhlen verbracht? In diesen Höhlen?«

Riatha lächelte. »Ja, in einer, die sie nicht benutzen. An welchem Ort sonst würden sie nicht suchen?«

Aravan lachte, als er den Rucksack zuzog, den sie als Reserve mitgenommen hatten, und der jetzt einen Teil der Vorräte enthielt. »Wo sonst, wahrhaftig!«

Riatha trat zu dem Rucksack. »Kommt, lasst uns die Spur für die Rûpt legen, und ich erzähle Euch unterwegs von meinem Abenteuer.«

Nachdem sie ihren Rucksack geschultert hatte, drehte sich Faeril zu der Elfe um. »Eine falsche Spur, sagt Ihr, Riatha? Lasst mich Euch erzählen, was ich getan habe, um die Brut zu narren.« Faeril kicherte, als sie sich an ihre Vision erinnerte, wie die Rukhs und ihresgleichen eine Geheimtür im soliden Fels suchten. »Vielleicht können wir den Trick hier ebenfalls anwenden.«

Riatha hob fragend eine Braue.

Wieder kicherte die Damman, wurde dann jedoch ernst. »Ich meine Folgendes: Lasst uns erst ein paar Kiefernzweige abschneiden und dann neben der Spur zurückgehen, die wir auf dem Weg vom Kloster hierher gemacht haben. Wir müssen darauf achten, nicht in unsere alten Fußspuren zu treten. Etwa eine Meile von hier kommen wir an einer Fläche von blankem Fels vorbei. Wir gehen noch eine viertel oder halbe Meile weiter, jetzt aber auf unserer Spur vom Kloster. Dann halten wir an, gehen zurück und verwischen alle Spuren, die zum Kloster hin und davon ausgehend hierher führen, und verhindern so, dass die Brut dorthin will. Wenn wir den blanken Fels erreichen, verwischen wir unsere Spuren nicht mehr, und treten aus unserer Spur zu dem Fels heraus. Das erweckt den Eindruck, als gäbe es dort eine Geheimtür. Dann legen wir eine Spur von dem Fels zu unserer ursprünglichen Spur, und treten in unsere Abdrücke auf dem Weg hierher.

Nur Ihr müsst bei der Rückkehr eine neue Spur machen, Riatha, während wir in unsere Spuren treten, denn Ihr wart ja nicht bei uns, als wir vom Kloster kamen.

Jetzt stellt Euch vor, wie das auf die Brut wirken muss. Wenn wir sorgfältig vorgehen, werden sie nicht sagen können, welche Spuren wir zuerst gemacht haben, also werden sie glauben, dass wir aus einer Geheimtür gekommen sind, die von dem Fels verborgen wird, dass wir zum Kessel gegangen sind, uns umgesehen haben und dann wieder zu der Geheimtür zurückgegangen und durch dieselbe verschwunden sind.

Vielleicht klopfen sie ja sogar höflich an.«

Alle lachten schallend, und Riatha klatschte in die Hände. »Hai! Also haben wir noch eine kluge Füchsin in unserer Gruppe!«

Die fünf setzten Faerils Plan in die Tat um, entfernten sich vom Kessel und gingen neben ihrer Spur her, wobei sie darauf achteten, nicht hineinzutreten.

Einer nach dem anderen ließen sie sich von dem gebeugten Baum ab und schwangen sich in die Öffnung der Höhle hoch über dem Boden des Kessels. Sie hatten ihre falsche Spur gelegt und waren zu der Klippe über dem Kessel zurückgekehrt. Es war Abend, die Bewölkung hatte zugenommen, und es hatte zu schneien begonnen. Der Wind heulte um die Berge, von Süden nach Norden, durch das Tal zwischen den Gebirgen, fegte über die Schlucht und den Kessel und noch weiter. Die fünf jedoch waren jetzt in der Höhle hoch in der steilen Westwand des Kessels und wurden von der Dunkelheit darin verschluckt. Außerdem schützte sie die Höhle vor dem Sturm.

Gwylly und Faeril waren, als Kleinste, ganz nach hinten gerutscht, fast bis zu der Stelle, an der Decke und Boden zusammenliefen. Bevor sie sich hinsetzte, untersuchte Faeril den schmalen Spalt am Ende der Höhle. Sie konnte sich hindurchzwängen und stellte fest, dass er sich noch tiefer in die Finsternis wand. Aber sie erforschte ihn nicht weiter.

Aravan hatte die Kapuze übergezogen und sein Gesicht mit einem Schal bedeckt, lag am Eingang der Höhle und hielt Wache.

Urus saß zwischen dem Elf und den Wurrlingen auf einer Seite der Höhle, den Rücken an die Wand gelehnt. Riatha saß an der anderen, ebenfalls angelehnt.

Sie warteten.

Riatha blickte Urus an. Der Baeron lehnte an dem Felsen, hatte die Augen geschlossen und ruhte sich aus. Er war ein Hüne von einem Mann, gut drei Handbreit größer als Aravan, mit breiten Schultern, einer schmalen Taille und schmalen Hüften. Seine Kraft war ungeheuerlich. Er trug einen kurz geschorenen Vollbart aus rotbraunem Haar, das an den Spitzen heller war, grauer, und sein Haar wies dieselbe Farbe auf. Obwohl seine Augen geschlossen waren, kannte sie doch ihre Farbe: ein dunkles Bernsteingelb. Er trug dunkelbraune Kleidung, mit Fell gefütterte Stiefel und ein ebensolches Wams. Von seinem Gürtel baumelte ein Morgenstern herab, dessen mit Stacheln besetzte Kugel mit einer Kette und Schlingen an dem eichenen Schaft befestigt war. Um seine Schultern hatte er einen dicken, braunen Umhang geschlungen. Er sah genauso aus, wie sie sich an ihn erinnerte. Er war Urus.

Während sie seinen Anblick in sich aufsaugte, glitten die Gedanken der Dara in die Vergangenheit zurück, weit, weit zurück. *Ach, Reín, meine Mutter, du hast mich vor langer Zeit in Adonar gewarnt, als du sagtest: ›Liebe nie einen sterblichen Mann ... es wird dir das Herz brechen.‹ Oh, Mutter, vielleicht ist es das Schicksal von Töchtern, in den Fußstapfen ihrer Mütter zu wandeln. Du und dein Evian, ich und mein Urus ... Adon weiß, dass ich diesen sterblichen Mann liebe. Aber ich kann es ihm nicht sagen, denn ich könnte es nicht ertragen, die Qual in seinen Augen zu sehen, wenn er altert, ich aber nicht.*

Draußen stöhnte und ächzte der Wind. Urus rührte sich, schlug seine bernsteingelben Augen auf und fand sofort Riathas silbernen Blick.

20. Kapitel

URUS

4E1911 bis 5E988
[Etwa das letzte Jahrtausend]

»Oi!«, rief Beorc. »Hast du das gehört?«

Uran neigte den Kopf und lauschte, doch er hörte nur das Rauschen des Windes, der durch die zerklüfteten Klippen des Grimmwall pfiff. Dann aber ertönte der ferne Schrei erneut. »Klingt wie ein verirrtes Bärenjunges.«

»Stimmt«, antwortete Beorc.

Uran schulterte seine Ausrüstung. »Bleibt uns nichts anderes übrig als nachzusehen, ob es ihm gut geht.«

Beorc schulterte ebenfalls seine Ausrüstung. »Aber pass auf, Uran. Das Muttertier ist vielleicht in der Nähe.«

Uran nickte und ging voran. Die beiden Männer stiegen höher in die Klippen hinauf.

Wieder ertönte der Ruf. »Dieser Schrei ist unverwechselbar«, knurrte Uran, während die beiden Männer den Hang erkletterten. »Es ist ein Bärenjunges, denn kein anderes Tier schreit so. Und zwar eines, das in der Klemme steckt, wenn meine Ohren mich nicht täuschen.«

Die Männer kletterten in den Bergen westlich der Insel Delon, im Fluss Argon. Sie hatten nach Fährten der Brut gesucht, denn ihnen waren Gerüchte zu Ohren gekommen, dass der Grimmwall wieder ein gefährlicher Ort geworden war. Die Wrg aber hatten noch nicht mit ihren Überfällen begonnen; es schien, als warteten sie auf ein Zeichen oder einen Anführer. Modru sollte sich angeblich in seinem Exil in der Ödnis befinden, und zwar seit dem Großen Krieg vor etwa neununddreißighundert Jahren. Gyphon war an einen Ort unter den Sphären verbannt, und zwar ebenso lange. Bisher war niemand in der Lage gewesen, die gesamte Nation der Brut zu sammeln, weshalb das Auftauchen so vieler von ihnen hier im Grimmwall zu dieser Zeit ein großes Rätsel war. Aus diesem Grund waren die Baeron im Frühling aus dem Großen Grünsaal gekommen und hatten sich auf der Insel Delon in den klaren Wassern des Argon niedergelassen. Von dort aus schickten sie Kundschafter in die Berge, um die Bewegungen der Wrg zu kontrollieren.

Die beiden Brüder Uran und Beorc, in unterschiedliche Brauntöne gekleidet, waren zwei von diesen Spähern. Wie alle Männer der Baeron waren sie groß und muskulös. Uran, der ältere, maß mehr als eins achtzig und wog etwas über hundert Kilo. Beorc, der jüngere, war vielleicht einen Zentimeter kleiner und brachte etwas weniger auf die Waage, ungefähr fünfundneunzig Kilo. Beide hatten braune Augen und dunkelbraunes Haar; Uran trug einen Bart, sein Bruder war glatt rasiert. Uran war mit seinen vierundzwanzig Jahren bereits verheiratet, Beorc, der einundzwanzig Jahre zählte, noch nicht.

Jetzt kletterten sie im Licht der Spätsommersonne an diesem frühen Morgen in die Berge, um nachzusehen, was einem Bärenjungen fehlte, einem Jungen, das jämmerlich um Hilfe schrie. Dass diese Männer dies taten, war nicht weiter verwunderlich, denn Bären waren für die Baeron etwas ganz Besonderes, Bären und Wölfe. Einige Leute meinten, es gäbe ein mystisches Band zwischen den Baeron und diesen wilden Tieren. So mancher verstieg sich gar zu der Behauptung, die Baeron könnten mit Wölfen und Bären reden. Die eigentliche Wahrheit, die dahinter steckte, kannte kaum jemand, und ganz genau wusste es gar keiner.

Wieder ertönte der klagende Ruf.

»Da oben.« Beorc streckte die Hand aus. »Kein Junges, aber ein Bär.« Uran sah in die Richtung, in die sein Bruder deutete. Und tatsächlich, am Rand eines mit Geröll übersäten Vorsprungs lag die Gestalt eines großen Bären.

Sie kletterten weiter. »Ein Fuchs!«, rief Uran. »Nein, zwei! ... Drei sogar.«

Sein roter Pelz, der in der Sonne leuchtete, verriet den Fuchs, der hastig zwischen den Steinen davonhuschte.

Uran blieb staunend stehen. »Bei Adon! Ich traue meinen Augen nicht. Einen Moment lang dachte ich, ich hätte ...!« Er verstummte nachdenklich und kletterte dann weiter.

»Was?« Aber Beorc bekam keine Antwort auf seine Frage.

»Ganz gleich, was du gesehen hast, Uran«, fuhr er dann fort. »Füchse können keinen ausgewachsenen Bären zur Strecke bringen, ganz gleich, ob es eine Bärenmutter oder ein männlicher Bär ist.«

Das Heulen des bestürzten Jungen schien ganz aus der Nähe zu kommen.

»Vielleicht sind sie ja hinter dem Jungen her gewesen«, sagte Uran und kletterte weiter hinauf.

»He, sieh nur!« Uran deutete den Hang hinauf, wo ein anderer getöteter Bär zu liegen schien.

Beorc hob prüfend die Hand in den Wind. »Pass auf, Uran. Der Wind weht in unsere Richtung. Vielleicht schlafen sie nur; ich möchte sie nur ungern erschrecken.«

Uran nahm den Morgenstern von seinem Gürtel. »Hier stimmt was nicht, Beorc.«

Während Beorc seine eigene Waffe zur Hand nahm, kletterten die beiden Männer weiter, nun jedoch langsamer und wachsamer.

Schließlich erreichten sie den Vorsprung mit den getöteten Bären. Jetzt sahen sie, dass es vier waren. Alle waren tot, mit Pfeilen gespickt. Die Bären lagen vor einer niedrigen Öffnung auf dem steinigen Hang.

Aus der im nächsten Augenblick das Geheul des verzweifelten Jungbären drang.

Vorsichtig rückten die Männer näher. »Sieh doch!«, zischte Uran. »Rüstungen, Waffen.«

Auf dem flachen Vorsprung lagen Waffen verstreut, die Zeugnis davon ablegten, dass hier offenkundig ein Kampf stattgefunden hatte. Kettenhemden, Helme, Krummsäbel, Bögen, Pfeile, Stiefel und Kleidung, alles weggeworfen, so schien es jedenfalls.

»Verflucht!«, stieß Beorc hervor, hob einen der Pfeile auf und schob die Kleidung mit dem Fuß auseinander. Er fand Asche und Staub. »*Forbaner* Wrg! Kein Wunder, dass es keine Leichen gibt.«

Wieder ertönte das Heulen.

Uran untersuchte einen der gefallenen Bären. Das Tier war von den Pfeilen mit den schwarzen Schäften und Federn in derselben Farbe förmlich gespickt. »Das ist Rutch-Werk! Wenigstens haben sie das Junge nicht bekommen.

Warte eine Weile, Beorc, bis der Wind unseren Geruch in die Höhle trägt. Vielleicht kommt das Junge heraus, wenn es riecht, wer wir sind.«

Beorc hockte sich hin und fuhr mit dem Pfeil durch die Asche. »Was ist das denn?«

Er hielt einen winzigen Pfeil hoch, der höchstens zehn Zentimeter lang war. Seine Spitze war dunkel, als wäre sie in etwas getränkt worden. Beorc hütete sich davor, sie zu berühren, und reichte Uran den winzigen Schaft. »Pass auf die Spitze auf. Vielleicht ist sie vergiftet.«

Während Uran den Pfeil untersuchte, überprüfte Beorc die Reste der anderen Rutcha, deren Leichen in der Sonne zu Asche zerfallen waren. »Ha!«, knurrte er, »hier ist noch einer. Und noch einer. Was für ein Bogen ...?«

»Waaa!« Tonfall und Tenor der Stimme des Bärenjungen veränderten sich dramatisch, sie wurde höher, weniger heiser und klagender. *»Waaah!«*

Uran sprang auf. »Das ist kein Bärenjunges«, knurrte er und trat an den niedrigen Eingang der Höhle. Vorsichtig griff er hinein. »Allerdings, gar kein Bärenjunges. Sondern ein winziges Bürschchen!«

Uran wandte sich zu Beorc um. In seinen Armen hielt er ein klagendes Kind, das höchstes acht Monate alt war. Es war ein Junge, und er war splitternackt.

Beorc ließ den winzigen Pfeil fallen, zog seinen Umhang aus und reichte ihn Uran, damit er das Kind darin einwickeln konnte. »Du hast gute Lungen, Menschlein«, sagte Uran unter dem Geheul des Kindes, während er es in den Umhang wickelte.

Beorc hockte sich hin und spähte in die dunkle Höhle. Sie war nur ein flaches Loch. »Kein Bärenjunges. Hier jedenfalls kann sich keines verstecken.«

Während Uran den Kleinen sanft wiegte und ein wortloses Lied brummte, untersuchte Beorc die toten Bären, betrachtete dann den Hang und versuchte, die Spuren zu lesen.

Als er zurückkam, schlief das Kind. Uran wiegte es immer noch. »Und?«

Beorc hob die winzigen Pfeile. »All dies sind männliche Bären. Es gibt kein einziges Bärenweibchen unter ihnen. Und dass Bären zusammen reisen ... das ist doch unnatürlich!

Die Spuren jedenfalls beweisen, dass sie von dem Bergsattel dort oben gekommen sein müssen, vier Bären und ein Junges. Verstehst du mich, Uran? Ich sagte, dass Bären, vier von ihnen, mit einem Bärenjungen gekommen sind. Und das ist noch nicht alles. Sie wurden von Füchsen begleitet, von dreien, vielleicht auch von vieren. Die Spuren jedenfalls besagen, dass die Füchse gemeinsam mit den Bären gewandert sind!

Die Rutcha haben ihnen aufgelauert. Als sie angriffen, ist das Junge in die Höhle gekrabbelt, und die Bären haben sich davor aufgebaut.

Ob die Wrg von den Bären umgebracht wurden«, Beorc hob die winzigen Pfeile hoch, »oder von denen hier, das weiß ich nicht. Adons Bann hat alle Beweise in Asche verwandelt.

Dass die Rutcha Bären aus dem Hinterhalt angreifen, ist jedenfalls nicht verwunderlich, denn die Brut liebt solche Gräueltaten. Aber eines frage ich dich, Uran: Warum sollten die Bären gemeinsam wandern? Und warum sollten sie auch noch ein Bärenjunges dulden? Warum waren Füchse bei ihnen? Wer hat diese Pfeile abgeschossen. Und wo ist das Bärenjunge geblieben?

Die einzige Antwort, die mir darauf einfällt, ist ... ist ...«

Uran sprach weiter. »Ist gefährlich merkwürdig, ja. Also, Beorc, zu deinen vier Fragen kann ich sagen: Ich glaube, dass Füchse bei den Bären waren, weil sie von denen geritten wurden, die die Pfeile abgeschossen haben: Die Verborgenen, in diesem Fall die Fuchsreiter. Und genau das glaubte ich auch auf dem Rücken des Fuchses gesehen zu haben, als wir hinaufgeklettert sind: eine winziges Gestalt, die rittlings auf dem Tier saß, es war ein Fuchsreiter.« Beorcs Augen weiteten sich bei Urans Erklärung, denn auch wenn die Antwort seines älteren Bruders seinen eigenen Vermutungen Ausdruck verlieh, war es eine Sache, eine Schlussfolgerung zu ziehen, sie bestätigt zu bekommen aber eine andere. Doch er blieb stumm.

»Ich glaube«, fuhr Uran nach einer Weile fort, »dass die Bären und die Fuchsreiter das Bärenjunge begleitet haben und es in Sicherheit bringen wollten, oder zu seinem Stamm.«

Beorc blickte über die Schulter den Hang hinauf, als erwarte er, dass sie selbst gerade beobachtet wurden. Dann drehte er sich zu seinem Bruder herum. »Und das Bärenjunge?«

Uran seufzte und blickte auf das schlafende Kind in seinen Armen herunter. »Was das betrifft, Beorc, so glaube ich, ich halte eben dieses Bärenjunge in meinen Armen.«

Während sie warteten, durchsuchte Beorc die Asche der Brut und sammelte die winzigen Pfeile auf. Er achtete sorgfältig darauf, die dunkle Schmiere an den vergifteten Spitzen nicht zu berühren. Er legte die winzigen Schäfte in einer Reihe auf einen flachen Felsen. »Sie werden sie wiederhaben wollen, denke ich.«

Die Sonne stieg ihrem Zenit entgegen. Uran saß im Schatten eines großen Felsbrockens und wiegte das Kind. »Er ist erschöpft, Beorc.«

»Vielleicht sind sie ja die ganze Nacht gewandert.«

Uran nickte.

Beorc setzte sich neben seinen Bruder. »Wenn die Fuchsreiter körperlich ebenso aufgebaut sind wie wir, dann können sie, der Länge dieser Pfeile nach zu urteilen, kaum größer sein, als mein Fuß lang ist.«

Uran grinste. »Ein kleines Volk, aber ein großer Fuß.«

Beorc lachte bellend, verstummte jedoch sofort, denn er wollte das Kind nicht wecken. Das schlafende Kind bewegte sich zwar, wurde jedoch nicht wach.

Schließlich stand Uran auf. »Sie wollen ihn offenbar nicht holen.«

Beorc sah zu seinem älteren Bruder hoch. »Du willst ihn mitnehmen?«

»Ja, wir können ihn doch nicht hier lassen.«

Beorc nickte und stand auf. »Gehen wir. Da bringen wir aber eine schöne Überraschung mit ins Lager.«

Uran sah das Kind an. »Nur vorübergehend, Beorc. Ich habe vor, Niki zu überraschen.«

Beorc sah ihn erstaunt an. »Du willst den Kleinen zu deiner Frau bringen?«

»Ja.«

Beorc schüttelte verblüfft den Kopf, kletterte den Vorsprung hinab und streckte die Hände aus. Uran reichte ihm das Kind und folgte ihm. Auf diese Weise gingen sie den Hang hinab, reichten sich, wenn sie einen Vorsprung überwinden mussten, gegenseitig das Kind.

Ab und zu warfen sie einen Blick zurück, den Hang hinauf, und nach einer Viertelmeile meinte Beorc leise: »Hola, Bruder, sieh dir das an!«

Uran hielt das Kind sorgfältig fest und drehte sich um.

Hoch oben auf dem flachen Vorsprung standen fünf Füchse und blickten zu ihnen hinab.

»Du sagst, die Verborgenen hätten ihn uns gegeben?«

»Ja, Niki«, antwortete Uran. »Das haben sie getan.«

Niki beugte sich über den Jungen und löffelte ihm warme Milch in den Mund.

»Sie sind uns den ganzen Weg über gefolgt«, mischte sich Beorc ein. »Durch die Wälder, durch die Schatten des Großen Grünsaals. Jeden Tag, fünf Tage lang ... bis wir hierher ins Dorf gekommen sind.«

»Und womit habt ihr ihn diese fünf Tage gefüttert?«

»Mit gründlich durchgekauten Mahlzeiten, Liebste«, antwortete Uran. »Ich habe meine Lektion von den Wölfen gelernt.«

»Vergiss den Beerensaft nicht«, fügte Beorc hinzu.

Niki sah zu den Männern hoch. »Kein Wunder, dass sein Magen durcheinander kam. Aber ihr konntet wohl nichts anderes tun.

Und einen Namen hat er bestimmt auch noch nicht, oder?«

»Bärchen!«, sagten beide Männer gleichzeitig.

»Bärchen? Was ist das denn für ein Name für ein Kind?« Niki löffelte dem Kleinen mehr Milch in den Mund. Dieser grinste die Frau über das ganze Gesicht an und streckte seine kleine Faust aus, um in ihr rotbraunes Haar zu greifen. Niki erwiderte das Lächeln, und das Kind lächelte. Seine bernsteinfarbenen Augen funkelten.

»Er wird Urus heißen, nach eurem Großvater.«

Damit war die Sache erledigt, obwohl Beorc und Uran ihn häufig Bärchen riefen.

Urus war ein fröhliches Kind, und er gedieh unter Nikis und Urans Obhut prächtig. Er entwickelte sich schnell, schien über Nacht vom Krabbeln zum aufrechten Gang zu kommen und ebenso schnell vom Plappern zum Sprechen überzugehen. Doch wenn Niki und Uran zurücksahen, wurde ihnen klar, dass derweil der Winter vergangen war. Ein weiteres Jahr verstrich, dann noch eines; Urus lief mit anderen Kindern durch den Wald, spielte in den belaubten Hallen des Großen Grünsaals. Er war für sein Alter ein großes Kind.

Als er etwa vier Jahre alt war, ertönte lautes Gebrüll in der Mitte der Lichtung. Der Junge stieß die Fensterläden auf und blickte hinaus. Über den sonnenüberfluteten Anger wanderte ein großer Bär. In seinem Weg stand Niki, mit einem Wassereimer in der Hand. Sie war ganz ruhig.

Niki hatte keine Angst, denn Bären und Baeron hegten schon lange gegenseitigen Respekt. Aber sie war doch erstaunt, als plötzlich ein Bärenjunges aus ihrer Kate stürmte, laut jubelte und über das Gras auf den Bär zurannte. Dieser hob seine Schnauze und schnüffelte in der Luft, hockte sich dann auf die Hinterbeine und wartete. Der junge Bär stürmte heran und warf ihn einfach um. Dabei knurrte das

Bärenjunge schrill, während der ältere Bär tief brummte, als sie in einem gespielten Kampf auf dem Rasen herumrollten.

Niki lachte, als sie das sah, denn noch nie hatte sie miterlebt, wie ein Bär mit seinem Jungen spielte. Es war sogar allgemein bekannt, dass männliche Bären manchmal die Jungen verletzten, wenn diese von ihren Müttern nicht energisch beschützt wurden. Diese beiden jedoch bildeten eine Ausnahme von dieser Regel.

Das Junge jaulte, der Bär knurrte, und das ganze Dorf versammelte sich neugierig um den Anger, um zuzusehen. Schließlich stand der Bär auf, schüttelte sich, das Junge folgte seinem Beispiel, und dann schlenderten sie zusammen in den Wald.

»Was soll das heißen, es war Urus?« Nikis Frage schien die ganze Kate zu erfüllen.

Uran goss Öl in die Lampen. »Liebste, es gibt da etwas, das ich dir nicht erzählt habe, als wir damals Urus gefunden haben.« Er drückte den Stopfen auf den Krug und stellte ihn weg.

»Was? Was hast du nicht erzählt?«

Uran kletterte unter das Bett und beförderte seinen Morgenstern zutage. »Ich habe jetzt keine Zeit, es dir zu erzählen. Erst muss ich ihn finden. Es wird Nacht, und er ist da draußen, mit einem Bär oder vielleicht auch allein.« Er hakte die Waffe an seinen Gürtel.

»Ich komme mit.«

»Ach Niki, da draußen läuft ein großer Bär herum, und wenn der wütend wird ...«

»Ich sagte, ich komme mit!« Ihr Tonfall duldete keinen Widerspruch.

Niki warf sich ihren Umhang über die Schulter und nahm eine Laterne vom Tisch.

Uran atmete gereizt aus. »Also gut, gehen wir.«

Uran ging, gefolgt von Niki, zur Tür und öffnete sie.

Vor ihm stand Urus, der soeben auf die Schwelle der Kate getreten war. »Wohin gehen wir, Papa?«, fragte er mit seiner kindlichen Stimme.

Ihr Schaukelstuhl knarrte sanft, während Niki sich langsam wiegte und den kleinen Urus in den Armen hielt. Das Kind schlief. »Es stört mich nicht, wenn er ein Verfluchter ist. Ich liebe ihn trotzdem. Auch wenn er nicht von unserem Blut ist, er wird immer mein Kind sein, mein Kind ... Unser Kind.

Ach Uran, selbst wenn du mir das am ersten Tag gesagt hättest, als du ihn nach Hause gebracht hast, wir hätten ihn doch behalten. Wir hatten ja keine eigenen Kinder, obwohl Adon weiß, dass wir es versucht haben«, Niki lächelte, »und es noch immer tun.«

Sie betrachtete in dem flackernden Licht der Kerzen Urus' Gesicht und strich ihm eine Locke seines rötlichbraunen Haares aus der Stirn. »Verflucht oder nicht, wir hätten ihn behalten, denn er ist ein Schatz, ein richtiger Schatz.«

Uran schnitzte an einem Holzblock herum. »Sie wollten ihn dort aufwachsen lassen, wo er die Sitten der Menschen erlernen konnte.«

Niki sah ihren Ehemann fragend an.

»Die Verborgenen, meine ich«, fuhr Uran fort. »Sie haben ihn hierher gebracht, na ja, nicht ganz hierher, sondern zu den Baeron, dessen bin ich sicher.«

Niki sagte nichts. Ihr Schaukelstuhl knarrte, das Messer schnitzte, und nach einem Augenblick sagte sie: »Ich frage mich, wer sein Vater und seine Mutter sind ...«

»Höchstwahrscheinlich sind sie tot«, antwortete Uran. »Sonst hätten sie ihn gewiss selbst großgezogen.«

Der Mann stand auf und legte seine Schnitzerei auf den Kaminsims. Es war zu erkennen, dass es ein Bär werden sollte. »Gehen wir zu Bett, Liebste.«

Als sie Urus auf seine Bettstatt legten, äußerte Uran eine weitere Meinung. »Die Wrg wimmeln im Grimmwall herum. Warum? Das weiß niemand. Ich glaube, dass sie unseren Jungen zum Waisen gemacht haben. Was passiert ist und warum ... das werden wir wohl niemals erfahren. Aber eines ist klar: Jetzt ist dieser Junge keine Waise mehr.«

Sie bliesen die Kerze aus, doch der silberne Mond leuchtete durch das Fenster und zeigte ihnen den Weg in das Bett.

Die Jahre flogen nur so dahin, und Urus wurde allmählich zum Mann. Als er schließlich ausgewachsen war, maß er fast zwei Meter und wog knapp einhundertvierzig Kilo. Dass er sich gelegentlich in einen gewaltigen Bären verwandelte, schien die Baeron nicht weiter zu beunruhigen. Im Gegenteil, wenn Urus seinen Wachdienst im Grimmwall antrat, erwies sich diese Fähigkeit sogar als ein ungeheurer Vorteil. Die Wrg sammelten sich weiter in den Bergen, und in den Nächten gab es viele Scharmützel. Urus war schon als Mann ein gewaltiger Kämpfer, doch als Bär war er geradezu verheerend. Obwohl er häufig verwundet wurde, schienen ihm diese Verletzungen keine dauernden Schäden zufügen zu können, und er heilte ungeheuer schnell. Die Geschichtenerzähler meinten, nur reines Silber konnte seinesgleichen dauerhaft schaden, das oder Sternensilber.

Seine Kühnheit wurde bei der *Zusammenkunft* häufig besungen, dem jährlichen Treffen der Baeron zum Mittsommertag auf der Lichtung im Großwald, im Süden des Großen Grünsaals. Dort wurden Heldengeschichten erzählt und Lieder von Mut und Kühnheit gesungen. Unter diesen

Geschichten fanden sich auch etliche, die von jenem Mann kündeten, der manchmal zum Bären wurde.

Und dennoch war er verflucht, was er auch wusste. Obwohl er sich danach sehnte, eine Frau zu lieben und von ihr geliebt zu werden, hielt er sich von Frauen fern, denn er wollte seinen Fluch nicht an ein Kind weitergeben. Vielleicht wegen seiner Zurückhaltung – oder aber wegen seines Fluches – wagte sich auch keine Frau an ihn heran.

Seine Stiefeltern, Niki und Uran, hatten ihm nie verschwiegen, dass er ein Findelkind war, was ihre Liebe zu ihm ebenso wenig schmälerte wie die seine zu ihnen. Aber auch wenn er glücklich war, hatte sich Urus immer gefragt, woher er eigentlich kam, und war entschlossen, eines Tages seine Wurzeln zu finden, die irgendwo in der Unermesslichkeit jenseits des Grimmwall oberhalb der Insel Delon liegen mussten. Doch die ständigen Kämpfe mit den Wrg hielten ihn davon ab, seinen Plan in die Tat umzusetzen, denn seine Fertigkeiten im Kampf wurden an den Grenzen dringend benötigt.

Er war im Jahr 4E1911 gefunden worden, und dreißig Jahre später, im Jahre 4E1941, wurde er zum Häuptling der Baeron des Grünsaales bis nach Delon ausgerufen. Oh, er war nicht der Häuptling aller Baeron, Rau im Großwald hatte diese ehrenvolle Position inne, aber Urus wurde zum Anführer seines Clans. Als der Rat seine Entscheidung verkündete, umarmte ihn Niki, deren rotbraunes Haar bereits mit grauen Strähnen durchsetzt war. »Dein Vater wird vor Stolz platzen«, meinte sie. Uran war tatsächlich mächtig stolz, umarmte Urus und klopfte ihm auf die Schultern. In dieser Nacht tranken Uran und sein Onkel Beorc, die beide in den Fünfzigern waren, so viel, dass ihnen schlecht wurde.

Die nächsten drei Jahre führte Urus seinen Clan umsichtig und klug. Und dann, eines Nachts ...

Urus und seine kleine Gruppe aus Kriegern waren auf die Überlebenden gestoßen, die in Haven kampierten, der schon lange aufgegebenen Raststation an der Überlandstraße nahe dem östlichen Anstieg zum Crestan-Pass. Der Wegposten bestand nur noch aus zerfallenen Ruinen. Diese Leute hatten zu einem Wagenzug gehört, der versucht hatte, den Pass im frühen Winter zu überqueren. Sie waren vom Schnee überrascht worden und hatten umkehren müssen. In diesem Augenblick hatten die Wrg sie überfallen. Einigen war es gelungen, bis zum Morgengrauen durchzuhalten, aber viele Männer und Tiere waren doch abgeschlachtet worden. Jetzt blieben nur noch Frauen, Kinder und Verwundete übrig. Die Überlebenden waren zu Fuß in diese Ruinen geflüchtet, doch als die Nacht nahte, fürchteten sie einen weiteren Angriff.

Urus und seine Männer kümmerten sich so gut, wie es möglich war, um die Verletzten und stellten dann Wachen am Rand des Lagers auf, als es anfing zu schneien.

Vier Stunden nach Sonnenuntergang ... »Wer ist da?«

»Ich brauche Hilfe! Ich brauche Hilfe! Sie haben meine Frau!« Ein Mann stolperte aus der Dunkelheit, kam aus dem Schneetreiben. Er war groß und hager, in Schwarz gekleidet, mit schwarzem Haar, einer dünnen, geraden Nase und schlanken Händen mit langen Fingern. Seine Haut hob sich weiß gegen den tiefschwarzen Umhang ab, und seine Augen waren gelb.

Sie führten den Mann an das Lagerfeuer der Baeron. »Er kommt aus dem Südwesten, Urus.«

»Urus, seid Ihr der Anführer dieser Männer?«

Urus nickte.

Andere Baeron hatten sich versammelt, und der Mann sprang auf die Reste eines Hüttenbodens, um die Ruine als Bühne zu nutzen. »Ich brauche Hilfe!«, flehte er. »Die *Drik* haben meine Frau entführt.«

»Drik?«, knurrte Urus. »Meint Ihr die Wrg, die Brut?«

»Ja, ja, genau, die Brut. Es waren sechs oder acht. Sie haben meinen Hof angegriffen. Ich bin geflohen. Ich dachte, sie würden mir folgen, aber als ich mich umsah, bemerkte ich, dass sie meine Frau ergriffen hatten. Dann habe ich sie verfolgt. Sie sind in einer Höhle, nicht weit von hier. Kommt mit mir. Oh, Urus, nehmt Eure Krieger und kommt mit. Oder schickt wenigstens ein paar Eurer Männer dorthin.«

Auf dem Nacken sträubten sich Urus die Haare. *Irgendwas stimmt da nicht. Als wenn …*

»Rasch, bevor sie ihr etwas Schreckliches antun.«

Arag wandte sich an Urus. »Schickt mich, Urus. Sie haben doch meine Frau getötet. So könnte ich Vergeltung an ihnen üben.«

Mehr Männer traten vor.

»Wartet!«, rief Urus. »Wir können die Frauen, Kinder und Verwundeten nicht einfach unbeschützt lassen.

Nenn mir deinen Namen, Mann.«

»Béla«, antwortete der Gelbäugige. »Oh, macht aber schnell!«

»Béla, Ihr sagt, es sind sechs bis acht Wrg in der Höhle?« Als der Mann nickte, fuhr Urus fort. »Wir sind dreißig. Arag, such dir acht Männer aus, die mit dir gehen. Der Rest wird hier bleiben und die Wehrlosen verteidigen, falls die Wrg, die die Karawane überfallen haben, den Pass hinunterkommen. Ich werde ebenfalls bleiben, denn wenn die Räuber zahlreich sind, bin ich hier nützlicher.

Und, Arag, gib acht, denn es könnten mehr als nur sechs oder acht sein.«

Arag nickte und wählte neun Freiwillige aus. Nach wenigen Augenblicken waren sie verschwunden, folgten Béla aus dem Lager und in das Schneetreiben hinein.

Die Nacht verstrich, und in den frühen Morgenstunden hörte es auf zu schneien. Der Morgen graute, und während sich die Baeron und die Reisenden der Karawane fertig machten, der Überlandstraße zum Großen Grünsaal zu folgen, betrachtete Urus die Hügel im Südwesten. Er sah nur die weiße, hügelige Landschaft, die sich bis zum fernen Grimmwall erstreckte.

»Wo steckt nur Arag?«, knurrte er, aber niemand antwortete ihm.

Schließlich trat Raff neben ihn. »Sie sind marschbereit, Urus.«

Urus seufzte und kehrte den Bergen den Rücken zu. »Dann lasst uns aufbrechen. Arag und seine Leute sind erfahrene Krieger und können uns folgen, wenn sie so weit sind. Falls Ihnen etwas zugestoßen ist ...«

Raff wartete, aber Urus sprach seine Gedanken nicht aus. »Wenn ihnen etwas widerfahren ist«, fuhr Raff schließlich fort, »dann wird Waroo dafür sorgen, dass wir Arag und die anderen nicht aufspüren können.«

»Richtig«, stimmte Urus ihm zu. Raff sprach von dem Weißen Bären der Legenden, der sich den Weg über die Berge bahnt und Schnee auf das Land darunter bringt. Erneut betrachtete Urus die unberührte Landschaft, die in der Morgensonne glänzte. »Dafür hat Waroo allerdings gesorgt.«

Also brachen sie auf und eskortierten die Überlebenden zum Grünsaal, während Urus von Unruhe getrieben war.

»Drik?« Uran sah seinen Sohn an. »Oh, ich glaube, das ist das Wort der Wrg für ihresgleichen.«

»Ein Wort der Wrg? Du meinst ein Slûk-Wort?«

»Allerdings. Aus der Slûk-Sprache.«

»Verflucht!« Urus schlug seine Faust in die Handfläche. »Verflucht! Ich wusste, dass da etwas nicht stimmte. Dieser Fremde, Béla, falls das sein wahrer Name war, er sagte *Drik*!«

»Wenn er das tat, Sohn, dann weiß nur Adon, was er im Schilde geführt hat. Die Männer, die mit ihm gingen, schweben vielleicht in großer Gefahr. Ich glaube, wir sollten eine Gruppe zusammenstellen und nach ihnen suchen.« Als Urus nickte, fuhr Uran fort: »Ich hole Beorc.«

Zwei Tage später führte Urus erneut eine Gruppe Krieger zu den verlassenen Ruinen von Haven. Auf dem Marsch hatten sie keine Spur von Arag und den neun anderen Baeron gefunden. Es war fünf Tage her, seit Urus hier gewesen war. Drei Tage hatte es gedauert, die Überlebenden in den Schutz des Großen Grünsaals zu begleiten, aber nur zwei Tage, um hierher zurückzukehren. Dennoch, es waren fünf Tage, in denen jenen, die Béla in dieser Nacht gefolgt waren, etwas Schlimmes hatte zustoßen können.

»Er kam aus dem Grimmwall, dieser Béla!«, knurrte Uurs. »Da, aus dem Südwesten. Auch wenn es eine List gewesen sein kann, sollten wir unsere Suche im Südwesten beginnen.«

Urus teilte die Gruppe in vier Züge mit jeweils zehn Mann. Sie fächerten sich über die Ebene auf. Den Rest des Tages über suchten sie, ebenso den nächsten. Am Nachmittag dieses nächsten Tages traf der Zug, der von Beorc geführt wurde, auf Regar, einen der neun. Er floh durch ein kleines Gehölz, rannte von dem dunklen Stein des nahe gelegenen Berges davon. Der junge Mann fiel seinen Rettern in die Arme und weinte bitterlich.

Beorc stieß in sein Widderhorn, und innerhalb einer Stunde hatten sich alle versammelt. Regar, der seine Lippen vor Bestürzung zusammenpresste und dessen Stimme vor Furcht erstickt klang, erzählte Urus seine schreckliche Geschichte.

»… sind wir in die Höhlen gegangen, und Stoke ist es gelungen, uns alle zu betäuben. Wie? Ich glaube, mit Dämpfen. Aber vielleicht hat er es auch anders geschafft. Als wir aufwachten, lagen wir in Ketten, damit er uns für seine … seine …« Regar brach in Tränen aus.

Uran drückte den jungen Mann an sich und sprach leise auf ihn ein, wie zu einem Kind.

»Seine Experimente«, fuhr Beorc an des jungen Mannes Stelle fort. Seine Augen waren hart wie Stein, als er wiederholte, was Regar ihm erzählt hatte. »Er hat sie für seine Experimente benutzt.«

Urus knirschte vor Wut mit den Zähnen. »Dieser Stoke, ist das Béla?«

Regar konnte nicht antworten, also sprach erneut Beorc für ihn. »Ja, Junge. Es ist ein und derselbe.«

Regar stieß sich von Uran ab und wandte sich an Urus. »Ja, Baron Stoke nennt er sich«, stieß er hervor. »Und ja, er hat Experimente an den anderen durchgeführt.« In Regars Augen zeichnete sich ungeschminktes Entsetzen ab. »Urus, der Baron, er …« Der junge Baeron ballte die Fäuste so stark, dass Blut dort austrat, wo sich seine Fingernägel in seine Handflächen gruben. Schließlich legte sich das Zittern in seiner Stimme. »… er hat mit Arags Füßen begonnen und hat ihn dann gehäutet, bei lebendigem Leib hat er ihm die Haut abgezogen, während wir anderen zusehen mussten und versuchten, uns die Ohren zuzuhalten, um seine Schreie nicht zu hören.

Aber das ist noch nicht alles, Urus, das ist längst nicht alles. Denn nachdem er Arag gehäutet hat, hat er ihn aufgespießt, mit diesem … diesem … Arag war noch nicht tot. Er war nicht tot. Er war noch nicht …«

Wieder brach Regar zusammen.

Urus blickte in den Himmel und dann auf Regars Spuren, die bis zum Grimmwall zurückführten. »Noch bevor diese

Nacht vorbei ist, Regar, werden wir zu diesen Höhlen gehen, alle einundvierzig von uns, falls ihr mitkommt. Wenn ihr das nicht wünscht, kann ich es verstehen. Wir alle werden es verstehen. Ich werde dir einige Männer als Eskorte geben, falls du diesen Ort nie wieder sehen, sondern lieber in die Sicherheit des Grünsaals zurückkehren willst. Falls dein Herz jedoch nach Rache dürstet …«

Regar hob den Kopf und sah Urus an. Furcht loderte im Blick des jungen Baeron auf, daneben aber schimmerte auch Wut. »Er muss sterben, Häuptling, er muss sterben!«

Regar hob seine Hände. Seine Handgelenke waren aufgescheuert und bluteten, wo die Handschellen die Haut versehrt hatten. »Ich konnte meinen Wärter töten, den, der den Schlüssel hatte. Und ich bin entkommen. Ich, der letzte Überlebende. Ich gehe nicht gern in dieses Höllenloch zurück, aber Stoke muss sterben.« Regar hob seine Rechte vor das Gesicht und ballte die Faust so fest, dass sie zitterte. »Stoke … muss … sterben!«, stieß er bebend hervor.

»Gebt dem Mann eine Waffe!«, rief Urus, und sofort traten drei Baeron vor, um ihm die ihre anzubieten.

Der Tag neigte sich zum Ende, als sie die Höhle erreichten. Und das kurze Zwielicht des Winters kroch über das Land.

»Dort ist es, Urus«, sagte Bora, einer der Vorauskundschafter, leise.

»Gehen wir«, stieß Urus knirschend hervor. »Solange noch alle drin sind.«

Sie marschierten in die Höhle und fanden die Wrg, die langsam erwachten. Der Kampf war gewaltig, denn es fochten einundvierzig Baeron gegen mehr als doppelt so viele von der Brut. Speere und Keulen, Morgensterne und Äxte krachten mit Krummsäbeln, Keulen, Eisenstangen und Säbeln zusammen. Fänge und Klauen hielten auch blutige Ernte, als ein gewaltiger Bär mit entfesseltem Zorn unter den Rutcha und den Vulgs wütete und sie in Stücke riss. Schwarzes und rotes Blut spritzte gegen die Felswände, bildete eine glitschige Pfütze auf dem Boden. Und als es vorbei war, lagen zwölf Baeron tot auf dem Stein, einer von ihnen war Regar. Von der Brut hatten neunundachtzig Rutch und vier Vulgs ihr Leben verwirkt.

Von Baron Stoke dagegen war nichts zu sehen. Er war in die Nacht hinaus geflohen.

Nachdem sie ihre Wunden verbunden hatten, fanden die überlebenden Baeron auch die misshandelten Leichen ihrer restlichen Gefährten. Sie lagen auf Steinplatten, jeder von ihnen mit geöffnetem Leib und aufgespießt.

Die Männer trugen Stokes Opfer und ihre Gefallenen hinaus und errichteten einen großen Scheiterhaufen, dessen Flammen bis in den Himmel loderten. In dieser Nacht trat Urus, trotz aller Proteste, von seinem Posten als Häuptling seines Clans zurück und übergab die Verantwortung seinem Vater Uran, bis der Rat eine Entscheidung fällte.

»Vater, ich habe geschworen, die Welt von diesem bösen Monster zu befreien, das sich Baron Stoke nennt. Sag meiner Mutter, dass ich oft an sie denken werde.«

Urus erlaubte niemandem, ihn zu begleiten, denn er hielt sich für verantwortlich, was den Tod seiner Gefährten betraf, die sowohl durch Stokes Wahnsinn als auch durch die Wrg gestorben waren. Er verschwand in dieser Nacht, und es sollten sieben Jahre vergehen, bis er wieder zum Großen Grünsaal zurückkehren würde ...

Der Rat der Baeron bestätigte Uran als Clanhäuptling, obwohl Beorc und er diesmal nicht feierten.

Im folgenden Jahr verbreitete sich die Kunde von dem Gemetzel im ganzen Großen Grünsaal, einem Wald, der von den Elfen, die darin lebten, Darda Erynian geheißen wurde. Und einer von jenen, die von Stokes Gräueltaten hörten, war ein goldblonder Elf namens Talar, ein Lian-Wächter, der es für seine Pflicht hielt, diesen Baron zur Strecke zu bringen. Also schickte er eine Nachricht an seine ebenfalls goldblonde Schwester Riatha im Ardental, in der er ihr von seinem Vorhaben berichtete.

Talar begann seine Suche am Ende des Frühlings des Jahres 4E1945, sechs Monate nach der Nacht des Massakers.

Baron Stoke war in dieser Nacht im November 4E1944 geflohen. Wohin? Das wusste keiner. Sieben Jahre lang folgte Urus jedem Gerücht über sein Auftauchen: nach Riamon, nach Gûnar, Jord und schließlich, im Winter des Jahres 4E1951, auch nach Aven, in den Grimmwall nördlich des Nordsees, dann nach Süden und Osten nach Vulfcwmb.

Dort, in Vulfcwmb, in der Taverne zum Roten Wiesel, traf er eine Elfe namens Riatha und einen Waldan namens Tomlin, die ebenfalls der Spur von Baron Stoke folgten. Riathas Bruder war von Stoke ermordet worden, deshalb suchte sie ihn. Der Vater, die Mutter und die Dammia des Waldans Tomlin, Petal, waren in derselben Nacht von Stokes Handlangern entführt worden. Und die Gäste in der Taverne wussten wohl von Stokes Aufenthaltsort, denn er war in seine alten Jagdgründe zurückgekehrt, um dieses Gebiet aufs Neue in Angst und Schrecken zu versetzen.

Endlich wusste Urus, dass er dem Monster auf das Fell rückte.

Tomlin, Riatha und Urus schlossen sich zusammen. In der nächsten Nacht näherten sie sich Stokes Schlupfloch, einem schwarzen Turm hoch oben auf dem Rand einer steilen Klippe.

Erneut vermochte Stoke zu flüchten, und Urus hätte beinahe sein Leben verloren. Doch jetzt entdeckten sie, dass Stoke ein Gestaltwandler war. Er konnte sich in einen Vulg und eine fliegende Kreatur verwandeln. Wie Urus war auch

Stoke ein Verfluchter, im Gegensatz zu Ersterem war der Baron jedoch ein wahrhaftiges Monster.

Es gelang ihnen, Petal zu befreien, die sich mit ihnen auf die Suche nach der Bestie machte. Denn sie hatte den qualvollen Tod ihres Vaters und der Eltern von Tomlin mit ansehen müssen. Stoke hatte sie ebenfalls gehäutet und aufgespießt.

Zwei Jahre verstrichen, und im Jahre 4E1953 folgten sie erneut einem Gerücht, das sie diesmal nach Vancha lockte.

Im Drachenschlund nahe der Dämonenklippe trieben sie Stoke in die Enge und glaubten, dass er in einer Feuersbrunst sein Leben verwirkt hätte.

Diesmal war es Riatha, die beinahe gestorben wäre, und bei dieser Gelegenheit stellte Urus fest, dass er sie liebte, wenngleich auch hoffnungslos. Denn sie war eine Elfe und unsterblich, er dagegen war ein Verfluchter und ein Mensch. Also behielt er seine Gefühle für sich und kehrte in den Großen Grünsaal zurück, ohne ihr sein Herz zu öffnen.

Die Jahre verstrichen. Urus' Vater Uran starb, drei Jahre später gefolgt von Niki. Nachdem seine Mutter verschieden war, zog Urus nach Süden in den Großwald und unterrichtete dort die Söhne von Königen, lehrte sie die Sitten der Baeron, die Wege der Natur.

Unter seinen Schülern von königlichem Blut war der letzte Aurion, Sohn von Galvane, dem Hochkönig von Mithgar. Und noch während er den Prinzen unterwies, erreichten ihn schreckliche Gerüchte aus Aralan, wo Menschen spurlos verschwanden, ganz so wie in den Tagen von Stoke.

Also entsendete Urus Boten zu Riatha und Tomlin und Petal, denn sie alle hatten geschworen, Stoke zur Strecke zu bringen und ihn zu töten; und wenn es auch nur den

Hauch einer Chance gab, dass er diese Feuersbrunst überlebt hatte ...

Tomlin, Petal und Riatha folgten seinem Ruf, und Urus fühlte, wie sich bei Riathas Anblick das Herz in seiner Brust zusammenkrampfte. Aber er schwieg noch immer, und sie bereiteten sich auf den Abmarsch vor.

Prinz Aurion war damals zehn Jahre alt und kam zu den vieren. Er gelobte, dass der Hochkönig selbst ihnen helfen würde, wenn sie denn Hilfe benötigten. Die vier nahmen sein Wort an und sagten, dass vielleicht eines Tages der Augenblick käme, da sie es einlösen würden.

Sie entdeckten Baron Stoke nördlich von Inge, jenseits des Grimmwall über dem Großen Nord-Gletscher, in einem Kloster. Diesmal riss Urus ihn in die Tiefen eines Abgrundes im ewigen Eis, eines Abgrundes, der sich nach einem Erdstoß aufgetan hatte und sich sofort wieder schloss, nachdem er die beiden Verfluchten verschlungen hatte.

Dann vergingen eintausend Jahre ...

In der dazwischenliegenden Zeit sprach Rael in Arden eine Prophezeiung, die die Letztgeborenen Erstgeborenen betraf, das Auge des Jägers, das Licht des Bären und die Wiederauferstehung von Freund und Feind.

Der Winterkrieg kam und ging – und enthüllte, warum sich die Brut im Grimmwall versammelt hatten. Sie hatten es auf Modrus Geheiß getan, der jedoch erneut besiegt wurde.

Achtunddreißig Jahre nach dem Ende des Winterkrieges starb Tomlin, der hundertneunundzwanzig Jahre alt geworden war. Sieben Jahre später verschied auch Petal im Ardental, mit einhundertdreiunddreißig Jahren.

Die Schlacht um Kraggen-cor wurde ausgetragen, nach der die Zwerge ihre alte Heimat wieder in Besitz nehmen konnten.

Drachen erwachten aus ihrem tausendjährigen Schlaf.

Aravan, der immer noch auf der Suche nach dem Schwert des Morgengrauens war und Vergeltung für Galaruns Tod suchte, war Riatha begegnet und hatte ihr seine Hilfe gelobt, bei der Erfüllung der Prophezeiung. Denn er wollte diesen gelbäugigen Mann selbst sehen, der sich Baron Stoke nannte ... falls er tatsächlich von den Toten auferstanden war.

Gwylly und Faeril kamen, mit ihrer schon fast unheimlichen Ähnlichkeit zu Tomlin und Petal.

Und der Große Nord-Gletscher spuckte endlich seine Gefangenen aus.

Wiederauferstehung.

Wie hatte Urus überlebt? Er wusste es nicht. Vielleicht wegen der Kälte, vielleicht auch aufgrund des Fluches. Des Fluchs, ein Bär zu sein.

Doch auch Stoke hatte überlebt, und er war in einen Schlupfwinkel entkommen. Riatha hatte jedoch einen Plan geschmiedet, um ihn kurz nach Sonnenaufgang am frühen Morgen zu überfallen. Bis dahin waren es noch dreizehn oder vierzehn Stunden.

Draußen heulte der Wind und trieb den Schnee vor sich her. Urus wachte auf. Einen Augenblick lang war er verwirrt, doch dann erinnerte er sich. Sie befanden sich in einer Höhle hoch oben in der steilen Felswand des Kessels. Gwylly und Faeril saßen hinten in der Höhle und flüsterten leise miteinander: Aravan lag am Eingang und spähte hinaus. Und Urus saß gegenüber, mit ihren silbernen Augen, die im Dunkeln sacht glitzerten, seine Liebe ...

Aravan rutschte ein paar Zentimeter zurück. »Es ist Nacht«, zischte er. »Und die Rûpt rühren sich.«

21. Kapitel

FLUG

Frühlingsanfang, 5E988
[Gegenwart]

Schnee wirbelte vor dem Eingang der Höhle, getrieben von dem ächzenden Sturm. Aravan lag noch immer auf dem Bauch und spähte in den Kessel hinab, dessen Boden etwa achtzig Meter unter ihm lag. Ab und zu bebte die Erde, während es immer finsterer wurde.

»Sie sammeln sich im Dunkeln«, zischte Aravan. Seine Elfensicht konnte die Silhouetten erkennen, die sich vom Schnee abhoben.

Gwyllys Herz hämmerte schmerzhaft gegen seine Rippen, und er griff nach Faerils Hand, die gleichzeitig die seine suchte.

Urus zog die Beine an und legte die Hände über die Knie. Riatha rührte sich nicht, sondern wandte nur ihren Kopf zu Aravan. »Im Dunkeln?«, fragte sie leise. »Haben sie keine Fackeln dabei?«

»Nein.«

Diese neue Taktik verwirrte Riatha, sie sah Faeril fragend an. Aber in der dunklen Höhle konnte keiner von ihnen das Gesicht der anderen sehen. »Vielleicht wollen sie heimlich etwas tun«, meinte Faeril dennoch.

Der Wind heulte, der Schnee peitschte an dem Höhleneingang vorbei und wurde immer dichter. In dem Ächzen zischte Aravans Stimme: »Sie laufen herum, als würden sie warten.«

Er sog die Luft zwischen den Zähnen ein. »Und in dem Schlupfloch ... da ist jemand, etwas ...«

Skrawwww! Ein gellender Schrei zerriss die Stille.

Gwyllys Herz schlug ihm bis in den Hals, Faeril drückte seine Hand. Riatha riss die Augen auf und richtete ihren Blick auf Urus. *»Stoke!«,* stieß er heiser hervor und krabbelte zum Eingang, gefolgt von Riatha. Gwylly und Faeril hasteten ebenfalls herbei.

Ihnen gegenüber erhob sich ein großes, von ledernen Schwingen getragenes Ding aus dem Schlupfloch. Sein langer, mit Reißzähnen gespickter Schnabel war weit aufgerissen, die Augen glühten gelb, und seine mit Krallen bewehrten Füße baumelten hinter ihm in der Luft.

Nur Aravan konnte es richtig sehen, die anderen kamen zu spät. Sie sahen nur noch einen schwarzen Fleck, der sich in den Sturm erhob. Trotzdem, die Umrisse der Kreatur konnten sie erkennen. Die Spannbreite ihrer Flügel betrug sieben Meter, von Spitze zu Spitze, und fünf maß sie vom Schnabel bis zu ihrem peitschenartigen Schwanz, als sich dieses grauenvolle Wesen nach Süden wendete.

Skrawww!

Die Rukhs, Hlöks und Vulgs unter ihnen drehten sich um und strömten ebenfalls nach Süden, auf den Ausgang der Schlucht zu.

»Sie ziehen ab!«, erklärte Aravan.

Riatha wollte hinausklettern, Aravan aber hielt sie am Arm fest. »Dara!«, zischte er. »Wartet! Ihr werdet uns nur an die Rûpt verraten!«

»Stoke!«, stieß sie hervor. »Er entkommt!«

Aravan ließ sie nicht los. »Was wollt Ihr tun, Riatha? Wir haben keine geeigneten Waffen, um ihn abzuschießen! Stünden Gwylly und Faeril oben auf dem Rand der Klippen, dann könnten sie es versuchen ... Aber dort sind sie nicht. Und wir müssen erst zum Rand hinaufklettern. Bis dahin ist er aber längst fort!

Nein, Dara, verratet unsere Anwesenheit nicht den Rûpt. Stattdessen müssen wir ihnen heimlich folgen. Sonst merkt er doch, dass er gejagt wird!«

Die Elfe schaute hilflos und bestürzt Urus an. Der Mann knirschte vor Wut mit den Zähnen. »Aravan hat recht, Riatha«, knurrte er dennoch. »Aravan hat doch recht, verflucht!«

Die Elfe brach vor Enttäuschung in Tränen aus. »Vielleicht hätte ich ihn gestern töten können, wenn ich es versucht hätte. Und jetzt ist er entkommen.«

Urus streckte die Hand nach ihr aus, aber Riatha wollte sich nicht trösten lassen. Der Wind heulte noch immer um die Höhle, der Schnee peitschte am Eingang vorbei und immer wieder erschütterten Beben das Land.

Aravan spähte hinaus, konnte jedoch nicht mehr bis zum Boden des Kessels sehen. Die Sicht wurde durch das Schneetreiben blockiert. »Gehen wir. Ich klettere zum Rand hinauf und lasse ein Seil hinab.«

Er trat nach draußen und verschwand, kletterte ohne Hilfsmittel die steile Felswand hinauf, gesichert von einer Leine an seinem Harnisch, die Urus hielt, falls der Elf abrutschte. Der Wind rüttelte an ihm, als wollte er einen Eindringling aus seiner Domäne blasen. Eine Weile geschah nichts, bis schließlich ein Signal von oben kam und eine Leine heruntergelassen wurde. Der Wind peitschte sie hin und her. Urus lehnte sich hinaus und erwischte sie im dritten Versuch.

Einer nach dem anderen befestigten sie ihre Rucksäcke an der Leine und Aravan zog sie hinauf. Danach stiegen erst Faeril und nach ihr Gwylly hinauf, während der Baeron die Leine hielt, und dann Riatha. Auch der starke Wind konnte ihren Aufstieg nicht bremsen. Als Letzter verließ der Baeron die Höhle. Der Hüne kletterte hinauf und schob sich über den Rand.

Aravan rollte die Leine ein, während die anderen ihre Ausrüstung schulterten. Nachdem er seinen eigenen Rucksack festgeschnallt hatte, marschierten sie nach Süden, dem Sturm entgegen. »Wir müssen uns beeilen«, drängte Riatha. »Sonst wird ihre Fährte noch vom Winde verweht.«

Sie kämpften gegen den beißenden Wind an und der Schnee peitschte gegen ihre Gesichter, als sie dem westlichen Rand der Schlucht folgten, der sich langsam in das weite Tal dahinter absenkte. Gwylly trug eine Sturmlaterne, deren Klappen bis auf einen schmalen Schlitz geschlossen waren, damit sie von Weitem nicht gesehen wurden. Dennoch spendete sie genug Licht, sodass sie den Weg sehen konnten.

Schon bald erreichten sie den Boden des Tales, und Aravan, der an der Spitze ging, ließ anhalten. Er hockte sich hin, um die Spuren zu untersuchen. Gwylly öffnete den Spalt der Laterne, und Licht fiel auf die Fährte, die, während sie zusahen, von Schnee zugedeckt wurde. Der Elf stand wieder auf. »Wir müssen uns beeilen, sonst verlieren wir ihre Fährte im Sturm. Aber wir dürfen sie erst einholen, wenn es Tag wird, denn sie sind uns zahlenmäßig weit überlegen.«

Sie kämpften sich drei Stunden oder länger nach Süden vor, wobei die Wurrlinge das Tempo vorgaben. Der Schneefall verstärkte sich, als wollte er diese Störenfriede unter sich begraben.

Wegen ihrer schweren Rucksäcke machten sie jede Stunde einige Minuten Rast, da sie dieses Tempo nicht endlos durchhalten konnten. Sie suchten in kleinen Gehölzen oder unter Felsvorsprüngen Schutz vor dem eisigen Wind, falls sie jene in dem dichten Schneetreiben überhaupt fanden. In diesen Pausen suchte Faeril eine Antwort auf eine Frage, die ihr seit einiger Zeit keine Ruhe ließ, eine Antwort, die sie eigentlich wissen sollte. *Warum ist die Brut im Dunkeln aufgebrochen, aus ihren Rissen und Spalten und Höhlen gekommen, ohne Fackeln zu entzünden?*

Doch jedes Mal, bevor sie der Lösung auch nur nahe kam, forderte Aravan sie zum Weitergehen auf, und wieder verhinderte der anstrengende Marsch die Suche nach dem losen Ende in ihrem Verstand.

Auch jetzt bedeutete Aravan ihnen erneut, dass sie weitergehen sollten, denn die Spur, der sie folgten, bestand nur mehr aus kleinen Vertiefungen im Schnee. Wenn sie nicht aufbrachen, würden sie die Fährte verlieren. Faeril wickelte den Schal enger um sich und zog die Schnüre ihrer Kapuze zusammen, um ihr Gesicht vor den stechenden Schneeflocken zu schützen. Sie schulterte wie die anderen ihren Rucksack und trat erneut in den peitschenden Wind hinaus.

Sie eilten weiter, Gwylly und Faeril neben Aravan, der die kaum noch erkennbare Spur verfolgte. *Warum sind sie ohne Fackeln gegangen?*

Warum ...?

Plötzlich kam Faeril auf den Gedanken, der ihr bislang entgangen war. Sie erinnerte sich an das, was sie über die fehlenden Fackeln der Brut gesagt hatte, bevor dieses *Ding* aus dem Kessel geflogen war. *›Vielleicht wollen sie heimlich etwas tun.‹ Das habe ich doch gesagt: dass sie ›heimlich etwas tun‹.*

Aber was sollten sie heimlich tun? Entkommen? Wollen sie uns eine Falle stellen? Einen Hinterhalt legen? Wenn ja, so wissen sie, dass wir ihnen folgen ... oder argwöhnen es. Und wenn sie das vermuten ...

»Wartet!«, rief Faeril, blieb stehen und streckte den Arm aus, um Aravan aufzuhalten. Alle fünf blieben stehen. »Aravan«, begann die Damman eindringlich, »wie viele von der Brut haben den Kessel verlassen? Habt Ihr sie gezählt? Habt Ihr sie gezählt, Aravan?«

»Nein, Faeril, das habe ich nicht. Dieses schwarze, fliegende Ding ... es hat mich abgelenkt.«

Faerils Herz schlug heftig gegen ihre Rippen. »Sie haben keine Fackeln dabei gehabt, versteht Ihr? Sie hatten keine Fackeln dabei!«

Im schwachen Licht der Sturmlaterne betrachtete Gwylly sie durch das Schneetreiben. Sein Gesicht wurde von der Kapuze verborgen. »Und das bedeutet ...?«

»Falls Stoke etwas Geheimes plant«, erwiderte Faeril grimmig, »so würde er es im Dunkeln tun, wo Spione wie wir die Zahl der Krieger, die er mitnimmt, nicht zählen können. Wenn er jetzt einige zurückgelassen hat ...«

Urus tiefes Knurren übertönte das Heulen des Sturms. »... dann deshalb, um herauszufinden, ob Stoke verfolgt wird. Er wird wissen wollen, wer ihn jagt und wie viele es sind.«

»Ihr wollt damit aber nicht sagen, dass wir warten müssen, ob wir verfolgt werden?« Riathas Stimme klang bestürzt. »In diesem Fall wird uns Stoke mit Sicherheit entkommen.«

Bevor Faeril oder Urus der Elfe antworten konnten, sprach Gwylly. »Und wenn sie nun alle gegangen sind? Ich meine, es könnte auch niemand zurückgeblieben sein. In diesem Fall ...«

»Gwylly hat recht«, warf Faeril ein. »Die Annahme, dass die Brut uns folgt, muss nicht stimmen. Sie haben auch einfach nur heimlich entkommen wollen. Vielleicht hat tatsächlich niemand im Kessel gewartet, als die anderen aufgebrochen sind, um uns später zu folgen und herauszufinden, ob jemand Stoke verfolgt. Es waren siebenundzwanzig von der Brut und dreizehn Vulgs, soweit ich weiß ...«

»Jetzt sind es nur noch sieben Vulgs«, unterbrach Riatha sie. »Zwei sind zu Tode gestürzt, als sie mich verfolgten, und vier sind verschwunden.«

»Oi!«, rief Gwylly. »Diese verschwundenen vier ... wir haben vier vor dem Kloster getötet.«

»Wenn diese toten vier Vulgs diejenigen sind, die verschwunden sind, würde das ihre Zahl erklären«, antwortete die Elfe. »Von dreizehn Vulgs sind jedenfalls nur noch sieben übrig. Was die siebenundzwanzig Rûpt angeht, Faeril, da stimmt deine Zahl.«

Die Damman sah Aravan an. »Könnt Ihr die Spuren zählen und herausfinden, wie vielen wir folgen?«

Gwylly öffnete die Klappe der Sturmlaterne weiter, und leuchtete auf die Fährte, aber auf eine Geste von Aravan hin schloss er sie wieder.

»Nein«, antwortete der Elf. »Die Fährte ist schon zu schwach. Es könnten so viele vor uns sein, aber das kann ich nicht sagen. Ihr könntet recht haben, Faeril. Es mögen alle vor uns sein oder auch nur ein Teil. Während wir Stoke jagen, könnten uns wiederum Rûpt verfolgen.«

Urus knurrte gereizt. »Ob wir verfolgt werden oder nicht, wir müssen weitergehen, denn wie Riatha ganz richtig sagt, im anderen Fall wird Stoke entkommen. Aber ich schlage Folgendes vor: Wir müssen wachsam sein, falls uns jemand in den Rücken fällt, und ebenso auf Fallen achten, die uns der Feind, der uns ja voraus ist, möglicherweise stellt.«

Sie wanderten weiter nach Süden, durch den Schneesturm, während die Fährte, der sie folgten, immer undeutlicher wurde. Sie kämpften sich durch ein gewundenes Tal, wichen Felsen aus, die sich vor ihnen auftürmten und vom Schneetreiben verborgen wurden. Anfänglich war die Wahl einfach gewesen: Sie mussten nur dem Weg über die Ebene folgen. Jetzt jedoch wurde die Sicht immer schlechter, und manchmal konnten sie den Weg überhaupt nicht mehr erkennen. Sie wussten, dass Stoke und seine Handlanger in versteckten Schluchten und verborgenen Tälern Schutz suchen konnten, die sich möglicherweise rechts und links von ihnen erstreckten. Oder vielleicht hatten sie sich auf Hänge zurückgezogen, dorthin, wo sturmgepeitschte Kämme lagen, die zu anderen Tälern führten. Wenn also der Weg nicht mehr zu sehen war, suchten sie nach der Spur, rieten, in welche Richtung die schwachen Mulden der Fährte führten, fanden sie schließlich und kämpften sich weiter durch den Sturm.

Dann verschwand die Spur vollkommen, und sie konnten keine Fährte mehr finden. Sie suchten lange im Licht der Laterne, doch ohne Erfolg. »Wir werden sie vollkommen verlieren«, knurrte Urus schließlich, »wenn wir nicht unser Vorgehen ändern.«

Der Baeron streifte seinen Rucksack ab. »Hier Aravan, Ihr und Riatha tragt das. Ich gehe voraus. Folgt den Spuren, die ich hinterlasse.«

Bevor jemand widersprechen konnte, hüllte ein dunkler Schimmer Urus ein. Seine Gestalt änderte sich, er ging auf alle viere hinunter, wurde riesig, seine Hände und Füße verwandelten sich in lange, schwarze Klauen, elfenbeinern schimmernde Fänge leuchteten in seiner Schnauze. Seine Haut war von einem rötlichen Fell bedeckt, das an den Spitzen grau war. Wo Urus gestanden hatte, befand sich einen Augenblick später ein gewaltiger Bär!

Gwylly blieb fast das Herz stehen, und Faeril umklammerte ihn, als wäre er eine Eiche im Sturm. Aravan stand vollkommen bewegungslos da, Riathas Augen aber glitzerten in der Nacht.

Der große Bär schob seine Nase in den Schnee und schnüffelte, bis er die schwache Witterung der Brut aufnahm. Er ging weiter, die Schnauze in den Schnee gesteckt und schnüffelte erneut. Dann drehte er sich um, sah die vier hinter sich kurz an und sprang dann mit einem tiefen Brummen weiter. Er bewegte sich in einer Geschwindigkeit, bei der keiner der vier mithalten konnte, selbst wenn sie nicht mit ihren Rucksäcken beladen gewesen wären.

Sie marschierten weiter und folgten der frischen Spur des Bären im Schnee. Der Sturm wurde jedoch stärker, und auch diese Fährte verwehte nun rasch, aber vorläufig konnten sie ihr noch gut folgen.

So vergingen mehrere Stunden. Sie kämpften sich durch den Sturm, legten gelegentlich eine kleine Pause ein und sahen zu, wie die weiße Wand des Schnees im Licht der Laterne um sie zu tanzen schien. Schließlich konnten sie kaum noch einen Schritt weit sehen – sie krochen förmlich weiter. »Bleibt dicht zusammen«, riet Aravan, »sonst müssen wir uns mit Leinen sichern.«

Sie gingen immer noch zwischen Bergen einher, die sie nicht erkennen konnten, und von denen Schluchten, Täler und Sättel abgingen. Häufig kamen sie an Stellen, an denen der Bär nach der Fährte derjenigen gesucht hatte, denen er folgte, und manchmal verriet der flachgetretene Schnee, dass es ihn viel Zeit gekostet hatte, bis er die Spur wiederfand. Aber er entdeckte sie immer wieder, jedenfalls schien es so, und sie folgten seinen Abdrücken.

Nach einer weiteren kurzen Pause setzten sie ihren Marsch fort, Riatha und Aravan an der Spitze, mit Urus' Rucksack zwischen sich. Damit brachen sie für Gwylly und Faeril hinter ihnen einen Weg durch den Schnee. Plötzlich hob Aravan eine Hand. »Halt! Der blaue Stein wird eiskalt! Rûpt oder dergleichen sind nah.«

»Von wo kommen sie?« Gwylly sah sich um, konnte in dem dichten Schneetreiben aber nichts erkennen.

»Das weiß ich nicht«, erwiderte Aravan. »Der Stein sagt mir nur, ob der Feind nah oder fern ist, und dieser hier kommt näher.«

Riatha und Aravan legten Urus' Rucksack ab.

»Suchen wir Schutz!«, schlug Gwylly vor.

»Wo?«, wollte Faeril wissen. »Ich kann nichts sehen.«

Als Riatha sich umdrehte, um der Damman zu antworten, riss sie erschrocken die Augen auf. »Passt auf!«, schrie die Elfe und riss ihr Schwert aus der Scheide.

Aravan drehte sich herum.

Faeril hörte ein schreckliches Krächzen und wollte weglaufen, aber jemand oder etwas krachte von hinten in sie hinein, schleuderte sie zu Boden und stürzte auf sie.

Nach der Verwandlung von Urus zum Bären schnüffelte er im Schnee herum und nahm die scharfe Witterung der *Urwa* auf, wie Bären die Brut nannten. Er wandte sich zu den Zweibeinern hinter sich herum, diesen Gefährten, seinen Freunden, und rief ihnen zu, ihm zu folgen.

Tief in dieser wilden Kreatur glühte der Verstand, aber nur schwach, denn der Bär wurde von anderen Bedürfnissen getrieben, anderen Wünschen als denen des Mannes, der er zuvor gewesen war. Er war jetzt ein Teil der Wildnis, kein Mann in der Gestalt eines Bären, sondern ein Bär, der gerissener war als alle anderen, ein Bär, der manchmal Bedürfnisse verspürte, die für einen Bären höchst befremdlich waren, Zwänge und Wünsche, die denen der Menschen glichen, vielleicht sogar denen eines besonderen Menschen, eines Mannes namens Urus. Doch der Bär, der einst Urus gewesen war, dachte nur selten so, und ob er irgendwann wieder zu Urus werden würde, war nicht ganz sicher. Genau das war die Gefahr, mit der der Bär und Urus lebten: dass Urus nie wieder zu dem Bär werden würde, oder der Bär sich nie wieder in Urus zurückverwandelte. Der Mann Urus kannte diese Gefahr, der Bär nicht.

Jetzt aber folgte dieser Bär den *Urwa*, den verhassten Feinden aller Bären, und er würde sich von dieser Aufgabe nicht abhalten lassen. So brach er durch den Schnee, über den Weg, und wusste, dass die anderen seiner Spur folgten.

Woher er das wusste, überstieg sein Wissen, aber er fragte es sich auch nicht, denn er wusste es einfach.

Meilen legte er zurück, und noch mehr Meilen, während die Witterung der *Urwa* immer schwächer wurde. Er musste häufig anhalten und nach der Spur schnüffeln; manchmal brüllte er vor Wut, schrie seine Herausforderung heraus und zerwühlte den Schnee mit seinen Klauen. Aber dann nahm er die schwache Witterung aufs Neue auf, obwohl sie jetzt fast vollkommen erloschen war.

Das Weiß um ihn herum wurde immer dichter, bis er kaum einen oder zwei Schritte weit sehen konnte. Es versuchte, die *Urwa* zu verbergen. Doch das würde ihm nicht gelingen.

Der Sturm wollte ihn aufhalten. Vergeblich. Auch das wusste er.

Der Bär hatte keinen Begriff von der Zeit und nur sehr wenig Wissen von Entfernungen. Er wusste nur, dass es hell wurde, dann wieder dunkel, wusste, dass etwas nah war oder fern.

Er trottete weit. Weit – das kannte er.

Er trottete weiter, bis das Weiß und der Sturm alle Spuren der *Urwa* ausgelöscht hatten. Er brüllte, biss in das Weiß, schlug es, zerfetzte es mit seinen Tatzen. Die Witterung der *Urwa* war erloschen.

Der Bär setzte sich auf einen Hügel, auf den letzten Platz, der noch nach *Urwa* gerochen hatte. Hier würde er warten, bis die Zweibeiner, die seinen Spuren folgten, ihn einholten.

Das Weiß umheulte ihn. Er wartete.

Das Weiß wurde schwächer. Das Heulen ließ nach. Er wartete.

Der Sturm peitschte nicht mehr, sondern hauchte nur noch ein wenig. Er wartete.

Das Weiß hörte auf, vom Himmel zu fallen. Das Licht würde kommen. Er wusste es.

Das Licht kam. Die Zweibeiner kamen nicht. Etwas stimmte nicht. Er wusste es.

Er dachte an Urus ...

Ein dunkles Schimmern umhüllte den Bären, und er veränderte sich, verlor an Masse, gewann an Gestalt, und plötzlich saß im Schnee ein Hüne von einem Mann. Urus.

Er stand auf und blickte in den Himmel. Der Morgen war angebrochen. Er erinnerte sich an vieles, was der Bär getan hatte, denn die Menschen vermögen das, wohingegen Bären große Schwierigkeiten haben, sich die Handlungen von Menschen vorzustellen.

Berge erhoben sich ringsum, und von der kleinen Anhöhe aus sah Urus fünf Wege, die Stoke und seine Handlanger eingeschlagen haben konnten, fünf Wege, auf denen sie hatten entkommen können.

Aber wo steckten Riatha, Aravan, Gwylly und Faeril? Sie konnten doch nicht so weit hinter ihm geblieben sein.

Die Sonne ging auf.

Urus spähte in das Tal bis zu der Stelle, wo es hinter einer Biegung verschwand. *Wo sind sie?*

Plötzlich überkam ihn eine dunkle Vorahnung, und er wusste, dass seinen Gefährten etwas zugestoßen war. Urus, der Mann, brüllte seine Wut heraus; der Zorn verzerrte sein Gesicht bis zur Unkenntlichkeit, als er seine geballten Fäuste in den Himmel reckte und den Namen des Feindes hinausschrie: *»Stoke!«*

Sein Schrei flog hinaus, zwischen die Berge – und diese Berge warfen ihn wieder zurück.

Stoke! ... Stoke! ... stoke! ... stoke! ... stoke ... stoke ... toke ... oke ... o ...

DANKSAGUNG

Meine Wertschätzung und Dankbarkeit gilt folgenden Personen: Daniel Kian McKiernan, ohne dessen Hilfe ich das lautmalerische Altgriechisch niemals als magische Sprache hätte verwenden können; Dr. John Barr, dessen Rat über Schlitten, Schlittenfahren und Schlittenhunde sich als unschätzbar erwiesen hat; Al Sarantonio, der mich aus dem Schlamm gezogen hat; Pat LoBrutto, der eine Karriere begründet hat; Janna Silverstein, die einen Samen pflanzte; John Silbersack für seinen Glauben; und Jonathan Matson, der Berge versetzen kann.

Sowie Chief Seattle und allen anderen, die die Weisheiten der Elfen achten.

James Barclay: Der Rabe

Die beiden grandiosen neuen Fantasy-Reihen, für alle Leser von David Gemmell und Michael A. Stackpole.

Die Chroniken des Raben

Zauberbann
978-3-453-53002-7

Drachenschwur
978-3-453-53014-0

Schattenpfad
978-3-453-53055-3

Himmelsriss
978-3-453-53061-4

Nachtkind
978-3-453-52133-9

Elfenmagier
978-3-453-52139-1

978-3-453-53002-7

Die Legenden des Raben

Schicksalswege
978-3-453-53238-0

Elfenjagd
978-3-453-53246-5

Schattenherz
978-3-453-52214-5

Zauberkrieg
978-3-453-52215-2

Drachenlord
978-3-453-52212-1

Heldensturz
978-3-453-52213-8

HEYNE